阿卡姆
ARKHAM

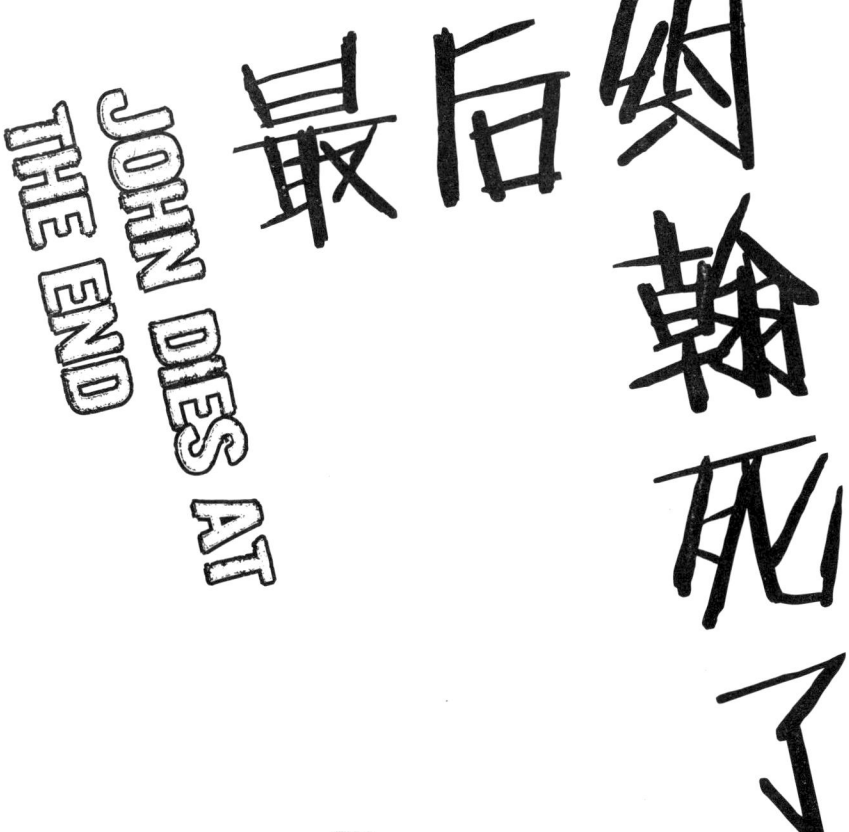

# 最后，约翰死了

## JOHN DIES AT THE END

BY
**JASON PARGIN**

［美］贾森·帕金 著
苏雅薇 译

北京时代华文书局

## 图书在版编目（CIP）数据

最后约翰死了 /（美）贾森·帕金著；苏雅薇译. — 北京：北京时代华文书局，2021.2
书名原文：John Dies at the End
ISBN 978-7-5699-4085-5

Ⅰ. ①最… Ⅱ. ①贾… ②苏… Ⅲ. ①幻想小说－美国－现代 Ⅳ. ①I712.45

中国版本图书馆CIP数据核字(2021)第035151号

JOHN DIES AT THE END
Copyright © 2009 by Jason Pargin
All rights reserved.

北京市版权著作权合同登记号　图字：01-2019-4689

本简体中文版翻译由木马文化事业股份有限公司授权

## 最后约翰死了
ZUIHOU YUEHAN SILE

| | |
|---|---|
| 著　　者 | [美]贾森·帕金 |
| 译　　者 | 苏雅薇 |
| 出 版 人 | 陈　涛 |
| 策划编辑 | 王雅观 |
| 责任编辑 | 黄思远 |
| 责任校对 | 初海龙 |
| 营销编辑 | 俞嘉慧　赵莲溪 |
| 封面设计 | 曾艺豪＠大撇步 |
| 版式设计 | 孙丽莉 |
| 责任印制 | 訾　敬 |

| | |
|---|---|
| 出版发行 | 北京时代华文书局 http://www.bjsdsj.com.cn |
| | 北京市东城区安定门外大街138号皇城国际大厦A座8层 |
| | 邮编：100011　电话：010-64263661　64261528 |
| 印　　刷 | 三河市兴博印务有限公司　电话：0316-5166530 |
| | （如发现印装质量问题，请与印刷厂联系调换） |
| 开　　本 | 880mm×1230mm　1/32　印　张　16　字　数　386千字 |
| 版　　次 | 2022年8月第1版　印　次　2022年8月第1次印刷 |
| 书　　号 | ISBN 978-7-5699-4085-5 |
| 定　　价 | 59.00元 |

**版权所有，侵权必究**

本书献给我的妻子，这段时间她对我实在无比包容，让我觉得她搞不好是我想象出来的角色。这本书还要献给我最好的朋友麦克·莱蒂，书中的"约翰"就是以他为蓝本创作的，他还在多年前说服我把写作当成兴趣，而不是跑去酗酒。

麦克，我永远也不会忘记，在人生中很难过的时候，你挺身而出，替我"杀"了那些浑蛋。

# 目录

序章     1

## 第一部 他家中国菜!

第一章   飘浮的"牙买加人"     25
第二章   约翰公寓里的东西     48
第三章   被摩根·弗里曼拷问     72
第四章   "酱油"     95
第五章   和箩筐一起上路     129
第六章   见见马尔科尼博士     156
第七章   阿尼认为大卫满嘴疯话     190

## 第二部 克洛克

第八章   地板上的污渍     199
第九章   德国香肠堡的预言     205
第十章   失踪的女孩     268
第十一章   对了……     301
第十二章   埃米     302
第十三章   聊天室的对话记录     329
第十四章   约翰去调查     362
第十五章   开战时刻     389
第十六章   狗屁纳尼亚     416

尾声     450
后记     500

# 序章

　　解开以下的谜题，就能揭露宇宙深处的糟糕秘密，不过前提是过程中你没有彻底发疯。如果你碰巧已经知道宇宙深处的糟糕秘密，那就跳过这一段吧。

　　假设你有一把在家得宝零售商场买的便宜斧子，在某个酷寒的冬日，你用这把斧子砍断一个人的头——别担心，这个人已经死了——不过你还是担心一下好了，因为你刚才开枪杀了他。

　　这个人又肥又壮，肿胀的二头肌绷着青筋暴露的皮肤，舌头上刺了一个纳粹十字，满嘴跟剃刀一样尖的牙齿——我不用再形容了吧。就算你已经在他身上射了八个弹孔，还是觉得下一秒他就会弹起来，一口咬掉你惊恐的脸，所以你要把他的头砍下来。

　　然而，你挥最后一下的时候，斧子的握把断了。现在你只剩一把坏掉的斧子，于是你花了一整晚找地方把这个人和他的头藏起来，然后带着斧子进城。你走进一家五金行，告诉老板断掉的握把上的深红色污渍是烤肉酱，最后你带着一支全新的斧子握把离开。

修好的斧子安安稳稳地躺在你的车库里，直到来年春天一个下雨的早晨，你在厨房里发现一个怪物，长得像三十厘米长的蛞蝓，尾巴上有个快胀破的蛋囊，它张嘴轻易地咬断了一根叉子。你抓起亲爱的斧子，把怪物砍碎。然而你挥最后一下的时候，斧头敲到翻倒的铁餐桌桌角，在斧刃中央敲出一道裂痕。

当然，斧刃裂了表示你只好再去五金行一趟，老板帮你装了全新的斧子。你才到家，就看到前阵子被你砍头的男子重生般站在那儿，他也装了一颗新的脑袋，好像用塑料割草线缝在了脖子上。他露出"去年冬天就是你杀了我"的憎恨表情，一般人在日常生活中实在很难见到这种脸色。

你亮出你的斧子，那家伙用皱成一团的腐烂眼睛盯着斧子看了好一段时间，然后发出沙哑的尖叫声："就是这把斧子砍了我的头！"

他是对的吗？

凌晨三点，我斜躺在门廊上，思索着这个谜题。酷寒的微风冻僵了我的脸颊和耳垂，吹动刘海搔弄着我的额头。我把脚架在栏杆上，卧躺在便宜的塑料座椅上，每次碰到暴风雨，这种椅子就会被吹到前院的草地上。如果我再老个四十岁，又有一支烟斗的话，现在真的很适合抽烟。我最近很少拥有如此心灵平静的时刻了，而通常在被打断之前，我都不懂得珍——

我的手机尖叫起来，发出像蜜蜂蜇人的声音。我从外套口袋里掏出轻薄短小的手机，瞄了一眼来电号码，感到些微反胃的恐惧。我没有接起，电话就挂断了。

世界又恢复了寂静，只剩树木在风中飒飒地响，以及清脆的落叶轻轻擦过马路的微弱声音，除此之外，还有一只头脑蠢笨的狗试图爬上我旁边的椅子，发出奋力挣扎的声响。莫莉试着爬上椅子两次之后，终于成功地把椅子推倒了，它盯了倒下的椅子几秒钟，开始朝椅子狂吠。

手机又响了起来，莫莉对着椅子低吼。我闭上眼睛，不爽地骂了句脏话，然后接起电话。

"喂？"

"阿卫？我是约翰。你的药头要你今天把那批海洛因拿来，不然他要揍人了。在我们埋韩国妓女的地方见，没有山羊胡的那个。"

这整串话都是暗号，意思是"有重要的事，赶快来我家"。当然要用暗号喽，以防电话被窃听。

"约翰，现在是凌晨三——"

"哦，别忘了，明天我们要暗杀总统。"

咔。

他挂断了。最后那句暗号的意思是"在路上替我买几包烟"。

说实在话，我们的电话搞不好真的被窃听了，但我很肯定，如果那些人真的想听，一定能轻易从远程拦截我们的脑波，所以说暗号也没用。隔了两分钟，外加长叹一口气之后，我已经开着越野车穿过夜色，一边等暖气吹出暖风，一边试着不要想到弗兰克·坎波。我打开收音机，希望分心能让我不那么害怕。我转到一个当地的右翼谈话节目。

"我跟你们说了，移民就像船上的老鼠，美国就是一艘船，所有的老鼠都想上船。你们知道一艘船载了太多老鼠会怎样吗？船会沉，就这么简单。"

我心想世上有没有船真的因为老鼠而沉没，心想我的车怎么闻起来像坏掉的鸡蛋,心想手枪是不是还放在驾驶座下面。我心想,黑暗的后座上是不是有东西在动?我瞥了后视镜一眼,什么都没有,只是影子的错觉。我想到弗兰克·坎波。

弗兰克是一位律师。有天晚上,他开着一辆黑色雷克萨斯从公司回家,刚烤漆的车身像漆黑的薄冰,在夜色中闪闪发亮,弗兰克坐在仪表板散发的绿光前,浑身轻飘飘,仿佛所向无敌。

他感到腿上一阵酥麻,便打开车内的顶灯。

蜘蛛。

几千只蜘蛛。

每只都跟手掌一样大。

蜘蛛爬过他的膝盖,硬挤进他的裤管。这些怪物锯齿状的黑色身体上画着黄色条纹,又长又尖的脚就像针头,一看就是天生的战士。

他大惊失色,用力一转方向盘,车子摔下了路堤。

警察把他从车子的残骸中救出来,听他歇斯底里咆哮完后,向他保证车子里一只蜘蛛都没有。

如果故事到这儿就结束了,你还可以说他那晚运气不好,看走了眼或吃坏了肚子,然而故事还没结束。事后弗兰克还是会看到东西——恐怖的东西,接下来几个月间,就连最好的医生和他们开的药,也没办法赶走弗兰克活生生的噩梦。

可是除了这个问题以外,这家伙完全正常,神志清醒,跟落日一样理智。他可以在星期三写好完美的诉讼案件摘要,隔天就发誓他看到法官的袍子下有触手在乱动。

所以呢?这时候他该去找谁?

我开到约翰家门前,感到熟悉的恐惧涌上心头,像吃坏肚子的胃一样绞痛。凛冽的风紧跟着我到门口,吹来微微的硫黄味,这股臭味来自城外制造下水道清洁剂的工厂,配上远方两座小山丘,总让人觉得我们住在沉睡的放屁巨人的下风处。

约翰打开位于三楼的公寓大门,马上指向一名坐在沙发上的女孩,她长得非常可爱,又显得非常惊恐。"阿卫,她叫谢莉,她需要我们帮忙。"

我们帮忙。

我心中浮现不祥的预感,就像肚子挨了人家一拳。因为呢,弗兰克·坎波和这个女孩如果需要找人修化油器,他们绝对不会来找"我们帮忙"。

因为我们有一项特长。

谢莉大概十九岁,有一双粉蓝色的眼睛,水晶般苍白的肌肤让她看起来像洋娃娃,栗色的卷发被绑成马尾。她穿着飘逸的长裙,手指一直在拧裙摆,这身穿着只让她显得更矮小。她流露出一种难为情的哀求和无助感,有些男生面对这种落难女子就会无法自拔,想要拯救她,带她回家,紧紧抱住她,告诉她一切都会没事。

她的太阳穴上缠了一条白色的绷带。

约翰走进小公寓角落的厨房,很快又走回来,放了一杯咖啡在她手中。我很努力不要翻白眼——约翰几乎像心理医生的专业表现,配上屋里一面巨型等离子电视屏幕和四台电子游戏机,实在很可笑。约翰的头发被绑成面试用的整齐马尾,衬衫的扣子都被乖乖扣齐,有时候他看起来真的像个大人。

我正打算警告女孩,约翰泡的咖啡喝起来像有人尿在一杯电池硫酸里,然后对杯子连续咒骂了好几个小时,不过约翰先转向她,模仿律师的声音说:"谢莉,告诉我们发生了什么事。"

她抬起胆怯的眼睛看着我。"我的男朋友，他……他一直纠缠我，他已经骚扰我快一个礼拜了。我爸妈出门旅行不在家，我……我怕得不敢回家。"

她摇摇头，显然讲不出话来。她啜饮了一口咖啡，然后皱起眉头，仿佛被咖啡咬了。

"您贵姓？"

"莫里斯。"她说，声音小得几乎听不见。

"莫里斯小姐，我强烈建议你去女性庇护所，他们可以帮你申请保护令，保护你的安全。镇上就有三家，我很乐意替你打电话——"

"他——我是说我的男朋友——他已经过世两个月了。"

约翰有点愉悦地瞥了我一眼，仿佛在说："阿卫，我给你找来的不错吧？"我恨死他这个表情了。

她继续说："我——我不知道还能找谁，我从朋友那里听说你们处理，呃，不寻常的问题。"她推开茶几上的一叠DVD壳，把马克杯放下，一脸不信任地看着杯子，好像在提醒自己不要不小心又拿来喝，免得再被骗一次。她又转回来面对我。

"他们说你们最厉害。"

我没有告诉她，认为我们"最厉害"的人肯定标准很低。我想我们是镇上做这行的佼佼者，但是你会跟谁炫耀这种事？求职版上又没有专门刊登这类鬼工作的页面。

我走向一把有靠垫的椅子，一把捞起放在上面的东西（四本发皱的吉他杂志、一本素描簿，还有一本真皮封面的钦定版《圣经》）。我才刚坐好，一个椅脚就突然断掉，整把椅子往旁边倾斜了三十度。我若无其事地往前靠，试图假装我本来就知道椅脚会断掉。

"好吧。他来的时候,你可以看到他?"

"对,我也可以听到他的声音。然后他,呃……"

她摸摸头一侧的绷带。我不可置信地看着她。她是说真的吗?

"他会打你?"

"对。"

"用拳头?"

"对。"

约翰原本看着手中的咖啡,这时他愤慨地抬起头。"真是个烂人!"

我这次真的翻了白眼,接着死瞪着约翰。我不知道你有没有看见过鬼,不过如果你碰到过,那个鬼应该不会跑去揍你,我想你的朋友应该也没碰到过这种事。

"第一次的时候,"谢莉说,"我以为我疯了。一直以来我都不相——"

"相信有鬼。"我替她说完。"没错。"每个人都要说这句话,大家都希望自己听起来像可信的怀疑论者。"小姐,我不想——"

"我跟她说我们今天晚上会过去看看。"约翰在我不小心讲出一些合理的话之前,抢先打断我,"她家在(为维护隐私删除地名)。他就在她家装神弄鬼,我想我们可以过去,教训教训那个王八蛋。"

我感到一阵不耐烦涌上心头,主要是因为约翰也知道她的故事鬼话连篇。然后我突然想通了:没错,约翰早就知道了,所以他打电话给我,是想撮合我和这个女孩。她可爱得要命,男友又刚死,刚好可以让我英雄救美。一如往常,我不知道该感谢约翰,还是揍他一拳。

我脑中同时浮现出十六个反对的理由,但不知道为什么,这些理由都互相抵消了。如果浮现的理由数目一开始就是奇数的话……

我们开着我的福特越野车离开。我们告诉谢莉她可能有脑震荡，叫她不要开车，然而真正的原因是，不管她的故事是真是假，我们都还清楚地记得坎波先生和他装满蜘蛛的怪车。弗兰克得经过惨痛的亲身经验，才会发现藏匿于夜晚的黑暗阴影并不是只在老房子或废弃的船上出没，而是直接在你脑袋里作祟。

谢莉坐在副驾驶座上，蜷起身子，茫然地看着窗外。她说："所以，你们两个经常做这种事吗？"

"断断续续，"约翰说，"做了有几年了。"

"你们是怎么开始做这一行的？"

"那时候发生了一件事，"他说，"应该说是好几件事。后来死了一个人，又死了一个人，还扯上一些毒品，说来话长。现在我们有时候可以看到一些东西，比如我身边就有一只死猫走来走去，老在想我为什么不喂它。哦，我还吃过一个汉堡，一咬它就哼哼叫。"他瞥了我一眼。"你还记得吗？"

我闷哼一声，什么也没说。

那个汉堡才没有哼哼叫，约翰，它根本是在尖叫。

谢莉看起来根本没有在听。

"我把我们的能力称作但丁综合征。"约翰说，我从没听过他说这个名称，"也就是说，我认为我和阿卫获得了看见地狱的能力，只是我们发现地狱就在这里，就在我们四周，穿过我们，在我们体内，就像游过你肺部、肠子和血管的微生物。嘿，快看！猫头鹰！"

我们全都抬起头，果然是只猫头鹰没错。

"总而言之，"我插嘴道，"我们一开始只是帮了几个人的忙，后来话就传开了。"

我觉得背景介绍这样就够了。我想阻止约翰,免得他继续讲下去就会讲到他把那个尖叫的汉堡吃到一口不剩。

我在我家停靠,没有熄火就下车去拿装备。我穿过主屋,走向后院受风雨摧残的工具间,打开挂着大锁的门,用手电筒扫过阴暗的柜子:

眼睛周围有血迹干掉的小熊维尼玩偶;

塞好棉花的獾蟒(獾和蟒蛇的混种)填充玩具;

装满混浊甲醛的玻璃瓶,里面浮动着一群蟑螂,大约排列成十五厘米长的人类手掌形状。

我抓起约翰从主题餐厅墙上偷来的中世纪造型火把,捡起一个装满绿色浓稠液体的透明塑料挤瓶,可我的手刚一摸,液体马上变得血红。我重新思考了一下,把瓶子放回架子上,改拿我的古董——一九八七手提音箱。

我走进屋里叫莫莉,同时打开厨房柜子里的小塑料袋,里面装满橡皮擦般的弹性粉色小块,我抓了一把放进口袋,然后冲出门外,大狗紧跟在我脚后。

谢莉家是一栋普通的双层农舍,白色外墙搭配黑色百叶窗,坐落在一大片草地上,周围环绕着收割后的平坦玉米田。我们走过母牛造型的信箱,看到大门上钉着手绘门牌:莫里森宅,一九六二年建。约翰和我站在门口,为了到底需不需要那个"宅"字辩论了很久。

我知道,如果我真的有脑子,这时候就该马上走人。

约翰走上前,推开大门,然后躲到一旁。我伸手从口袋里掏出一个粉色小块,这是牛排造型的狗零食,上面甚至画了细细的棕色烤盘痕迹。这时我突然想到,狗根本没见过烤盘的痕迹,这些细线只是画来给我看的。

"莫莉!"

我拿着零食在它眼前晃晃,然后把粉色小块丢进门里,大狗跟着跑了进去。

我们站在门外,等待譬如狗肉飞溅到墙上的声音,然而只听到莫莉的脚掌踩着地板跑动,最后它跑回门口,愚蠢地咧开嘴笑。于是我们判断室内安全,可以进去了。

谢莉张开嘴,好像要反对,但显然又决定算了。我们踏进黑暗的客厅,谢莉走过去要开灯,但我伸手示意她等等。

约翰举起火把,把打火机凑过去,火把头蹿起三十厘米高的火焰,我们就着闪烁的火光,蹑手蹑脚地慢慢穿过屋子内部。我发现约翰用热水瓶带了咖啡,显然这个"小忙"已经需要我们熬夜了。我必须承认,喝了他的咖啡后,肚子里恐怖的灼烧感确实能让人清醒。

我问道:"通常你都在哪里看到他?"

谢莉的手指又开始拧裙摆。"地下室,还有一次在厕所。他的手,呃,从马桶里伸出来,那时候我正在——"

"我知道了。告诉我们地下室的门在哪儿。"

"厨房里,可是我——那个,我不想下去。"

"没关系,"约翰说,"你跟狗狗待在这里,我们下去就好。"

我瞄了约翰一眼,心想身为她英俊的新白马王子,这句应该是我的台词才对。我们重重踩着台阶下楼,火把的光线流泻至楼梯下方,谢莉留在我们后面,蹲在莫莉身旁轻拍它的背。

楼下是一间舒适简约的地下室。

有洗衣机和烘衣机。

热水器发出轻柔的滴答声。

一台高度及腰的大冰柜。

约翰说:"他不在这儿。"

"真没想到啊。"

约翰用火把点燃一根烟。

"感觉她人很好吧?"约翰轻声说,声音好像奉承般,他又眨了眨眼,"你知道吗?她让我想到珍妮弗的朋友安伯,我开门看到她的时候,一开始还以为就是安伯。对了,阿卫,谢谢你来当我的助手,不是说我要乘虚而入什么的,但是……"

我早就没在听约翰说话了。当下我马上知道事情不大对劲,存疑的感觉在脑海深处徘徊不去,就像教室最后一排一直举着手的小孩。约翰现在扮起侦探,靠在大水槽旁,水槽边挂了几条白布。

"哦,这才对嘛。"约翰说着,拎起一段白布,"你看看这个鬼东西。整块布是白的,还接着绑带,像一条围裙。好吧,这块布以前是白的,现在中间沾满了粉红色的褪色血迹,像幼儿园小孩画的日本国旗。"

我转向巨大的冰柜,又感到那股吓死人的恐惧,又冷、又硬、又重。我大步走上前,打开冰柜的盖子。

"哦,天哪。"

我先看到一根又软又紫的舌头,不太像人的,比较长,像动物的舌头。这根舌头卷起来放在保鲜袋里,外面覆盖了一层霜。冰柜里不只这根舌头,还装满大块大块的肉,有些放在透明塑料袋里,几块比较大的则包在沾了粉色污渍的白纸中。

屠夫用纸。白色的围裙。

"这太明显了,"约翰说,"不是听说有不明飞行物在外面乱杀母牛吗？亲爱的朋友，我想我们找到答案了。"

我叹了口气。

"蠢蛋，这是一头鹿，她爸显然会打猎，他们把猎到的肉都留下来了。"

我翻了一下冰柜，找到一只冰冻的火鸡和几串香肠。我关上盖子，觉得自己很蠢，尽管这理由其实不太对。现在太晚了，我又睡得太少。

约翰开始乱翻房间内的柜子。我环视四周，寻找手提音箱，然后才发现我们没有把音箱带下来。为什么我会觉得不安？音箱不是在楼上谢莉那边吗？

"嘿，阿卫，你记不记得有个家伙的地下室淹水，他打电话给我们，坚称有一只四点五米长的鲨鱼在地下室游泳？"

我确实记得，却没有回答，以免错失脑中闪过的一丝想法。这个想法就飘在触手可及的范围之外，像风大的日子里乱飘的气球。况且等我们到了那个人的家，地下室根本没有大白鲨，只有一只两米多的普通虎鲨，我们要他等地下室干了再叫我们。等水退了之后，鲨鱼也消失了，仿佛凭空蒸发，或从水泥墙的小缝隙里渗出去了。

快想！该死的短暂注意力。有件事不对劲。

我试着把离题的思绪拉回来，继续想手提音箱的事。约翰在跳蚤市场找到这台音箱。《圣经·旧约》里有个故事，年轻的大卫用竖琴弹奏美妙的音乐，赶跑了恶魔——

等一下。

"约翰，你刚刚说你觉得她长得像安伯？"

"对啊。"

"约翰，安伯几乎跟我一样高，一头金发，长得有点头重脚轻，对吧?"

"对啊,超级可爱。我是说——"

"然后你还觉得谢莉长得像她?楼上那个女生?"

"对啊。"约翰转过来看着我。他已经知道我的意思了。

"约翰,谢莉很矮,栗色头发,蓝眼睛。"

——它们会直接在你脑袋里作祟——

约翰叹了口气,熄了烟,把烟蒂丢到地上。"可恶。"

我们转向楼梯,才踏上一阶就僵在原地。谢莉坐在楼梯中央,一手环着莫莉的脖子,眼神无辜,小心翼翼,继续扮演她的角色。

我慢慢踏上第三阶楼梯,然后说:"请问一下……呃,小姐,不好意思,我忘了你姓——"

"叫我谢莉就好。"

"我知道,不过还是告诉我吧,我讨厌忘东忘西。"

"莫里斯。"

我又朝她靠近一步。

"我想也是。"

再踏一步,我听见约翰跟着走上来。

"那么,"我说,"这栋房子是谁家的?"

"什么?"

"大门口的门牌写着莫里森宅,莫里森,不是莫里斯。现在可以麻烦你形容一下你的外表吗?"

"我不——"

"因为约翰和我发现一个问题:我们两个看到的你完全不一样。当然,约翰天天打手枪,所以眼神不好,但我不认为——"

她爆成了一堆蛇。

没错,她的身体似乎从内往外喷,落在地上变成一摊扭动的黑色物体。我定睛一看,发现那是一群缠在一起的黑色长蛇,互相挤压着滚下楼梯。它们滑过脚边时,我们抬脚用力地踹,约翰用火把把它们赶开。

我看见几条蛇的鳞片上有颜色,类似肌肤或谢莉裙子上的花纹。我还瞄到有条蛇的侧面嵌着一颗蠕动的人类眼珠,虹膜是浅蓝色的。

莫莉往后一跳,叫了起来——我觉得有点晚了——并假装咬向一条滑下楼梯的蛇;接着它跳上楼梯顶端,消失在门口。我们踢开滑动的蛇,跟着大狗用力爬上楼梯,这时楼梯口的门却砰的一声自动关上了。

我伸手抓住门把手,就在这一刻,门把手开始融化变形,颜色愈来愈粉红,最终变成一根软趴趴的阴茎,轻轻拍打着门板,仿佛有人从另一侧把老二塞过门把手的洞里。

我转身对约翰说:"门打不开。"

我们跌跌撞撞地走下楼梯,约翰一口气跳过最后五阶,重重地落在水泥地上。蛇群避开火光,消失在柜子底下和硬纸盒之间。

这时候地下室开始涌入大便。

咖啡色软泥从地上的排水孔挤出来,带来毫无疑问的恶臭。我四处张望,寻找可以爬出去的窗户,却发现一扇也没有。污水从地板中央冲出来,绕着我的鞋底打转。

约翰大喊:"那边!"

我猛然转过头去,看到他抓起架子上的一个小塑料盒,放到地上。他爬到盒子上,然后就站在那儿,任由粪便愈涨愈高。他终于抬头看着我。"你在干什么?赶快想办法把我们弄出去!"

脏东西已经淹到我的脚踝,暖得有点恼人,我艰难地四处走动,抬头往上看，终于找到一根从火炉通往一楼的巨大方形管子——回风管。我走到墙上的工具柜前，抓起一根十五厘米的螺丝起子，戳进铁管和地板间的空隙。

随着钉子被拔出的尖锐声，我把铁管扳开了。

我终于抓住铁管的边缘，感到管子硬压着我的手指。我把铁管拉下来，露出上方阴暗的客厅，中间隔着一道铁网。我往上一跳，用双手把网子撞开，接着再跳一次，双手抓住一楼的地板，手指摸到了地毯。经过一阵疯狂别扭的动作之后，我终于成功地把身子抬上去，躺在了客厅的地板上。

我从方形的洞口往下瞧，看见一抹火光出现，紧接着是火把跟约翰的手。几秒钟后，我们一起站在客厅里，四处张望，大口喘着气。

什么都没有。

我们头上的空气传来低沉的震动，是一阵笑声，听起来像毫无幽默感的干咳，仿佛房子在用木头和灰泥做成的大肺挤出空气。

约翰说："浑蛋。"

"约翰，我明天就要去改手机号码，而且我不会把新号码告诉你。我们赶快收工吧。"

我们都知道该怎么做——想办法把怪物引出来。约翰把他的打火机交给我。

"你去点一些蜡烛，我要脱了衣服去浴室站着。"

我走回放手提音箱和其他用具的地方，莫莉跟着我。我在房子各处点了几根蜡烛——只是为了让气氛毛骨悚然一点。约翰跑去洗澡，我找到另一间浴室，洗掉鞋子和脚上的污泥。

"哦，不！"隔着水声，我听见约翰大喊，"我在洗澡，这里面好暗！只有我一个人！我又没穿衣服，好可怕！"

我已经无事可做，就在房子里再绕了一下，最后找到一间卧室。我瞄了手表一眼，叹了口气，躺在棉被上。

这时已经快凌晨四点了。

这个步骤可能要花好几个小时或好几天。时间，它们只有时间最多。我听见莫莉在床边的地上趴下，我伸手拍拍它，它跟一般的狗一样舔舔我的手。我心想狗为什么要舔人的手，常常想下次要是有人的手指靠近我的嘴巴时，我也要试试看，比方说去看牙医的时候。

二十分钟后，约翰洗好澡回来，围着八成是他找得到的最短的毛巾。他低声说："我刚刚好像看到通往阁楼的板门，我去看看上面是不是真的有房间，可以让怪物爬来爬去。搞不好怪物会从很恐怖的军用大行李箱里跳出来。"

我点点头。约翰夸张地提高音量说："不，我们两个被困在这里了，我去找人帮忙。"

"好啊，"我大声回答，"或许我们该分头行动。"

约翰离开了房间。我试着放松，甚至希望能小睡一会儿，鬼怪最喜欢在你睡觉的时候偷袭了。我抓抓莫莉的头，然后——

梦乡。有东西在舔我，另一个房间传来轻柔的泼水声。我梦见一个影子自己从墙上爬下，朝我飘来，我的大部分梦都像这样，总是以真实事件为蓝本。

我猛然睁开眼睛，右手臂还垂在床垫边缘，一根粗糙的舌头继续舔着我的无名指。我睡了多久？三十秒，还是两个钟头？

我坐起身，努力适应黑暗。最近的蜡烛在浴室里，散发的微光照亮了走廊。

我静静地从床尾下床,穿过房间来到走廊,沿着走廊走向声音和光线的来源。我的手一路划过墙上灰泥的纹路,直到我来到传出轻柔泼水声的浴室。不是泼水声,而是喝水声。我探头进去。

莫莉正在喝马桶里的水,它转过头来,用几乎像猫一样"需要我帮忙吗"的眼神看着我。我茫然地想着它居然用喝大便水的嘴巴来舔我的手……

如果它在浴室,那刚刚床边的就不是它。

我拿起台子上的蜡烛,走回卧室。我走进房间,烛光在我身边照出不均匀的光环,推开周遭的阴影。我走向床,看到……

肉。本来放在冰柜里的十几包肉块现在非常正式、整齐地摆在床边的地板上,包装稍稍撕开了一点,大略排成人体的形状。

我将光源移向头的位置,看见一只冷冻火鸡,还包在屠夫用纸里面。火鸡下方和躯干之间放着那根切断的舌头,径自在地上拍打。

嗯,这我倒没看过。

火鸡、舌头和一排肋骨突然从地上飘起来,吓了我一跳。

排成人形的肉块升起来,好像组成了一个身体,它的手臂是鸡肉和培根,它用手臂支起身体,小香肠做的五指撑在地上。我脑中突然闪过"被德国香肠捣蛋鬼从后面上"这句话。怪物终于站直身体,它看起来像是肉店的吉祥物,不过这家店的收入一定少得可怜,只能供老板吸毒而已。

"约翰!这里有个,呃,东西。"

怪物大概有两米高,火鸡头左右旋转勘查房间,没用的舌头在下方摇摆。它朝我伸出一根香肠手指。

"你。"

它在指控我。我们以前碰到过这个家伙吗?我不记得,我记脸的功夫一向不好。

"你折磨了我六次,现在准备肉死吧!"

我无法确定它是不是真的说了"肉死",而不是"受死",但我决定相信自己的耳朵。我拔腿就跑。

"约翰!约翰!紧急状况五十三!"

那家伙追了上来,薄片火腿做成的脚拍打着我身后的地板。我的蜡烛灭了,我只好把蜡烛丢掉,接着我在右手边看到一扇关着的门,赶忙紧急刹车,拉开门冲进去。

装满毛巾的层板迎面撞上我的脸,我往后跌出柜子,眼冒金星。肉人用小香肠抓住我的脖子,把我抬起来压在墙壁上。

"你真让我失望。我们决斗过那么多次,在沙漠,在城市,你以为你在威尼斯就打败我了吧?"

我非常佩服这家伙能用晃动的鹿舌头和冷冻火鸡头讲出话来,以至于我几乎没听见它说了什么。

威尼斯?它刚刚是说威尼斯吗?什么鬼?

这时莫莉跑过来,一副狗狗的世界一点问题都没有的样子。

然后它发现有些肉站在附近,便开心地啃起一根十五厘米宽的腊肠串,也就是那家伙的脚踝。

"啊啊啊啊啊!"

它松手让我跌到地上,我赶忙爬起来往楼下跑。肉人跟了过来。

约翰已经在楼梯底端等着了。

他手上拿着音箱。

怪物在楼梯中央停住,没有眼睛的火鸡头盯着约翰手中的装置,仿佛感知到了危险。

哦,当《圣经·旧约》里的恶魔看到年轻的大卫弹起竖琴,发现古老的魔法可以打败一切黑暗时，它一定发出了怒吼的尖叫吧！走动的肉怪知道我们要干什么，它知道我们要使用同样的魔法。

约翰点点头，好像在说："我们赢了。"

他按下"播放"键。

音乐充斥着房间，澄澈的旋律可以振奋任何人的心，赶走任何鬼怪。

他播放的是白蛇乐团的《再次出发》。

怪物抓住火鸡头上应该是耳朵所在的位置，跪倒在地。约翰把音箱像护身符一样在眼前挥舞，一面走上楼梯，让音乐更靠近怪物。它身上每厘米覆盖脂肪的滑润皮肤和软骨都痛苦地扭曲着。

"接招吧！"约翰尖叫道，突然变得很大胆，"看来你的防御系统需要加点料了！"

怪物捧住肚子。我心想它大概很痛吧。

没想到它扯下一个火腿罐头，在约翰反应过来之前，就把罐头砸向音箱。罐头像兰迪·约翰逊丢的快速球般划过空中。

罐头直接击中目标。火光一闪，几块塑料片飞向空中，音箱从约翰手中掉了下来，重重地落在楼梯上。

约翰没了武器，连忙跳回地板，怪物则起身追上来。它抓住约翰的脖子，还伸手想抓我，但我闪开了，抓住桌上的咖啡热水瓶；我拿着热水瓶跑回来，旋开盖子，把咖啡泼在抓住约翰的肉手臂上。

肉团怪高声尖叫，它的手臂开始冒烟起泡，烧了起来，整只手臂变得焦黑，从肩膀脱落并掉到硬木地板上。重获自由的约翰跪在地上，大口喘着气。

怪物怒吼一声，"肉肉地"倒在地上，它举起仅剩的一只手臂指着我。

"你永远无法打败我，马尔科尼！我已经用法力封印了这栋房子，你逃不出去的！"

我停下来，双手搁在屁股上，大步走到它前面。"马尔科尼？你是说艾伯特·马尔科尼博士兼牧师？那个在探索频道主持《神奇谜团》的家伙？"

约翰走过来，瞪着受伤的怪物。"你真是蠢毙了。马尔科尼已经五十岁了，一头白发，阿卫和我加起来都没那么老。你的宿敌现在八成在哪里演讲，他赚的钱摞起来都可以淹到腰了。"

那家伙把火鸡头转向我。

"这样好了，"我提议，"如果我能替你联络上马尔科尼，让你解决你们的小问题，你可以放我们走吗？"

"骗子！"

"我没办法把他叫来这里，但是你有超凡的能力，远距离也能杀了他吧？等一下啊。"

它看我掏出手机拨打号码。电话一路经过秘书、对外发言人、保镖、总机、又是那个秘书，最后由个人助理转接。终于找到人了。

"我是马尔科尼。我的秘书说你那里有只肉怪？"

"没错，请等一下。"

我把电话递给肉怪。"说好了啊？"

那家伙站起来，迟疑了一下，终于点了点火鸡头。我把手机交给它，同时狠狠地看了约翰一眼，希望他懂我的意思——我们的替代计划就是让怪物把他打个半死，我则想办法找扇窗户逃走。去他的女孩和她的"幽灵男友"，马尔科尼大老远就能看穿这种烂招了。

一团香肠手指从我手中拿走手机。

"喂！"它对着话筒大吼，"马尔科尼，我们来'决肉'吧！你以为你已经打败我了，但我——"

怪物突然起火燃烧，变成一团蓝色的火焰，伴随刺破耳膜的尖叫声，它离开了我们的世界。无生命的肉块——落到地上，手机也咣当一声掉在旁边。

一阵沉默。

"哇，他也太强了。"约翰说。我走过去捡起手机，凑到耳边想问博士到底做了什么，但电话已经转回秘书手上。我挂掉电话。博士连打声招呼的时间都没有。

约翰故作轻松地做出掸灰尘的动作。"好吧，这件事实在有点蠢。"

我试着打开大门，门一下就开了，搞不好一开始就没有被封印。我们花了一点时间把房子弄整齐，但屋里没有被绑起来或肢解的莫里森家人，我们猜"谢莉"说这家人去旅行的时候，至少说的是实话。地下室的粪便已经消失，但我没办法把拆下来的暖气管装回去。我们尽量把肉块塞回冰柜，只差某一块。

等我回到家，阳光已经逐渐吞噬夜空。我走进工具间，放好坏掉的手提音箱，接着找出一个空瓶子，装满甲醛，把那根鹿舌头丢了进去。我将瓶子放到架子上，摆在一只填充的猴子手掌旁，动也不动的手掌直直地伸着两根手指。我锁上门，上床睡觉。

——出自王大卫的日记

# 第一部 他家中国菜！

# 第一章 飘浮的"牙买加人"

据说洛杉矶这地方就像《绿野仙踪》里的世界一样，前一秒还是单调的小镇小区，接着砰的一声，你突然就身处色彩缤纷、四处蔓延的怪胎秀当中，到处都是侏儒。

可惜我的故事不是发生在洛杉矶。

现在我在美国中西部的一个小镇，镇名我不能公开，等一下你就会知道为什么。我在一家叫"他家中国菜！"的餐厅，老板是一对来自捷克共和国的兄弟，据我所知，他们对中国或中国菜都没什么概念。我当初挑定地点时，以为这里还是上个月那家墨西哥酒吧烧烤店；其实餐厅在最近才改装，所以有面墙上还挂着那幅丑陋的壁画，画中黝黑的女子骑着野牛，骄傲地挥舞着墨西哥国旗，手臂下还夹着跟猪一样大的卡通版墨西哥卷饼。

这座小镇大到可以开四家麦当劳，但还不够大，走在路上只会偶尔看到流浪汉。你在这里可以叫到出租车，但不是站在人行道上随便一招就有，要打电话叫，而且出租车也不是黄色的。

美国中西部的天气每天都很不一样，高速气流像愤怒的蛇神在我们头上波动，我曾经碰到过气温高达四十二度或跌至零下八度的日子，或者一天八小时内的温度相差整整二十四度。这座小镇位于龙卷风走廊内，每年春天，旋转怒吼的木炭怪兽就会凭空出现，把镇上的简便房屋扯碎得像被巨大的果汁机搅过一般。

然而除此之外，这座小镇还不赖，真的。

不过我们这里失业率很高，镇上有两家工厂都倒闭了，还有一家大卖场在营业前就破了产，只剩个空壳在那儿养蚊子。我们离肯塔基州不远，而肯塔基州是美国南北方的非正式界线，所以常看到卡车上贴着美国南军旗帜的贴纸，外加"南方卡车，世界第一"的标语；这里也有很多乡村音乐电台，以及很多跟"黑鬼"有关的笑话。镇上下水沟的污水偶尔会莫名其妙地淹到马路上；到处都是流浪狗，大多都有吓人的肢体残障。

好吧，这座小镇根本烂透了。

美国商会不会告诉你很多这个不具名小镇的秘密，比方说我们的人均精神病患者人数是州内其他城市的四倍；环保局在八十年代秘密调查了小镇的水源，希望能找出原因，可一周后，负责的首席调查员陈尸于其中一座水塔内，而水塔上最大的洞口却是只有二十五厘米宽的阀门，大家都觉得很奇怪。更怪的是，调查员的双眼被烧，粘在一起——不过这是另一回事了。

对了，我叫大卫，呃，你好。我曾经看到一名男子的肾脏长出触角，在他背上扯出参差不齐的洞，然后拍打着触角跳过我家的厨房地板。

我叹了口气，茫然地从"他家中国菜！"的窗户往外看，偶尔瞄向对街阴暗的信用合作社，里面的电子钟显示是傍晚六点三十二分。记者迟到了,我在想要不要离开。

我不想讲这个故事——我和约翰在不具名小镇发生的故事(我想这些事也发生在其他地方)。因为不管怎么讲,听起来都只会像我在发疯而已,而且疯的程度跟……会刮大"风"的荒原,或者其他会刮风的地方——一样。我想象自己对记者掏心掏肺,滔滔不绝地讲着黑影、虫子、克洛克和弗雷德·德斯特的事,在画得超丑的墨西哥卷饼墙壁前口无遮拦地一直说。再怎么想,这都只会变成史上无敌蠢的笑话而已吧。

"够了,"我对自己说,"赶快走吧。等你要死的时候,你绝对会希望你没浪费这么多时间等人。"

我准备站起来,然而才起身一半就停住了。我的肚子一阵绞痛,好像被牛撞到似的,晕眩感再次浮上脑门。

我跌回位子上。更多副作用层出不穷,我已经头昏脑涨,全身从肩膀到脚底都不受控制地颤抖,仿佛吞下了一台震动器。每次我服用"酱油"都会这样,而我六小时前才吃过。

我缓缓地深呼吸,想舒缓身体、平复情绪。放松下来后,我转头看到一名矮小的亚裔服务生端着鸡肉炒饭,送给餐厅另一端的胡子男。

我眯起眼睛,一秒内就数出她端的盘子上有五千八百二十九颗饭粒,米的产地是阿肯色州,开收割机的男子绰号是"爱穴男"。

我不是天才,只要随便问问我爸,还有以前我在不具名高中的所有老师,他们都会这样告诉你。我也不会通灵,这些都只是副作用而已。

我的身体又抽搐了一下,电流快速轻巧地拂过全身,就像把椅子往后翘到快倒的时候,你会感到肾上腺素在快速分泌。我想我还是坐着等副作用过去好了，反正我也还在等我点的"红烧虾仁团聚餐"。我其实不饿，完全是想看看这道菜长什么样子。

包在餐巾里的扁平餐具摆在桌上，旁边是我点的冰红茶，再旁边几厘米放着另一样东西，不过现在我不太想管它。我摊开餐巾，闭上眼睛摸了一下叉子，马上知道这把叉子在六年前的一个周四产自宾夕法尼亚，有个家伙曾用这把叉子刮掉了脚底的狗屎。

"你得再熬个几天，"我自己的声音再次在脑海内响起，"明天或后天你睁开眼睛，一切都会恢复正常。应该说几乎恢复正常吧，毕竟你还是又丑又笨，偶尔也会看到让你——"

我真的睁开眼睛，吓得抖了一下。一名男子坐在桌子对面的位子上，我完全没有听到、感到或闻到他坐下来。他是跟我讲过电话的那位记者吗？

还是忍者？

"嘿，"我喃喃地说，"你是阿尼吗？"

"嗯。你刚刚睡着了吗？"他和我握手。

"呃，没有，我只是想揉掉眼睛里的脏东西。我是王大卫，很高兴认识你。"

"不好意思，我迟到了。"

阿尼·金石长得跟我想得一模一样。他比我老一些，顶着乱糟糟的头发，蓄了一脸胡子，宽宽的脸看起来很适合抽雪茄。他穿着一件比我岁数还大的灰西装，领带被打成肥肥的温莎结。

他在电话里告诉我他是某全国杂志的记者，想要写一篇我和我朋友约翰的专题报道。我们不是第一次接到这种邀约，但这是我第一次答应。我在网络上查了一下这个家伙，发现他专门报道古怪的个人小故事，跟美国记者查尔斯·库拉尔特的节目一样。其中一篇文章介绍一名男子疯狂地搜集灯泡，然后在上面画风景画，而另一篇则讲了一个养了六百只猫的女生，大概都是这样的故事。我想这就是给正常人看的怪胎秀，让他们可以围着公司休息室的咖啡机谈笑的故事。

阿尼盯着我的脸有点久，仔细看我额头上一滴滴的冷汗、苍白的皮肤和过长的头发。然而他没有提到这些，反而说："王先生，你看起来不像亚洲人。"

"我不是，我在'不具名小镇'出生。我改过名字，这样别人比较不容易找到我。"

阿尼向我投来第一个怀疑的眼神，我想接下来我还会看到很多很多次。"为什么？"

我半闭起双眼，脑子里充斥着人类出现以来生于世界上的一千零三十亿人，汪洋般的人像单一生物体中的细胞一样出生、死亡、增加。我紧闭起眼睛，试着专注地想象服务生的胸部，好清空脑袋。

我说："王是世界上最常见的姓。如果你在网络上搜寻我，你可能得看一大堆没用的信息，才能找到我。"

他说："好吧。你的家人也住在这里吗？"

一开始就直捣红心啊！

"我是养子，我不知道生父是谁，你也有可能是我爸。你是我爸吗？"

"呃，我想不是。"

我试着判断这些是要让访谈更有料的热身问题，还是他早就知道答案了——我想后者比较有可能。

还不如就全说了吧，不然我们在这里干什么？

"我的养父母搬走了，我不会告诉你他们在哪儿。你先把笔拿出来吧，我接下来要说的故事你一定有兴趣。至于我的生母，她住在精神病院。"

"真是辛苦你了。她为什么——"

"她是个暴力狂，老爱发呆，脾气暴躁，还沉迷于吸血鬼和萨满教，每个月都把救济金拿去买黑蜡烛。当然，撒旦偶尔会帮她，但是跟恶魔打交道总是有风险，永远都很危险。"

阿尼沉默了一下，然后说："真的吗？"

"不是，我紧张的时候就会乱讲话。我生母只是得了躁郁症，没办法照顾我而已。不过你不觉得另一个版本比较酷吗？你应该用那个。"

阿尼朝我投以记者练过的诚恳表情，然后说："我以为你想亲口告诉我事情的真相，不然我们在这里干什么，王先生？"

因为我总是听女生的话。

"你说得对。对不起。"

"好吧，既然我们谈到精神病，你高三的时候读特别班……"

"大家都误会了，"我撒谎道，"学校说我'情绪不稳定'，但我只是打了几次架，都是小孩子瞎闹，没有人告我什么的。疯子不会遗传。"

阿尼看了我一眼，我们都知道一般大众没办法查阅少年法庭的记录，他只能相信我的说辞。我开始思考他听完我要说的疯狂狗屁故事之后，到底会在文章中怎么写我的高三生活。

他将视线移向桌上的另一样东西。在他眼中，那只是一个普通的小罐子，大小、形状类似缠线用的线轴，材质是平整光滑的铁。我用手指轻碰罐子，罐子表面摸起来很凉，仿佛整晚都放在冷冻库里。就算把罐子从早到晚放在烈日底下，摸起来还是凉的。我想你可能会以为这是很有型的药罐。

　　阿尼，我可以把你吓个半死。如果我给你看罐子里的东西，你永远都没办法一觉睡到天亮，也无法完全沉醉于电影当中；你到死都会觉得跟人类格格不入。不过你还没准备好，我保证你更没办法看我放在车上的东西……

　　"好吧，"阿尼继续说，"不管怎么说，精神病一点都不可耻。身为人嘛，偶尔都会生点小病，不是吗？比方说，我先前到北方采访一个高级律师，前阵子他在精神病房待了两个礼拜——他叫弗兰克·坎波，你听过这个人吗？"

　　"嗯，算认识吧。"

　　"弗兰克不肯跟我谈，但他的家人告诉我他能看到幻觉——几乎每天都会看到怪东西。他之前出了车祸，然后状况愈来愈差。他在感恩节发作了一次，他太太把烤火鸡端上桌，但弗兰克看到的不是火鸡，而是人类婴儿蜷缩在盘子上，被烤成酥黄色，嘴里塞满填料。他彻底崩溃了，好几个礼拜都不肯吃东西。现在他每隔几天就会出状况，他的家人认为是车祸造成的脑部损伤，但是医生也束手无策，对吧？"

　　"嗯，差不多就是这样。"

　　阿尼，你跳过了最诡异的部分。为什么他会出车祸？他在车子里看到了什么……

　　"不过现在，"阿尼说，"他已经痊愈了。"

　　"他们告诉你的吗？弗兰克啊，真是太好了。"

　　"他们都说是你和你的朋友治好他的。"

　　"对啊，我和约翰，我们尽力了。不过真是太好了，我很高兴他没事。"

阿尼的嘴角勾起一抹微笑，带着一丝不悦。你看看这个疯子，顶着一头疯子的丑发型，带着疯狂的小药瓶，讲这种疯狂的蠢故事。

需要累积几十年的嘲讽经验才能练成这种冷笑啊，阿尼？光看就让我觉得好累。

"跟我谈谈约翰吧。"

"要讲什么？他二十出头，我们是学校同学。约翰也不是他真正的名字。"

"让我猜猜看……"

我脑海中又开始闪过影像，数个世纪以来无数的人类散布全球，就像快速播放橙子长满霉菌的画面。赶快想服务生的胸部。胸部、胸部、胸部。

"……约翰是世界上最常见的名字。"

"没错，"我说，"但世界上没有一个人叫王约翰。我查过了。"

"你确定？我同事就叫王约翰。"

"真的吗？"

"我们继续吧。"阿尼说。他大概在心里告诉自己，这个叫王大卫的小子八九不离十是在胡扯。

最好是啦，阿尼，等你听完剩下的故事再说吧。如果你的屁话侦测器真的这么神，那么再过几分钟，你的侦测器一定会爆炸，一口气炸掉半个街区。

"你们两个一直都有一小群粉丝吧？"他说，翻回小笔记本写满潦草字迹的一页，"我在网络上找到几个留言板，专门讨论你和你的朋友，还有你们的……兴趣。所以你们是招魂师？驱魔师？"

好吧，屁话说够了。

"阿尼，你上衣口袋里有八十三美分，"我飞快地说，"三个二十五分硬币，一个五分镍币，三个一分硬币。三个一分硬币分别是一九八三、一九九三和一九九九年出厂的。"

阿尼露出"这屋子里我最聪明"的优越怀疑论者的灿烂笑容，然后从口袋里掏出硬币，仔细检查，确认我讲得没错。

他咳出一声笑，握拳放在桌面上，我的餐具因为餐桌震动而发出声响。"我的天呀！这招真高明，王先生。"

"如果你把五分镍币抛十次，"我继续说，"抛出的结果会是正、正、反、正、反、反、反、正、反、反。"

"我不确定我想花时间——"

那短短一瞬间，我有考虑不要再刁难阿尼了。然而我想起他的灿烂笑容，于是决定火力全开。

"阿尼，昨晚你做了一个梦。你妈妈在森林里追着你跑，用阴茎穿起来的鞭子打你。"

阿尼的脸垮了下来，像一栋爆破的房子。虽然我很讨厌几分钟前他脸上的表情，却很喜欢他现在的样子。

没错，阿尼，你知道的一切都是错的。

"我现在真的有兴趣了，王先生。"

"哦，接下来的故事更有趣呢，有趣多了。"

废话，接下来只会愈来愈糟，糟透了。

"我们的故事要从几年前开始说起。"我开口道，"我们才高中毕业没几年，还是一群小鬼。有一天我的朋友约翰去了个派对……"

当年约翰组了一个乐队，他去参加的派对就像伍德斯托克音乐节，办在一个小城湖边的泥巴地上，离不具名小镇只有几分钟的路程。当时是四月，那场派对是某个家伙为自己的生日之类办的，我不太记得了。

约翰和我跟着他的乐队"三臂萨莉"一起过去。大约晚上九点，我背着吉他大步走上舞台，台下一百多名观众冷淡地拍了拍手。所谓"舞台"其实只是一排放在草地上的木板，橘色的延长线爬过木板底下，从扩音器连到附近的小屋。

我四下张望，看到曲目单贴在其中一台老旧的扩音器上，上面写着：

骆驼大屠杀
断背超人
通往天国的阶梯
亲爱的大脚怪
我讨厌查德·韦斯堡的三十个理由
温柔地爱我

我们各就各位。

我、阿头（鼓手）、沃利·布朗（贝斯手）、凯利·斯莫尔伍德（贝斯手）和芒奇·隆巴德（贝斯手）站在台上，约翰是吉他手兼主唱，但他还没上台。还不到时候。我应该先提醒你，我不会弹吉他或任何乐器，而且我的歌声大概可以害人耳朵流血，搞不好还可以直接杀死一条狗。

我走到麦克风前。

"谢谢各位来欣赏我们的表演。我们是三臂萨莉乐队，今晚让我们像狂风暴雨一样用摇滚嗨翻天吧！"

群众毫无兴趣地嘟囔起来。阿头敲起《骆驼大屠杀》的前奏，我把吉他晃到胸前,准备开始摇滚。

突然间,我的身体扭成一团,展现出无法忍受的痛苦——我跪在地上,双手抱头倒在舞台上,像受伤的动物一样惊叫,倒下时我的手扫过吉他弦,弹出痛苦抽搐的音符。观众大吃一惊,看我陷入夸张的痉挛,最后躺在地上一动也不动。

芒奇冲过来,像急救医师那样替我检查。我跟死人一样躺在地上,他摸摸我的脖子,接着起身走向麦克风。

"各位先生、女士,他死了。"

观众陷入醉醺醺般的焦躁与恐慌。

"等一下,各位请等一下,请听我说,不要慌张。"

他等大家安静下来。

"现在,"他说,"我们必须继续表演。有人会唱歌和弹吉他吗?"

一名高大的男子从人群中走出,长卷发看起来像泄气的爆炸头——他就是约翰。他身穿橘色上衣,上面蜡纸印的黑字写着"前景松区精神病罪犯中心","精神病罪犯"五个字用黑色白板笔划掉,旁边草草写着"正常人"。约翰亲手设计的这件上衣和标语。

"这个嘛,"约翰用装出来的南方口音说,"我想我会一点。"

凯利依照剧本邀他上台,约翰从我僵硬的手中拔出吉他,阿头和沃利则粗鲁地把我拖到草地上。约翰拿起吉他,飞快地弹起《骆驼大屠杀》的前奏。三臂萨莉乐队的每场表演都这样开场。

> "我认识一个人
> 不对,我乱说的
> 头发!头发!头——发!
> 骆驼大屠杀!骆驼大屠杀!"

这段开场是约翰想到的。这家伙很糟糕,凌晨三点喝醉时想到的点子,就算等到白天酒醒了,他还是可以继续执行。对约翰来说,无时无刻不是凌晨三点。

我翻过身,躺在草地上看着夜空。这是我真正平静的人生中最后一段回忆:几个小时前雨就停了,刚清洗打亮的星斗衬着黑天鹅绒般的背景闪闪发光;音乐胡乱略过广场,草地上清凉的露珠浸湿了我的汗衫。我遥望天上闪耀的永恒"宝石",每一颗都由上帝的袖子擦得晶亮。接着一只狗叫了起来,我马上从完美的天堂跌入粪坑。

那是一只铁锈红色的狗,可能是爱尔兰雪达犬或红色拉布拉多,或者……苏格兰铁锈犬,我不太熟悉狗的种类。它的项圈上拴着一条三米长的细铁链。它在人群中跳来跳去,浑身散发出疯狂的狗狗精力,陶醉于生平第一次的自由时光。

它蹲下来在草地上尿尿,又跑到另一个地方尿了一泡,把整个新世界划为它的领地。它小跑着奔向我,铁链嘶嘶地滑过身后的草地。它闻闻我的鞋子,八成判定我已经死了,然后开始闻我的口袋,想看我的尸身上有没有牛肉干。

我伸手要拍它的头时,它缩了一下,脸上露出"不要碰我头发"的阴险表情。

它的项圈上挂着一个铜牌。

上面刻了几行字。

我叫莫莉。
请送我回到……

下面写着不具名小镇的地址。这只狗离家至少有十公里，我在想它到底花了多少时间弄断铁链。

这只狗发现和我打交道没什么好处，就小跑着离开了。我跟着它走，当场决定要把它带上车送还给主人。它的主人搞不好是一家人，现在可能担心死了，家里的小女孩为了等它回来，或许哭得稀里哗啦呢。

或者是大学姐妹会的女生，为了互相安慰而做起情色按摩……

追着狗跑要看起来很酷真的很难，尤其是我跑步的姿势本来就很娘。那只狗不断回头，朝我露出不耐烦的眼神，同时加快速度。我追着它迂回地绕到广场的另一端，这时我听到让我肠子发冷的声音。

一声尖叫，音频非常高，几乎像口哨。地球上只有两种生物能发出这种声音——非洲灰鹦鹉和十五岁的人类女性。我转过身，走向骚动的群众，那只狗小心地看着我，然后朝另一个方向跑去。我四处看看——

啊，尖叫现在变成咯咯笑了。在远离舞台的地方，一群女生聚在一起背对台上的乐队，围绕着一个满头辫子、身穿大衣的黑人，他戴着牙买加宗教运动的贝雷帽，明显想替自己塑造形象，吸引大家的注意。其中两个女生用手捂住嘴巴，眼睛瞪得老大，尖声叫那名男子再做一次、再做一次。从她们的反应来看，我想我碰到派对上最不想见到的人了——业余魔术师。

"我的天哪！"离我最近的女生说，"他刚刚飘起来了！"

其中一个女生脸色苍白，看起来快哭了，另一个女生摇头举起双手离开了。

人轻易受骗的特质正是抵着文明咽喉的一把刀。

"飘了多高？"我温和地问道。

牙买加人转头看我，试图装出异国巫毒祭司锐利的眼神。这个表情应该要让我脑中响起泰勒明电子琴的音乐才对。

"大家最爱怀疑论者了，先生。"那家伙油腔滑调地说，他的腔调听起来混合了牙买加、爱尔兰和海盗腔。

"做给他看！做给他看！"几个女生尖声说。

我不确定我为什么要扫她们的兴，我希望能代表怀疑论者一战，然而事实上，我可能只是生气这家伙今晚有艳福可享，我却没有。

"怎么样，大概离地十五厘米吧？"我问他，"单脚站的飘浮魔术吗？就是魔术师戴维·布莱恩在电视特集上一炮而红的那招？你只需要强健的脚踝和一点演技就行了吧？"

*还有喝醉的愚蠢观众……*

他的视线停在我身上，我感到熟悉的紧张。我从小学就知道这种感觉了，就像我发现不但可能因为说错话挨打，而且从上次被打以来，我完全没有花时间练习打架。不具名小镇每周五的酒吧群架后，急诊室看起来就像第三世界选举完的样子，因此像我这样聪明的家伙，有时候还是少管闲事比较好。

这时他露出灿烂的洁白露齿笑容，不愧是迷惑人的魔术师。

"让我想想……我要怎么做怀疑先生才会满意呢？啊，你看你看，你洗了脸却没洗耳朵后面吧？"

我夸张地叹了口气。他伸手到我的头侧，八成要从耳朵后面拉出闪亮的铜板。然而他把手抽回来时，手上抓的不是铜板，而是一只蠕动的黑色长蜈蚣。他把蜈蚣挂在拳头上，翻过手来，让蜈蚣绕着手爬来爬去。其中一个女孩惊叫起来。

他用拇指和食指捏住蜈蚣，把扭动的小虫抓起来给大家看。我第一次注意到他另一只手上绑了几层急救绷带。他将这只手移到蜈蚣前方，下一秒钟蜈蚣就不见了。女生们倒抽了口气。

"嗯，用虫这招还不错。"我说，瞄了手表一眼。

"先生，你想知道蜈蚣跑去哪儿了吗？"

"不想。"我突然觉得不太舒服，这家伙害我肚子怪怪的，"不过我没有恶意，你这该死的把戏很有趣啊。"

"我还会别的。"

"是啊，不过我想你最厉害的招数都留在家里吧？如果我是十六岁的小女生，你一定很乐意带我回去秀给我看吧？"

"先生，你做梦吗？请我喝一瓶啤酒，我就帮你解梦。"

简而言之，不具名小镇就是这样，在这座破败的小城里，怪胎的平均人数比旧金山以外的任何地方都多。我们应该把他说的话印在进城大路旁的绿色指标上：欢迎来到"不具名小镇"。啤酒换解梦。

我说："可惜我运气不好，没有啤酒。"

"这样好了，怀疑先生，我学《圣经·旧约》的但以理，先讲你做的上一个梦，然后再告诉你梦的意思。不过如果我说中了，你就要请我喝啤酒，可以吗？"

"好吧。我看你很幸运啊，这种超能力最适合在派对上骗啤酒喝了。"我伸头张望了一下，觉得好像看到那只狗跑过卖炸热狗的帐篷。我想让我的脚抬起来跟着狗走，同时命令我的嘴巴对这家伙说"算了吧"，但两者都不理我。

我知道跟他耗下去不仅一点好事也没有，还可能碰上一堆破事。然而我的脚就像生了根一样。

"今天早上下大雷雨的时候，你做了一个梦。"

我直直地看着他的眼睛。

哼,碰巧猜中罢了……

"在梦中,你和女朋友蒂娜复合了……"

哇,他怎么知道——

"你回到家,看到她抱着一大堆炸药,手里拿着夸张的巨大活塞引爆器,准备引爆炸弹。你问她在做什么,她说'这个啊',然后把引爆器压到底。接着,"他将双手指向空中,"你听到砰的一声。你的眼睛睁开,梦里的爆炸声原来是窗外的雷声。先生,告诉我吧,我猜得准吗?"

我,的,妈,呀。

他笑了起来。所有人都盯着我,看着我脸上一览无余的恐惧。有个女生悄声说:"天哪……"

我最讨厌在别人面前哑口无言了,于是我嘟囔了几个字。

其中一个女孩低声说:"他说对了吗?他说对了吧?"

她旁边的女孩顶着乌黑的头发,画了像浣熊的眼影,现在她突然看起来像被吸血鬼吸干了血。人群不经意地退后一两步,仿佛退到一定的安全距离以外一切就会恢复正常。

"看你脸上的表情,我想我说对了。"他咧嘴笑道,"对吧,各位小姐?不过等一下,我还没说完。"

我想走了。在我身后简陋的舞台上,约翰飙唱起《骆驼大屠杀》的最后独唱,随兴唱出一些饶舌歌词,歌声盖住阿头·"我脑中整场表演只是鼓手独奏"·范戈尔德不和谐的鼓声,以及贝斯震耳欲聋的威吓音乐。我看过不少演唱会,从业余乐队到著名的珍珠果酱乐队都有;或许我的看法有点偏颇,但我必须承认,三臂萨莉是我见过的最烂的乐队。

"先生，你可以猜到梦境的意思：你的前女友躲在家里等你，准备再次破坏你的世界。可是这个梦还要告诉你另一件事——你的梦一直想警告你，想示范给你看。"

"好啦，好啦，好啦，"我举起双手说，"你碰巧猜对了，搞不好是有人告诉你——"

"因为啊，你得勇敢一点，才能自问这些恐怖的问题：大卫，你的头脑怎么知道要打雷了？"

打雷？什么？说真的，离这家伙远一点。快走快走——

"什么？你在讲什么——"

"打雷的时候，她刚好在你的梦里按下引爆器。你的脑袋在打雷前三十秒开始做梦，但你的脑子怎么知道那个时候会打雷，来搭配梦中最后的爆炸呢？"

我疯狂地想，因为有种可悲的记忆就是倒过来的。该死，我居然在引用《爱丽斯梦游仙境》的内容。我没见过比这更逊的派对了。

"我不知道，我不知道，你不要乱讲。"我的眼睛四处乱瞟，就是不敢看那个牙买加人，我突然担心会看到他飘浮在草地上方三十厘米处。女孩们惊讶得窃窃私语，仿佛找到周一可以在学校走廊闲聊的话题。她们去死吧，所有人都去死吧！可是这王八蛋就是不肯闭嘴。

"先生，我们都做过这种梦。你梦到自己参加益智节目，全身只穿了一件护裆，就在游戏的铃声响起，宣告你输了的那一刻，现实生活中你的电话也响了。你的头脑不可能知道电话要响。你看，时间就像海洋，不像浇花的水管；空间则是一阵烟，一朵云；而你的头脑——"

"——随便啦，随便啦。"

我摇摇头，转过身，感到口干舌燥。

赶快走，赶快走。你知道这家伙有问题，不要跟他扯上关系。

舞台上，约翰吟唱起缓慢哀戚的挽歌《断背超人》。

"绝望的骆驼高飞，

背着黑暗记忆的推进器……"

"要我告诉你吗？你在摔断腿住院的时候，你爸爸到底在哪里？"他对着我的背影说。听到他的话我停下来，肠子感到瞬间发冷。"你真命天女的名字是什么？还有她会怎么死？"

"闭嘴，不然我就给你好看，看你会怎么死。"我想这么说，但没有说出口。

我逼自己走开，不舒服的超现实感受就像发生车祸的时候第一次看到马路绕着挡风玻璃旋转一般。

我真的觉得有点头晕，站都站不稳了。

"要我告诉你什么时候核弹会在美国境内爆炸吗？在哪座城市？"

我几乎要扑到这家伙身上，然而我懦弱的身体再次让我少跑一趟医院；这家伙就算没有魔力，大概也可以把我打个半死。这时我神经紧绷得要命，甚至有股冲动想揍其中一个女生算了，不过搞不好我连她们都打不赢。

"我说先生，你为什么不带着你的假牙买加腔，搭船滚回假牙买加去呢？"如果当时我能想到这句话，讲出来应该挺酷的。然而我只咕哝了几声，摆出不屑的手势，一面跌跌撞撞地走进人群，假装我对那家伙已经失去了兴趣。

"嘿!"他朝着我大喊,"先生,你欠我一瓶啤酒!嘿!"

吉卜赛人、灵媒和算塔罗牌的人都累积了数百代的练习经验,他们只需要练习,冷静地判读、演绎推理逻辑和客人的一厢情愿就够了。先随便丢几句对世上每个人都适用的评论——

"我感知到你有些困扰。"

"你好厉害!没错,我先生他……"

——接着,猎物就会把需要的信息告诉你。然而假牙买加人不可能知道那么多,绝对不可能。我看着自己踩扁了地上的杂草,那家伙刚打碎了我坚信的一切——

我重重地撞上一个女孩,把她像树一样压倒在地上。我定睛一看,发现我居然撞倒了珍妮弗·洛佩兹。

你知道单身太久是什么感觉吗?就是当你扶女生站起来,在她起身的那两秒握着她的手时,你居然会感到一阵兴奋。

"天哪,对不起。"我说。珍妮弗捡起她的啤酒瓶。"我刚看完那边的,呃,巫毒表演,有的没的,有个会飞的巫毒男。"

她穿着牛仔短裤和无袖上衣,头发被绑成马尾。我想我应该先讲清楚,她不是赫赫有名的珍妮弗·洛佩兹,只是一个我挺喜欢的当地女孩,名字碰巧一样而已。我想如果她真的是那位有名的歌手和演员,这个故事应该会更有趣,所以如果我提到她的时候,你脑中想象的是翘臀珍,我也没意见。不过我的珍妮弗只有背对我走开的时候,看起来才像那位大明星。

她最近在家得宝当收银员,每次我过去,都会拿店里最具男子气概的东西到她的柜台结账,搞得现在我家有一把斧头、三包水泥和三种不同的铁锹。上次去的时候,我买了一把五公斤重的大铁锤,还一脸失望地问她有没有更重的。她没有回答，甚至没有找我钱。

她拍掉屁股上的草渣，我感到有股急迫的冲动想伸手帮她，不过我成功地控制了自己。

老天，世界上没有哪样毒品比男性激素更能让人振奋心情了。

"真的非常非常对不起，你还好吗？"

"嗯，洒洒了一点出来，不过……"

"你来做什么啊？"

"就是来派对玩儿啊。"她随意指了一下群众和音乐，"好啦，看到你真好……"

她要走了！快说点什么！

"我是，呃，跟我们乐队一起来的。"我说，一边用走路姿势中最自然、最不像跟踪狂的脚步跟着她。她抬头看了台上一眼，又转过来看着我。

"你应该知道他们没等你就开始表演了吧？"

"哦，不是，我……不弹乐器，我只是……你一开场的时候有看到我啊，我就是那个倒下来死掉的家伙。"

"这样啊，可是我才刚到而已。"她加快了脚步。

她要走了！扑倒她！

"哦，"我朝她的背影说，"那待会儿见吧。"

她和一个金发小鬼碰头，他侧戴一顶棒球帽，穿着某乐队的上衣。这整件事让我非常沮丧，以至于我根本忘了飘浮牙买加人的事，直到……

三个小时后，约翰和乐队成员把刮痕累累的乐器搬上白色货车，车身用喷漆写着"胖杰克逊的漏气马车"——这是乐队的旧名字，几个月前我们才改了乐队名。

"阿卫!"约翰说,"你看!你相信这件上衣沾了多少汗吗?"

"还……挺惊人的。"我说。

"我们都要去'一个球',你要来吗?"

他指的是市中心的一个球酒吧。别再多问了。

"不要,"我说,"七小时后我就得去值班了。"约翰也得去值班,我们在同一家录像带店值同一时段的班。顺便告诉你,约翰过去三年已经换了六次工作。一个女孩走到约翰身后,伸手抱住他。我不认识她,不过也没什么好奇怪的。

"是啊,我也是。"他承认,"不过我得先买瓶啤酒给罗伯特。"

"谁?"

"呃,那个黑人。"

约翰指向背对我们的五个人,三个女生和两个男的,其中一个是红头发的壮汉,旁边则是戴着彩虹色贝雷帽、满头辫子的亲爱的巫毒祭司。

"看到了吗?就是穿白色网球鞋的那个男人。"

不只我看到他,他这时也转过来,对上我的视线,然后大叫:"先生,你欠我一瓶啤酒!"

"他真的很爱啤酒。"约翰说,"嘿!我听说今天有唱片公司的人来。"

"约翰,我不喜欢那个家伙。他……有点怪怪的。"

"阿卫,你什么人都不喜欢。他很酷啊,他说如果猜中我的体重,我就要请他喝啤酒,结果他第一次就猜中了,太强了。"

"你知道自己几公斤吗?"

"不太确定,但他猜得也差不了多少。"

45

"我跟你说,首先——唉,算了。约翰,那家伙的口音是装出来的,谁会做这种事?他是个骗子,而且我觉得他好像想搞鬼。走吧。"

"'想搞鬼'?你太早下结论了。你有没有想过,一手把他养大的爸爸可能是个逃犯。为了隐藏身份,他爸爸只好假装口音,而小罗伯特学着爸爸讲话,才学到同样的假腔调。"

"他这样跟你说的吗?"

"没有。"

"走吧,约翰。我的车就在树后面,我们一起走吧。"

"你要去一个球酒吧吗?"

"不去,绝对不去。"

"那我要跟阿头一起搭漏气马车,你想来的话还是可以来。"

我婉拒了他的好意。他们上车离开了。

我感到有点孤单。我不太认识派对上的其他人,于是我四处晃晃,希望能碰到珍妮弗·洛佩兹,或者至少碰到那只狗。我真的找到了珍妮弗,她坐在一辆樱桃红的六五年野马跑车里,和那个金发小子亲热,他看起来勉强到可以开车的年龄。我莫名其妙地感到非常愤怒,一路板着脸走回我油量不足的现代牌小车,鞋子穿过草丛,踢起一阵小水雾。

那只狗在等我。

它就坐在我的车门旁,好像无法理解我怎么这么久才来。我打开车门,莫莉就跳进副驾驶座。我目瞪口呆,甚至以为大狗会转头用牙齿把安全带拉下来。它没有这么做,只是坐着等我。

我跌坐进我的现代牌小车里,感觉有一千个问题在肠子里乱窜。我伸手到口袋里拿车钥匙,再把手抽出来——然后大叫。

我没有发出血腥电影里女受害人用尽全力的尖叫，只是沙哑刺耳地叫了一声："搞什么鬼？！"我手掌的皮肤上刻了一行字：你欠我一瓶啤酒。

我呆坐在黑暗中，盯着自己的手，就这样过了几分钟。我的肚子收缩抽搐，最后我决定靠着车门，吐在杂草丛里。吐完之后，我睁开眼睛，看到地上的呕吐物中有东西在动，又长又黑，而且在不断扭动。

*原来蜈蚣跑到那儿去了……*

我紧紧闭起眼睛，往后靠着椅子。我当下就决定回家并爬上床，假装这些事情没有发生过。

现在讲起我们的故事，我实在很想说：谁知道约翰会造成世界末日？不过我不会这么说，因为大部分和约翰一起长大的人都认为他真的有办法毁了这个世界。

有一次上化学课的时候，约翰"不小心"炸了一盏本生灯，还震碎了一扇窗户，他因此被停学十天。如果学校能证明他是故意的，他还可能被退学，就跟一年后的我一样。

美术老师也把他赶出班上，因为他交了一张非常精细的裸体自画像，生殖器大概加长了十五厘米。他曾经站在朋友的货车顶上假装冲浪，结果摔断了手腕。他的大腿后侧也有烫伤的痕迹，他说是自制烟火出了问题，但我认为那是他和几个朋友做火箭推进器时弄伤的。一年前他告诉我，未来他想从政，虽然他连大学都没念过。一个月前他又改变主意，跟我说想进入成人影片这一行。

## 第二章 约翰公寓里的东西

周围一片温暖和黑暗，接着传来电音版的《蟑螂舞曲》。

我的手机在响。我勉强把眼睛睁开，发现身在自己的房间里。现在是晚上，房间的地板上看起来像爆炸后的自助洗衣店，东一本西一本杂志，垃圾桶满到溢出来，跟我出门前一模一样。

哗哗哗哗，哗，哗哗哗哗，哗，哗，哗哗哗哗哗——

我的手撞倒了床头柜上所有的东西，才成功找到手机。闹钟无助地躺在地上，我眯着眼看了一下，凌晨五点十五分，还有不到两个小时我就得去工作了。

"喂？"

"阿卫？我是约翰。你在哪里？"

他的声音沙哑，呼吸比平常沉重，听起来像刚跟人打完架。

"我在睡觉，不然我要在哪儿？"

冗长的沉默。

"今天晚上我是第一次打电话来吗？"

我坐直身子，完全醒了过来。

"约翰，怎么了？"

"阿卫，我没办法离开我的公寓。"

"什么？"

"老兄，我好害怕，我说真的。"

"你在怕什么？"

"阿卫，那不可能是真的，它动的样子，还有身体的构造……它绝对不是演化出来的生物。它不是真的，不可能，可是它还是咬了我一口。"

什么？！

"什么？"

"你可以过来一趟吗？"

有一次约翰在驾驶座上昏倒，被送进医院，好在那时候他没开车，只是在温迪汉堡的得来速车道排队。事发之前，他已经五天没睡觉、没吃东西了，只喝伏特加，以及吃替代安非他命的各式家庭化学药品。我隔了一个礼拜才知道事实，因为他知道，如果当时告诉我，我会在医院直接踹他的屁股。

但是我告诉他，如果他再惹这种麻烦，而且不告诉我的话，我不但会踹他屁股，还会直接把他揍死，再追到阴间痛扁他的鬼魂。因此今晚约翰嗑药或某种烂毒嗑到嗨，虽然不足以大肆庆祝，但至少这次他告诉我了。

我说："我十二分钟后就到。"

我挂掉电话，穿起挂在椅背上的衣服，然后绊到窝在门口的大狗莫莉，差点摔死；我走出大门，大狗跟在后面。现在又开始下雨了，我闪进车内时，四月的冰雨滴搔着我的背，从衣领后面掉进去。

我开到半路,手机又响了,约翰的号码出现在发亮的屏幕上。

"喂,约翰,你还好吗?"

"阿卫,对不起把你吵醒。我惹上麻烦了,我要你听我说——"

"约翰,我已经在路上了。你五分钟前才打给我,还记得吗?"

"什么?不,阿卫,你不要过来。我家里有个东西,我不知道该怎么形容,但我觉得它不会杀我,好像只想把我关在家里。现在我要你去拉斯维加斯,联系一个叫——"

"约翰,不要紧张,你根本不知道自己在说什么。我要你坐下来,试着放松,你看到的东西都不是真的。"

紧接着一段沉默后,约翰问道:"我怎么知道我真的在跟你说话?"

"再过几分钟你就知道了,我已经开到你家路口了。照我说的,放轻松。约翰?"

电话另一端没了声音。我加快车速,雨水重击挡风玻璃,在一闪而过的人行道上积成水洼。

七分钟后,我用力捶着约翰公寓的门,接着又继续捶了五分钟,甚至想下楼叫醒他的房东。这时我转了一下门把手,发现大门从头到尾都没锁。

屋里很暗,我不用浪费时间找电灯开关——约翰家唯一的一盏地灯放在屋子的另一端,他当然不可能乖乖地把开关装在从门口够得到的地方。我搜寻着记忆,判断我和那盏灯之间至少隔着两件家具,大概还有二十个空啤酒瓶。

"约翰?"

没有人回答。我迟疑地往前踏一步,鞋子踢倒了一摞杂志。我试着跨过去,结果踩碎了杂志另一侧某种玻璃或陶瓷制的东西。

"约翰？你听得见我的声音吗？我要打电话给——啊！！"

我要不是被腾空扑倒，就是被过度热情的拥抱撞倒在地，攻击我的人和我一起重重地倒在地毯上，压得我喘不过气来。

"它差点把你给杀了！"约翰靠在我脸边几厘米的地方尖叫。"你真是蠢透了！你来这里干什么？现在我们死定了！本来你还可以去找救兵，但现在我们都要死在这个房间里了！"

他从我身上起来。黑暗中，我可以感到他的头来回晃动，好像在寻找狙击手。他举起一根手指挡在我的面前。

"嘘，我看不到它。等我说'跑'的时候，我们要尽快移到房间的另一边，你只要大跨三步，最后滑垒就行，想象恶魔本人在后面追你。好了吗？"

"约翰，听我说，"我停下来，拼命把空气吸入肺里，试着思考，"你不能再跷班了。让我带你去医院，我们可以告诉医生你中毒了，我不觉得他们会去找警察。我们可以跟医生要证明，这样我就能说服杰夫让你留下来。"

"跑！"

约翰弹起身，大步冲过房间，扑向墙边倒过来的沙发；他飞跑过沙发，双手像布娃娃一样胡乱摆动，然后砰的一声猛地撞上后面的墙壁。

我静静地站起来，走到右手边打开地灯，转头看到约翰从倒在地上的沙发后面往外瞧。沙发旁放着一把扶手椅，另一边则是一张也倒过来的咖啡桌——这家伙在客厅里建了一座家具堡垒。

"约翰……"

他站起来，眼睛瞪得老大，十指伸直朝我伸出手。

"阿卫，不要动。"他的声音平稳低沉，非常认真。

"干什么?"

"我求你,"他几乎在说悄悄话,"我知道你不相信我,你只要转过去看就知道了,可是不要尖叫,叫的话你就死定了。现在慢慢转过去吧。"

我听他的话,非常慢地转过身。

当下我还以为真的会看到什么。我感到脖子后方的汗毛竖起,仿佛有一口温热的气息吹过。

后面什么也没有。我叹了口气,很生气自己被卷入这场闹剧。

我转过来面对约翰,挑起眉毛明确地告诉他,除了一张职业摔跤女选手的巨大裸体海报之外,我没看到什么更吓人的东西。

"不是,它跑走了。"他说,"跑到那里去了。"他指向靠近屋顶的角落。

我非常缓慢地转过头,眼睛顺着他的手指,看向墙上他迫切要我看的地方。

还是什么也没有。

"约翰,你要不跟我去医院,不然我就要叫救护车了,我绝对不要——"

"大门!快逃!"

约翰跳过沙发,快步从敞开的大门跑了出去。我站着看他在地毯上翻滚一圈,然后敏捷地站起身,飞快地冲过门外的走廊。我隐约听见他撞开楼梯间的门,发出胜利的呼喊。

我叹口气,瞄了一圈他的公寓。我找到他的钥匙,放进口袋,接着再东翻西找一阵,在床上找到了他的外套。

我伸手去拿,却痛得缩回了手。某样东西刺到我的手指,扎出了一滴血。我探进外套的前口袋……

一个注射器。

那是卖给糖尿病患者的便宜免洗注射器，里头还残留着一些黑色液体，看起来像用过的摩托车机油。我把针头拔下来丢进垃圾桶，将剩下的针筒塞进我的裤子口袋。我从来没碰到过这种事，不确定医生需不需要检查针筒里的药；如果不用，我就要把针筒塞进约翰的屁股。

我继续翻他的外套口袋，看看有没有小瓶子或针管，以便告诉我他到底吸了什么东西。我只找到一包空的香烟盒，以及揉成一团的联邦快递收据——他寄了某样东西到内华达州。

我告诫自己不要不小心走上"侵犯隐私"之路，于是将身后公寓的门锁上。我走下楼，发现约翰在停车场来回踱步。倾盆大雨浇在他身上，他握紧拳头，仿佛在等沉睡之神克苏鲁从一楼的门里飞出来。我把外套丢给他，叫他快点上车。他打开车门，然后害怕地僵在那儿。

"怎么了？"我怒吼道，"又发生了什么事？"

约翰盯着莫莉，仿佛它是毛茸茸的恶魔的化身。

"约翰？"

"呃……没事。这只狗什么时候找到你的？"

"你见过这只狗？它到处跟着我跑，像只……呃，走丢的狗。"

"我不知道。反正不重要。我们赶快走吧，免得……别的东西跟上来。"他抬头瞄了公寓大楼一眼。

我钻进车里，但没有发动车子。

约翰又看了大楼一眼，然后说："至少告诉我你也看得到就好。"

"我什么也没看到。告诉我这是什么。"

我拿出针筒。约翰揉了揉眼睛，看起来很疲倦。

"你最好不要碰。现在几点了？"

"刚过凌晨五点。"

"星期几？"

"星期五晚上，应该说是星期六早上。我会感觉像星期五晚上，是因为我几乎没睡觉，而且我们今天还要上班，记得吗？"

"你不应该过来。"

"是你自己打电话求我过来的。"

约翰靠着椅子闭上眼睛，我几乎以为他睡着了。最后他喃喃地说："真的吗？什么时候？"

"约翰，告诉我这是什么东西，医生一定会问，你得先告诉我再睡。"

"我想起来了。我是打给了你——很难记得，每件事都混在一起——我打了又打，打了又打，就像机关枪往各个方向扫射，只希望能射中东西。我保证我打了二十通。"

"两通，你打给我两次。约翰，回答我的问题。"

"真的？你今天对我很凶，你知道吗？我想接下来的八九年你都会继续接到我的电话，统统都是今天晚上打的。我实在没办法，没办法抓准方向，一直脱离正确的时间……你三年后的语音信箱来电留言超好笑的。"

我把针筒塞回口袋里，发动车子。约翰伸手过来，抓住我的手腕，警戒地瞪大双眼。

"等一下，我们要去哪里？要去哪儿才能躲开这个东西？"

"急诊室，约翰。我不陪你闹了，我想不到别的方法，也不知道哪有钱付医药费。现在你嗑嗨了，或许很严重，或许还好，搞不好睡一觉就没事了。但我不知道，因为我不吸毒，也不是医生。"

"不行，我不去医院，去你家或是别的地方，赶快离开这里就好。"

我真的无法复述接下来的对话，因为实在太丢脸了。简单来说，我居然被约翰说服不带他去医院。比起他的死活，我更在意他会不会讨厌我。那天晚上的那个瞬间，我是史上最低级、自私又没种的懦夫。

我们能去哪里？我们俩都因为不同原因而感到害怕——他需要安全，而我需要某种熟悉的安慰。

我不确定我们怎么决定去丹尼斯家庭餐厅的，总之我们去了。熟悉的餐厅里灯火通明，坐满了人。我们坐下来，默默地喝了一杯又一杯咖啡。约翰抽着烟，偶尔偷偷瞄向窗外；我默默计算着他多久没有发神经地大吼大叫。随着平静的时光过去，我说服自己他已经好了，最糟的状况已经过去，然而我错得简直离谱。

"怎么样？"我问道，"感觉还好吗？有没有好一点？"

"今天晚上我看到了怪东西，不管在那之前还是之后……"他越说声音越小，最后吸了口烟。

"等等，"我说，"从头来一次。你不知道那种毒品的名字——"

"罗伯特说叫'酱油'，但现在我觉得那只是昵称，不是真的是酱油。"

罗伯特？哦，当然，派对上的假牙买加魔术师罗伯特。我决定找到罗伯特，跟他好好谈一谈。

"罗伯特？"我问道，"他姓什么？"

"马利。"

当然，跟有名的牙买加歌手一模一样。

"他只告诉你这个名字？"

"是啊,我不想多问。"

"然后他给你那个——"

我的手机轻快地响了起来,我装作没听见。谁会在这个时间打来?可能是蒂娜,打来想第六次和我复合,只因为她一个人在家觉得很孤单?还是珍妮弗·洛佩兹,发现不应该在派对上把我甩掉,所以打来想找我玩藏热狗游戏?

"对啊,"约翰回答,"一个球酒吧打烊后,我们一群喝醉的人聚在停车场,一起吸卷烟,阿头和纳特·威尔克斯用汤匙压碎一些药就开始吸,他们还带了……其他乱七八糟的东西。总之我们又喝了不少。"

哔哔哔哔,哔,哔……

"然后那个牙买加人就把'酱油'拿出来了。他说,'先生,这种药可以打开通往其他世界的门。'我们叫他自己先试,确定他不会死掉,他嗑了之后好像变开心了,然后——阿卫,那家伙——我保证我一定看错了——那家伙把自己缩小,变得只有九十厘米高,我们全都笑疯了。然后他又变回了正常尺寸。"

"这样你还敢试那个鬼药?"

"开什么玩笑?怎么能不试?"

手机又唱起电子小曲。

"其他人也嗑了吗?"

"你到底要不要接啊?"

"你再不回答我的问题,我就过去揍你的脸。看着我的眼睛,你知道我不是在跟你开玩笑。我实在受够你——"

"阿卫,事情没那么简单。每件事都混在一起,就像有人逼你一口气看十部电影,然后要你写一篇报告。那个'酱油'……阿卫,我居然记得还没发生——我是说没发生过——的事。现在我都还记得赌城发生的那堆事。我们去过拉斯维加斯吗？我跟你？"

手机轻快地响了第三次，还是第四次？我已经搞不清楚了。

"没有，约翰，我们两个这辈子从来没去过。只有你吃了'酱油'吗？"

"我不知道，我就是想跟你说这个。我们去了罗伯特家，但阿头和其他人没有去，我想他们看到针头的时候有点害怕。罗伯特家那边还有其他几个小孩，大家就这样在他的拖车里继续开派对了——现在拜托、拜托、拜托你接一下手机，或关机好吗？你那该死的铃声快把我搞疯了。"

"等一下，等一下，等一下，你嗑了一种连阿头都怕的药？那家伙为了证明自己比较强，连害死演员里弗·菲尼克斯的毒品都敢吃啊。"

"阿卫……"

"好啦，好啦。"

我拿出手机，掀开机盖，一把凑到耳边。

"喂。"

"阿卫？是我。"

啊，又是这种感觉，不真实的冷战，我满肚子的咖啡变成了冰冷的液态氮。

话筒里传来约翰的声音。

我绝对没听错，坐在我对面静静抽烟的男子，他的脑袋附近明明一部手机也没有，却打了电话给我。

我看着约翰，对话筒说："这是录音吗？"

"什么？不是。我不知道我们今天晚上谈过没有，但我们没有多少时间了。我想我打过电话叫你过来，如果你已经接到了，千万不要过来；如果我还没打来，你当然还是不要过来最好。现在我需要你去拉斯维加斯，那里有个家伙——"

"你是谁？"

坐在我对面的约翰看了我一眼。电话里传来："我是约翰啊，你听得到我的声音吗？"

"我听得到，也看得到你。"我用颤抖的声音说，"你就坐在我旁边。"

"这样啊，那你直接跟我说就好了。哦，等一下，我看起来受伤了吗？"

"什么？"

"干！门口有人。"

咔。他挂断了。

我坐在那儿，手机依然贴在耳边，突然感到非常非常疲倦。

如果是别人坐在我旁边，我大概会以为是哪个喝醉的疯子在开玩笑，但我知道这不是约翰搞的夸张整人计划，原因有两个：第一，约翰知道我不爽的时候很凶，他不会故意惹我生气；第二，这通电话一点也不好笑。

我很害怕，搞不好是我从小以来第一次这么害怕。约翰的脸色苍白，一副快死了的样子。我的双脚又湿又冷，隐形眼镜弄得我眼睛好痒，脑袋因为睡眠不足而发疼。我想要烧了手机，回家关上门，躲在衣橱里的毛毯下。

现在我面临着要彻底崩溃的关键时刻，然而我的一生一直在为这一刻做准备，不是吗？

从出生的第一天起，整个世界就像是一段残暴复杂的舞蹈，只有我没学过舞步，因此我不停地被撞倒在地板上，每次都挣扎着站起来，浑身是血又羞愧无比。别人总是用不认同的眼神看我，等我离开，别再破坏他们的派对。

他们想把我赶出去，跟那些怪胎一起在寒风中取暖，外头那些支离破碎、无法适应的人睁着茫然的眼睛，只能看正常人欢度有新车、好工作、婚姻和带小孩度假的人生。

怪胎的一生只能跌跌撞撞地走，心想他们怎么会被晾在一边，喃喃地提到各种阴谋论，或宣称他们看到了大脚怪。怪胎和世界接触时，总伴随着尴尬的对话与压低的笑声，以及背地里的冷笑和翻动的白眼，最糟的则是人们投以的同情。

四月的那个晚上，我坐在餐厅里，想象我被推出室外，加入怪胎一族；我听到门在身后被锁上的声音。

阿卫，欢迎来到怪胎王国。你差不多可以建个网站，把每件事都写成又臭又长的一个段落了。

感觉就跟死了一样。

"刚刚是我打来的吗？"约翰问道，"是我吧？"

我低头看着咖啡，考虑要不要把咖啡泼到约翰脸上。

"阿卫，对不起，我说真的。不管是打扰你睡觉，还是接下来会发生的每件事，还有那些会……呃，爆掉的人，我真的很抱歉。"

我已经起身走出去，我猜约翰跟在后头付了账，不过我不确定。我挤出玻璃门，掏出车钥匙，打开驾驶座的门，大狗莫莉马上跳到马路上，疯狂大叫。它直直地看着我，接着小跑穿过空荡的停车场，转头叫了几声，再跑几步，又叫了起来。

约翰说:"我想它是要我们跟着它走。"

它蹦蹦跳跳沿着人行道跑,不时回头看我们,确定我们在跟着。

我爬进车里,把车开出车位,转向和大狗完全相反的方向。约翰似乎有话想说,但我脸上的表情大概让他闭了嘴。我开上马路时,隐约听到大狗追着我们狂叫的声音,但我没理它。我们在紧绷的沉默中前进。

他终于小心翼翼地问我们要去哪里。

"妈的,约翰,我们要去工作。现在已经六点了,我们得去开店,没有人能帮我们代班。"

他没有回答,只是把椅子放倒,侧头透过副驾驶座的窗户,看着路过的商店和几个早起晨跑的人,一句话也不说。我终于忍不住问他在做什么,他也没有回答。我看得出来他还在呼吸。不错,这表示他只是在睡觉,也是件好事。

如果他生病死掉,罗伯特·马利你就在阴沟里等别人来收尸吧。

我在红灯前停下来,一如往常觉得路上空无一人的时候,只因为一个有色的灯泡叫我停,我就停下来,实在是蠢到不行。社会规范已经彻底给我洗了脑。我揉揉眼睛,低叹一声,感到在世上孤单一人。

砰!

有东西在抓窗户。

好像是爪子。

我打了个哆嗦,转过头。

确实是爪子,没错。

我看到莫莉的前爪,它用后腿站着,前腿压着窗户。

"汪!"

"走开!"

"汪!"

"闭嘴!"

"汪!"

"嘿!我叫你闭嘴!不要把腿放在我车上!"

"汪!汪!汪!"

"闭嘴!闭嘴!闭嘴!"

我不想承认这段对话持续了多久,最后我走下车,把椅子往前靠,让莫莉跳进后座。没错,我的人生从这个晚上开始失控并步入歧途,全因为我吵输了一只狗。

它闻闻约翰,然后对我叫了一声,叫声在密闭空间里震耳欲聋,然而约翰一动不动。

"你想干什么?"

当时这个问题听起来非常合理,这只狗显然有个计划,而且在我同意帮忙之前,它都不会放过我。

"干什么?你以为我是你的主人吗?还是你的小主人又掉到井里去了?你到底要——"

我停下来,注意到它叮当作响的项圈,以及上面的小铜牌。

我叫莫莉。

请送我回到……

它不再叫了。

这栋房子离镇上远得要命,靠近下水道清洁剂工厂。路途中,我有一次要右转，莫莉马上叫得跟疯了一样，我回转之后它立刻安静下来。

我看到马路尽头只有一栋破旧的巨大的维多利亚式建筑，才发现大狗指引我们来到了正确的地址。我不知道狗是不是真的有这种能力，但当下我确定这只狗可以——

"哦，可恶！"

我真的在车里大骂出声。我终于想通，害我全身猛地抖了一下。

我知道这个地方。我回想起派对上一个红头发的大个头男生背对着我，站在假牙买加人罗伯特旁边。

那是吉姆·沙利文。

这就是他家。

吉姆大我一岁，比我高十五厘米，壮上两倍。他因为阻止一起劫车案而在镇上出名——吉姆最后把枪从劫车犯手里抢走（过程中还撕裂了那家伙扣扳机的手指皮），然后用枪狂打犯人的头。事后他到医院探视对方，还花了好几个小时念《圣经》给他听。吉姆还曾经和扎克·戈尔茨坦打架，整个人扑上去把对手摔过护栏。

我一直都很怕他，即使是现在，我都想把大狗从车窗丢出去，赶快开车逃走。

还有，吉姆有个妹妹。

我们都叫她"小黄瓜"。我不记得她的本名。她也读特别班，比我小几届。很多人都以为这个绰号很色，但其实绰号的来源是海参，因为海参长得就像海里的小黄瓜。海参有一种防卫机制，面对攻击时会一口气把胃肠都吐出来，希望攻击者跑去吃内脏，而不会追上来。我当然知道，因为这个绰号是我取的。

吉姆的妹妹以前经常吐——真的很经常。在学校的时候，她每周一定会在某个地方或某个人身上吐上两次。我不知道原因到底是什么，毕竟她有很多问题，但至少她因此得到了比较好玩的绰号。

我高中最后一年被赶去行为偏差班，这时吉姆听说我给他妹妹取了这个绰号，后来一直到毕业为止，我都担心他会在停车场堵我，把我痛扁一顿。最糟的是，等我瘫在地上流血，感到牙齿从嘴里掉出来，我会觉得被揍的每分每秒都是我自找的。

所以吉姆也去了派对，还跟罗伯特在一起？这是什么意思？为什么他的狗在那里？他每次都带狗去派对吗？

他是不是瞎了，而莫莉是他的导盲犬？还是今天是大狗的生日？

我觉得自己像个白痴，带着这只狗全城跑，害我一路上身陷危险。早知道我就把它留在派对上，反正它的主人也在那儿。

我绞尽脑汁，想着要怎么跟吉姆提到"酱油"、罗伯特和他家异常聪明的狗。

等一下，车道上没有车。

也就是说，吉姆可能喝醉了，现在在女朋友家睡得正死。

胡说，吉姆才不喝酒，也不会留他妹妹晚上一个人在家。

我开门下车，示意大狗跟上来，但它一动也不动。我叫了它几声，拍拍大腿——我看过别人这样叫狗，心想一定有用——然而它还是没反应。我继续试了几分钟，结果大狗根本不看我，反而又围着约翰闻了起来。我终于发现不管再怎么拍大腿，就算拍出蓝调节奏来，也叫不动这只大狗。我探进车内，开始拉它的项圈。它往后退，低声怒吼，一脸鄙视地看着我。我从来不知道犬类可以做出这种表情。

"快点！你叫我开来的！"

我们扭打的过程中，约翰还是一动也不动。我觉得他这样最让我不知所措：他坐在不舒服的凹背椅上，瘫软的身体像撞车实验的人偶一样扭曲，与其说是睡着，还不如说是昏倒了。我伸出手，粗鲁地抓住莫莉的项圈。

我要跳过接下来的十分钟，总之我成功地把莫莉带到了房子门口。我打算把它绑在后门，然后偷偷溜走，然而当我走过前门时，门打开了。

挂着防盗链的门扉没有完全打开，只开了几厘米。我像被抓奸在床一样战战兢兢，抱着大狗转过身，却看到吉姆的妹妹长着雀斑、一脸困惑的苍白脸庞。她似乎根本没认出我来，或者只是不想承认在哪里认识我的。

嘿！你不是我特别班的同学吗？

我马上用下巴顶着大狗的背，说："哦，你好。我……呃，捡到了你们的狗。"

大门关了起来，我尴尬地站在那儿，又感到一种诡异的冲动，想丢下狗拔腿就跑。我听到小黄瓜在门后叫着："吉姆！偷走莫莉的人来了！"

我把狗放到地上，在它跳起来之前抓住它的项圈。大门再次敞开，我以为会看到吉姆一头红发的头出现在比他妹妹高四十五厘米的地方，然而出来的还是他妹妹。她说："他马上就来了，你最好现在就把狗给我，不过如果你要，狗也可以送你。"

"什么？"

"那只狗可以给你。它本来值一百二十五美元，不过现在不是新狗了，所以可以免费送你。"

"哦，不，我不需要……我是说，它是你的狗吧？"

"吉姆的狗,不过他也不喜欢它。他马上就来了。"

"它是有什么问题吗?"

她的视线从我身上快速瞥向大狗,又转了回来。她在害怕吗?这只狗会让她紧张吗?

我也是,亲爱的。

"没有。"她看着自己的脚说。

"那你们为什么花了一百二十五美元买这只狗?"

"你见过金毛寻回犬的宝宝吗?"

"你哥哥不在家吧?"

她没有回答。

"因为车道上没有车。他不是开吉普车吗?还是大型休旅车?"

她撇开头,说:"我们家里有枪。你到底要不要这只狗?"

"我——什么?不要。吉姆在哪里?"

"谁?"

"吉姆,你哥哥。"

"他只是去附近了而已,很快就回来了。"

"拜托,我不会伤害你好不好。他昨天晚上是不是去派对了?"

很长时间的沉默。她说:"可能吧。"

哦,该死,看看她,她已经吓得六神无主了。

"就在小镇外,对不对?在湖边?"

她突然大叫:"你知道他在哪里吗?"

"不知道。他根本没回家吗?"

她没有回答,伸手擦擦一边的眼睛。

"这只狗,"我说,"莫莉也在派对上。他带它去的吗?"

"没有,它之前就逃走了。"

所以……这只狗跟着他去了派对？它去那里找吉姆吗？天知道。

她说："我觉得吉姆已经死了。"

我愣住了。

"什么？哦，不，不，不。我不认为——"

她突然哭了起来，哽咽着一个字一个字地说："他都不接电话，我觉得那个黑人杀了他。"她直直地看着我，恨恨地说："你也在场吗？"

她在指控我。她不是问我有没有去派对，而是吉姆被杀的时候我是不是在场。我们的对话已经彻底失控了。

"没有，没有。等一下，那个黑人？他叫罗伯特吗？一头辫子的那个人？你怎么认识他？"

她用上衣擦擦脸，然后说："警察打来电话了。"

"是吉姆的事吗？"

她点点头。"他们问我他在不在家，可是什么都不告诉我。那个辫子头来过我们家几次，他吸毒。吉姆在教会的庇护所工作，帮忙协助那些毒虫，有时候有人会到我们家找吉姆，想搭便车或借钱。那个黑人也会来，但吉姆都不让他进来，莫莉还咬过他。有一次他跟吉姆在门外谈，它就这样跑出去咬了他的手。"

"什么时候的事？"

"昨天，他就站在你现在站的地方大吼大叫。"

"你听到他说什么了吗？"

"他说狗咬了他的手。我觉得他好像崇拜恶魔。"

"呃，有可能。你有——"

"我要关门了。"

"不要！等一下！那这只——"

门关上了。

没办法，我只好带莫莉走到房子后面。我看到一条约三米长的铁链，最尾端的铁环断了，大概是莫莉昨天逃走的时候咬断的。所以这只狗咬坏狗链，接着走了十公里到隔壁小镇的空地，只因为它刚好知道它的主人在那里参加派对？拜托，这怎么可能？

我将铁链穿过它的项圈，尽量打了个结。我爬回车里，发现约翰连一厘米都没动，只有肋骨稳定地上下起伏，表示他还活着。很好，因为我们几分钟后就得到沃利出租店，我可不想一个人开店。

如果我知道今天上班的时候会发生什么事，我绝对不会去，还会把我的裤子脱掉。可是我没有预知未来的能力——至少那时候还没有——因此我只是臭着脸坐在驾驶座上，把车开进停车场，准备到沃利出租店值早上七点的班。我在这里工作两年了，约翰也做了差不多两个月。

约翰总是抱怨"沃利"，说"沃利"有多贪心，早该给我加薪了。他不知道整个沃利出租公司里并没有"沃利"这个人，沃利只是店招牌上DVD形状的吉祥物。我一直不忍心告诉他真相。

我停好车，和约翰讨论起来，我们的对话记录如下：

"约翰，我们到沃利出租店了，你得起来。约翰？约翰？约翰？你得起来，约翰。约翰？我看到你在呼吸，我知道你还没死，所以你得起来。约翰？快点，我们得去工作。约翰，你醒了吗？约翰？约翰？快起来，约翰。约翰？"

我终于爬出车外，走到他那侧的车门外，伸手去抓门把手时，我当场僵住了。

他的双眼睁得老大，空洞地看向窗外。他还在呼吸、眨眼，魂却不在身体里面。

太好了。现在是怎样？

我承认聪明人都会想到"叫救护车"，但我还是先试了几分钟。我戳戳他的身体，甩他几个巴掌，可他都没有反应。最后我发现，如果我拿他的香烟当诱饵，就可以拐他下车，他会像梦游的人一样拖着脚慢慢走，除此之外没有任何反应。

进了店门，我让他坐在柜台后方的计算机前，并动手在屏幕上调出一张电子表格，这样如果有人进来，也只会以为他在很认真地用计算机工作。我看着眼前的画面，想了一下，然后抓起他的右手臂撑住下巴。好啦，现在他看起来更像在沉思了。

我将还回来的片子放回原位，把周二的新片装进盒子，免得还要麻烦蒂娜。几个客人不小心错过两条街外的百视达[1]而走了进来，我接待他们时几乎都装得很正常。午餐后，我逮到空当，开始翻电话簿黄页，然后拿起后面墙上的电话，并抓来一把椅子。

电话响了两声，接着对方说："圣方济教会。"

"嗯，"我尴尬地说，"我需要一位神父。"

"没问题，我是谢纽特神父，您需要什么帮助呢？"

"呃，您好。您对于恶魔……主义有研究吗？应该说恶魔学才对。比方说附身或闹鬼之类的？"

"这个嘛……我个人没有亲自处理过这类问题。很多人会来找我，说他们看到了怪东西，在家里感到无法解释的恐慌，或者出现

---

[1] 百视达（Blockbuster），美国家庭影视娱乐供应商。

幻听，我们通常会把他们介绍给心理咨询师。很多情况其实是药物控制——"

"不，不，不，我没有发疯。"我瞥了约翰一眼，他还是僵着不动，"其他人有——"

"不，不，我没有说你疯了。这样好了，你要不要过来，我们当面谈？如果你想找医生，我可以推荐我妹夫给你，你看怎么样？你就过来跟我谈谈吧。"

我想了一下，用空着的手揉揉太阳穴。

"神父，你觉得那是什么感觉？"

"什么是什么感觉？"

"发疯，得精神病。"

"这个嘛，他们永远不知道自己生病了吧。你没有办法用已经生病的大脑来诊断自己得了精神病，就像你没办法看到自己的眼珠。所以我想你会觉得很正常，只是周围的世界好像都疯了。"

我想了一会儿，然后说："好吧，但假设我真的，就是……真的碰到不存在于这个世界的——啊！"

有东西刺了我的大腿一下，感觉像被蜜蜂蛰到一样。我猛地跳起来，碰倒椅子，松手让话筒撞上墙壁。我把手伸进口袋，试着拔出我从约翰家拿走的针筒。

拔不出来。

该死的针筒插在我的腿上，我一拉就感到皮肤和腿毛被扯了下来。我咬牙嘶叫一声，涌出了泪水。

我用力一拔，将针筒从裤子里拉出来，白色的口袋内里被翻出，我看到白色布料上有十美分硬币大小的一块被染成了红色，一滴黑色黏液挂在针筒末端。现在我要试着心平气和地解释这种状况，但是从天杀的针筒里漏出来的狗屁黑东西居然看起来像长了棕色的毛。

不对，不是毛。

而是他妈的刺，就像仙人掌。

我刚刚说过这滴黏液会动吗？它扭来扭去，仿佛想钻出针筒？

我把针筒拿得远远的，想要冲进员工厕所，但脑海中却浮现出这种黏液在下水道蔓延的景象，于是我改把针筒丢进水槽里。我跑出去，从约翰的上衣口袋里拿出打火机，再回到厕所，把燃烧的丁烷火焰靠到蠕动的液体旁边。黏液烧了起来，像蚯蚓一样卷成一团，针筒末端被烧成褐色，跟着一起融化，发出烧焦电缆般的臭味。

来自X星球或其他鬼地方的黑色黏液"酱油"在火焰中燃烧，最后变成水槽里一块坚硬的小小黑炭。我把黑炭从变形的针筒上抖掉，冲进下水道，用水继续冲了五分钟。我把针筒丢进垃圾桶。

我跌跌撞撞地走出厕所，像从冷冻库出来一样发抖。我拿起话筒，说："呃，你还在吗？喂？"

"当然，孩子。不要紧张，好吗？你看到的东西都不是真的。"

我感到一股奇怪的恶毒的温度在大腿处扩散。

"神父，"我说，"谢谢你花时间跟我谈，但我觉得你大概没办法——"

"孩子，我跟你说实话吧，我们都知道你没救了。"

我愣住了。

"呃，你刚刚说什么？"

"你妈妈用她的大便在墙上写字。孩子，死界将会有破天荒的改变，潮水般的虫子一波波涌过腐尸之海。你很快就会看到，大卫，亲眼看到，这就是我的预言。"

我迅速地把话筒从耳边拿开，死盯着它，好像担心话筒会咬我。我慢慢挂上电话——

"王大卫？"

我转过身，一个穿西装的光头黑人站在收银台前。

"你是……"

"我是劳伦斯·阿普尔顿警探。请跟我走，你的朋友也是。"

"我不能离开，现在只有约翰和我——"

"我们已经和店主联络了，他会派人来代班，你离开的时候记得锁门。先生，请跟我走。"

## 第三章 被摩根·弗里曼拷问

我一个人坐在警察局的"访谈室"里，单面镜在我的左方，我从镜子里看到自己瘫坐在椅子上，一头乱糟糟的黑发，胡茬儿爬上我的脸颊，就像白瓷上的霉菌。

老兄，你该减肥了。

我已经在这里待了……三十分钟，两个小时，或者半天。如果你觉得每次等牙医时间都好像要静止了，那你绝对没有一个人在警察局的审讯室里待过。警察总是这样，把你一个人丢在寂静中独自焦虑，让你的内疚和怀疑把肠子烧出一个洞，这样事实就能轻易地流到瓷砖地板上。

我应该带约翰去医院才对。老天，今天早上跟他讲完电话后我就该叫救护车，结果我却瞎耗了十二个小时。就我所知，这段时间里，那个黑色的鬼药一直都在侵蚀他的大脑。

做了错误的决定后，要隔好几个小时才能做出对的决定，各位，这就是蠢蛋的必备条件。

摩根·弗里曼走进来，将一个文件夹放在我面前，里面夹着厚厚的一沓纸和照片；一名白人警察跟着走了进来。

感觉他们像是在逼近猎物，这让我有点不爽。我又不是坏人，也没有卖那个黑色鬼药，现在却得坐在这里，听这两个呆瓜说我之前的决定都错了，然后告诉我应该怎么做才对。我才没这个时间。

"王先生，谢谢你跟我们过来一趟。"他说，"我想你昨晚也碰到了不少事吧？其实我也觉得昨天晚上好长呢。"

"是啊。"你知道怎么让我好过一点吗？给我一杯温的"你去死吧"！"约翰在哪里？"

"他没事，他在旁边的访谈室跟另一位警探谈话。"

我其实说不上来这位黑人警探到底像哪个演员，所以我就继续叫他摩根·弗里曼，不过现在仔细瞧瞧，他们其实一点也不像。这位警探比较胖，脸颊圆润，留着山羊胡，剃了光头，我不记得他的本名。他的白人搭档剪了个小平头，嘴唇上方留着胡须，长得几乎就像美国前特侦组探员乔治·戈登·利迪，一脸标准的警察相。我忍不住想象，如果他跟搭档一样剃光头，应该会帅气不少。摩根应该建议他一下。

"约翰说话了？"我问道，"真的？"

"老兄，别紧张，既然你们都要一五一十地告诉我们事实，就不用担心说法不一了吧？我们这里都是好人，不会叫你拿杯子去验尿，也不会逼问你高中最后一年，到底对希区柯克那小鬼干了什么好事。"

"嘿，我跟那件事一点关系——"

"没关系，我不在乎。我不是说了嘛，我没有要指控你，你只要告诉我昨天晚上你做了什么就好。"

我直觉反应就想撒谎，好在最后一秒想起来我其实没做犯法的事，至少我认为没有，然而开口时，我的声音听起来还是很可疑。"我去湖边的派对玩，过了午夜就回家了，两点就睡着了。"

"你确定？你确定没有去大道上的一个球酒吧喝睡前酒？"

"什么是睡前酒？"

"你的那群好朋友都去了。"

这个嘛，警探，我其实只有一个朋友……

"没有，你也知道我今天早上还得工作，所以直接就回家了。"

我知道我应该告诉他牙买加人的事，但我绝不自愿透露情报给警察的直觉反应阻止了我。我的决定蠢毙了。罗伯特·马利才应该坐在这里，不是我。是他到处给人吃黑色巫毒油，结果好像把宇宙弄破了一条缝。这应该算是重罪了吧？

我想到那个鬼药动来动去，像虫子一样从针筒里流出来。然后我想到约翰体内有这种药，不禁打了个寒战。

"你还好吗？"

我听到自己回答："还好。"

这时候，一股奇怪的鼓动能量从我体内涌现，从胸口散发开来。

针筒。

在我的口袋里。

戳在我的腿上。

血渍。

动来动去。在约翰体内，在我体内。

突然一切都变得很亮，仿佛有人调高了室内所有颜色的饱和度，每样东西都在我眼前高度聚焦，变成高解析度的讯号——我看见一只蛾子停在对面墙上，还注意到它的翅膀上有一道小裂痕；我听到一名男子在打电话，接着发现他站在大楼外的人行道上。

搞什么鬼？

我看着警探的眼睛，惊讶地发现我可以在他开口之前，就一字不漏地知道他要说的话……

你有没有听过……

"你有没有听过南森·柯里这个人？跟你差不多大，父母在镇上开了一家美体小铺？"

我的心脏怦怦直跳。我喃喃地说："没有。"

那么谢尔比·温德尔呢？

"那么谢尔比·温德尔呢？胖胖的女生，东高三年级？有印象吗？"

"没有，对不起。"

清晰的思绪如阳光照亮我的头脑，一切都变得非常明朗，迷宫里的每道墙都变成了玻璃。我马上明白两件事：这些人都去了昨晚的派对……

而且他们都死了，或快死了。

我怎么知道？我怎么会知道这些事？是魔法吗？

你他妈的知道为什么，约翰嗑的黑色鬼药碰到你的血了。老兄，现在你开始嗨了。

他问道："那么珍妮弗·洛佩兹呢？"

"哦，我知道她。"

"我不是说那个女演员，是——"

"我知道，昨天晚上我看到她了。她还好吗？"

"阿尔克姆·吉布斯呢？"

"不认识。等一下，他是不是个大个儿？黑人？我不认识他，但他是我们高中唯一的黑人……"

我愈说愈小声,并仔细研究着警探的脸。不对,对他来说今天也很不正常,他也看到了什么怪事,而且那个画面深深地留在了他的脑袋里,像肿瘤般毒害附近所有的神经。我就这样看透了他。

他有两个小孩,两个可爱的女儿,他现在突然非常非常担心她们要在这种世界里长大。他是天主教徒,脖子上戴着金十字架项链,不过今天他把十字架拿下来,放在了口袋里。他一直把手伸进口袋,用手指搓十字架。他觉得世界末日要来了。

我并不能读到警探的心,只是研究他的脸。一般人都能从对方的眼神看出他们不觉得这个笑话好笑,或者他们不喜欢这道菜之类的,现在我也只是这么做的。所有的信息都写在脸上,藏在脸部肌肉每微秒的细微变动中。

他又说了更多名字,如贾斯廷·怀特、弗雷德什么的,还有好几个,我一个都不认识,也诚实地告诉了他。名单上的最后一个名字是吉姆·沙利文。

所以小黄瓜的担心果然没错。

我没有告诉摩根我认识他。事后好多年,我还是会想,如果当初我说了实话,能拯救多少条人命。

"你毕业还不到三年,这些人几乎都跟你一样念东高,你却只认识一个女生?"

"我比较喜欢一个人。"

"然后你转去另一所学校——"

"等等,你先告诉我珍妮弗是死是活,不然我什么都不说。这不是机密信息,我有权知道。"

无所谓,他不知道。

"我们不知道。问题就在这儿。我已经因此加班六个小时了。十二个小时前，一个球酒吧关门时，至少有九个人在场，现在其中四人失踪，而你朋友在这里。"

他停了一下，可能是为了增加悬疑效果。

"其他人都死了。"

其实很好笑。直到目前为止，虽然我眼前堆了越来越多的证据，可我还是没有意识到我惹上了多大的麻烦。我想到约翰，又开始想我没有赶紧把他送去急诊室是不是害了他。

我侧过头，看着我在单面镜里的倒影，影像有些扭曲；镜子照不到另一名站在房间后方的警察，只映出我和摩根。正直的人民保姆直挺挺地站着，盯着瘫在椅子上没刮胡子的小鬼，这小鬼还穿着皱巴巴的、看起来疑似卷起来丢在车子地板上两天的出租店制服。好人和坏人，清洁工和垃圾。

"那贾斯廷·范戈尔德还有跟约翰在一起的其他人呢？"我问道，"凯利和——"

"他们都没事。我已经跟整个乐队谈过了，他们没去酒吧就回家了。也就是说，你朋友是'一个球酒吧事件'唯一的幸存者，而且——你别生气啊——他现在看起来也不太妙。他早上去工作的时候有说什么吗？你们把昨晚还回来的A片归位时有没有聊一下？"

房间另一端的白人警察往前踏出一步，双手搁在屁股上，等我回答；摩根盯着我，平静地等我填补紧绷的沉默。老套的侦讯方式。"约翰昨晚打电话给我，听起来疯疯癫癫的，很明显嗑药嗑得太嗨，神经兮兮又出现幻觉。那时大概是凌晨五点，我开车过去，他看起来还是疯疯癫癫的，说他看到怪东西，不过除此之外都还好，神志清醒，没有一直吐或是在地上打滚。我让他放轻松，我们一起去吃了点东西，就这样。后来我们就去工作了。"

"他到底说了什么？"

"他说公寓里有怪物，还有他不记得怎么回到家之类的。"

"他有说他嗑了什么药吗？"

"没有。"

"你知道我们查一查就知道了吧？我们才懒得为了嗑药逮捕你那个酒肉朋友。对我来说，尸体才是重点，如果现在我们在这里讲话，外面居然有人在贩毒——"

"他没说，我要是知道早就告诉你了。你是警探，你应该看得出来我没说谎。所以是怎么回事？大家都嗑药过头死掉了吗？"

"珍妮弗·洛佩兹是你女朋友吗？"

"不是。"

我本来想重复一遍我的问题，但转念决定停下来，将他的问题在脑中回放一次，仔细聆听，研究每个字的每个细节。我发现我可以从每个音节之间搜集到无限多的信息，把我自己都吓了一跳。短短的一瞬间，我从他无声的留白、呼吸的方式、嘴角细微的抽动，以及讲第三和第五个字时轻微睁大的左眼皮，得到了数不尽的信息。

这位警探上次吃饭是七小时十五分钟前，他吃了两个麦当劳的吉士蛋麦满分，喝了四杯咖啡，闻他的肌肤就知道了。看看他的姿势就知道他已经二十个小时没睡觉了。他刻意装出平滑的声音，想要显得有涵养又精明。他说他心目中的英雄是电影《杀戮战警》中的黑人警探，然而其实是肖恩·康纳利版的詹姆斯·邦德。他做白日梦时，会想象自己穿燕尾服垂吊在直升机上。

下一秒，他知道的事我都知道了，我看见了每个一个球酒吧受难者的命运。

南森·柯里自杀了。他用藏在床底下的点三二口径小手枪朝自己的太阳穴开了枪。

阿尔克姆·吉布斯没换泳衣就在家里的泳池游泳，几小时后，他的家人发现他脸朝下浮在泳池里。

谢尔比·温德尔和另一个女孩卡丽·萨德沃思在一起，两个人的死因都是急性中风。谢尔比的右手掌不见了，断得参差不齐的手腕被包在血淋淋的裙子里。

剩下的珍妮弗·洛佩兹、弗雷德·朱和吉姆·沙利文则不知去向。他们昨天全都和约翰一起在一个球酒吧。

现在只剩下约翰一个人。

你知道这么多，却还是记不起来这个警探的名字？我看你根本是站在疯人断崖边，底下是鸟事山谷吧。

"顺便回答你的下个问题，"我继续说，"我跟珍妮弗不太熟，所以我不认识她的朋友，也不知道她可能去哪里，对不起。"

弗里曼警探向前一步，翻开公文夹，在我面前摆出四张照片。第一张是一名年轻黑人男子的警方档案照，他的头发全绑成了辫子。我的眼睛还没在照片上聚焦，就知道是那个假牙买加人。

其他三张都是一片刺眼的鲜红。

十二岁的时候，我不知道发了什么疯，在果汁机里装满冰块和三罐酒酿樱桃，而且我不知道用果汁机时要盖盖子，然后我按下开关，眼睁睁地看着樱桃泥像火山爆发一样喷出来。这几张照片里的房间看起来就像那天我家惨不忍睹的厨房，每样东西都被染成红色，沾满了樱桃果肉。

他指向牙买加人的档案照。"这个人呢，你认识他吗？"

"他也去了昨晚的派对。不管约翰嗑了什么药，都是这个人给他的。约翰亲口告诉我的。"

不过你已经知道了吧,警探?

"他叫布鲁斯·马修斯,在十三街和列克星敦街转角无照经营一家普通药店。"

我朝红色的照片点点头。

"那是什么?"

摩根指指档案照。

"事前。"

他又指向红成一片的照片。

"事后。"

第一张照片只拍到地上的肉块,下方的地板原本可能是棕色的,现在却被染成偏紫的黏湿黑色,看起来好像有人倒了一桶的生牛排和鸡骨头在地上。下一张照片是一面墙的近照,深红色的血液飞溅到超过一半的墙面上,还有几块肉零星粘在上头。第三张照片是一只褐色断手的近照,手掌躺在一摊血中,手指微微弯起,掌心绑着绷带。

我撇开眼,突然冒起汗来。我又看到镜子里的画面,只有我和摩根面对面。他觉得我和这件事有关吗?我是嫌犯吗?一阵恐慌下,我无法读懂他的脸。他的沉默冻结了空气,他直勾勾地盯着我。他攻破了我的防线,我只好打破沉默。

"什么东西能把人弄成那样?炸弹?某种——"

"我很确定你做不到。可能是……超乎我们所知领域的东西。"

摩根脸上又露出那抹恐惧。我现在懂了。

事情不只这样。内幕还多得很,只是他藏得很好,连你都看不到。

审讯室的门开了,打断了警探的话。一名肥胖的拉丁裔警察闪进室内，对着他的耳朵悄悄说了几句。摩根竖起眉毛，跟着警察离开了审讯室。

我听到外头一阵骚动，混杂着紧张的喊叫和脚步擦过地板瓷砖的声音。大约十分钟后，摩根大步冲进来，眼睛瞪得老大。

不不不不——不——不，不要说……

"你的朋友死了。"

咔！

录音机录完了一卷录音带。不知阿尼何时将录音机放在了我面前的桌上，我都没注意到。他低声道歉，掏出一卷新的录音带准备换上。我瞄了一眼他放在旁边的笔记本，发现他写下"大屠杀"之后就没做笔记了。

我推开那盘叫作"红烧虾仁团聚餐"的鸡肉、白饭和豌豆，过去半小时我吃得很慢，刻意不碰鸡肉，因为我知道那只可怜的鸡度过了非常悲惨的一生，我实在狠不下心吃，况且它生前每天从头到脚都沾满了其他鸡的粪便。

"你收到手机账单的时候，上面列出了你在丹尼斯家庭餐厅接到的电话吗？"

"什么？可以再说一次吗？"

"就是你朋友明明坐在旁边，手上没有手机，你却接到他打来的那通电话。你的手机账单上有那通电话吗？"

"我从来没想过要查。"

服务生走过来，收走我的盘子，顺便放下一块幸运饼干和账单。她完全忽视了阿尼。我将饼干拿在手里，试着集中注意力，"看"里面的纸条写了什么，但我发现我看不到。

阿尼抓抓头，纠结的眉毛看起来好像问号。

"所以那个黑色液体，你们说的'酱油'，是一种毒品吧？"

"我等一下就会讲到了。"

"这种药能让你变聪明？只要吃了就会读心术？"

"也不能这么说。我认为'酱油'能强化你的五感，不过我也不确定。吃了这个药感觉就像过载，好像把汽车收音机接上搜寻地外文明计划的跨宇宙天线，来自任何地方的讯息你都收得到，甚至可以看到本应该看不见的东西。但我不觉得吃了之后，报税会报得比较快。"

"现在你手边还有这种药吗？"他快速瞄了银色罐子一眼。

"我等一下就告诉你。"

"你刚吃过了吗？所以刚刚你才能……呃……变那个硬币和梦境的把戏？"

"对啊，我今天吃了一点，不过效果已经有点减退了。"

"所以药的作用没办法持续太久。"

"副作用不会持续太久，但药本身的作用大概会跟着我一辈子。"

搞不好会更久。

阿尼抓抓额头。

"所以你说那些死掉的孩子，就是那起'锐舞派对嗑药过量事件'的受害者吧？我记得几年前看过 CNN 的报道，警方认为他们拿到某种不纯的毒品。所以你就是——"

"我实在不懂为什么报纸说那是'锐舞派对'，当天又没播电音舞曲，也没有人跳舞或穿贴身胶皮裤，更没有人在跳锐舞。去他的锐舞派对，媒体这样写只是想吓人而已。"

"警察局的审讯室是什么颜色?"

"呃,白色。有些地方油漆脱落了,下面是淡绿色。"

"如果我去联系阿普尔顿警探,他会记得跟你谈过吗?"

"找得到他算你厉害。"

阿尼做了笔记。

"所以呢?"我问道,"你觉得怎么样?"

"我觉得你大概可以出书了,"他说,"再多加一点剧情就行。"

"书?你是指小说吗?你觉得我讲的都是胡扯?"

阿尼耸耸肩。"对我来说,报道就是报道,我只是专题记者,所以我会报道你相信你的故事是真的。不过就像惠特利·斯特里伯那本有关外星人的书,要不是他以散文的形式出版,而且自始至终都坚称那些事是真的,大家根本不会看他的书。"

他的视线又飘向小铁罐,我发现我一直在用手指玩罐子。

"嗯,我对外星人没什么兴趣,不过我觉得你不能就这样判定他是骗子,阿尼。"

"没错。不过他现在有座豪宅,还有自己的广播节目,克里斯托弗·沃肯甚至在电影里演他,你不想跟他一样吗?老实说,我不记得出门的时候口袋里有零钱,你大可偷偷把硬币放进去。"

"可是你完全没感觉到。那你的梦要怎么说?阿尼,认了吧。"

大家最爱怀疑论者了,先生。

"我在赌城看过一场魔术表演,表演过程中魔术师请一名观众上台,然后偷偷拿走了他戴的眼镜——我说真的——然后他叫那位可怜的老兄回到座位上,害他只能紧张地眯起眼睛到处看,心想为什么他突然看不见了。王先生,这不叫魔法,只是会一些别人不知道的技巧罢了。"

我站起来。"跟我来，我想让你看一样东西，我放在车上了。"

我们走出餐厅，来到我那嘎吱作响的老福特越野车旁。几年前，我的老现代牌小车彻底阵亡后，我才换了车，我想汽车史上所有撞烂的车子当中，绝对没有哪一部的撞法这么特别。

我走到车尾，打开车后盖，露出一张白色床单，罩着跟塑料狗笼差不多大的白色箱子。其实这个箱子就是塑料狗笼。

"阿尼，你看过最诡异的东西是什么？"

他咧嘴一笑，看着盒子，像要过圣诞节的小孩。

大家快看！这疯子还带了一个怪箱子！我们赶快陪他玩一玩吧！

"有一次，"他开始说，"我去家里的地下室，下面只有几个没装灯罩的灯泡，所以到处都是影子，你自己的影子则会拉长并伸过整个地面。总而言之，有一次我从眼角看过去，觉得我身后的影子好像在动，不是因为灯泡摇晃了，影子才跟着前后摇摆，而是影子在乱舞四肢，而且速度很快。不过我只看到一秒，而且我也说了，那八成只是我从眼角看的时候被光线给骗了。可是我跟你说啊，后来我一直等到大白天才敢再去地下室。你箱子里的东西会更恐怖吗？"

"我需要你回想起那时候的感觉。现在我们在室外，周围都有灯，整个世界非常真实合理，然而当你一个人待在黑暗的地下室，你会相信这些怪东西、黑暗的东西真的存在。我需要你现在也敞开心胸相信，好吗？"

"我只是以为我看到了怪东西，王先生。我从来没说地下室真的有东西。"

"假装一下也好。准备好了吗？"

我掀开床单，一段长时间的沉默紧接而来。

"你看到了吗？"

"没有。有啦，有个空的笼子。"

"转过来看着我，你应该用眼角去看，就像你在地下室看影子那样。"

"好吧。"阿尼的笑容逐渐消失，他马上就要失去耐心了。

"阿尼，你晚上去厕所的时候，会不会突然瞥见镜子照出你以外的东西？接着你打开灯，发现一切都很正常，然而当你离开浴室时，可能有短短半秒钟，你从眼角看到镜子里的影像并不是你——或者是你，只是不太一样？从镜子里看着你的人和你完全不同？不完全是人类？"

"我们回里面去吧。你的故事比较有趣。"

"阿尼，你终究会死，那天一定会来。不管你相信什么，到时候要不是你的存在会完全消失，就是你会面临更奇怪的状况，两者现在你都无法想象吧。阿尼，在未来确切的某一天，你会踏入无法想象的世界，我要你仔细想着这个状况。"

沉默持续了几秒，接着阿尼微微点头。

"好了。"

"现在不要转头，用眼睛看那个箱子。"

阿尼照做，接着他赫然缩起身子，尖叫一声，跌跌撞撞倒在地上。

"哦，天哪！"他喘着气，"他妈的！那是什么鬼？他——他妈的！天哪！"

我将床单盖回到箱子上，关上越野车的后盖。阿尼手脚并用地站起来，往后退了十步，逃到车子和餐厅大门之间。

"你是怎么做到的？那到底是什么？搞什么鬼？"

"我不知道它叫什么，挺可怕的吧？"

"你——你害我看到的；你让我以为我看到了；你故意吓我，才害我看到的。"

"没有，它真的存在。我还挺意外你这么容易就看到了，你的头脑一定很开放，大部分的人要是没有嗑药或喝醉，通常不会这么快就看到。"

阿尼一直后退，喃喃自语。"我在海军待过，以前是潜水员，也看过深海动物，它们看起来根本不属于这个世界，可是跟那个……东西比起来，差多了。"

"阿尼，我还想把剩下的故事讲完。我非得全部讲出来才行，但是你要相信我说的都是事实。你准备好了吗？"

阿尼不太确定地看着我，然后点点头。"好吧，在我真的弄清楚之前，就听你的吧。"

我们走回餐厅，推开晃动的玻璃门（上面用西班牙语写着"欢迎啊老兄"），我继续讲起我的故事。

"总而言之，警察走进来告诉我约翰死了……"

我想都没想就从椅子上跳起来，冲向门口。

"什——怎么会这样？！"

"冷静一点。"摩根说，但他自己看起来一点也不冷静，"他好像突然痉挛发作，接着脉搏就停止了。不过——你先听我说——我们已经叫了救护车，不用一分钟就能到，现在文尼正在帮他做心肺复苏。文尼是兼职的警卫，你就让专业人士照顾你朋友吧。你不是专业人士，没你的事，不要给我跑去大惊小怪。"

我推开他放在我胸口的手。白人警察放下双手，朝我们走过来。

明明有人刚在他们警察局里死去了,他看起来却没有我想象中那么震惊,显然报告不是他负责写。

摩根稍稍噘起嘴唇,露出咬紧的牙齿,他准备开口,却又停了下来。

哦,该死,这家伙也快崩溃了……

"孩子,你给我听好了。"

他深吸一口气。

"你给我待在这儿,我五分钟后回来,你要开始说实话。我一定要把这个案子查个水落石出,如果你妨碍我,我保证你下半辈子绝对会悔不当初。"

他往后退,确定我没打算再冲向门口,便转身走出房间。我打了个寒战,不是因为他的威胁,而是因为我读到他脑中回响的黑暗想法:

真是便宜了那个死掉的小鬼。

正常的警察应该不会这样想才对。

我茫然无措地站在那里,听着室外混乱的喊叫,以及控制恐慌的声音。我听到门口传来警笛声。救护车到了。

我的手机轻快地响了起来,平时我大概会直接关机,但不知为什么,我现在觉得不应该那么做。利迪警官沉着地站在审讯室中央,我看向他,指指口袋,问他我能不能接电话。他什么都没说,于是我接起电话。

"喂。"

"阿卫?我是约翰啦。"

"什么?你——"

还活着吗?

"——是上了救护车，还是怎样？"

"是，也不是。你还在警察局吗？"

"对啊，我们都——"

"我死了没？"

我沉默了很久。

"这个嘛，那些警察说你死了。"我瞄了一眼白人警察，他显然对我说的话毫无兴趣。

"我没时间跟你好好解释了，你赶快走吧。"

"可是——这样我就变成逃犯了啊。"我悄声说，转身背对警察，"他们知道我——"

"听我说，现在站起来，走到门口，离开房间，离开警察局。你看到房间里那个白人胖警察了吗？不管你做什么，都不要从镜子里看他。"

"什么？"

我回头看着警察，事情有点……不对劲。

"走就对了，快走。"

我试着研究警察的表情，然后发现就是这里不对劲——就算吃了"酱油"，我从长得像乔治·戈登·利迪的警察脸上还是读不出任何信息。我把头向右转了几度……

——不要看镜子，不要看镜子——

……看向警察正对面双面镜的反射表面。

镜子一直都只照到你和摩根，阿卫，虽然白人警察后来往前站了一步。

镜子里只有我站着在讲电话。

一个人。

我转过身面对警察。

"怎么回事?"

"阿卫,他不是真的人,至少按照一般的观念来说,他不是真的。"

"他朝我走过来了!"

"阿卫,快走。接下来你时不时就会看到这种怪事,拜托,拜托,你千万不要抓狂。"

警察离我只剩一步,他的胡子一抖,仿佛准备咧嘴大笑。

"所以他……呃……不能动我吗?"

"哦,我跟你保证,他绝对可以。"

一只手抓住了我的脸。警察的手指嵌进我的脸颊,用力挤压。他的手指硬得跟铁棍一样,我以为我的牙齿会裂成碎片。他抓着我的脸把我往后推,将我一把压在墙上。

我死命推着他的手臂,感觉却像要拔掉铜像的手臂一样难。我用手机朝他的鼻子一挥,他的胡子又扭了一下,好像觉得很有趣。

他的胡子不停扭动,接着有一端卷起来开始脱落,就像假胡子被强风吹掉那样。胡子终于完全脱离他的脸,留下一片粉色的新皮。胡子拍动两端,像蝙蝠的翅膀——不对,那就是一对翅膀——飞过来停在我的脸上。

警察的胡子咬了我的右眉毛上方,我举起左手一打,然后抬起我的脚,用尽全身的力气,将膝盖撞向警察肋骨下方的肚子。

剧痛蹿过我的大腿,仿佛我刚撞倒了一堆煤渣块,不过我感到他的力道减弱,被我推得往后倒。胡子蝙蝠飞到我的耳朵旁,紧紧夹住我的耳朵,我感觉像一次被穿了五个耳洞。我又打了它一下,突然发现警察明明已经踉跄后退,跪倒在地上,我应该早就挣脱了,可是他的手还抓着我的脸——

啊，你看看，他的手臂也脱落了。

那家伙的一边肩膀上现在出现十五厘米长的血淋淋的伤口。脱落的手臂自行绕过我的脖子，像蟒蛇一样缠上来，肉里面显然完全没有骨头了。手臂环绕我的脖子两圈，撕裂的断口挂在我的下巴下方，像条肉围巾。

我用力挣扎，想拨开手臂，但是这条手臂蛇都是肌肉，紧绷得跟铁丝一样，逐渐压迫到我的气管。我眼前浮现出彩色的小点，缺氧开始让我的大脑短路。我眨眨眼，看到地板比之前还要近，才发现我已经跪倒在了地上。

胡子蝙蝠绕着我的头打转，不时在我脸颊和额头上轻咬一口。它攻击我的眼睛，拉扯我的眼皮，我却没办法举手把它赶走，因为手臂再也不听我使唤了。

手臂蛇缠得更紧了，整个房间变得愈来愈暗，而我瘫成一团，突然发现最好的解决方法就是躺在地上，沉沉睡去。

我从眼角瞄到有东西在动，原来警察剩下的身体站了起来，朝我走过来。

该死！

我笨拙地往门口爬去，戈登剩下的一只手抓向我。我感到他的手指试图抓住我的上衣。我扑向门，脸直接撞上门板；我抬起手胡乱摸索门把手，用压扁的气管拼命吸着空气，感觉头快像气球一样爆炸了。

拜托门不要锁，拜托门不要锁，拜托门不要锁……

我转开门把手，用头撞开门，滑出房间——

——然后一切结束。

厚厚一圈的手臂蛇从我的脖子上消失,飞舞的胡子也不见了。我站起身,看见四个人抬着空的担架快速跑过走廊。我将手指塞进嘴里,抽出来后手上全是血。我仔细看着我的手机,发现上面有些裂痕,话筒也坏了,正是几秒钟前我用手机揍警察鼻子留下的痕迹。我暗骂自己一声,因为刚才我跟约翰之间怪异的手机联机显然已经断了。

许多人从我身边跑过,我想要推开他们,过去看看约翰怎么样了,却想起脱离肉体的约翰给我的指示。于是我趁乱慢慢穿过警察局,终于从大门离开。

我走上人行道,心脏扑通扑通地跳。现在该怎么办?

一名西装笔挺的胖子大步走过,看都没看我一眼。

我根本不用仔细观察就知道两个礼拜后,他会为了用扫把把他的猫从树上赶下来而死于心脏病发作。

一辆新款的庞蒂亚克火鸟跑车经过,我从驾驶者的姿态看出这部车是偷来的,而且原车主已经死了,再开四万三千三百四十二公里,车子的风扇皮带就会断掉。

老天,我得学会一次专注一件事,不然我的脑子一定会融化掉,像草莓果酱一样从耳朵里流出来。

好吧。我深吸一口气。现在怎么办?

我的车还在沃利出租店,离警察局三公里,就算镇上仅有的三辆出租车刚好有一辆经过,我也没有钱乘车。这时我的手机突然响了,吓了我一跳。我把破烂的手机靠到耳边,心想我真该感谢摩托罗拉的工程师。

"喂?"

"阿卫？是我。"

是约翰。

"阿卫，现在你在哪里？"

"我在警察局外面的人行道上走着。你在哪儿？天堂吗？"

"如果你弄清楚我在哪儿，记得告诉我。现在你继续走就对了，走去公园。不要抓狂。你快抓狂了吗？"

"我不知道。我真不敢相信这部手机还能用。"

"撑不了多久了。再过半条街应该会有个热狗摊，你看到了吗？"

我又走了十几步，还没看到热狗摊就先闻到了味道。热狗摊的推车贴满了右翼标语贴纸，车上撑着一把红橘相间的大伞。热狗摊的老板瘦得惨不忍睹，看起来像是有一百六十岁。这座小镇大概也只有这个地标了。

"看到了。"

"跟他买一份德国香肠堡。"

我连问约翰"为什么"都觉得浪费时间。

我交给老板三美元十五美分，他给了我一根夹着德式香肠的长面包，外面用蜡纸包好。

我迟疑了一下，然后用芥末酱在香肠堡上画了两条整齐的粗线。当时我感觉这么做没错。

我把手机夹在肩膀和耳朵之间，约翰又继续说话。他的声音仿佛来自水底，愈来愈不清楚。

"把香肠堡放到你的头旁边。"

我低头看不断冒出的油渍与滴下的芥末酱开始混合凝固，不禁庆幸我没有加番茄酱或咖啡色的辣洋葱酱。

我四处看看，尽可能不起眼地将香肠堡举到我的耳朵旁。手机突然就断线了。

一滴油渍滴到我的耳朵中央，像虫子一样沿着脖子往下，流到衣领下方。一群身穿套装的男女走过，纷纷转弯绕过我；街对面一个看起来像流浪汉的家伙疑惑地盯着我瞧。没错，情况应该不能再糟了吧。

我正打算掏出纸巾，趁香肠堡还热的时候吃掉，免得浪费钱。这时我终于听到了声音。

"阿卫，你听得到我的声音吗？"

约翰的声音清楚到不行，从调味过的肉条中传出来。我低头看了一眼手机，马上就懂了——手机屏幕一片漆黑，玻璃裂开，绿色的电路板从侧面一道歪曲的裂痕中凸了出来。

"好啦好啦，我现在不是通过手机，而是靠某种通灵震动听到你的声音。我懂了，你早点儿跟我说就好了嘛。"

我放下香肠堡，改把手机贴到耳边。"好啦，接下来我要做什么？"

没有声音。

我听到德国香肠堡传来微弱的声响，又把它放回耳朵旁。

"阿卫，你还在吗？"

"嗯，现在用手机听不到你的声音了。"

"现在开始你得用香肠堡了。"

"为什么——"

我叹了口气，揉揉眼睛，感觉头开始痛了。

"好吧。我们要怎么办？"

"你能听到我的声音，是因为你碰到了针筒，你体内也有一些

'酱油',但是量不多,撑不了多久。"

"约翰,那到底是什么药?那个'酱油'是活的……我发誓——"

"听我说,你得去罗伯特家,现在那边没警察,但等一下就会有一堆人过去,所以我们没多少时间了。搭出租车回沃利出租店开你的车,然后去莱斯洛大道上的小郡村,那里是一片拖车营区,就在小镇南边、糖果店过去一点的地方。顺利的话,大概二十分钟就可以到了。"

"我身上没钱了!我本来有五美元,可是刚刚花了三美元买香肠堡。"

"一个香肠堡要三美元?我的妈呀!好吧,等我一下。好了。你看看香肠和面包之间,应该会有一张折起来的一百元钞票。"

我心想这个黑魔法或许真的可以弄出好东西,马上到香肠下面翻了一下。

"约翰,没东西啊。"

"好吧,我想我做不到。你身上有银行卡吗?"

## 第四章 "酱油"

两个小时后,我开着现代牌小车进入小郡村。已经凉了的德国香肠堡放在仪表板上,没包好的蜡纸碰到挡风玻璃,留下了一抹芥末酱。我把香肠堡拿到耳边。

"约翰?"

我听到一阵噪声,不过约翰的声音接着就传了过来,但听起来比之前小。

"阿卫?"

"嗯。"

"这信号怎么搞的?你刚刚经过了桥底下吗?"

"没有,我终于到拖车营区了,哪一部是罗伯特的拖车?"

又是噪声,然后我听到:"药效快退了,你别说话,听我说。进去营区,然后——"

噪声。

"——只要记得千万别做这件事,你就没问题了。加油。"

"什么？约翰，我没听到你——"

连接断了，没有声音，也没有噪声，我手上拿的只是普通的香肠堡。我认命地想，希望看到罗伯特家以后，我就会知道接下来该怎么做。

营区里只有两辆拖车的门廊和门上贴着警方的黄色胶带，不是罗伯特家的那一辆拖车看起来至少空了好几个月，显然以前是间制毒工厂。

我把车停在罗伯特的停车位对面，向他的住处走去。这里一个人都没有，或至少没有人开车来，不过我还是敲了门才走进去。

警方已经清除了血迹和尸体，其实并不意外，我早该知道他们不会把尸体放上十二个小时招惹苍蝇，不过我还是根据警察给我看过的照片认出，罗伯特就是在这个房间里被炸成了湿淋淋的糨糊。地毯跟原本的颜色仍然差了一点，墙壁则永远沾上一层淡淡的红褐色，空气中依旧弥漫着恶心的臭味，闻起来像霉菌、馊掉的牛奶和粪便。

墙上空空荡荡的，没有全家福照片、大卖场卖的裱框风景照或电影海报，是警察拿掉的吗？房里没有电视，只有一张沙发，还有一把满是捻烟痕迹的椅子。他是住在这里，还是霸占别人的空拖车不走？

我瞥向拖车尽头的小厨房，接着转身走过一条短短的走廊，来到拖车的另一端，推开一扇关起来的门，门后应该是卧室——

我停了下来。眼前突然出现一座白雪纷飞的草原，远方地平线是一座高山顶峰迎向无与伦比的紫色天空。

我觉得这不像照片，反而更像拖车这一端被锯开、露出室外的景象；然而果真是这样，我只会看到隔壁生锈的拖车，还有杂草丛中若隐若现的一辆废弃老爷车。现在眼前的景象让我说不出话来。

我往后退到走廊上,感到有点头晕,搞不清楚方向,甚至担心我会不小心被吸进卧室里。我几乎花了一分钟才看懂眼前的景象。

那是一幅画,从地板延伸到墙壁跟天花板的壁画。他画满了墙壁、窗框和该死的玻璃窗,也画在窗帘、地毯、床单和床上没叠好的皱棉被上,因此站在门口看的时候,效果比照片还要真实。床头柜上放了一杯半满的水,而墙上画的结霜杂草一路延伸到床头柜,还爬上了玻璃杯;杯上有一道小裂痕,他也将痕迹融入画中,变成结冰树叶上的一抹阳光。

画作的效果实在太惊人了,我的肚子感到非常沉重,就像小时候第一次看到摩天大楼的感觉。就算毕加索有一辈子的时间作画,也画不出这样的作品。如果我走进房内,踩乱了地毯的纹路,或碰了棉被,就会毁掉这幅画。

哇哦,我只能说……哇哦。

我不知道自己在那里站了多久,仔细地看着画,震慑于每一处细节。

画里有一只鹿,雪地上还画了它的小脚印。一栋可爱的小屋,一家人站在院子里……

我愈是注意这些小细节,心中的赞叹也开始变调,凝聚成令人发毛的恐惧。

山脚小屋前面不是小树,而是简陋的十字架,有个双腿被砍断的人被钉在上面。一个女子站在十字架旁边……看着她手里的婴儿。婴儿头上长了一只弯曲的角,而且看起来还很饿。十字架上的老人很惨。远方结冰的湖面上突出来的也不是芦苇,而是人的手。至于那头鹿?它的老二超大,在身后的雪地上刨出了一条浅沟……

我关上门，决定再也不要把门打开。我转身从走廊走回客厅，途中经过厕所时突然停下来，倒退几步往里看。里面没什么奇怪之处。

但马桶是歪的。

"那又怎样？"我大声地说。

该死的好奇心。我走进厕所，看到马桶后面确实不在原本的位置上，离墙壁至少有三十厘米。马桶座被拴在一块方形地板上，而这块地板没有完整盖好下面的方形缺口。我将马桶座搬到厕所中央，从缺口往下看。这是地下室的入口吗？

蠢蛋，这是一辆拖车，下面大概只是藏毒品的地方。你应该担心他把马桶拔掉后，是不是还继续用这个马桶……

缺口往下六十厘米就是拖车下方的碎石泥土地，地面上挖了一个大洞，宽得可以让人跳下去。

古井吗？等一下……下面有光。这家伙是不是想拿铲子自己挖个拖车地下室？

洞口挂着一道绳梯。有人会在卧室窗户旁放这种绳梯，以备火灾时逃生用。

没错，你就爬下去吧，蠢蛋，又不是说这附近刚有人自动爆炸。你就下去给恶名昭彰的中西部隧道爆炸熊当晚餐吧！

可是约翰不可能无缘无故地叫我来这里。我知道约翰的理由可能很蠢，但我都来了，实在不应该放弃。我想起约翰，又想到以后他再也不在我身边了，下一秒我已经坐在油毡地板上，从缺口把腿垂下去。我试着从洞口往下看，果然没猜错，然而我只看得到下面有块被灯光照亮的空地。我抓住地板，将身子缓缓垂下洞口，脚踩住绳梯。

踏板沾满了泥巴，非常滑，周遭的泥土传来发霉般的臭味。我往下爬，另一股强烈的味道又蹿入我的鼻孔，甚至散发着热度；这味道闻起来很刺鼻，像腐烂的排泄物。

大洞大概有我身高的两倍深。我踩到最后一阶踏板，来到一间阴暗的泥土房内，这里的空间显然可以让人站在里面。臭味愈来愈重，当我跳下绳梯，立刻一脚踩进一摊罗伯特·马利黏糊糊的大便里。

我站直身体，踢掉脚上的粪便，头顶碰上意外平滑的屋顶。这个房间几乎是正圆形的，直径大概跟拖车的宽度一样。左手边弧形墙壁旁的地上放着一盏露营提灯，照亮了整个房间。我听到一阵奇怪、低沉的隆隆声，仿佛同时从圆形房间的四面八方传来。

我快速地打量四周。

地上有些东西。

我走过去拿起提灯，扫视房内，以为至少会看到三具尸体——然而我只看到房间一角有堆垃圾，包括一台坏掉的电视机，以及看起来像花园堆肥的袋子，上面突出几根像树枝的东西。垃圾堆附近的墙壁旁放了几个空瓶子，上头贴着褪色的酸黄瓜商标；对面的墙壁边躺着一个形似长条睡袋的东西。

我慢慢走向睡袋，吓了一大跳。那只怪物长得很像巨大的胖毛毛虫，浑身都是毛，大概有一百五十厘米长，身体跟蚯蚓一样分成一节一节的，尾端有一圈小小的牙齿。这时候我早该像僵尸一样尖叫着逃跑了，可是这只怪物实在恶心到不可思议，使我非常肯定这也是罗伯特的作品，可能是雕像之类的。而且我应该先说，这只怪物不会动。

为以防万一，我慢慢地往前走，用脚碰了一下毛虫怪。什么事都没发生,那有可能只是某种新潮的枕头。我继续看了一阵子,然后小心地退向那堆垃圾,一边走一边瞄着墙壁,心想这泥土房间没有支撑会不会垮掉。异常平滑的泥土墙上涂了一层波浪状的透明物质,看起来像玻璃或冰,我没办法描述摸起来是什么感觉,因为我根本不打算摸它。

我紧张地瞄了毛虫枕头最后一眼,接着往后退,又踩到一摊黏糊糊的东西,滑了一跤。我原本以为踩到一个湿湿的热狗,但近看之后才发现我踩到的是手指。

四根截断的手指,还带着一点撕下来的皮肉和骨头,每一根手指都有些诡异变形,好像稍微融掉了一样。

我的气管开始紧缩,心脏快要从胸口跳出来了。

我倒退两步,用手捂住嘴巴,试图让自己冷静下来。

快走快走,妈的,快走——

我缓缓地深吸几口气,迫使自己把视线转离地上的脏东西,走到房间的另一端。

我来到乱七八糟的垃圾堆前,里面包括那台没插电的电视机。没想到电视居然是开着的,画面看起来像是某个人的内脏内部,就像医生放微型摄像机进去拍的画面。

接着,画面切换成一名二十出头的男子,他留了一头金色长发,看起来有点眼熟。他悠闲地坐在客厅的椅子上,和没入镜的一个人讲话,那个人叫他"托德"。

画面又闪了一下,播出一段模糊不清的影像,从观众的视角拍摄一辆车开过住宅区。

隆隆声停了下来,我站直身体,四下张望。那只毛虫怪——刚刚是不是比较靠近墙边?或许不是。

我转回去研究电视。找不到电视机的电线，不过我猜垃圾堆里可能有汽车电池之类的。我仔细看了看刚才被误认成树枝的物体，发现那其实是一些黏黏的不知名的物体。电视机的后半部分被拆掉了，一条类似红色海草的东西从里面冒出来，一路长到一条巨大的死鱼体内；鱼的肠子被划开，里面挤出一团篮球大小的湿黏粉色块状物，仿佛鱼的内脏膨胀成原本的五十倍大。死鱼附近放着一个水族箱，装满黄色的浓稠物质，可能是蛞蝓黏液。箱底有一团皱皱的灰色东西，可能是人脑或肉卷。

我终于意识到这是某种机器。就在我想着房里不可能出现更诡异的东西时，我又看了电视屏幕一眼，然后发现我错了。

一辆拖车——这辆拖车——出现在屏幕上。

拖车看起来很小，好像是摄像机从很远的地方拍摄的。

然而影像愈来愈大。

拍摄者愈来愈靠近。

某个在拍摄的人正往这个方向走来。如果我看到的是实时画面，那他应该距离这里不到一分钟了。

我转身往前走，却突然面朝下跌倒在地，提灯落到地上滚开，使光线和影子在每面墙上舞动。我就着闪光灯般的灯光，瞥见绊倒我的大蛞蝓，它正以惊人的速度移动到房间中央，现在就躺在我张开的腿下。

我可以感觉到大蛞蝓温暖的身体在我脚下搏动颤抖，柔软的身躯瘫在我腿下。我往它身上一踢，屁股贴地往后退，看着怪物嘎吱作响地朝我爬来。提灯的光熄灭了，将我抛入黑暗之中，只剩下变种电视微弱的光亮，以及上方厕所传来的一丝黄光。

我可以听到黏糊糊的怪物滑过我身旁，感觉到它在靠近我的脸。

我费力地站起身来,却又踩到房间中央一大摊大便,再次跌坐在地上,头撞到坚硬的地面。我用手撑起上身,这时有样东西落在我的胸口,重得跟装满肉块的帆布袋一样。

那只该死的怪物居然跳到我身上来了。

它把我压倒在地。

四十五公斤重的黏液袋压迫着我的肺部。

我等着它吃掉我的脸。

几秒钟后,低沉的隆隆声再次响起。

隔了好一阵子,我才发现它睡着了。我小心翼翼地把打呼的怪物推到地上,以免吵醒它。我站起来,没有发出一丝声响,一口气跳上半截绳梯;十秒钟后,我已经瘫坐在拖车的厕所里,手撑着黏黏的地板,裤子上都是大便,肩膀也沾满了褐色的脏东西,我希望那只是泥巴。当下我就决定要离开这里,回家看看电视,喝杯——

砰。

我吓得差点尿裤子。声音很小,来自拖车另一端的厨房。我走进走廊,以为会看到喷火的吸血鬼、乌贼和小丑的混种动物,或是恶魔本人。

但我什么也没看到。刚才可能只是风声、小地震,或白蚁突然大迁移吧。

砰。

这次的声音又重又猛。肾上腺素让我的肌肉紧绷起来,我像个蠢蛋一般走向声音的来源。声音绝对来自厨房。我大跨七步就走过罗伯特·马利的家。

我踩上油毡地板,四处看看柜台、地板和电器。没看到小精灵或捣蛋小鬼,什么都没有。至少还没出现。

四周一片死寂，我发现我闭着气不敢呼吸，而且我没有武器。我看看四周，寻找像刀——

砰。

冰箱。

砰。

不对，是冰箱上层的冷冻库。小门随着声响晃动，仿佛有东西从——

砰。

——从里面往外敲。

快逃。大卫，快逃。逃啊逃啊逃啊逃啊，快逃快逃快逃！！

随着最后一声重击，冷冻库门弹开了。

咖啡罐大小的冰冻团块物从冷冻库中掉出来，落在地上，滚到我脚边六十厘米外的地方。我盯着那团东西，又看看打开的空冷冻库，鼓起勇气——

——转身飞也似的逃走。

我拼命冲向门口，只大跨三步就跑到了。就在我几乎可以把门把手从门上扯下来时，我刚好瞄了一眼窗户，看到室外多停了一部轿车，车身全白，但是装了很多天线。

警车。

有人正要下车。

是该死的摩根·弗里曼。

他走向拖车大门，距离我大概还有三米。我赶忙转身，开始寻找后门。然而就算找到后门，我也得踏过从冷冻库掉出来的鬼附身罐子。罐子现在躺在地上前后晃动，微微冒着蒸气，我终于看清楚罐子外面包了一层又一层的封箱胶带。

叫我走过去？想都别想。

我又转头看向屋外，亲爱的警察正走过来，停在半路回头看我看不见的东西。他进来的时候我该说什么？如果给我几个小时，我通常可以勉强编出一套不错的谎言——

啵！

冷冻库罐子发出空洞的扯咬声，从地面跳起三十厘米，我听到声音也吓得跳了那么高。罐子又叫了一声，而且跳得更高。

可恶，好像有东西想从里面挤出——

啪。咔嚓。

这是门把手转动的声音。摩根和我现在的距离只有不到一米远，他就站在门状假木板的另一侧，准备进来。我蹲下来看着罐子，深切地希望里面跳出来的妖精或恶魔能吸引警察的注意，让他不要理所当然地问我逃离审讯后为什么出现在这儿。我做好心理准备，面对想必是这一生比较尴尬的一刻。

门把手又转回原位。对方松开了手。我冒险从客厅窗户往外看，发现摩根转头望向碎石子车道。这次我知道他在看什么了——一辆白色厢型车开过来，停在他的巡逻车旁，车身上印着第五台新闻的巨大标志。一名男子从驾驶座下来，扛起摄像机和三脚架，漂亮的女记者则从副驾驶座下车。太好了，现在不但警察会发现我在禁止进入的犯罪现场徘徊，而且我被逮捕的画面还会在电视上直播，这绝对是偷闯禁区史上最烂的纪录了。

啵！啵！！啵！

罐子的一侧凸了起来。封箱胶带无法承受压力，中间有好几条都断了。突然我觉得被逮捕好像也没那么可怕，我应该冲出门外，举高双手投降才对；然而，恐惧将我的屁股粘在地毯上。罐子开始扭动,我真希望自己手上有武器,如果是喷枪最好。

我几乎听不见警察和记者在室外进行的礼貌的简洁争执。

"嗨,我叫凯西·博茨,我是第五台——"

"——有问题请去问队长,你应该有电话。里面已经被清理干净了,你要是早几个小时来,就能拍到很酷的画面了——"

她可能错过了重要的报道,摩根,但我跟你保证,等一下不管我发生什么事,她一定都很高兴能拍到现场。

第五台新闻独家报道,有翅膀的捣蛋小鬼吃掉一名当地男子的脑部,当地的捣蛋小鬼专家警告——

轰!

罐子冲破包装,从胶带碎屑中弹了出来。罐子下半部裂开子弹大小的洞,一个模糊的小东西飞射出去,撞到我头上的墙板,落在地毯上,弹了几下,停在我的鞋子旁边。

那是一个发亮的微小铁制容器,跟药罐一样大。罐子没有动,没有怒吼,也没有发光,只是立在那里。

等待着。

我呆呆地看着罐子,然后伸长脖子看外面的状况;这时警察刚好转过头,举手指着拖车。我把头缩回来,重重地坐在地毯上,背靠着墙壁。

他看到你了。你看到他脸上一闪而过的惊讶了吗?他刚好看到你的头从拖车的窗户往外看。蠢蛋。

我看着小小的铁药罐,又退了几步。外面那是脚步声吗?我准备抬脚把药罐踢开,却又停下来重新考虑。

你知道里头装的是什么吧?

不知道,一点概念都没有。

你知道罗伯特在家里藏了一堆感染约翰的那种药……

室外传来微弱的声响。

"他妈的你是听不懂'不予置评'是不是?"

声音好像比之前还近?

……如果他藏了一堆在家,他不可能把药随便塞在床底下。那种黑色鬼药会动,有自己的意识和目的,还会咬人。

然后,我突然完全明白自己来这里的目的了。约翰让我来,是因为针筒刺到我的大腿时,有一点药跑进我的血液里,而我也被感染后,就可以跟——"死掉的"——约翰联系。等药效消退,我们就无法搭上线。虽然这个罐子显然很诡异,但我想拯救约翰也只能靠它了。

我捡起跟冰块一样冰的药罐,看到上面有道缝隙,于是伸手一扭把罐子的上半部拔了下来。

我以为黑色黏液会缓缓地流出来,但药罐里滚出两颗微小的冰冷圆石,完美的纯黑石子躺在我的手掌上,像两颗煤炭口味的薄荷糖。我推测这是同一种药,包装成了胶囊造型,给不敢用针筒的人服用。

你也怕针筒。

那又怎样?

如果要用针筒注射,打死你都不会尝试。现在多方便啊。

我闭上眼睛,像第一次喝威士忌之前一样绷紧身子。

这药早就知道了。你现在到底在做什么?这东西搞不好是从坠落的流星里流出来的。你跟着一堆死人的线索,最后在一个死人的家里找到这罐药。所以动作快,把药放进嘴巴里吧,阿呆。

我迟疑了一下,躺在手掌上的药丸让我的皮肤微微发痒。我听不到室外传来的声音,心中不禁浮起一线希望:或许他们都离开了。

你吃了药之后就不能反悔了。你很清楚。

我又感到一阵痒,好像手掌上有东西在爬。我低下头,看到药丸无辜地躺在那儿,然后——我看到药丸动了,像两只又黑又胖的虫子在我手中蠕动。我赶忙把药丸甩到地毯上,胡乱挥动双手,仿佛手着火了似的。我跌跌撞撞地站起来,这时两颗药丸一扭,长出了小小的黑色手脚。

其中一颗药丸长出两只扁平的手,开始扭动、移动、拍动,一阵混乱后,手变成了一对翅膀。黑色小球在地毯上发出类似昆虫的可怕振翅声,然后小薄荷糖化作一条阴沉的模糊线条,朝我冲过来。

直到这时我才意识到自己的嘴巴张得老大。我跟你保证,如果早发现,我就会把嘴巴闭上了。那个东西瞬间就跳过我的舌头,落在喉咙后方,带来恐怖的瘙痒触感。我又是咳又是干呕,身体扭成一团。"酱油虫"进入我的食道,我感到它搔人的小脚一路爬进我的肠子里。

我睁开眼睛,绝望地找起另一颗药丸来,在深色地毯上实在很难找——

找到了。

药丸虫嗡嗡叫,飞了起来,瞬间就消失在我眼前。我紧闭嘴唇,为了以防万一还用手遮住嘴巴。小虫停在我的左脸颊,我想都没想,举起右手像打蚊子一样挥了下去。

一阵剧痛。我眼睛下方柔软的肌肤传来灼热的酸痛感,仿佛被烧红的铁戳到。我吞下一声惨叫,将手从脸上挪开,发现手上都是血。

脸颊上的痛楚愈来愈强烈,范围愈来愈扩大,似乎一路蔓延到脚趾,痛得我无法理解发生了什么事。除此之外,还有一种撕裂肌肤才会造成的诡异微痛感,仿佛每条神经末端都被连根拔起,丢到一旁。

我嘴里尝到血的苦涩味,感到有东西在嘴里移动……

哦,去他奶奶的,这该死的"酱油"正在我脸上挖洞啊!

我整个人倒在地上,翻来滚去,像痉挛发作一样乱挥四肢。我忘了我在哪儿、我是谁,头脑被恐惧的氢弹炸得空空如也。

哦,超痛的超痛的超痛的,我可以感到这鬼虫在我牙齿上爬,天……天……天哪!

我的脸和衣服都沾上了血,又湿又黏,感觉到第二只入侵者爬过我的舌头,进到喉咙,我的肚子因为恶心而抽搐。这时我听到门外传来脚步声,不禁松了口气。等一下门被打开,我一定会扑向弗里曼警探,哀求他送我去急诊室洗胃,再找驱魔师来,然后通知空军把整座小镇炸成辐射尘,埋在一百八十厘米厚的水泥下面。

突然一切都平静下来。

几乎像禅的境界。

我又进入先前在警局的状态,一股能量从胸口发散出来,就像冬天站在酷寒的室外,喝下第一口提神热咖啡的感觉。"酱油"让我开始嗨了。

门把手在转动,摩根要进来了;老天,摩根已经进来了。我想要跑走、躲起来,至少做点什么;我觉得很受挫,我的身体移动得好慢、好慢……

我就这样离开了我的身体。

时间停止。

这么容易就灵魂出窍,害我几乎笑了起来。我之前为什么没有发现?警探踏进门前,我还有整整一点七八秒——我们平常觉得这样的时间非常短，只是因为我们身体湿嫩的组织没办法在这么短的时间内做多少事，然而，超级计算机在一秒内就可以解开超过一兆条方程式。对计算机来说，一秒就像一辈子，宛如永恒。只要加快两秒内你思考的速度，两秒就可以变成两分钟、两小时，或两兆年。

距离和警察对质还有一点七四秒，门隔开我的身体和宿敌的身体，我们冻结在当下，他的手握住门把手，我则跪在地上，悬在痛苦当中。

好，我需要一个计划，我在脑中退了一步，评估现在的状况。快想。

你站在一颗巨大的熔岩石球的冰冷薄壳上，石球以每小时798,403.61公里的速度快速地穿过冰冻的外层空间。宇宙有62,284,523,196,522,717,995,422,922,727,752,433,961,225,994,352,284,523,196,571,657,791,521,592,192,954,221,592,175,243,396,122,599,435,291,541,293,739,852,734,657,229个亚原子粒子，宇宙大爆炸的时候，每一颗粒子都被推得往外移动。170亿年前宇宙撞击诞生时，这些粒子在物质成形的第一毫秒就确定了未来的动作和移动方向，因此不管你现在要移动右手、点头，或选择在下周四早上吃水果口味还是原味的麦片，都是当初就决定好了的，因此从物理的角度来看，你不可能偏离——

我没来得及想完这件事。

我不在拖车里了。

太阳，沙子。我在沙漠里。

我死了吗？

我环顾四周，只看到褐色、褐色、褐色，从地平线的一端蔓延到另一端，没什么好玩的，只是上帝的沙坑。现在怎么办？我想起约翰嗑了"酱油"后的第一个小时，胡言乱语说他一直脱离时间线，所有事情都重叠在一起。

我脚边有东西在动——一只甲虫在沙地上爬行。我想这可能有特殊意义，于是我看着它，跟着它在沙地上迟缓地移动。我大概跟了两个小时，甲虫直直地朝同一个方向前进，我开始想出一套理论：这只甲虫八成是某种印第安神灵，要带我前往我的归宿——这时它停了下来，在原地待了大概半小时，然后转过身，朝反方向爬回去。

我一眨眼，又来到了别的地方。

铁链连起来的围栏。

枯萎的褐色草地。

周围的人穿着像难民的破烂衣裳。

这有点太夸张了，我目瞪口呆地在原地站了一会儿，又想起约翰，决定要保持头脑清醒，撑到药效退去为止。我往下看，发现自己拿着一把叉子，手上沾满像灰烬一样的灰色粉尘。

一名小女孩靠近我，她的身体有残缺，全身脏兮兮的，脸上少了一大块肉，只有一只眼睛。她仔细地打量我，然后跑过来用膝盖猛撞我的下体，抢走我手中的叉子。她拿着叉子跑走，等我抬起头——

白色的墙壁。

工厂的声音。

机器。

我在一栋巨大的建筑物里，四周非常干净，一名身穿蓝色制服的男子站在我面前，他盯着小小的计算机屏幕，显然这里是生产线的一环。我的左边立着巨大的红色标志，上面写着生产楼层不得抽烟或用火，下面还画了卡通版的爆炸图示。

我往前一步，发现男子身旁挂了一本讽刺漫画月历，日期已经过时许久，目前翻开的那一页还在好几年前。

我得想办法停下来。我感觉自己像名泳者，被抛在白河泛舟的河道上游，我知道如果不稳住自己，我会一辈子这样漂流下去。

我说："呃，嘿。"并不期望听到回答。

男子扭过身来，那一瞬间我以为我们有对上眼，然而他的视线扫过整个房间，像是什么也没看到。男子显然认为是他幻听，又转回去盯着屏幕。

工厂里都是人，他们站在不同的机器前，显然没有人能看到我。我在这里，却又不在这里；我往下一看，果然没错，我看不到自己的脚。

我知道我的脚还在那个周六下午，站在不具名小镇的拖车里。我集中心神，专注地想着要回到那里，回到那个时间点，回到我的身体里。下一秒，我已经回到拖车中，趴在地上，脸上一阵疼痛，裤管上留着大便的痕迹。

我放心地松了口气，试图想起我先前在做什么。这时摩根·弗里曼从门口走进来，一看到我就愣在了原地。

该死，我最不会处理这种状况了。

我抬起头，手抚着血淋淋的脸，笨拙地站起身，裤管散发出罗伯特·马利的粪便臭味。

警探上下打量着我。

他手上拿着两个红色的汽油桶。

我非常明确地意识到：他打算把这辆拖车给烧了。

而且他要把我一起烧死。

摩根把汽油桶放在脚边，点燃一支香烟。他静静地抽了一阵子，眼睛看着远方，仿佛突然忘了我在现场。

"那个，"我开口，心想应该提醒他一下，"你在想为什么我在这里吧？"

他微微摇头。"你跟其他人一样，都想搞清楚到底发生了什么事。只有我不想，我什么都不想知道了。你八成在想我拿汽油桶要做什么。"

"我想我知道，而且我不觉得罗伯特的房东会同意。"

他仔细地研究我血迹斑斑的脸，伸手到口袋里，掏出一条手帕给我。我用手帕压住脸颊。

"谢谢。我刚刚跌倒，撞到了……钻头。"

"王先生，你相信有地狱吗？"

五秒钟的困惑沉默地过去，我说："呃，我想我相信吧。"

"为什么？"他问道，"为什么你相信有地狱？"

"因为我希望跟地狱相反的地方也存在。"

他缓缓地点头，好像对这个答案颇为满意。他拿起汽油桶，旋开盖子，开始将橘色的液体洒在客厅里。

我看了他一会儿，然后小心翼翼地朝门口踏了一步，摩根马上像旋风一样转过来，从外套中掏出一把左轮手枪对准我的脸。

"你打算走了？"

我的脑袋还在嗡嗡叫。突然，我看到一段摩根的记忆，怪异到我无法理解：我看到今天早上在这辆拖车里发生的事。血。

还有尖叫，大家都在尖叫。摩根，你到底在这里看到了什么？

接着我看到另一个画面：墙壁在我周围起火燃烧。我举起双手投降，他朝另一个汽油桶点点头。

他说："帮个忙吧。"

"我很乐意,可是你得先告诉我约翰怎么了,就是你们审讯的另一个家伙。"

"我以为他跟你在一起。"

"我?他不是……死了吗?"

"是啊。迈克·登罗在访谈室拿我问你的问题问他,可是你朋友只会喃喃自语,好像没睡醒一样。他一直说我们得放你们走,你们得去赌城,不然世界末日就会到来——"

又是拉斯维加斯。赌城到底有什么?

"——最后登罗跟他说:'小鬼,我们手上有一群死亡或失踪小孩的名单,我们一定会把事情查清楚,所以你给我好好待在这儿,直到我问得满意,或者你老死为止。'你朋友一听到这句话就倒下去死了,就这样。"

"是啊,听起来很像约翰会干的事。"

"现在他不见了。我刚接到医院的电话,说他的病床上没有人,他们认为他没付钱就出院了。"

我拿起汽油桶,旋开盖子。摩根把枪收起来,我把汽油泼到沙发上。

"王先生,你认识贾斯廷·怀特吗?一名高中生?"

"不认识,你在警察局就问过我了。他是其中的一个失踪者,对吧?"

不对,你认识他。快想。

摩根说:"他开了一辆樱桃红的六五年野马跑车,有印象吗?"

啊,我不认识他,但我知道他的车,他就是在派对上跟珍妮弗亲热的娃娃脸金发小子。

"我知道他长什么样子,就这样。"

"早上就是他打电话报警,告诉我们这里——这里发生的事。这就是我今天的第一件工作。我要告诉你今天发生的事,你才能了解我现在的心情,好吗?这小鬼打九——一报警,紧张到歇斯底里,说有人死了。那时大概是凌晨四点,我离这里刚好两条街,于是马上赶来。我第一个抵达现场,从拖车外就听到尖叫声,还看到有人逃跑,许多小鬼急着发动车子开走,看起来就像是派对失控了。"

他不再泼汽油,把汽油桶放回地上,遥望远方好一阵子。他吸了一口烟蒂,继续说:"我走到门口,告诉他们我是警察。我走进来,看到——"

我到了现场,就这么简单。

我还是在拖车里,站在同一个位置,然而脸颊上的痛楚消失了。隔壁房间的落地喇叭播着难听的嘻哈雷鬼音乐,快要震破我的耳朵。光线的感觉也不同。我瞥了窗户一眼,发现现在是晚上。我低下头,依然看不见自己的脚。

在这里,又不在这里。

仿佛有人按了拖车的倒带键,回放起大概十二小时前的画面。

房间里挤满了人,我在人群中看见珍妮弗·洛佩兹和贾斯廷·怀特。我四处张望寻找约翰,却没有看到他。当然,这时候他早就离开,回到公寓做起自己的噩梦了。

音乐声震耳欲聋,然而没有人在跳舞或说话,所有人都呆立在原地,盯着我的右边。我的妈啊,这首歌真难听,是白人雷鬼说唱男歌手斯诺的歌《抓耙子》。"抓耙——子,你休想乱告我斯诺的状啦啦啦……"

我转过头,想看看究竟发生了什么事,能吸引整个房间的目光。

假牙买加人罗伯特蜷曲着身体在地上扭动着,他说:"我没事,我没事,先生!让我休息一下就好!我感觉好多了!"

他的话听起来还算可靠,可惜他的身体已经和头分家,距离粉红色的断颈至少有六十厘米。分离的头不断安抚大家,随着下巴一开一合,头也在地上轻微地滑动。罗伯特的一只手臂从肩膀脱落,轻轻落在地毯上,我感到一阵恶心,因为我发现有东西像虫子一样在断面上蠕动。

有人尖叫起来。

派对瞬间变成争相逃逸的现场。

几个女孩穿过应该是我身体的位置,吓得我跳了起来。每个人都绕过罗伯特,拼命想冲到大门口,却又不愿经过地上慢慢淌血的恶心的宿主身体;然后——这首歌真的烂死了,歌手好像在用干粪做的匕首刺我的耳朵。

音乐戛然停止。有人踢倒了音箱。

我看到贾斯廷缩在墙角,对着手机尖叫:"我说他死了!而且还在讲话!但是他已经死了!妈的,你自己过来看就知道了!"

我看着派对人潮从门口涌出去,却一直没看到珍妮弗。我转过身,看见某个人的背影跑过走廊,逃往另一个方向。蠢蛋,那边没有门。

但厕所底下有间地下室。

客厅传来一声巨响,像从高楼屋顶把一大袋布丁丢到人行道上。

罗伯特爆炸了,躯块飞到四面八方的墙壁上。

贾斯廷的手机掉到地上,他的嘴巴张得老大。房里已经没有人了,只剩下他跟假牙买加毒贩所剩无几的粉色躯块,待在完全的沉默中。

一只白色小虫出现,绕着罗伯特血淋淋的尸体打转,画出一条白线,在安静的室内发出极细微的嗡嗡声。

接着又多了一只,然后是两只。

声音愈来愈大,高频的噪音大概介于松鼠愤怒的吵闹声和蝗虫的嘶叫声之间。

现在出现十几只虫子了,我每眨一下眼,虫群的规模就增加一倍;这些小虫跟蚯蚓一样长,而且横着飞行。现在虫子的数量已经多到数不清,它们聚在散落一地的尸体上,形成打转的虫群。

我想要离开这个房间,这座小镇,这颗星球,然而我无法移动。我们都做过几千遍这种噩梦了——我们无法逃离恐惧,因为恐惧已经完全将我们吞噬。

随着虫群的扩大,它们的声音也愈来愈嘈杂,我可以感到其中蕴含的深厚力量,就像昨晚约翰在派对上演奏的音乐。

接着白色虫群一起朝贾斯廷飞去。

他发出尖叫。

门甩开了——

我眨眨眼,看到摩根站在面前,汽油的臭味冲进我的鼻子。我回来了。

"我走进门,就看到这个叫贾斯廷的小鬼跪在地上哀号。我以为他的肚子被刺了一刀,可是走近一看,才发现他身上有东西——手臂、脸上,全身都有。"

摩根一边叼着香烟一边说,烟纸不断燃烧,剩下六厘米的灰烬挂在烟卷末端。汽油从我周围的壁纸滴下。

"那些东西看起来像头发,盖住他的全身。"他说,"白色的,有点像清理烟管用的细线,或有点扭曲的钓鱼线。这些东西停在他的眼皮、耳朵、脖子和手臂上,他就跪在地上惊声惨叫,像个小孩一样。然后我看到这些东西也在空中飞,绕着他嗡嗡叫。"

现在香烟尾只剩一厘米左右的灰烬,我的视线从香烟移到他脚下吸满汽油的地板上。

"天哪,我当场愣在门口。我探头进去,看到另外一个人的尸体喷散在房间另一边的墙上,好像他踩到了地雷似的,再加上这个小伙子。我知道我应该进去试着帮他,但我又不想碰他,不希望他身上的东西跑到我身上。"

摩根的声音愈来愈小。他低头看着自己的手,仿佛想确定双手非常干净。

长长的烟灰从香烟上掉下来,落在湿湿的地板上。

灰烬轻轻发出嘶的一声,熄灭了。

摩根说:"于是我做了不该做的决定。我跑回车上,打电话叫救护车。救护车明明已经在路上了,而我应该待在里面,然后——我也不知道——找个罐子或除虫剂,或者把他拖进浴室,冲掉那些东西。可是我办不到,他尖叫的样子让我什么都不敢做。不过还不只是这样。以前在紧急状况下,我连咬人的虫都敢处理,可是……"

他停了一下,在斟酌他要说的话。"我可以听到它们的声音直接出现在我脑中,你懂吗?"

我不懂,却说不出话来。他打开一个橱柜,淋上汽油。

"于是我走回警车,通报状况,我其实也不太了解发生了什么事,你懂吗?我车上有一罐警用防身喷雾,我拿着喷雾走回去,心想我应该呼叫灾害防治小组,让他们过来,然后——我也不知道——把拖车封起来消毒之类的。但是我得先试着救这个家伙,所以我跑回去,结果……他完全没事,就这样站在房里整理头发,到处都看不到那些虫子的痕迹。然后这个叫贾斯廷的小孩开始很正常地讲话,好像我刚到一样。"

我走进卧室,打开门,看都不看就把半满的汽油桶丢进去。我在身后关上门,摩根看到我,笑了起来。

"啊,你也看到了。那幅画太夸张了吧?没人能画出那种作品。我跟你讲,如果你在里面待太久,画就会扰乱你的脑子。负责照犯罪现场照片的小哥进去半小时,后来我们还得派人进去把他拉出来,他哭得跟小婴儿一样。"

我什么也没说。

他继续说:"后来救护车到了,小鬼说他没事,但我还是把他弄上车,告诉救护人员他血管里可能有东西,随时都可能要他的命,因为我知道这个小孩被……感染了吧。我也想知道那些虫子是什么。可惜我永远得不到答案了,因为那小鬼根本没去医院。救护车明明开着警笛和警灯,从这里离开去圣约翰医院,车程只要十分钟,结果救护车四十五分钟后才到,救护人员都在嬉笑打闹,还拿着快餐店的杯子,小鬼却不见踪影。医院的人问他们发生了什么事,他们完全不知道大家在说什么,什么事都不记得。后来再也没有人听到那个小鬼的消息。等他们回到车库,才发现该死的救护车不见了,到现在都还没找到。所以你知道我今天有多惨了吧?"

我用手帕擦擦脸颊,黏答答的手帕已经被染成了深红色,我手上都是汽油味。我试着理解这些信息,眼睛依旧盯着地毯,心想地板下应该没有一群外星虫子在飞来飞去吧。

"那么,"我说,"你还会……听到声音吗?现在?就像虫子还躲在这里?"

"我回来之后就听不到了。"

"但是以防万一,你还是要把拖车给烧了?"

"没错。"

"而且你不打算放我走。"

他停了一下,然后说:"那小鬼身上的东西——好像是虫子或蚯蚓什么的,就是我们看过的东西——飞起来的时候,有一只从我眼前飞过,我发现它们没有翅膀,身上反而长满短短的硬毛,像理发店的霓虹灯图案一排排绕着它们的身体。它们就这样头朝前扭着飞,动作跟开瓶器一样。那些停在小鬼身上的虫子,我觉得它们像是要扭着钻进他体内,你懂我的意思吗?"

"你不认为那些虫来自这个世界。"

"这是你说的,我可没说。我说我能听到它们讲话,类似叽叽喳喳的声音,好像听得到,又好像没真的听见,但脑中就是有个声音,像搔不到的痒。它们的声音听起来不太像一群蜜蜂,而是比较像一群人,参加演唱会的一群人,因为你可以听到字。这样讲出来好像我疯了,可是你真的可以听到它们在互相交谈沟通。还不只这样,你甚至可以听到它们的恨。你懂吗?我希望你能了解,了解我接下来要做的事。"

"我想我懂。"

我脑袋负责求生的部分正拼命计划如何抢警察的枪,或至少逃离他身边。然而,在我现在无比清晰的脑中,我发现一切都已经注定。不管我做什么,这个警察都会杀了我,把我留在这里,我现在只是在等他动手而已。这感觉好怪。

"那么,"他说,眼中慢慢浮现某种压抑的恐慌,"你知道我现在的感受,也知道为什么今天我要犯下重罪了。世界上发生了恐怖的事,我觉得好孤单,好像只有我知道,只有我能站出来解决。"

摩根走向门口,挡住我的出路。他将几乎空了的汽油桶放下,用手指了指。"捡起来,丢到门外的草地上。"

我迟疑了一会儿,警探又掏出枪对着我,我就照他说的做了。他又掏出打火机,一手拿着左轮手枪,一手用打火机点燃汽油桶。油烟烫伤了我的鼻子,让我有点头晕。

他站在原地,一抹黄色小火光在手中闪烁。他说:"每个人都有撞鬼的经验,可能是飞碟、大脚怪或某种灵异事件。只要大家晚上围在炉火边讲故事,你就会发现,每个清洁工都看过发光的老太太晚上在走廊上游荡,每个猎人都看过皮翅膀从树上飞走,体积大到不可能是蝙蝠。撞鬼经验也可能很简单,譬如看到小孩走过转角,下一秒却凭空消失。没有人觉得自己看到的事情是真的,因为他们都认为别人没看到,可是每个人都有类似的经验,每个人。"

他说话的时候直直地看着打火机的火焰,仿佛入了迷。他的枪指向地面,随着两声轻柔的咔咔声,他的拇指似乎自动扳下了击锤。

"我是这么想的,"他对着打火机说,"我认为这些事件既是真的,也不是真的,所以看到和没看到的人都没错。他们就像两台不同的收音机,转到不同的频道而已。我不是《星际迷航》的影迷,也不了解异空间的概念,但我是虔诚的天主教徒,我确实相信地狱,相信那里不只有强暴犯和杀人凶手,还有恶魔和怪虫,这些邪恶的东西你就算看到也无法理解。地狱就是宇宙下水道中拦截油脂的滤网,我认为那个骗人的牙买加狗崽子可能用了某种化学药品,或是魔法跟巫术,打开了通往地狱的门,还把自己变成了那扇门。"

我点点头,张嘴想说话,却又闭上了嘴巴。

"而我呢,"他自己点点头,"我打算把门关上。"

他举起枪，瞄准我的心脏扣下扳机。

我在地狱醒来。四周一片漆黑，我感到疼痛。时间依然静止。不过我没听到哀号，我还以为地狱里一定充满了哀号。

地板在咯吱作响，接着传来轰的一声，好像瓦斯烤炉爆炸的声音。

我昏了过去。

然后我又醒了过来。我昏倒了多久？我闻到了烟味，这到底是在地狱，还是我在做梦？

我奋力睁开眼睛，鼻子弥漫着刺激的瘙痛。我很失望地发现，地狱装着便宜的瓷砖天花板，有几块还因为漏水而发黄。

我的胸口一阵刺痛。我发现我还有一只手臂，而且可以动，把我吓了一大跳。我感到上衣中央湿了一片，而且我痛得不停呻吟，从头到脚都在发冷，这才勉强意识到我正陷入休克状态。我想到了弗兰克·万鲍。

弗兰克在得克萨斯州普莱诺的沃辛顿军需品工厂工作了十一年。这家工厂生产超过一百种弹匣，供给打猎、射击和执法机关使用。几年前，弗兰克担任第三线的督察员，这是精细质量控管程序中的最后一关，多亏这套三关式检查系统，加上工厂担心生产的子弹要是在警察手上爆炸，还得负法律责任，因此沃辛顿军需品工厂可是以十亿分之一的精细单位在检查不良子弹。

即便如此，那天工厂生产的五十万颗点三八口径的子弹当中，还是出现了一颗不良子弹，因为弹壳经过添加火药的机器时，刚好有只苍蝇爬到弹壳里面。当天只有这颗不良子弹通过第一线和第二线检查站，弗兰克应该会发现才对，然而就在屏幕跳出子弹不良的警示时，弗兰克却因为身后的男子分心了。

或者说,他以为身后有人。然而等他转过身,却发现一个人也没有。

他确定自己应该是出现幻听,听到了那声"嘿"。仔细想想,其实声音好像是直接出现在他脑中,而不是通过耳朵听到的。于是他转回头继续工作,完全没发现子弹有问题。不良子弹因此通过所有检查,和其他子弹一起被包装起来,八个月后经由执法机关的邮购系统售出,又在六个月后终于被分派到劳伦斯·"摩根·弗里曼"·阿普尔顿警探手中。

一年后,弗里曼把这个弹匣装进左轮手枪,朝我的胸口开枪。由于射出的子弹火药比一般子弹少很多,冲击力也不到平常的十分之一,因此子弹射穿我的皮肤,擦过心脏上方的粗大骨头后,反弹了出去。

我睁开眼睛,不记得自己曾再次昏倒。我好累,只想等着火焰烧过来。我抬起头,看见沙发已经烧成一团大火,黑色浓烟直冲屋顶,火舌舔着墙板,使得墙板起泡发黑;沙发下的地毯吸满了高纯度的辛烷,只要一点火星掉到上头……

我开始匍匐前进。该死,浓烟飞快地灌进肺里,像吸到一口又一口灼热的烟蒂。我得到门边才行,得到门边才行。我什么都看不见。我看见类似门的东西,伸手一摸,却摸到平滑的铁制表面。原来是冰箱。

我爬向了完全错误的方向。我转身继续爬,伸手扶着墙壁走。现在地毯也烧起来了,可恶,屋里热得跟地狱一样。我继续爬呀爬,爬呀爬。啊,终于看到门了,谢天谢地!我伸出手。

又是冰箱。

我的皮肤感到刺痛,紧贴在骨头上,整部拖车就像烤箱,像炼铁的高炉。我的头发烧起来了吗？我眯起眼睛四处观望，身后的客厅已经变成一片模糊的橘色。我还能穿过去吗？

我感到胸口奇怪地抽搐，才发现我在咳嗽。我低头靠着油毡地板，希望能在地面找到几厘米的新鲜空气。我好累。我闭上眼睛。

人都会死。

从我们出生以来，世界就想掩藏这个事实。在你发现性爱和圣诞老人的真相之后，死亡的谎言却依然持续下去，大家总是相信人会在最后一秒得救；如果没有，至少你不会白死，会有人握着你的手为你哭泣。整个社会就是为了维护这个谎言而存在。整个世界只是一场盛大嘈杂的布偶戏，好让我们不要注意到事实——你终究会死，而且八成是孤零零一个人。

我很幸运，早在很久以前，我就在高中体育馆后面闷热的小房间里知道了真相。大部分人都要等到他们倒在人行道上，挣扎着呼吸最后一口气时，才会发现人生就像拿在手上的闪烁蜡烛，只要一阵风，一场毫无意义的意外，一毫秒的粗心大意，火焰就会永远熄灭。

而且没有人在乎。你可以在黑暗中又踢又喊又叫，但不会有人响应。你在这儿为了世界的不公不义抓狂，但两条街之外，某个家伙却坐着看棒球比赛，还伸手搔他的蛋蛋呢。

科学家常谈到暗物质，这种看不见的神秘物质占满宇宙中星星之间的位置，宇宙的百分之九十九点九九都是由暗物质组成的，科学家却不知道那是什么。可我知道。暗物质就是冷漠，这是不争的事实。你把宇宙中我们了解和在乎的事物堆起来，也只不过是很少一点，和幅员广阔的"干我屁事汪洋"无从相比。

我发现周遭的热气消失了,声音也消失了。一切都消失了,只剩下黑暗。

感觉不太对,黑暗至少还有点什么,而现在我看到的并不是黑暗。我死了吗?

我感到类似先前的疏离感,好像脱离了身体,穿梭在时空之间,只是现在四周什么也没有,什么也感受不到,只有……

有人在看我,我知道,也感觉得到。有眼睛在看着我。

不是一双眼睛,而是一只眼睛,一只爬虫类的蓝眼睛。我看不见它,在这儿我什么也看不见,只是感觉到它的存在。我站在某种智慧体面前,我知道它存在,它也同样注意到我,然而感觉不像两个人见面时的互相了解,而是比较像有人用显微镜在观察细胞。对这只眼睛来说,我就是那个细胞,在它无边广阔的感知之下显得毫不重要。

我试图了解它是什么。它友善吗?邪恶吗?还是漠不关心?我的头脑朝它靠近,然后——

快跑。

我跑了起来,虽然没有脚,我还是继续跑。我逼自己离开,要自己逃离这只眼睛。

快跑。

我感觉到热气,强迫自己跑向无法想象的高温中,然而我心甘情愿。我甚至可以跳进油锅,只为了躲避那只眼睛……

黑暗,正常的黑暗,合起来的熟悉眼皮。四周都是热气,烫得让我几乎失去感觉。

我听到低沉的声音,是哀号吗?

声音从外面传来，愈来愈大声，我认出那是车子开来的声响和狗叫声。

后退，后退！

谁在说话？

接着传来一声可怕的巨响——玻璃破碎、金属摩擦、木材断裂，厨房在我周围爆炸，我被炸得往后飞，一股新鲜空气突然冲过我的身体。

我看到一个车头的横杠——应该说是我的车，现代牌的"H"标志离我的脸只有三十厘米。

车子在自动倒车，从厨房西侧墙壁的残骸退了出去。墙壁靠近地板的地方出现一个大洞，洞口露出一丛粉色的隔热建材和折断的铝制外墙，我从洞口滚出去，重重倒在室外冰凉的草丛上，用力咳了又咳。

一直咳。

我昏了过去。

感觉好几个小时后我才醒来。

或者只隔了几秒钟。

我身后的拖车烧成了火球。我实在太累了，完全无法庆幸我在几分钟内逃离鬼门关两次，第一次只差几厘米，第二次只差几口充满浓烟的空气。

然后我听到一声狗叫。

阿卫？你还活着吗？

又是这个无影无踪的声音。我挣扎着站起身，看见我的车停在六米之外。

大狗莫莉坐在驾驶座上，我看着眼前的景象整整一分钟。它叫了一声，我又从中听到人的声音。

是约翰的声音。

我本来以为用德国香肠堡沟通已经够蠢了，但我想我大概又错了。我爬上车，把莫莉挤到副驾驶座上。

莫莉担心地看着我。不对，这不是莫莉。

约翰用莫莉褐色的大眼睛看着我，莫莉叫了一声，我却听到：

阿卫，我们的麻烦大了。

"还要你说，毛毛。你怎么踩的踏板啊？"

"汪！"

听我说，除了我以外，昨晚发生的事件里还有三个人活着——吉姆·沙利文、珍妮弗·洛佩兹和弗雷德·朱。其他的我也不太清楚，因为我自己的身体现在有点宕机。我知道我们四个人都在一起，正在移动，一旦到达目的地，很糟、很糟、很糟的事情就要发生了。

"等等，等等，等等。为什么你变成狗了，约翰？"

"啊——呼！"

（打喷嚏）

贾斯廷·怀特——或者说之前是贾斯廷的怪物，他抓了我，应该说是我的身体。他偷了一辆车，我在我的身体里什么都看不见，但是可以听到声音；车子至少装得下我们所有人，所以大概是某种卡车。阿卫，你得找到这辆车。

"是不是救护车？警察告诉我他从医院偷了辆救护车。所以如果把贾斯廷也算进去，其实还有四个人活着。"

"汪——"

不不不，我说真的，只有三个人还活着。贾斯廷·怀特不算活着，他只是会动的……蜂巢。

"他身体里的那些东西是什么？"

"汪！"

烂狗！

我听得一头雾水，只能困惑地瞪着它好一会儿，才发现大狗没有在看我。我转过头，看到一辆拖车旁绑了一只白棕相间的小猎犬。

"约翰？"

"汪！"

阿卫，对不起。我爷爷死前疯疯癫癫的时候，曾经告诉我透过狗讲话跟用香肠不一样。莫莉跟我一起在这个身体里，我得跟它抢麦克风。

"贾斯廷，或者贾斯廷怪物，要把你们带去哪里？"

问题才说出口，我就知道答案了。我跟着狗叫一起说："拉斯维加斯。"

"拉斯维加斯有什么？"

"汪！啊——呜！吼……"

你有没有看过兔八哥的动画？它们把墨水倒在地上，然后就把墨水画的圆圈当成真的洞爬下去。我觉得"酱油"在做的事也一样，就像一个洞，能把你打开。这些虫子，还有罗伯特地下室的怪东西，都是因为"酱油"把人变成洞，才让它们进到我们的世界里。我想如果"酱油"在同一个地区感染的人数够多，就会形成一个超级大的烂洞。

"可恶。我能问你什么东西会从洞里跑过来吗？"

"汪。"

我不知道，但是跑过来的东西都得填饱肚子。

我点点头。"嗯，赌城的免费自助餐可多了。"

莫莉一脸无奈地闭上眼睛,我从来没看过狗露出这种表情。

等等,听我说。有个叫艾伯特·马尔科尼的家伙,专门举办超自然现象活动,他最近要在宫殿饭店演讲,就是那个像黑色金字塔的大赌场。我们就要去那里。

"等一下,你怎么知道这么多?"

因为已经发生过了。

"你这样说根本不合——"

"汪!"

猫!猫!猫!猫!!

莫莉从椅子上跳起来,把头从半开的副驾驶座窗户挤了出去。

"约翰……"

"汪!汪!汪!汪!汪!汪汪汪汪!!!"

猫!!猫!猫!!!猫!!!猫!!猫!!!!猫!!!

一只肮脏的灰猫穿过拖车营区,经过我们车前,跑向远方。莫莉把头缩回来,踩过我的下体,跑向驾驶座的窗户,还一路叫着:"猫!!"我花了十分钟才让大狗安静下来。最后它乖乖盘起身子,在副驾驶座上睡着了。

"约翰?"

大狗放了个屁。那天晚上我再也没听到它说话。

# 第五章 和箩筐一起上路

我开车到便利商店买了一张地图,再回到车上,用钢笔画出前往拉斯维加斯的路线。我真的要去吗?

我知道我需要钱,要加油,还要换掉现代牌小车传动系统的几个重要零件,否则长途开下来,车子一定会散架。

我的银行账户空空如也,这问题看起来挺严重的,不过我才在便利商店的停车场看了几秒钟的夕阳,脑中就跳出一个全新的完整计划。过去几小时内,我已经接受自己的现状了。

现在不是大卫在思考。

而是"酱油"在思考。

我开进镇上,扫视着各条小巷,直到我看到一个跟杆子一样瘦的墨西哥小鬼站在垃圾桶旁,穿着圣路易斯公羊橄榄球队的外套——是小鬼穿着外套,不是垃圾桶。我冷静地从现代牌小车上下来,咧嘴对他露出灿烂的笑容。

我从来没见过他。

也不知道自己在做什么。

我听到自己马上开口说:"嘿,米凯伊说你有东西要给我。"

搞什么鬼。

小鬼眯眼瞧着我,一动也不动。"你是哪根葱啊?"

小鬼动了一下,公羊队外套的下摆顺着他骨瘦如柴的身子往上滑,插在他牛仔裤里的枪又黑又亮,好像可以发出激光一样。他的枪居然比不具名小镇警局配给弗里曼警探的还好,要不是我忙着想象他朝我的额头连开六枪,我可能会觉得这讽刺的事实还挺好笑的。

我又听到自己开口说了一个词,这个词对我而言一点意义都没有。

"跟屁虫。"

我受"酱油"控制的脑袋已开始自行运转,就像自动驾驶系统,词汇和单字仿佛出现在提词机上,浮现在我脑中。

小鬼一句话也没说。

他把手伸到外套里……

掏出一个信封。

他走过来抱了我一下,以熟练的动作将信封偷偷塞进我手中。

接着他转身走开,我缓缓吐出紧憋的一口气。

请让我再说一次:搞什么鬼。

回到车上,我拿出信封,打开后发现里面塞满了百元美钞。我根本不知道发生了什么事,只知道对那个人说这些字就可以拿到钱,就像密码很复杂的提款机。

我数了数,有六千美元。

好吧。

我开车到六条街外的欢乐国度烧烤酒吧,完全不知道为什么要来这里。我走进停车场,四处张望,还是不知道我在找什么。

我直接走向一辆这辈子从来没见过的钴蓝色道奇小货车,车门没锁,我伸手进去,在椅子下面一阵摸索。

我拿出一把磨光的钢制自动手枪。

子弹都装好了。

天佑美国。

我把枪塞到裤子后头,坐回现代牌小车里,枪管抵着我的后腰,竟意外地感到安心。天色已经暗了,我一生中最长、最智障的一天终于要结束了。

我正准备往西走,突然想起我接下来要开超过两千四百公里的车——两千六百八十五公里——我可不要穿着沾了大便的裤子和染血的衣服。

我开车回家换衣服。可见就算吃了"酱油",我还是个蠢蛋。

我将衣服丢进垃圾桶,洗了澡,从头到尾都非常疑神疑鬼,一直认为我听到门被打开、地板嘎吱嘎吱叫或有杀人怪在浴帘外面跳来跳去的声音。没办法,今天实在太诡异了。

我换好衣服,在伤口缠上绷带,把我的牙刷、梳子和隐形眼镜护理液全丢进皮制旅行袋里。

我转身穿过走廊——

然后僵在原地。

我的袋子咚的一声轻轻落在地上。

一名青少年站在客厅里。我家已经好几年没有青少年入侵了。

牙套。

软饼干乐队的黑色上衣。

我开口道："贾斯廷？"

过去是贾斯廷的怪物咧嘴露出欠揍的笑容，发出低沉的咕隆声，好像肺里有东西快煮沸了。过了一会儿，他又把嘴巴闭上了。

他重新开口，爽朗地说："你装什么啊？现在都什么时候了，别再叫我贾斯廷，假装什么事都没发生好不好？"

我想象一群白色小虫扭着通过他的血管。我必须拼命控制自己，才不会像小孩一样尖叫逃走。

我倒退一步。

贾斯廷往前一步。

为了争取时间，我问道："那我要叫你什么？"

我移了一下重心，感到枪抵着我的下背。我从来没有开过枪，更没有对人开过枪，想到这儿，我的额头不禁流下冷汗，并感到让人心神不宁的灼热——其实还不差，我之前也有过同样的感觉。

贾斯廷怪物又张开嘴巴，努力想挤出对他来说完全陌生的字词。

"叫我箩筐。知道为什么吗？因为这里有一箩筐我们的人。你给我听好，接下来——"

贾斯廷的左侧头皮突然消失，粉色的脑子飞溅到空中，整个人往后飞。我的手指用最快速度扣下扳机，子弹的声音划破空气，血从贾斯廷的胸口、大腿和肚子喷出来，子弹的冲击将他推过整个客厅。

天哪，阿卫！

我当下想都没想，就像打蚊子一样掏出枪。我咬住嘴唇的地方开始流血，感觉到暴力的电流蹿过身体，宛如电线断裂喷出的火花在脑中飞泻而下。

这感觉太熟悉了。

箩筐踉跄着往后退了最后一步，靠在墙壁上，没有跌倒。

我又扣下扳机。

咔。

我大概又扣了二十几下扳机，只为确定里面没剩下一发子弹。箩筐站直身体，低头看着伤口，叹了口气，好像不小心把馅饼掉到裤子上一样。

哦，别闹了吧。

我现在看见白色小棍虫替他缝起每道伤口，形成类似纤维玻璃背面的缝线痕迹。我终于意识到我不是在对抗这个小鬼，而是在对抗那些东西。恐惧重重压着我的胸口。

他说："老兄，你的小手枪对我没——"

他话还没说完，我就把弹匣空了的枪丢过去，砸到他的脸颊上，害他又往后倒。他举手捂住脸。

"别闹啦！我们的计划不是一样的吗？"

他朝我靠近一步，我看向客厅的另一端。不管是大门还是窗户，我都得经过箩筐才能逃出去。

他说："我们不是都要去赌城吗？你都打包好了。"

我垂下的双手握成拳头。

"呃，我想不是吧。"

我发现我又准备要跟人打架，但从上次干架后就没长进了，而且这次很有可能打到最后，我的对手会用牙齿把我的眼球咬出来。

"你当然要去。"

他扑过来，我胡乱伸手一挥，根本没打中。

贾斯廷怪物出了一记勾拳，撞上我的腹股沟，我整个人翻过去，几乎站不住脚。

"只是……"

他靠过来，以我看不清的飞快速度，扎实地朝我的老二又补了三拳。我感到一阵反胃，往后倒在一把椅子上。我笨拙地往他的胸口踢了一脚。

他抓住我的脚，以职业水平朝我的胯下一踩，让我宣告阵亡。

"……我负责开车。"

贾斯廷怪物双手互握，宣告胜利般将拳头高高地举到头上，用尽全力捶向我的下体。

我昏了过去。

黑暗，狗叫和脚步声。我感到莫莉的湿鼻子靠在我的额头上，然后它踩过我的身体，四只脚都刚好踩到我痛得要死的胯下。

我感到身下的地板开始移动，才发现有人拖着我走，那个人把我像狗一样一肩扛起，丢在一片铁板上；一扇门重重关闭，然后我听见了上锁的声音。

昏暗中，我知道身边还有人，可以感觉到他们脑中惊恐的想法像苍蝇一样乱窜；仅从他们的思绪，我就可以感知他们体内的"酱油"，就像从酒鬼的吐息中闻到酒味。

赌城。

我开始出现幻觉，或是看到幻象。我看到那张地图摊在眼前，红色的高速公路像血管密密麻麻横越全国，不具名小镇位于右边，拉斯维加斯则是左侧的一个红点，钢笔的痕迹画过连接两地的高速公路。

我们要去拉斯维加斯，因为它要我们去，而我指的不是贾斯廷怪物。它到底是谁？

"酱油"吗？我又感觉到它的存在——不断搏动，有着自己的意识。我早就知道"酱油"是活的。

然而除了"酱油"，还有别人存在；别的东西存在，所有我碰到的邪恶怪物都在替它工作。

在幻象中，地图沙沙作响，标示拉斯维加斯的红点开始跳动，仿佛有东西在后面推，用爪子抓地图，好像有动物要啃破地图穿出来。

我的眼睛一下睁开。

我以为自己在贾斯廷偷的救护车上，然而我周围都是厚纸箱，箱子上贴着酒精饮料的商标，空气中弥漫着陈年啤酒发出来的发馊甜味。

吉姆·沙利文坐在其中一叠纸箱上，一百二十五公斤的庞大身躯顶着一头铜色头发。

*你该打电话回家的，吉姆。小黄瓜很担心你。*

吉姆身边坐着珍妮弗·洛佩兹。她脸色苍白，全身发抖，肮脏的身上都是抓痕，还穿着昨晚参加派对的衣服。

一排绿色的喜力纸箱上躺着一个身材结实的矮小男子，他留着及肩长发和山羊胡，我从来没见过他，不过用排除法判断，他就是弗雷德·朱了。他头枕着刺青的双臂，看起来没有受伤。莫莉走过来，一脸无聊地坐在他们之间。

一看到我，弗雷德·朱就说："该死。"

珍妮弗把脸埋进手里，开始轻声啜泣。

吉姆说："嘿，你找到莫莉了。"

这时引擎发动，车子一震，开始前进。我抬起头，四处看看阴暗的货车厢内部。这几个人搭起来的粗糙啤酒箱家具之间，有一把没人坐的低矮椅子放在角落里,仿佛他们早就知道我要来。

不知道为什么,我觉得非常不爽,以至于我几乎没注意到约翰穿着医院的病服,盘腿坐在角落里。他直直地盯着墙壁看,完全没有眨眼。

吉姆说:"我们又开始动了。"他伸手摸摸莫莉。

我坐起身,吉姆转过来看着我,说:"我们听到枪声,是你开的枪吗?我看到他头上有伤口。"

"我本来想瞄准他的心脏,不过我是射到他了,没错。"

珍妮弗哭着说:"很好。"她的声音空洞、扁平又苦涩。

吉姆转头面对其他人。"现在俘虏又多了一个。各位,我们还是能做到,要相信自己,好吗?"

我假装没听见,集中精神,不要因为老二受创而呕吐。

我问珍妮弗:"你还好吗?"

珍妮弗点点头。"他要带我们去哪里?"

"拉斯维加斯。"

车里的人闻声都转了过来。

"不会吧。"

弗雷德·朱说:"对了,我们其他人都没事。可是你得先弄清楚,那个攻击你的家伙已经不是人了,懂吗?他已经被他妈的外星人入侵了。"

"嗯,我——"

"你要是看到谢尔比的下场就知道了。那个牙买加人居然在她手上吐强酸,她的肌肉和骨头马上分家,跟该死的蜡油似的滴下来。"

我想到我发疼的下体,才发现我其实逃过了一劫。

吉姆说:"贾斯廷——或者说贾斯廷体内的东西——非常邪恶。

我不只是在形容那些怪虫，它们根本就是邪恶的化身。只有恶魔才能弄出这种东西。"

"我不……完全反对你的看法。"

"我们一直在祷告，"吉姆继续说，"弗雷德、珍妮弗和我一起，我们也尽可能让约翰参与。一开始我还得威胁要揍他们，不过后来他们都自愿加入了。我们祈求有人来拯救我们，不要被前面开车的黑暗怪物伤害。后来仿佛我们的祷告应验了，你出现了。你和那个怪物打过，你敢进行对抗——上帝将你派到我们面前，好回答事发以来我心中不断的疑问：我们要怎么杀掉它？"

"不对，吉姆，这样问不对。你该问的是：这怪物到底杀不杀得死？"

我想起那张地图，还有急着想抓破地图出来的家伙。我发现比例尺完全错了，对这东西来说，真正的拉斯维加斯、整个地球、全人类都跟地图上的红点一样无足轻重。我想象一只全知的蓝眼睛飘悬在黑暗中。

这样问还是不对吧？贾斯廷或许杀得死，或许杀不死，或许这个问题一点意义都没有。

我看着约翰。

他应该讲个不停才对，他这辈子就在等这一刻，好证明宇宙跟他想象的一样愚蠢。我需要约翰在这里，活灵活现又毫不害怕，我需要他跟平常的约翰一样。

我转过去，对他说："快起来。"

没有反应。我回头看着莫莉，然后用脚踢踢约翰。"起来，猪头，快起来。"

还是没反应。我觉得大家都在看我，只得忍住不要揍约翰呆滞的蠢脸。

"喂,妈的,我们需要你,现在给我起来。"

"嘿。"轻柔的声音从我身后传来。我转过头,对上珍妮弗·洛佩兹湿润的双眼。她的眼神流露出同情,我感到肚子一紧,虽然也可能是一颗睾丸被打到脱落了。"别紧张,你这样只会愈帮愈忙。"

莫莉抖抖身体,懒懒地看向四周,然后跑到约翰僵直的身体旁。我往后退,看它用鼻子磨蹭约翰,没想到他也伸手拍它,让我惊讶地抖了一下。

约翰的身体一震,好像触电了似的。事情发生得太快,我们几乎来不及注意他姿势的改变。

他突然就站了起来,困惑地看着双手,仿佛很讶异自己有手。他抬起头,好像第一次看到我们,然后对着空气说:"我做了一个好真实的梦,梦到我是一条狗。"

约翰花了好一阵子才搞清楚状况。他知道我们在啤酒车上,驾驶员是被恶魔附身的怪物,但他似乎无法适应待在固定地点,真正存在于自己的身体内。

"我的头好痛。"他翻翻口袋,然后说,"谁有烟可以借我吗?"

大家都没有烟。约翰在空的椅子上坐下,转过来看着我,说:"我们重新整理一下吧。你在这里看到多少人?"

"什么?"

"陪我玩一下嘛。"

吉姆说:"我懂约翰的意思。它们可以逼我们看到任何它们创造的画面,约翰只是想确定我们都能相信自己的眼睛,对吧?"

我扫视房间,指出其他四名不具名小镇的居民,这些可怜人的命运都掌握在约翰和我手上了。我突然想到，如果把珍妮弗的胸部另外算，就有五个人了。该死的男性激素。

约翰点点头，好像松了口气。"很好。对啦，就像吉姆说的，我只是想确定我没有出现幻觉。你懂我的意思吗，阿卫？就像警察局的那个警察，其实他根本不存在。我没进去那个房间，可是我还记得他长得就像标准的警察——大众脸，很像电影里的临时演员。"

吉姆又点点头，我不知道他经历了多少同样的鸟事。他说："我们都是看好莱坞电影长大的，漫画和电影台播的动作片形成一面筛网，我们都透过这面网看世界，所以小孩才会穿长大衣、带枪去学校。恶魔知道怎么控制我们。"

吉姆似乎只要逮到机会，就会在我们无法理性反驳的时候提到撒旦。况且从现在的状况来看，恶魔和天使极有可能存在，吉姆显然也打算坚持他的看法。

约翰说："有人在半夜醒来，看到大眼睛的外星绑架犯或老女人的鬼魂……那些都是他们在电影里看过的东西吧？我们的大脑会自动把熟悉的脸套在无法理解的事物上面，只是现在对我们来说，这些东西都是真的。"

我们一言不发地随着卡车前进。我猜大家都在想，撕掉我们的感官、贴在未知事物上的花花壁纸后，到底会露出什么？头脑不让我们看到这些怪东西，可能是要避免我们发疯，保护我们的灵魂，或只是让我们不要吓到拉裤子。

弗雷德率先开口，打破沉默。

"我觉得就去他们的吧。"

珍妮弗说："上学期我在小区大学修过电影课，我们看的大部分是法语片，都是在演情侣在咖啡厅里亲热，或在咖啡厅楼上的公寓亲热。不过我家现在连电视机都没有,可能有点帮助。"

我闭起眼睛,叹了口气,希望吉姆能向上帝祷告让他们专心点。"好,"我说,"先不管这件事,我们没有要谈鬼故事或吸血鬼。驾驶座上那个怪物可是真的,跟你和我一样真——"

真实到会揍你的胯下!

"——他可以把我们搞得很惨。你们知道他抓我们要做什么吗?"

弗雷德说:"老兄,我觉得他要用我们每个人最好的部位,做一套人类西装。"

"老天,"约翰说,"他穿起来一定超帅。"

我又叹了口气,用双手揉揉额头。我们的对话很有可能已经脱轨,让约翰有机会谈他的老二,一旦讲起来最短是几小时,最长甚至要耗上快一天才能拉回正题。我赶快灭火,继续说道:

"不不不不,才不是这样。你们听说过特洛伊木马吧?几名士兵躲在大木马雕像里面,混进敌营,等到晚上从马里面溜出来,开城门让剩下的军队进来。那个牙买加人嗑的药让某样东西跑进来了——他变成那匹木马,而像小飞虫的白色怪物就穿了过来,现在它们就躲在贾斯廷体内,他也会找机会打开门,放其他同伴进来。"

大家听完都安静下来。我扫视周围的硬纸箱,脑中浮现计划的雏形。

弗雷德说:"老兄,你怎么可能知道?"

"演绎推理,加上约翰通过那只狗告诉我的信息。说来话长。"

"哦。"弗雷德马上就相信了,我想我大概碰到随波逐流界的天王,"可是,为什么挑上我们?"

"因为我们被选中了,"吉姆回答,"我们正在被召集,这就够了。"

吉姆，我们是被选中了没错，但不是上帝选的，除非上帝是银瓶子里的黑色液体。天知道，搞不好还真的是呢？

我对上吉姆的视线，想到他妹妹说牙买加人到过他们家，吉姆还在派对上跟罗伯特说话。

他从一开始就在场。

而且他绝对没有把他知道的事都讲出来。

是他不小心点燃了整件事的导火线吗？他们这种人老是死抓着《圣经》，都要在书上掐出指甲痕了。他们最害怕内心的黑暗面，总是刻意靠向光明那侧，嚷嚷着要为上帝而战，其实只是想找战斗的理由罢了。

弗雷德点点头，说："你的意思是，就算我们死光了都还不算最糟的状况？"

约翰回答："阿弗，我希望不会那么糟。"

我的视线越过他的肩膀，扫过堆在卡车后墙前的厚纸箱。我想了一下，然后问约翰："一瓶酒要含多少酒精才会燃烧？"

几个小时后，十多个装满的酒瓶已经排在卡车后门前。我们撕下弗雷德的法兰绒衬衫，弄湿并塞进每个瓶口，露出十五厘米。等贾斯廷怪物停车，我们就要在他打开货柜门时，烧得他屁滚尿流。

然而卡车就是不停，我们在无所事事的沉默中前进了好几个小时，大家瘫在铁墙边，睡了又醒，醒了又睡。约翰在货柜侧面找到一条细小的通风口，我们就轮流从裂缝看外面的世界飘过。

等待宛如地狱，从星期天早晨等到星期天下午。我们尿在空酒瓶里，虽然我不太记得珍妮弗是怎么做到的。货车载着我们飞驰过数百公里的高速公路，小通风口外的风景也从玉米田变成了沙漠。

我们总共在货车里待了二十八小时十九分钟。我们在货柜后方找到一箱矿泉水，而我们唯一的热量来源只有温温的啤酒。约翰倒是适应得很好。

卡车终于——终于——慢了下来，然后转了好几个弯，好像开进了某个小镇。

每个人都跳了起来，移到卡车后方，拿起酒瓶。

卡车停住，我们屏住气。然而，车子又再次发动，朝另一个方向驶去。

我们已经计划好了，不过既然计划是我提的，我想严格来说我们已经放弃，准备等死了。

吉姆看着我们，用低沉且严肃的声音说："听我说，等怪物打开门的时候，我们有些人可能会死，而那时候，你也许能趁机逃出去，救自己一条小命，但我们一定要守在一起，完成使命，懂吗？"

我们点点头，我再次感到他对眼前的危机比我们了解得更多。他继续说："我不觉得你们懂，不过……"

他吞了下口水。

"……你们都认识我妹妹，她现在一个人待在那栋旧豪宅里。我们家一直有老鼠，我爸妈过世后，我们很努力地打扫，可就是赶不走，它们在家里到处跑，橱柜里、墙壁上都是。我在家里到处放捕鼠药，就是为了抓它们。"

弗雷德拿出打火机点燃，确定它没有坏掉。

吉姆盯着地板，继续说："有一天我检查她的床底，找到一个小盘子，上面放了面包，边角都被咬掉了。她故意把面包放在床底下。"

卡车又转了个弯，我们听到轮胎压过碎石子的噼啪声。

吉姆抬起头看着我们，眼里露出恳求的神情。"你们懂吗？她在喂那些老鼠。我一直想把老鼠杀光，她却在想办法让它们活下去。"

我想象她一个人在大房子里，渺小又孤单，然后我就懂了。吉姆早就知道有东西为了某个原因，要经由拉斯维加斯穿越进我们的世界；他知道事态严重，而脆弱无知的世界却在我们身后继续运转。我只希望他能提一下他妹妹的名字，免得我一直在脑袋里叫她小黄瓜。

"约翰、弗雷德、各位，如果我阵亡了，但你们中任何一个能活着离开，希望你们答应我一件事。我要你们去看看她，确定她——确定她过得还好就行，好吗？她其实很聪明，我不是说她——只是她从来没有一个人住过。希望你们能答应我。"

卡车又转了个弯，开始减速。

约翰说："老兄，当然没问题。"

我想起约翰的上一只宠物。有天他躺在沙发上打游戏，那只小狗从他三楼公寓的窗户跳出去摔死了。是啊，小黄瓜交给他照顾可安全了，吉姆。

约翰点燃他的打火机。卡车转了最后一个弯，减速停下。我感到无法呼吸。

约翰从通风口往外瞄，想看看我们在哪里。他说："如果我死了，我要你们告诉大家我的死法超级无敌酷。阿卫，我的CD都可以给你，我弟弟会要那台游戏主机，那是我去年跟他借的，你就别跟他争了。"

珍妮弗迟疑了很久才低声说："呃，我床底下有一块松脱的地板，下面藏了一些东西——一点大麻，写着几个男生名字的小笔记本,还有……其他东西。如果我死了,我要你们其中一个人去我房间把那些东西都拿走,免得被我妈发现。"

约翰伸出手,点燃我手上三瓶燃烧弹的引线。他的手很稳,我的手却一直在抖。

弗雷德低声说:"好吧,如果我没能活下来,并且假设他们找不到我的尸体,因为贾斯廷可能把我给吃了,你们要故意搞悬疑,告诉大家你们不知道发生了什么事。等一年后,你们再放出谣言说看到我在镇上游荡,这样我就会变成大脚怪,到处都有人宣称看到我。弗雷德·朱的传奇。"

约翰点点头,仿佛把弗雷德说的话深深地刻在记忆里。他点燃自己手中的炸弹,抬头瞥向我,问道:"如果计划没成功的话,你有什么遗愿吗?"

"有啊,替我报仇。"


我们在卡车后门围成一圈,每个人双手各拿一瓶高酒精含量的燃烧弹。我盯着橘蓝色小火焰在塞住瓶口的湿布上跳跃,心脏扑通扑通地跳。莫莉在我背后呜咽了一声。

时间跟玻璃瓶倒出来的番茄酱一样流动得很慢,我可以听到吉姆在我身旁呼吸,感到一滴汗水从太阳穴滑下来。

门锁咔地打开,发出摩擦声。我体内的每一块肌肉都紧绷起来。我低下头,握紧手中的啤酒瓶。

老天,我们要死了,我们真的要死在这儿了。

铁门缓缓地沿着轨道往上拉开,一抹苍白的月光贴地照进车厢。随着门继续往上升,沉重的风也灌了进来。他就站在外面,我们可以看到他小腿以上的身体,穿着牛仔裤和上衣——

哦，我的天呀。

贾斯廷看起来几乎正常：月光照着他苍白的皮肤，金发在微风中飘动，脸颊上还有一颗青春痘。然而，现在他的双眼大概从头骨凸出有十五厘米。

一双瞳孔长在新出现的白粉色柱子尖端，恐怖地扭向我们，毛骨悚然地盯着我们看了好久。我们措手不及，完全动弹不得，只能僵在原地，希望旁边的人先动手。

珍妮弗终于打破僵局，很柔弱地将着火的酒瓶朝贾斯廷丢过去。贾斯廷怪物看着酒瓶飞过，根本没碰到他就落到地上，滚了滚停下来，引线的火苗一闪就熄灭了。箩筐把头上一双凸出的眼睛往下卷，看着啤酒从可怜的酒瓶流进土里，过了一会儿，他的眼睛又转回来看着我们。他说："笨蛋，把那些烂炸弹放下，跟我走。"

他退后几步，好像这才发现眼睛从头骨里掉了出来，他用恶心的动作扭了几下脖子，把眼睛吸回去。

我们站在那里好一会儿，带着泄气的羞耻和失败面面相觑，然后跟着他走。

我这时候才发现，刚才他们都在等我，等我发动攻击，带领他们。

各位衰鬼，欢迎搭乘王大卫失望列车。

我们不在赌城。快速扫视四周后，我就知道我们身处某个鸟不生蛋的乡下。晚上风很大，这时内华达州的小镇通常沙尘也很多。恶魔巢穴加上软饼干乐队粉丝的活生生综合体贾斯廷领头，带我们走过弥漫风沙的院子，踏上房子油漆斑驳的肮脏前廊。门廊上有一双又旧又脏的鞋子，在满是灰尘的沙漠空气中朽化。房子的大门开着，原本的门把手处只剩一个正圆形的洞。

放在门边的联邦快递包裹虽然覆满沙尘，看起来却很新。显然包裹是寄错地方了，因为这栋房子看起来至少已经十年无人居住。

贾斯廷推开门，顺便冷冷地将盒子踢进去。

我们走进屋内，我第一次发现贾斯廷手上拿着沾满泥巴的老旧玻璃瓶——我隐约记得在牙买加人的临时地下室看到过同样或类似的瓶子。他把瓶子放在地上，然后一一经过我们，要我们绕着瓶子围成半圆坐下。我有预感他准备要发表演说，只希望他讲起话来不会像玉米田旁长大的白人小孩替黑道说唱专辑录的串场小短剧。

笋筐说："老兄，整个世界都是个屁。"

哦，我的天啊。

"你们怎么能在这具烂身体里活着？你们怕我杀了你们，但是老兄，这是我能送给你们最棒的礼物。死界啊，各位，一层层交错的腐渣和鸟事，腐渣和鸟事。"

我看看这群坐在阴暗房间里的人：从裂开的窗户射进来的月光反射在珍妮弗满是泪水的脸颊上；吉姆闭上眼睛，可能在祷告；弗雷德·朱似乎毫无兴趣地四下打量，一手摸着他的山羊胡，另一只手扭着地毯内里；约翰则茫然地盯着房间另一侧的一点，已经分心到呆滞麻木了。莫莉则舔舔它的胯下。

各位先生女士：容我介绍不具名小镇征服地狱突击队！

为了让自己觉得至少做了点事，我说："死界？你就是从那里来的吗？"

"才不是呢，老兄。你才来自死界——这里就是死界。这个世界根本是场惊悚秀。如果你隔壁的家伙想让你从这个世界上消失，他只需要开枪，或者只用拳头就够了。你们这群蠢蛋闲坐在这里，我都可以闻到动物死尸在你们内脏的酸液中腐烂。你们吸取世上无辜生物的生命，只为了多苟活一天，你们这些机器依靠他人的恐惧、疼痛和伤害过活，总有一天你们会铲除世上所有的绿色和生物，直到饥饿逼迫每个可怜的家伙痛下杀手。你们拼命想延长生命，却只会导致所有人、所有事物的最终死亡。老兄，看看这个赤裸裸的邪恶世界，我真不相信你们都没被吓坏。"

很长、很长一段沉默后，约翰说："呃，谢谢你。"

约翰说话的时候眼睛都没动，我突然从他眼中看到一丝自信。顺着他的视线，我看到他在看的东西，赶忙撇开脸。

我转回头看着贾斯廷怪物，心想不知道他有没有发现，不过他正忙着把旧黄瓜玻璃罐的盖子打开，轻轻往地上倒出一只皱皱的小东西，像干掉的蚯蚓。

箩筐走进厨房，我听到他在洗碗槽旁弄东弄西，但没有水流出来。他走回来，仔细看着我们的脸，然后指向弗雷德。

"尿在上面。"他命令道。

我实在觉得太不可思议，甚至不确定自己有没有听错，然而弗雷德已经将随波逐流的概念发挥到最高境界，哲学家大概可以研究上好几个世纪。他只是耸耸肩，说："好啊。"

他站起身，拉下拉链，在地上撒了泡尿，再拉上拉链，坐回原位。黑色的干燥小虫躺在冒泡的尿液中央，好一会儿什么事都没发生，就这样持续了大约一分钟。

然后小虫开始扭动。

珍妮弗放声尖叫，所有人都跳了起来。

皱皱的小东西开始长大，愈长愈大，愈长愈大。

只要浇水就好！

地上出现一只手掌，粉红色的人手，跟小婴儿的手差不多大，然而后头接的不是手臂，而是类似昆虫的脚。

怪物大概有三十厘米长，它的身体在我们眼前像收音机天线一样伸展开来，并长出类似壳的东西。我看到一只红眼睛，由像苍蝇复眼的小眼睛聚集而成，旁边又长出一只眼睛，有哺乳类的圆瞳孔，接着又长出一只黄眼睛，中央有一条黑色的缝隙，是爬虫类的眼睛。

这只怪物继续长大，先是兔子大小，接着变得像小狗，最后长到高四十五厘米、宽大约九十厘米才停下来，几乎跟莫莉的体形一样。

长好的怪物似乎是由不同的部位组合而成：它的尾巴像蝎子，从背上弯起来；它总共有七只——没错，七只——脚，每只脚的末端都是一只粉色的婴儿小手；它的头有点像颠倒的心形，上边长着类似鹦鹉的钩状黑鸟嘴，一串不相称的眼睛呈弧形排在鸟嘴上面。我没有开玩笑，它顶着一头梳洗整齐的金发，我敢拿我妈的性命发誓，它戴的是假发，用松紧帽带固定在了头上。

这只怪物很奇怪的地方，或者应该说更奇怪的地方，就是它身体前后两部分——腹部和臀部以下——没有连在一起，相隔了大概五厘米。每次它只要转到侧面，我们就可以看穿它的身体，然而整只怪物却能一起移动，仿佛两段身体以隐形的肌肉组织连在一起。

小怪物在地上扭来扭去，像刚出生的小牛，身上还沾着尿液。

约翰说："哦。"

弗雷德说："各位，你们都可以看到这只怪胎，还是只有我看得到？"

怪物绕起圈，环视房间。贾斯廷对我们说："不要动，只要我下令，它就可以杀了你们。你们不知道它有多厉害。看它这样，搞不好连它自己也不知道。但是我不打算杀你们，不然我早在老家那里就把你们统统干掉了。"

怪物转啊转，盯着我们每个人，十几只眼睛以不同的速度眨眼。它终于停下来，看着我的方向。莫莉在我身后动了动，发出低沉的怒吼。

"我要你们静止不动。只要一分钟，你们就不会记得为什么要这么拼命了。"

怪物蹲下来，一晃就消失了。我往后靠，以为怪物会突然出现在我身上，然而什么事也没发生。这时我听见身后传来可怕的高频喊叫，我转过身，看见怪物趴在莫莉背上，脚缠着它的身体，像钢缆一样陷入它的毛中。

珍妮弗大声尖叫，每个人都跳了起来，贾斯廷怒吼要我们不准动。我看着怪物将蝎子尾巴往后拉（我说过它的尾巴像蝎子吗？这条怪尾巴上还有毛），用力一甩，把尖刺埋进大狗的腰侧，整条尾巴开始收缩扭动，把某样东西打进它体内。

莫莉呜咽一声。

然后就结束了，怪物从莫莉身上跳下来，而莫莉看起来吓坏了，但还勉强站着。我在怪物的蝎子尾巴尖端发现一滴黑色的浓稠液体流了出来。

"酱油"。

等一下。什么？"酱油"原来是这样来的？

我身后一阵骚动，传来混乱的脚步声和喊叫声。

约翰终于出手，朝我们刚才看的方向扑过去，他紧急刹车，抓起白色的联邦快递纸盒。

箩筐以李小龙般的飞速冲过去，朝约翰的肚子踹了一脚，害他倒退了好几十厘米。他抢过约翰手中的纸盒，一脸困惑。他正要把盒子丢到一旁，突然又停了下来。

他看着送货单，又看看约翰，再看看我，又看向送货单。我站起来，慢慢走向他们。

笋筐盯着约翰，问："里面装了什么？"

约翰没说话，好像也不太确定。我则继续靠近，完全不知道发生了什么事。笋筐将手臂僵硬地举向约翰，摆出类似"希特勒万岁"的动作。我们一开始感到有些不解，然而他手掌上接着出现一条裂缝，有点像嘴巴，一道细细的黄色浓稠液体滴到地上，积成冒烟的小水洼。嘶的一声，液体很快就蚀穿了地板。

"告诉我。"贾斯廷怪物命令道。

我低头看着纸盒上的送货单。包裹的收件人栏填着约翰的本名，地址则是内华达州这个小镇的这栋房子，寄件日期是昨天，以隔夜快递寄出，送货单上整齐的小字正是约翰本人写的。

"告诉我，不然我就把你的脸熔掉。里面是什么，炸弹吗？"

约翰耸耸肩，说："你为什么不自己打开？我们一起看看不就知道了？"

笋筐把纸盒放在地上。"拿到外面去。"

"好。"约翰弯腰要捡起盒子。

"等一下！不要碰。"

"好。"

他指着假发怪说："把盒子打开。"

怪物显然听懂了。它滚过来，开始用鸟嘴撕盒盖。它笨拙地试了好几分钟，我几乎忍不住想告诉它，联邦快递的纸盒上都有一条细小的开封带。不过它终于把嘴巴塞进盒内，拔出一张皱皱的笔记纸条。

箩筐拿起纸条，看到上面用钢笔大大地写着："约翰，去前院的草丛旁边看看。"

贾斯廷怪物转向约翰。"外面有什么？武器？你想阴我吗？"

约翰没有回答。箩筐指向假发怪说："你们只要乱动，这家伙就会咬断你们的四肢，留你们活口，然后在你们的肚子里下五百颗蛋，懂了吗？"

我们当然懂了。箩筐把纸条丢到一边，大步走到前院。

我们可以看到外面有片草丛，在微风中摇晃。约翰是不是在"酱油"的指使下，趁早在外面藏了什么？他是怎么做到的？藏了什么？枪？管式炸弹？受训过的獾？不管是什么都吓不倒我。

以前是贾斯廷·怀特的怪物走到草丛旁往下看，踢踢草丛底端。我瞥了约翰一眼，他露出跟我们一样的期待表情。显然，"酱油"的药效消退之后，他已经完全忘了自己的计划。假发怪在我们之间徘徊，我在想我们是否应该试着一起从后门冲出去。

贾斯廷在外面什么也没找到，他转身正要往回走——

突然就被轰倒在地。

如雷般的砰一声响彻沙漠的空气，接着传来霰弹枪上膛的微弱咔嚓声。我们听到第二声枪响，然后是第三声。

我们面前的假发怪嘶叫一声，咧嘴露出牙齿（没错，它有牙齿和鸟嘴），好像知道事情出错了，它应该马上把我们撕成碎片。我们一动也不敢动，虽然每个人都想跳起来看我们的救主是谁，然而只要稍微移动四肢，假发怪就会转过来。

一个人影从黑暗中走向敞开的大门，怪物转向门口，当我看到走进来的人时，我发现自己居然希望假发怪能打赢对方。

随你要怎么批评箩筐和被他断成两截的宠物,但他们可都没有试图开枪杀我或把我烧死,但劳伦斯·"摩根·弗里曼"·阿普尔顿警探可就不一样了。这时他大步走进屋里,将子弹装进手枪式的防暴枪里。

他的视线落在地上的混合怪物身上,然后举起枪。

怪物转向他,发出猫叫声,接着蹲下身子,朝他的方向一跳就消失了。同时约翰尖叫道:"闪开!"

摩根一转身,往右躲避。

假发怪凭空出现在摩根半秒前站着的地方,朝他的方向胡乱挥动手脚,接着摔在地毯上。摩根将枪口朝下。

枪声撼动整个房间,怪物的碎片有些飞溅起来。

摩根拉了一下霰弹枪,弹出一颗蓝色的塑料弹壳。"还有其他的吗?"

吉姆说:"没了,但外面那家伙还没死。"

大家都站起来,因为获救而松了口气。

除了我以外。

我的胸口有一个弹孔,像第三颗乳头,正是这位好心警探朝我开枪,又试图把我活活烧死时留下来的。我在想他们有没有发现,摩根把贾斯廷打穿之前,其实没有照规定先宣读他的权利——当然我之前也直接朝贾斯廷开枪,但这就是为什么我不能当警察啊!

摩根张开嘴,或许打算说:"蠢蛋,我在他胸口轰出一个足球大的洞,我保证他已经死透了。"然而这时他对上我的眼睛,发现这个周末他枪杀的另一个男孩正活生生地站在他面前。

我和摩根四目相交后,瞬间看到了他的想法。他的脑袋非常混乱,只有恐惧、疲累和冷酷的致命任务。

短短两秒间，我知道警探的脑袋正在全速运转，以消除他对自己行为所剩的任何疑虑。他有个任务，为了完成目标，他已经横跨美国；他要拯救世界，在他脑中，这表示要是有人够蠢、够倒霉或够疯狂，跑去嗑了"酱油"，冒险让自己成为导体，成为外星世界入侵时的踏脚垫，那么这些人都得死。

摩根得做出决定，他回过头，眯起眼在黑暗中寻找贾斯廷的身影。然而他没有转身，霰弹枪也依然对着我们。

我们有六个人，可能是俘虏，也可能是蜂巢。或许他以为冲进来的时候，我们都被困在像电影《异形》的茧里面，这样他只要烧了房子，就可以宣告任务完成。然而现在我们站在这儿，疲倦、肮脏又伤痕累累。直到今天，我都不确定当时他是为了是否该枪杀六名市民而内心在天人交战，或只是在默数枪里面有没有这么多颗子弹。

约翰靠过来，拿起联邦快递的盒子，探头往里瞧，然后把盒子翻过来。一包香烟和一个打火机掉到他手上。他抽出一根烟点燃，又伸手到病人服的裤兜里，掏出他从卡车上带下来的一小瓶褐色啤酒，喝了一口。我很惊讶他没有顺便寄给自己一份墨西哥卷饼。

我对摩根说："说来话长，但我们跟你是同一边的。刚刚约翰还替你把贾斯廷骗出去了。"

别问我是怎么办到的就好了。

摩根转过身，拎着枪从门口走出去。我跟上去，尽量不踩到散落在地上的假发怪尸体。

警探发现箩筐没有倒在沙地上时比我还显得惊讶。他把枪举到胸前，像攻城车一样左右转动，这时啤酒车突然发动，轰隆地开上马路。他马上转向卡车。

摩根追过去，卡车的红色尾灯在远方愈来愈小。他朝卡车开了三枪，才疲累地朝我们跑回来，一边骂道："妈的！"

"我知道他要去哪里，"我说，"如果你答应带我们一起去，然后不要再对我开枪的话，我就告诉你。"

他吸了口气，扫过我们每个人的脸，终于开口说："好。"

"他要去宫殿酒店。别问我是怎么知道的。"

三十秒后我们像一群小丑挤进迷你车那样，全都挤进摩根租来的休旅车里。车子沿着柏油路前进。

我坐在副驾驶座上，看着头灯照亮马路，然后说："宫殿酒店要举办一场盛大的降神会，主持人叫马尔科尼。箩筐——呃，贾斯廷显然有事要找他。"摩根的十根手指紧抓着方向盘，车速表的指针不断飙升。

"我知道。"

"你知道？你怎么知道？"

摩根转弯闪过一辆车，我们全都先往右倒，又往左倒。

"布洛克批发公司昨天通报啤酒车失踪，我刚好在密苏里州问到一名加油站员工，他说有位啤酒车驾驶员问他拉斯维加斯怎么走，然后揍了他一拳，还说他的女儿们会变成水蛭池里的活肉串。那个人觉得很怪，便打电话报警。我只是沿着他告诉贾斯廷的方向，开到天荒地老，然后我看到一个出口，突然有种感觉——有点像直觉。"

"直觉"这两个字让我的肚子一阵发凉。我回头瞄了约翰一眼，发现他也注意到了。

"我跟着感觉走，于是看到那辆卡车停在老房子旁边。"

摩根抓抓脸颊，擦过两天没刮的胡茬儿，听起来像摩擦砂纸。

引擎吼叫着，景色从我旁边的窗户呼啸而过。

我问道："如果那个怪物真的到了宫殿酒店，会发生什么事？"

"我只能说，我跑了这么远，就是希望这件事不要发生。"

约翰在我们后面说："如果你从我们被绑架就开始找他，你一定超过两天没睡了。"

"大概五十个小时吧。"

我们静静前进了一分钟，不过根据摩根所说，根本连一分钟都不到。

"应该是五十小时三十七分二十三秒。我想我是靠肾上腺素在撑，因为追捕犯人的刺激，我并不觉得累。"

我们又静静前进了一阵子，红色尾灯出现在前方。我伸手抓住仪表板。

摩根说："除此之外，还有我脑子里很吵的刺耳声音。"

摩根的眼睛爆炸了。

两道血迹喷到挡风玻璃上，他厉声惨叫。珍妮弗在我身后尖叫。约翰和弗雷德则同时大吼："哦，天哪！"

白色小棍子从警探脸上流下，在休旅车内盘旋。他放开方向盘，我赶忙伸手抓住。我们冲出了马路。

车子摇晃震动，颠簸向前，从挡风玻璃看出去，地平线和天空交换了位置；车顶撞上我的肩膀，碎玻璃落在我的眼睛和耳朵里，甚至飞进了鼻子；仪表板磕到我的额头，接着车顶又撞了我一次；莫莉毛茸茸的屁股滚到我脸上。

终于随着一声巨响，车子停了下来。

寂静，只有沙漠微风跟轻微的吱嘎声。然后我们听到那些声音。

## 第六章 见见马尔科尼博士

烂透了。我勉强睁开眼睛,感到眼里有刺人的小碎块,可能是沙子或玻璃。我睁开眼皮,发现自己正看着泥土地。一切都倒了过来,安全带将我吊在椅子上,我觉得身体里的每个关节似乎都被扯到脱臼,从头到脚痛得要命。四周非常黑,以至于我过了一会儿才意识到车顶上蔓延的一大摊液体不是汽油,而是血。

我转动脖子,看到弗里曼警探的尸体只剩下一层层破碎的粉黄色肉片、骨头和肋骨,以及显然是肺部的海绵状物质,尸体不断地掉到地上。尸渣中飞出一大群渺小的白色恶魔棍子,像果汁机里打转的米饭一般在卡车里绕来绕去。

然而我惊恐的原因不在于这些虫子,也不是身边尸体剥落的微弱湿黏声响,我之所以拼命扭动身子,紧抓着安全带扣环,全是因为这群怪物的声音。

哦,这个声音并不是透过耳朵传进来,而是类似脑中刺耳的电波——数百万个尖锐恶毒的想法在我脑海中弹跳。想象五千个男人被困在一座沙漠荒岛上，没有食物和水，也没法做爱，但不知道为什么，他们成功活了五万年。就在他们被折磨到不只发疯，也经过自我伤害和互相残杀的阶段后，这时有人空投了一尊丁骨牛排做成的裸女雕像到岛上——他们会马上和女雕像做爱，同时把她吃掉，撕成碎片。就算你能捕捉到这些声音，并以一万瓦特直接播送到脑袋中央，听起来还是跟我听到的相差了十万八千里。我听到超新星级别的疯狂、绝望、剥夺和折磨，又是尖叫又是怒吼，偶尔还会出现我的名字。

这个声音将我的脑袋横扫得一片空白，让我头脑大开。我双手疯狂地四处拍来拍去，寻找安全带的扣环，手抖得跟帕金森病患者一样。我隐约听见真实的尖叫声从后座传来，然而那也可能与我相隔一千五百多公里。小白虫现在正绕着我的脸打转，飞过耳朵，在皮肤上跳动。

我的手指终于抓到扣住安全带的小塑料盒，却找不到按钮，我只能又压又拉，最后跟耍脾气的小孩一样用指甲抓起盒子。我的手臂突然一阵痒，紧接着感到像是被针头戳的刺痛感。我知道那是什么东西，我他妈的当然知道。于是我开始扭动身体，像动物想要挣脱陷阱那般，试着从安全带底下钻出来。

我周围的黑暗传来一阵骚动。

后座的玻璃破了。

有人被拖出去。

尖叫。

我用手抚过前臂，一千只小白棍飞散到空中，我脑中的声音因而拔高，变得像十多岁的女妖在男孩团体演唱会上的嘶叫声，只不过恐怖程度完全不一样。声音如此嘹亮，又挤压在我的头骨内，以至于变成实质的压力,压迫我的太阳穴,我觉得我可以听到骨头裂缝发出嘎吱嘎吱的哀鸣。

接着几只手抓住我,拉扯着安全带;一只手伸到我眼前,手一晃就掏出一把细弹簧刀,开始割安全带。我脱离束缚,跌在地上,四只手抓住我的衣服和肩膀,将我拖出车子的残骸,我的背擦过满地的碎玻璃。

把我救出来的是弗雷德·朱和约翰。每个人都发疯似的不停喊叫;莫莉到处跑来跑去,叫个不停——白虫形成的小云在我周围飘动,像枕芯的羽毛,完全把它吓坏了。

小虫停在我的手背上,甚至还停在我的脖子和脸上,我把它们拍掉,在空中追着它们打。约翰抓住我的手腕,从裤子里掏出那瓶褐色的酒,倒在我的手臂上。

飞动的小虫似乎因此不爽,更加拼命地想钻进我的体内,害我的皮肤像着了火一样痛。我急忙说:"没有用!酒精根本没伤到——"

约翰点燃打火机,让我的手臂烧了起来。

我才刚说我的肌肤痛得跟"着火"一样,没隔多久,手臂就真的着火了,我必须承认,先前那点儿痛根本算不了什么。

然而就连手臂上的灼热高温都比不上我脑中突然爆发的疼痛。数百只小虫被活活烧死,发出的惨叫电波就像把我的头塞进七四七飞机的引擎里,我听到的声音宛如核弹撼动地面,像一堆刀片在我的头盖骨内爆开。

接着忽然静了下来。约翰将我的手臂滚过沙尘,熄灭火焰,我的皮肤跟甜菜一样红,好几个地方都脱皮了。

我坐起身,努力让眼睛聚焦。我试着站起来,却又跌坐到地上。我看到约翰的额头也在流血,他想用手擦掉眼睛上的血,空酒瓶落在他脚边，他弯腰吐了起来。珍妮弗跪在泥土地上，大腿半截的地方少了块肉，头侧流下的血粘住了头发。

吉姆大声尖叫，伸手指着前方。莫莉也吠个不停。

弗雷德在尖叫。

像身上着了火一样横冲直撞。

那群小白虫找上他了。

飞行的小虫从休旅车的残骸中涌出，仿佛车子是被踢倒的黄蜂窝。它们全都停在弗雷德身上。

他不断咳嗽，发出噎住的声音，小白棍就这样冲进他张大的嘴巴，不到五秒钟一切便告终。

弗雷德倒在地上。

我们都知道他没死。吉姆、约翰和莫莉一脸震惊地盯着弗雷德，沉默降临在我们之间，沉重得几乎有重量。

只有珍妮弗开始了行动。她快步跑向坏掉的休旅车，每踏出一步，她的腿就喷出一点血。她爬进车里，抓起一样东西，马上又退了出来。

弗雷德动了一下，他扭扭身子，翻身躺在地上，然后笨拙地站起来。每个人都颤抖着往后退。虽然我的腿部肌肉在大声抗议，但我还是逼自己站起来。弗雷德——如果他还算是弗雷德——显得有点困惑。他把身体拍干净，然后说："各位，没事了，我很好，我很好。"

珍妮弗跑回来了。我看到她从休旅车拿了摩根的霰弹枪，枪管沾了一层黏稠的血液，在月光下闪闪发亮。吉姆问都没问，就从她手中拿过枪，检查枪膛里有没有子弹。他把枪扛在肩上，仿佛突然变成我们的小队长。他说："各位，我们得想办法弄辆车。"

没有人动。珍妮弗一脸期待地看着我。她想要我做什么？我光站着都很困难了。我直直地看着弗雷德的双眼，研究他的眼神。

我对弗雷德说："你去拦一辆车。"

吉姆点点头，好像这个计划非常完美。他跟弗雷德一起走向高速公路。珍妮弗恼怒地看了我一眼，走向吉姆，把枪从他手里抢过来。他转过身，问她在搞什么鬼。她往后倒退，我差点以为她会用霰弹枪把遭到感染的弗雷德打穿。

然而她没有。

她直直走向我，把枪塞到我手里。

吉姆非常缓慢又谨慎地对我说："大卫，你拿那把枪要做什么？"

约翰、珍妮弗和我并排站着，面对大约三米外的弗雷德和吉姆。

弗雷德说："各位，各位，我们都只是吓坏了，好吗？"

珍妮弗说："吉姆，你没看到刚刚发生什么事吗？他不是弗雷德，现在不是了。"

"我们不确定刚才发生了什么事。"吉姆吼道，转头看着弗雷德，"有人知道这是怎么一回事吗？有吗？如果你自以为知道，那你去死好了。"

弗雷德说："各位，听我说。我不知道你们觉得刚才发生了什么事，但我还是弗雷德，你们可以问我任何问题，我还是我。那个警察爆炸的时候，我们都在车上，所以任何一个人都可能被……感染。但是我们不能起内讧，因为我们是他妈的好人，对吧？"

每个人都看着我，因为武器在我手上。我低下头，假装看着霰弹枪。枪又冷又重，沾着摩根黏糊糊的血。

一阵微风吹过，莫莉在我右边发出低沉的吼声。

我闭上眼睛，长长地吐了口气，然后说："去拦一辆车。"吉姆和弗雷德再次转身，朝高速公路踏出一步。我呼了口气，往前走了两步。

我举起霰弹枪，把弗雷德的头从肩膀上轰掉。

血喷了出来，我看到血滴飘散在月光下，如快照般在短短一瞬冻结在空中。我心里又涌起同样的感觉，感到脑中冒出火花，暴力带来的快感如电流一般蹿过全身，让我颤抖。

弗雷德的身体瘫跪下来，往前倒在地上。

血。

尖叫。

恐慌。

熟悉的老套景象和声音。

我早就碰到过这种状况了。

吉姆往后退，他身上溅满了弗雷德的血。我听不见他在大喊些什么。一切都显得沉重而缓慢，我扭过头看向约翰，他露出我见过几次的表情，有点类似恐惧和怜悯结合在一起的样子。我想用霰弹枪的枪托揍穿他的脸。我恨死这个表情了，那好像在说："你就是这样，阿卫，没救了。"

我瞄到珍妮弗双手捂着嘴巴。十秒前你还觉得这个主意他妈的不错吧？

我从眼角瞥到动静。吉姆大步冲向我，满脸怒火。他常露出这个表情，我在十几场高中干架现场都看到过，他的拳头就像从笼子里冲出来的赛狗，快要脱离手臂飞了过来。

是啊，吉姆，随你怎么引用《圣经》，但你跟我都有同样的毛病。

我用霰弹枪瞄准他的脸。

吉姆看着枪管，又走了两步，抬起眼对上我的视线。

他停了下来。

他没有挪开视线,直接开口说:"之前在学校,希区柯克事件的第二天,我看到你和你那群好朋友在笑,就在走廊上大笑,那时候比利刚死不到十二个小时。我很了解你,大卫,你的身体里住着恶魔——"

我拉动霰弹枪上膛。

"吉姆,我不想跟你废话。"

我的每条肌肉都绷得很紧,我们就这样对峙,似乎站了好久,扳机都深深卡进我手指的皮肤里了。

射死他,射死每个人。

约翰终于打破僵局,他快步跑向斜倒在地上的弗雷德,抓住尸体开始拖。"把他搬到车上!"珍妮弗过去帮他,可是他们合作也只能慢慢将沉重的尸体拖过沙地,中途还得不时停下来。

约翰说:"阿卫!那些怪物又要跑出来了!"

吉姆又盯了我一会儿,然后转身走向他们,约翰喃喃地对他说了几句,但吉姆把他和珍妮弗推开,一个人将弗雷德的尸体拖回休旅车的残骸,让他靠在后门旁。弗雷德·朱的头现在只剩下断裂的脖子,一团熟悉的模糊云块从中飞了出来。

吉姆快步跑向我,以不可思议的强硬、迅捷,轻易地将霰弹枪从我手中拿走了。他转过身,瞄准休旅车的油箱。

我抖了一下,以为车子会马上爆炸。我突然有股疯狂的冲动,希望车子能喷出一颗火球,把我们全烧成灰。

然而什么也没发生。车身的铁板上出现几个小洞,汽油像雨一般从车子后方洒下,流到弗雷德·朱歪曲的尸体上。约翰走过去,点燃打火机,丢到地上。

弗雷德·朱应声成了火球。火舌舔上休旅车的后车厢，碰到油箱，随着沉重响亮的一声轰响，火焰点燃了汽油，爆炸的威力震得我们跌坐在地，碎铁片轻轻地落在我们周围的沙地上。

吉姆站起来，又朝我走来，霰弹枪的枪口对着地面。我体内的肾上腺素快速消退，甚至觉得等一下自己就会坐在一摊肾上腺素里。我好累，好累。

吉姆走到离我约六十厘米远的地方，停下来并举起枪。

老兄，快动手吧。快开枪，让我在沙漠里沉睡，直到太阳爆炸，把整个世界变成烤焦的记忆。

他把霰弹枪丢到我的肚子上，然后走开。枪管还是热的。我们都站起来，看着数千只小寄生虫从弗雷德的体内涌出，烧得像搅动营火冒出的火花。我脑中该死的大合唱声音愈来愈小，直到完全停止。

约翰说："你觉得这些就是全部吗？这种不管是什么的虫？我们把它们全都干掉了吗？"

我没有回答。

"我觉得就算只有几只逃走，老天，就算只有一只逃走，钻进别人的身体，它们就可以繁殖，也许还会下蛋之类的。"

没有人回答。我们还能说什么？

我们花了十五分钟才拦到车。我说服珍妮弗一个人站在路旁，她衣衫不整又不停发抖，一条美腿沾满鲜红的血迹，一副受害者的样子。很快，一辆亮丽的新休旅车停了下来，车内坐着一对年轻夫妻，可能在度蜜月。

他们才打开后门，我就冲出来拿枪对着他们的脸，逼他们下车。吉姆则在一旁不断道歉，发誓我们一定会把车还给他们。我们五个人和一条狗挤上车,开进夜色里。

"我不喜欢。"珍妮弗轻声说,仿佛在担心在地平线上愈来愈近的黑色物体可以听到我们说话。

她看着拉斯维加斯宫殿酒店,这座金字塔朝夜空凸起,几何造型的建筑又大又黑,像来自公元三千年的作品。我们停在装满巨大霓虹灯的牛排店停车场内,距离饭店大约四百米。每个人身上都伤痕累累,浑身散发着烟臭味,看起来就像战场的难民。

我们先前在城外的卡车休息站停了一下,躲进厕所去尽量洗掉身上的血迹。吉姆吐出两颗断牙;约翰很肯定他有点脑震荡,只要胃里有东西就会吐;我的一只眼睛出现复视,总体来说感觉像刚被碎木机碾过。我们买了四个急救箱,尽可能修补身上的伤口。珍妮弗用一卷弹性绷带和一根卫生棉条包扎好大腿的伤口。我们买了一大堆便利商店的食物,一边开车寻找宫殿酒店,一边吃了起来。开到这个停车场时,终于有人问接下来的计划是什么。

"贾斯廷怪物现在就在里面。"吉姆说着,朝宫殿酒店点点头,"我们还在等什么?我们担心的事搞不好现在就在发生,我们却还在这里无所事事。"

约翰说:"如果他召唤了撒旦,我们从这里应该看得到吧?"

自从发生车祸和随后一连串的衰事以来,第一次有人讲这么多话。

我说:"我们得先想办法混进去。马尔科尼这种人应该会吸引很多怪胎,我们得假设门口会有警卫,我可不太想开枪杀进去。"

吉姆说:"动动脑子,大卫。降神会办在赌场里,你要是拿枪进去,走不到两米就会有九名黑衣保镖把你给扑倒。"

"然后用虎头钳夹住你的头。"约翰很配合地补上一句。

我说:"好吧,我觉得不带枪我们的胜算概率会很低,除非吉姆想引用《圣经》给它听。"

珍妮弗举手,说:"各位,我们不是在比谁的提议比较厉害好吗?"

我们沉默了一下,然后约翰说:"没错,因为根本无从比起嘛。"

又是一阵沉默。

"我是说我的老二比你们两个都大。"

我叹了口气。"约翰,我觉得车上没人有心情听——"

"约翰,我跟你讲清楚,"吉姆用他最坚定且神圣的声音打断我,"上帝赐予每个人不同的礼物,我有一个礼物就是大老二,大到如果它有自己的老二,我的老二的老二还是会比你的老二大。"

紧接着,一阵震惊的沉默,然后我听到珍妮弗狂笑起来,我甚至怀疑她会笑到噎住。

"你们都去死,"约翰反击,"你们根本不存在,统统都只是我老二想象出来的虚构人物。"

吉姆试着止住笑,但他也停不下来了。世界上又多了一个被约翰同化的受害者,你只要进到他的房间,就会陷入充满啤酒、电子游戏和老二笑话的温暖世界,然后跟着他一起遥望宇宙,说:"你相信这些衰事吗?"

约翰或许可以创立一个颇为成功的邪教组织,我这么想过好几次了。

我低头看着大腿上的霰弹枪,令人厌恶的沉重冰冷机器还沾着砂石和血。这时我注意到我的裤子口袋突起来一块,我伸手进去,掏出昨天在巷子里跟小鬼拿来的信封,心想如果我没有用这笔钱,是不是应该拿去还给他。莫莉在我身后叫了一声。

约翰看向停车场的另一端，一辆定制的巨大拖车停在那里，像搁浅的白鲸，拖车后方停着一辆十八轮大卡车，车身被漆成白色，画着霓虹色的边框，中间喷着某个标志。他说："不知道里面装了什么。"

吉姆说："八成是整车的娘炮烟吧。"

这浑蛋突然开始搞笑了。

莫莉听了好像很生气，它从挡风玻璃往外看，开始疯狂乱叫。我伸手过去，生平第一次用装满钞票的信封打了狗的鼻子。珍妮弗说："谢谢。"

约翰说："拖车里可能有穿的，我们可以换上正常点的衣服，让阿卫用大衣把枪藏住，这样我们就能冲进宫殿酒店，找到贾斯廷，给他好看。"

"我们不能闯进别人的拖车。"我说。

约翰眯眼看着卡车侧面的标志。

"那不是随便哪个人的拖车，是埃尔顿·约翰的——你应该知道吧，那个乐队。"

珍妮弗说："你说真的吗？"

莫莉退到后座，开始咬那对新婚夫妻成堆的行李。他们可能在里面放了香肠之类的东西。

约翰说："对啊，你看那个标志，卡车里装的一定是演唱会用的器材。"

吉姆说："埃尔顿·约翰是一个人，不是乐队。"

"拜托，一讲他就停不下来，"我说，"埃尔顿·约翰拍过一部影片，他换了几种不同的造型，然后——"

"我不想再说一次,大卫,他们不是同一个人。我查过了,他们是兄弟。"

"哦,老天,随便啦,谁在乎。"我抓紧霰弹枪,考虑要不要轰掉自己的头。

约翰脸上慢慢露出微笑,他转向我,说出他所知道的最恐怖的十个字:"阿卫,我想到一个好计划。"

如果协助埃及人建造金字塔的外星人回到地球,开了一家赌场,看起来就会像拉斯维加斯宫殿酒店。这栋黑玻璃造的金字塔巨大无比,闪闪发光,一排白灯从四个角落射向空中。

我们进入宫殿酒店的停车场,刚好看到两辆警车和一辆吊车在处理贾斯廷丢弃的啤酒卡车。车子随意停在人行道上,警察和吊车公司的人都显得有点困惑。

我说:"走吧。"

我们从休旅车上下来,大步走向饭店大门,离那群警察远远的。珍妮弗抬头看着饭店,轻声对我说:"我不喜欢这个地方。"

"你已经说过了。"

"这个饭店看起来像——世界末日。就是有这种感觉,像《银翼杀手》里高大恐怖的未来建筑,黑黑的,屋顶还会喷火。"

吉姆说:"对啊,对啊,还有超大的屏幕,里面有好几个亚洲女人。我小时候看过那部电影,当时就被吓哭了。"吉姆调整了一下他的斗篷。

大门就在眼前,像嘴巴一样大大张开,里头的内脏像黄金在闪闪发光。

"你们知道还有哪部片子很可怕吗?"珍妮弗说着,伸手抓抓黑羽毛搔到她脖子的地方,"《独立日》,外星人入侵的那部电影。最开始的时候,外星人来到地球,人们从大楼之间往上看,发现天空都消失了,只能看到钢铁;眼睛看得到的范围内,都只看到那艘铁船飘浮在空中。我还记得那时候我想世界末日就会像这样,不是战争或流星撞地球,而是我们从来没想过的……"

赞叹声打断了她的话,我们踏进饭店大厅,一致停了下来。宫殿酒店如同洞穴的大厅一片金光闪闪——金色的地板,金色的墙壁,金色的天花板,整个饭店就像一座神殿,祭拜什么神也非常明显。

大厅内的人群不断来来去去,我们被人流推着前进,每个经过的人都盯着我们瞧,视线从我跳到珍妮弗,再跳到约翰光着的屁股。我紧张地调整了一下脖子旁的吉他吊带。霰弹枪插在我的腰侧,藏在大衣底下。我们大概吸引了大厅数十名警卫的目光,然而我想他们看到我们想到的绝对不是"枪",而是"智障"。

约翰说:"那边。"

他找到标明为埃及宴会厅的入口,门外立着两张海报,上面印着一名微笑的五十多岁的男子,显然那就是马尔科尼博士,因为他的名字被大大地写在照片下方。

一名女子坐在桌子后方,桌上摆着笔记本电脑、一大摞节目单,以及整齐排开的宣传单。两名戴着轻巧耳机的男子身穿西装,守在门口。

我们走过去后,我的心跳漏了一拍。我们只计划到这里。

接近门口时,我从微启的门往内瞄,想看看里面的状况——譬如恶魔有没有破墙而入——好险,什么事也没有。

我只看到宴会厅很大,几乎像半个橄榄球场。房间中央有一座巨型冰雕，至少有四米高，雕像是一个展翅的天使，伸手指向天花板。雕像内显然装了加压水管，因为水珠从晶莹剔透的翅膀向下滑，像瀑布一样喷入天使脚下的水池。群众坐在环绕雕像的一排排折叠椅上，全场座无虚席，每个观众都闭着眼睛。

马尔科尼博士的声音透过麦克风飘进大厅："好，各位不要紧张。我知道有些人有点害怕，但你们看到的都是真实的，和你旁边坐的人一样真实。我需要大家一起合作，一起专心，要靠大家的能力以及开放的心胸，我才能成功。我们已经听完贝蒂的故事，她先生去年离奇失踪了，他叫哈罗德·亚历山大。现在我们专心地想着他，大家清空脑中的杂念，每个人想象一个苹果……"

先前我把信封里的六千美元交给一个绑马尾的乐团工作人员，让他离开卡车去抽十五分钟烟。我背上背的吉他完全用透明玻璃或塑料做成，我穿着一件白色皮大衣，衣服边缘缝了一串华丽的绿长毛，头上则戴着巨大的白色墨西哥帽，帽檐围了一圈光纤小灯。

珍妮弗在上衣和短裤外面套了一件有后摆的白色燕尾服，外套够长，只露出她光溜溜的腿，加上一条黑色的皮草后，让她的造型看起来非常做作。吉姆穿着一件紧到不行的工作人员连身服，背后印着闪亮的埃尔顿·约翰标志，手臂夹着一个超大的卡西欧键盘，另一只手拖着手推车，上面装了两个军用行李箱大小的黑盒子。约翰穿着黑色护身三角裤和白色的露臀皮套裤，并用紫色的小罗宾汉帽遮住下体。他赤裸上身，只穿了一件很紧的皮背心，脖子上套了好几圈金项链。我们全都戴着墨镜。

当我们走到桌子前时，马尔科尼的声音大声传出来："好了，好了，大家不要激动。接下来，哪一位自愿呢？有人想和另一端的亲友对话吗？"

警卫和报到台小姐用困惑及看好戏的表情看着我们走过来。坐在桌后的小姐很努力地控制着不笑出来。她终于说:"呃,你们有票吗?"

约翰说:"没有,我们是埃尔顿·约翰。"

"我们是……呃,一个乐队,"我马上打断他,"降神会结束后我们要在这里表演。告诉我们后门在哪儿就好,我们可以——"

"阿卫!"约翰大叫,"你看那边!"

我们看到笋筐出现在宴会厅的另一边,慢慢从座椅间走向中央的舞台。他穿着不合身的西装外套和牛仔裤,头戴牛仔帽,我们都知道帽子是用来遮掩他头上恶心的伤口的。

"喂,我想要你替我联络一个老朋友。"他一边靠近马尔科尼一边说。

马尔科尼博士一看到笋筐,脸上的笑容就淡了下去。笋筐步履蹒跚,关节歪成奇怪的角度;他的身体浮肿,撑到快要破裂的极限,外套没办法完全遮住霰弹枪在他肚子中央打穿的大洞。

笋筐说:"它是来自第八世界的奴隶神克洛克,有些国度称它为八阿阿阿布,其他地方则叫它赞科·全吱科·沙度乌·噜乌达斯·里吱布伊拉·康纳兹大王。"

警卫和报到台小姐都转头看着他,不确定这是不是表演的一部分,但他们都预感要出事了。

我走到门口,把手放上腰侧,摸到藏在大衣里修长坚硬的霰弹枪。我正打算告诉报到台小姐,现在我们面临紧急状况,只有摇滚乐可以解决,所以她必须赶快放我们进去。

"枪!"

我左边的警卫大喊。我低下头,发现我的外套下摆翻了起来,露出十五厘米长的枪管。

我马上把枪掏出来，对准他的脸，逼他赫然停下。

约翰说："那不是真枪！只是表演的道具！"我同时说："我是警察！我是卧底！"

接着透过喇叭传来："啊啊啊！！我的蛋蛋！！"

我转过身，看见马尔科尼博士倒在地上，抓着受伤的胯下。

箩筐站在他身上。

观众席惊呼声四起。

我冲进宴会厅，警卫挤过我身边，跑向舞台。

箩筐一拳用力地捶向第一名警卫，把他揍飞了几乎两米，其他警卫看到后马上撤退。

我举起霰弹枪，对准箩筐。

"不准动！"我不知为何这样大喊。一位小姐看到枪立马尖叫起来。箩筐转身背对我们往前倾，他的裤子裂开，一根皱皱的肉条从裤子裂缝钻出来，看起来像人肉喇叭的尾端。

噗！！

伴随低沉的重低音和燃烧硫黄的臭味，箩筐放屁将自己喷上空中。

群众陷入恐慌，我们四周的椅子纷纷被推倒。我用眼睛透过霰弹枪的枪管追着箩筐，他不断往上爬，留下一道微微发亮的甲烷痕迹。他落在巨大的冰雕天使上，蹲在一只翅膀上，伸直双手摆出裁判比"触地得分"的动作，鼓足嗓子大喊起来。他八成说了不少很有深度又不吉利的话，声音却完全被地面上的骚动给盖住了。

我开枪，箩筐应声爆炸。

嘿！很简单嘛！

四处喷散的血肉把天使的翅膀染成红色和粉色,我暂时陶醉在胜利的喜悦中,等着大家把我扛起来欢呼。

我早该知道事情没这么容易。

贾斯廷的内脏没有飞出嗡嗡叫的小白虫,而是冒出一堆类似咖啡豆的小黑点;黑点从天使的翅膀弹下来,叮叮当当落进下面的水池里。

我拿着霰弹枪慢慢靠近水池,深色的物体开始在水面下蠕动,溅起水花。

哦,该死。

一只柔软的手拍拍我的肩膀,我转过头,看到艾伯特·马尔科尼锐利的褐色眼睛。

"孩子,我想我们得让这些人先离开。"

吉姆站在他后面,还拿着键盘。马尔科尼很有耐心地说:"对吧?我们没有多少时间了。"

我转过身往前跑,朝空中开了一枪,然后大喊:"炸弹!喷泉里有炸弹!大家快逃!请不要惊慌!"

我的话完全被淹没在枪响造成的逃窜人潮中。我在人群中撞见了约翰。

"炸弹在哪里?"

"没有炸弹啦,倒是有些东西在——"

"你们两个!"

珍妮弗一面大喊,一面指着喷泉。我转过去,刚好看到一只七脚假发怪从水池里跳出来,溅起一阵水花。

怪物那像小婴儿的小手落在地毯上,它四周看看,喵叫一声,然后就消失了。下一秒它已经死死抓住一个黑人老太太的背,蝎子尾巴深深埋进她的脊椎尾端。

另一只小黑怪爬出水池,接着又出现一只,然后又来了三只。它们爬到地上,跳起来紧抓住受害者的身体——有个胖子胡乱挥着手从我旁边跑过,一只假发怪攀在他胸口;另一个胡子男则试着把怪物从脚上踢开。

其中一只假发怪跑过来,扑向吉姆,他像打棒球一样用埃尔顿·约翰的键盘击中怪兽,然后把厚重的卡西欧键盘砸向斜倒在地上的假发怪,键盘裂成一半,黑白键到处乱飞。

珍妮弗在喷泉另一侧,用脚猛踹一只怪物。我朝她跑去,顺便把一只假发怪轰成两半。我一拉霰弹枪想上膛,才发现没有子弹了,于是把枪朝另一只怪兽扫过去,结果没打中,反而打到一名坐轮椅的老人,害他翻倒在地。

我踢开满坑满谷的蓝色折叠椅,离珍妮弗愈来愈近。两只假发怪由上往下朝我逼近——不对,是三只,有一只蹲下身,向我扑过来——

砰!

约翰挥动一把折叠椅,把怪物撞开。

他精准地模仿摔跤选手"铁血猛男"兰迪·萨维奇的动作,抓着折叠椅的两条腿,大叫一声:"耶!"然后他又挥了一下椅子,打扁另一只怪物,并尖叫道:"你就给我坐着吧,烂货!"

现在至少有一百只假发怪在宴会厅里跳来跳去,数十名受害者在室内乱窜。

我听到尖锐的枪响,忍不住抖了一下。我转过身,看到一名中年女子握着小手枪,她射死一只怪物,又射向另一只,这次却没打中;三只怪物一拥而上,同时用尾巴刺向她。我听到身后某个人大喊:"贝姬!"一个留着褐色大胡子的高大男子从椅子堆中跑过来。"贝姬!老婆!"

他愤怒地将两只怪物从女子身上踢开。约翰跑过去,一边用椅子把最后一只赶走,一边尖叫道:"混账,你去坐电椅吧!"

男子扶着女子站起来,对我说:"那些怪物!它们挡住出口了!"

我转过身,看见黑色肉怪团团围住我们进来的那几扇门。

"可恶!"

女子看起来还没回过神,男子问她"还好吗",她点点头,平静地伸出左手,把右手臂从肩膀上拔了下来,像拔下感恩节火鸡的腿一样发出黏黏的撕裂声。她没有流血,一层薄薄的黑色"酱油"马上封住了伤口。

她冷静地走向喷泉,像拿雨伞一样随兴抓着自己的手臂。她先生目瞪口呆地站在原地。我听见约翰又用椅子打倒了两只怪物。

附近另一名受害者是位年轻男子,他像癫痫发作一样在地上扭动,他的双腿踢着踢着就脱离了身体,自行爬过地面,像两条聚酯制的巨蛇,鞋子就是蛇头。后面接着来了一颗接在手臂上的头,拼命啃咬着地板。

我感觉我们快要控制不住现状了。

我听到一声尖叫,马上认出那是珍妮弗的声音。她跪在地上,拿着弗雷德的弹簧小刀,四周环绕着五只死掉的假发怪,每只身上都有歪斜的刺伤痕迹。我快步跑过去。

我听到后方传来金属的碰撞声,约翰大喊:"浑蛋,你想找委员会?你最好跟会长坐下来聊聊吧!"我把珍妮弗拉起来。

脱落的人体部位在我们周围堆起来,绕着喷泉形成圆圈,像撒旦的乐高玩具彼此接在一块儿。一条脱离身体的粉色湿黏脊髓像蛇一样从我们旁边溜过去。

马尔科尼博士小步跑过来，在群魔乱舞的宴会厅中，我听不见他大喊的指示。假发怪从四周逼近，它们黑暗的躯体滚向喷泉，宛如油渍流经下水道。

其中一只假发怪跳到珍妮弗的背上，我扑过去从背后抓住它，把它从珍妮弗身上扯下来。它伸出一只小拳头，开始揍我的脸。

我踩过一堆黏糊糊的人体部位，把怪物扛到喷泉旁边，将它丢进水里、压在水底，并尖声喊着"去死吧"或类似的话。几秒钟后，怪物不再扭动，黑色"酱油"像浮油般从它的体内冒出来。

马尔科尼博士终于跑得够近，让我听到他的声音。他说："它们想要回到水里！阻止它们！"

我低头看着逐渐扩散的黑水。这时我听见水花泼溅的声音，看到另一只怪物跳进水里，接着又来了一只。这些怪物想要回到它们出现的水池里。

这绝对没好事。

马尔科尼说："跟我来。"

我们冲向舞台后方的一扇门，约翰沿路用椅子把怪物挥开，马尔科尼打开门锁，我们一起跑了进去。约翰停下来，在打开的门前转身，一个人要面对至少六只假发怪，每只都朝他逼近；他用力挥了一下椅子，力道大到直接把其中一只劈成两半，会反光的血液喷出来，像水银一样。约翰怒吼："还有人要捐血做善事吗？"

他钻进门里，停下来想了一下，又把门推开，将椅子一挥，直接打中一只怪兽的假发。他尖声叫道："吃我做的甜点吧！上面还有樱桃哦！"

他又退回来,大力喘着气,把门摔上,同时我听到有东西撞上了门板。

我说:"我们要不要待在这里等它们离开?"

马尔科尼博士摘下眼镜,拿出手帕擦了擦。

约翰说:"外面那些人怎么了?那些被咬的人?"他看着马尔科尼,"我们有些朋友吃了'酱油',就是外面那些怪物吐出来的毒液,他们几乎都死了,但是没有——"

"外面所有的观众都是虔诚的信徒,"马尔科尼难过地说,"他们正在经历身、心、灵三方面的转变,对那群怪物来说再适合不过了。"

外头的东西又撞了一次门,喷起一阵灰泥,一根门链掉了下来。吉姆和约翰赶忙靠在门上抵住。

我说:"等一下,你知道这是怎么一回事?"

他轻蔑地看了我一眼。"你回去的时候,提醒我送你一本我的书。"

吉姆问:"他想要穿越过来,对吧?"

马尔科尼点点头。"没错,如果不是他,就是他的走狗。"

"我的天哪!"我尖叫道,"除了我以外,大家都知道会发生这种事吗?"

"我当然不知道会发生这种事,"马尔科尼说,"否则我早就取消降神会,退钱给大家了。不过当我听闻你们所说的'酱油',我就知道这种药的目的只有一个。"

门的另一侧传来抓门的声音,我想应该是假发怪想把门咬穿。

"是什么?"

"我替人们打开通往灵界的窗户,而现在有人想把这扇窗户变成门。"

黑暗中，一只蓝眼睛。

吉姆悄声说："恶魔。"

马尔科尼说："孩子，恶魔用过最厉害的伎俩就是让世人相信世上只有一个恶魔。"

我举起手摆出"暂停"的姿势，然后说："我们……要怎么……逃出去？"

马尔科尼重新戴上眼镜，说："我们现在就像诺曼底登陆当天独自站在海滩上的德国军人，手里拿着削尖的木棍。孩子，我跟你们保证，如果我们有人能打败这么邪恶的敌人，这个世界很久之前就会先把我们给杀了。孩子，世界不断转变，现在世界就要转向黑暗了。"

我说："你有什么建议吗？"

"我以前是牧师，你们知道吗？"

约翰问道："你跟那些牧师一样，会用眼睛发射激光吗？如果你会的话，我们现在真的很需要你帮忙。"

"我不会，"他说，"但我可以赐福水源变成圣水，我是说冰雕的水。"

约翰的表情开朗起来，他说："太棒了！"他伸出食指指向天空，"我们赐福冰雕，接下来只要想办法叫那几百只怪物去舔雕像就行了！"

我紧盯着老人的脸，说："我跟你说，就算把所有的英文单词乱凑一通，拼出来的计划都不会这么蠢。"

"当然，我们需要争取一点时间。"他继续说，完全不理我，"不过，如果我没猜错，假如它们要做的事跟我想的一样，那么这个计划可能是我们唯一的希望。外面那些行者，就是那群怪物，它们也有弱点。"

约翰说："我们知道，它们怕椅子。"

"呃，你差点儿就答对了。它们是天生的捣乱分子，因为它们来自充斥着黑暗噪音的世界，因此对它们来说，音乐旋律听起来就像刺耳的刀锋——比方说天使的歌声和他们弹的竖琴。"

我问道："这跟我们有什么关——"

门中央爆出一个洞，一只粉红小手和一小截腿伸了进来，在约翰和吉姆之间摸索。约翰抓住它的手腕，珍妮弗用弹簧刀把手臂砍断，门外传来猫科动物的惨叫声。约翰把断掉的手臂拿在手中好一阵子，然后塞回参差不齐的洞口。

马尔科尼说："我看你们带了乐器。你们有人会唱歌吗？传统圣歌的效果最好。"

约翰说："我会唱歌。"

我说："约翰，你根本不会唱。"

"好吧，我会弹吉他。"

"我也会，"吉姆说，"我们有两把吉他。"

我说："你们可以再蠢一点，没关系。"

约翰说："阿卫，你记得《骆驼大屠杀》的歌词吗？"

"啊，约翰，我没想到你还真能说出更蠢的话。"

马尔科尼低头看着两台手推车上的扩音机和线缆说："那首歌有多长时间？我需要好几分钟。"

约翰绕过来，拿下我背上的吉他，说："亲爱的朋友，你要《骆驼大屠杀》多长就有多长。我弹主旋律，吉姆负责节拍，珍妮弗唱和声。珍妮弗，你只要重复阿卫唱的歌词就好了，不过比他慢大概一秒钟。音箱系统在舞台上,我们冲上台,插好电就开始狂唱,懂吗?各位,这个计划智障到不行,但绝对会成功。"

我们准备好,走到被撞得东摇西晃的门前。约翰说:"它们明明可以在空中瞬间移动,居然还会被门挡着;我以为它们一眨眼就可以穿过来了。"

门外突然安静下来,传出一阵低语声,好像怪物突然想通了。突然,吉姆在我身后尖叫。

一只怪物趴在他的背上,另一只攀住他的胸口,并以迅雷不及掩耳的速度抓住他的喉咙。吉姆倒在吉他上,白色乐器瞬间变得鲜红。

珍妮弗抽出弹簧刀扑过去,把一只假发怪刺死。她的刀法愈来愈熟练了。

我说:"吉姆?你还——"

他翻过身,喉咙裂得血肉模糊,好像被霰弹枪打中似的。他睁大眼睛,嘴巴挣扎着要说话。然后他就死了。

我正要开口,突然眼前一片黑,有东西轻轻捏着我的胸口和肚子,好像要抓紧我;我努力集中视线,看到十几只造型不同的眼睛在盯着我。

我倒在地上,假发怪粘在我的胸口。它的鸟嘴张开,露出扭来扭去的人类舌头。

宴会厅传来尖锐的电子音,是吉他的声音。

怪物闭起鸟嘴,转向敞开的门。约翰正在外面演奏。它脸上露出极度不爽的表情,用两只小手遮住耳朵,然后小步跑开。

马尔科尼说:"好!快去!"

我站起身,穿过门跑了出去。约翰双腿大张,身体前倾,电吉他几乎贴到了地面上。我快步绕过他,抓住台上的麦克风。那个瞬间我什么也说不出来。

喷泉底部已经被一道两米高的人体部位高墙围起,天使冰雕耸立在中央,剩下的假发怪面朝内聚在墙外,仿佛在等待着什么。

哪个人来告诉我这不是真的。

也好,不如就认了吧。我勒住喉咙,深深吸气,直到横膈膜往外压迫我戴的镀金腰带,接着我厉声叫了起来:

"我认识一个人
不对,我乱说的
头发!头发!头——发!
骆驼大屠杀!骆驼大屠杀!"

整群怪物转向我们的方向,看似非常失望地皱起眉头,然后退开来。

"太棒了!"马尔科尼大叫,"它们真的觉得很烦!我们走吧!"

我们往喷泉前进,音乐响彻整个房间,像鼓风机一样赶走眼前的假发怪。其中一只还对我吐口水。

"我的甜瓜灵魂
被你冷漠的电网碾碎
大——锤!铁——锤!
骆驼大屠杀!骆驼大屠杀!"

我们把电线拉到最长,但跟喷泉仍然有一段距离,马尔科尼带着珍妮弗继续前进,走到可以赐福天使的地方。

马尔科尼说:"天父,您经由神迹赐予我们恩典,使我们赞叹于您无边的力量。受洗礼时,我们使用您赠予的圣水,因为在圣礼中,水象征着您赐予我们的恩典。在万物初始之时……"

"你后面有一头狼
不对,等一下,只是一只狗
哦该死!是獾!獾!——
骆驼大屠杀!骆驼大屠杀!"

我们唱到第一段吉他独奏,约翰疯狂地表演起来,几只假发怪开始咬约翰的吉他电线。

音乐瞬间消失,只剩拨弄吉他弦的微弱声音。

怪物一起朝我们扑来。约翰脑筋动得很快,马上跑过来抢走我手中的麦克风,开始模仿吉他的声音。

"哇哇哇——哇——哇——哇——哇,咿呜咿咿呜——"

我不觉得他这么做有用。我转头看马尔科尼博士翻过人体部位高墙,走向喷泉。我跟着他爬上墙,沿路踩到一张脸、六只手和一个屁股。

池水完全变成了黑色,但不是漏油的黑,而是像黑暗的洞穴,水面上看不到任何反射或涟漪,就连马尔科尼博士走进池内,也没有造成一丝变化。黑水如雨一般从上方天使的翅膀流下来。

约翰跟在我们后面爬上墙,继续尖叫:"哇,嘟嘟嘟嘟呜呜嘟,滴嘟嘟——"

马尔科尼膝盖以下都浸在黑水里,他伸手触摸冰雕表面,说:

"天父及圣子,我们向您请求……"

约翰唱完了吉他独奏,现在即兴唱起第三段歌词。

"我的帽子闻起来像

润滑液。我不想碰

等一下,这不是我的帽子!根本不是帽子!

骆驼大屠——"

麦克风的线缆也被咬断,歌声完全消失了。

"——这座喷泉的水源。以耶稣基督之名,阿门。"

马尔科尼往后退。

什么事都没发生。

约翰转向涌来的怪物,说:"快去舔雕像!"

水池里的黑色物质突然涨起来,没过雕像的脚,溢出喷泉边缘。我上前抓住马尔科尼的外套,把他拉过来。我不确定发生了什么事,但我很肯定我们最好不要站在水池中央。马尔科尼涉水走到池边,将一只脚从黑暗中抬起,我们惊恐地发现他的腿不见了——原本泡在水面下的部分完全消失,裤管被截成平整的一条线,下面只剩空气……

然后他的腿又出现了,完好如初,仿佛刚刚只是光线害我们眼瞎。博士重振精神,跳出水池。我紧张地看着自己的白色新皮鞋被涨起的黑潮淹没。

约翰和珍妮弗扶我们爬过人体部位高墙,然后我们不要命似的冲过宴会厅。

空中传来口哨声,像风吹过树枝的怒吼,我看到几把椅子倒在地上,滑向喷泉。这时我突然感到一股拉力,好像背后有一块电磁石，而我的肚子里装满了小铁球。

一只假发怪跑过来，然后却忽然被抬上空中，我保证它被吸回喷泉里通往地狱的入口了。怒吼声愈来愈大，震耳欲聋，跟喷射机一样吵；折叠椅飞过空中，仿佛有几十个隐形的愤怒篮球教练在砸椅子。我们五个人努力前进，有人在附近尖叫，但声音完全被澎湃的噪音掩盖。约翰抓住我的上衣，指向舞台后方一小块可以藏身的地方。珍妮弗尖叫一声，我没听清楚，但听起来像"托德"。

天花板的照明灯爆出火花，我们陷入一片黑暗中。

几盏小小的紧急照明灯亮起，宴会厅中央冰雕天使的翅膀微微反光。我们跌跌撞撞地跑到舞台后方，像龙卷风受难者那样抱在一起，静静地等待。

一片寂静。我冒险回头瞄了黑暗的深井一眼，这时黑暗中有了动静——黑色形体从水池入口冒了出来，他们像没有主人的影子，瘦高的体形有点像人，每位大概都有二到三米高，身上唯一的特征就是一双闪亮的小眼睛，像两根点燃的烟。

他们一一从入口出来，进入黑暗的房间，并肩站着，踩着不稳的脚步散开，像扩散的漏油，完全不发出一点声响。整间宴会厅里都是他们，室内到处闪烁着红色的小眼睛。

他们来到我们附近，继续在绝对的寂静中前进，距离我们只剩下几十厘米。

接着，低沉的嘶叫声打破寂静，听起来像蒸气漏气。一股烟或蒸气从天使冰雕底部冒出，配上刺眼的白光，像是要发射的火箭。

声音愈来愈响，转变成动物痛苦的尖叫。

在紧急照明灯的微弱光线下，圣水天使往下陷，降到黑洞里去了。

突然一声巨响,害我以为自己会被劈成两半。我闭紧眼睛,用手护住头,祈求上帝原谅我不小心造成万物灭绝。

房间一震,我感到脱离身体的失重感,像在梦境中飘游。

一只手拍拍我的肩膀,我缩了一下,好像被铁块烙印似的。周遭又静了下来。已经过了多久?我像午睡醒来的人,面对一片黑暗,无法确定现在是几点。

我睁开眼睛,发现是珍妮弗在拍我,约翰和马尔科尼站在她后面。灯光又亮了,她扶我站起来,我转向宴会厅中央。

房里只有空旷的红地毯,没有喷泉,没有尸体,没有黑洞,除了我们和几把散落的椅子,整个宴会厅空无一物。我坐在地上,突然感到筋疲力尽。约翰和我仔细盯着喷泉先前所在的位置,伸出手朝那个方向比了个中指。

大门打开,警卫和制服警察一起冲了进来。

大狗莫莉跟他们一起,嘴里叼着一捆咬烂的纸。它把纸丢在我跟前,开始狂吠。我低头看到两张马尔科尼降神会的门票,显然是它从那对年轻夫妇的行李里挖出来的。我把门票推开,看到一张CD,上面写着:《奇异恩典》——布鲁克林合唱团演唱福音歌曲。

一个胡子男晃过来,显得一脸茫然。我认出他是那名女子的丈夫,刚才我们试着救她,结果她却拆掉了自己的身体,接下来一切就走样了。

我说:"你太太的事我很遗憾。她叫什么名字,贝姬吗?"

他困惑地看着我。"我没有结婚。这里发生什么事了?"

我无法回答,只能躺回地板上,即使一堆人在我四周快步走过,我的身体还是自动关机了。我已经四十个小时没睡了,全身肌肉都痛得在尖叫;我越过了肾上腺素刺激的巅峰,现在正急速下坠。

有人叫了我的名字，问我"还好吗"，我没有回答。周围的声响逐渐消失，沉重的睡魔猴子将毛茸茸的温暖屁股放在我眼皮上。

黑暗、温暖，接着传来闹钟类似鼻音的咿咿咿叫声。我嘴里有股烟味，好像舔过烟灰缸一样。我感到嘴巴周围有圈让人发痒的厚重东西。我猛然睁开眼睛。我在什么鬼地方？

我从床上坐起来，发现这不是我的卧室。我转头看到床头柜上的手表，那也不是我的手表——比我的表高级多了。

我环视整个房间，床头柜上的闹钟还在继续尖叫。我看到一面镜子，照出我脸上一些黑色的东西。我用手一拍，感觉像毛发。我爬下床，走到镜子前面，才看到我原来蓄了整脸厚实的山羊胡。

搞什么鬼？

我在床边重重坐下。这是谁的房间？身后传来一个声音，说："你到底要不要关闹钟？"

我摸索一阵，找到闹钟上的按钮。珍妮弗·洛佩兹正躺在床上，而且是那个真的女明星珍妮弗·洛佩兹。

哦，等一下——她转过身，我发现她只是我们认识的珍妮弗·洛佩兹。她穿着小背心和内裤，下床睡眼惺忪地走向也许是浴室的房间。她的大腿上端有一道不明显的白色疤痕，关上门时她轻轻放了个屁。

我站起来，在附近衣柜上的一堆东西里找到手机，拨了约翰的号码。

听筒传来总机的录音："您拨打的号码已停机……"

我渐渐恐慌起来。我从窗户看出去，看到前院有一棵树，树叶已经转成秋天的颜色。我回头看着手机，扫过快速拨号明细，找到标明为约翰的号码——跟我知道的号码不一样——然后拨了电话。

我听到浴室的水声。我屏住气,听电话响了四、五、六声,七声。

"喂?"约翰听起来还没睡醒。

"约翰?是我。"

"嗯,怎么了?"

"哦,没事。"

过了一会儿,他说:"你不记得过去六个月的事了吧?"

"你也一样吗?"

"没有,我没问题,不过你已经是第四次这样了。你不记得那天晚上以后所有的事。你最后记得的事是赌城吗?"

"是啊。"

"我觉得这是'酱油'的副作用。过来我——啊,你不知道我现在的公寓在哪儿吧?那我们在冰雪皇后快餐店见好了。"

珍妮弗走出来,出乎我的意料,我们接吻了好几分钟。烟灰缸。

我走出门,看着这栋精巧的木造小平房,接着看到我熟悉的现代牌小车停在车道上,我稍微松了口气。

我开车到快餐店,看见约翰坐在店门外的长椅上,手里拿着冰雪皇后的褐色纸袋。我发现他跟我一样,也蓄了一脸山羊胡。

我说:"这太夸张了吧。"

"你每次都这样说。"

"我今天……呃,要工作吗?我在哪里工作?"

"还在沃利出租店,你礼拜天休假。对了,今天是礼拜天。走吧。"

约翰带我走向一辆很高档的车,他跳上车,拍拍身后的位子。我看了一下,然后走回我的车。我对他说:"我跟着你就好。"

我们沿着走廊走向约翰的新公寓,他说:"赌城的事确实闹得很大,但你也知道,不是因为真正发生的事。新闻报道说有五百名观众在马尔科尼的表演上抓狂,大家急着从门口逃走时,有个孩子不小心被踩死了,他们说的就是吉姆。"我们踏进门口。我说:"只有一个人?那其他几十个——"

我停了下来,约翰的家让我惊讶得说不出话。客厅摆了一张褐色皮沙发以及一把相称的扶手椅,房间中央立着一台大屏幕等离子电视,接着四台游戏机,游戏光盘的盒子散落一地;房里还有一台不错的 DVD 播放器,以及配有一百张 CD 换碟机的全套音箱。

"约翰,我们现在变成毒贩了吗?"

约翰拉开书桌的抽屉,拿出一个大公文夹。他从里面抽出一叠纸,包含报纸剪报、几张折起来的小报,还有一本叫《奇异日子》的花哨杂志,封面上印着不明飞行物的照片。

他说:"不是,当然不是。离开赌城后,我们碰到一个家伙,拉皮条的,我们在他手下当男妓,赚了不少钱。以前他们都叫你火箭妙舌。今年七月,你在大内华达州肛交奥委会得了金牌,马上有一堆公司要找你代言。你和珍妮弗住的那栋房子是你买的,我记得你还付的现金。"

他看起来非常认真。我说:"你在糊弄我吗?"

"没有啊,那栋房子真的是你的,不过男妓那段是我扯的啦!每次我都喜欢多加一点好玩的。其实是莫莉在赌场赢了一大笔钱。"

"约翰——"

他抽出一张报纸,那是《拉斯维加斯太阳报》的生活版,头条大大地写着:"狗狗玩老虎机竟挣得二十五万美元!"报纸上登了一张约翰抱着莫莉的照片,照片中,莫莉拼命地挣扎想逃开,约翰伸出右手,比出手枪对着莫莉。他笑得很开心,露出"这是我的狗"

的痴迷表情。在照片背景很远的地方，可以看到我和珍妮弗努力想遮住我们的脸。

"警方大肆调查了马尔科尼的表演和后来的恐慌事件，"他说，"他们认为马尔科尼偷偷让观众吃了迷幻药，然后故意用灯光错觉来吓人。大家都说他是个骗子，那阵子媒体对他真的有点糟，不过他也熬过来了。吉姆的死只被当成意外事件。突然间马尔科尼的书开始大卖，大家都想找他上节目。你……呃，试着联络了他好几次，但他都不肯接电话。"

他一边说，我一边就慢慢记起来了，每件事都像喝醉后模糊的记忆。他把那本印着不明飞行物的杂志交给我，指了指左下角的小标志：

弗雷德·朱传奇：
过世的青年仍在中西部故乡徘徊不去？
当地男子表示"绝对有"。

头顶上传来一阵噪音。

我抬起头。

我的心漏跳了一拍。

怪物用七只粉色小手吊挂在约翰的天花板上，红色假发斜戴在头上。它低头看着我，然后放开手，轻声落在离我几十厘米远的地方。

"呃，约翰——"

"哦，现在你看得到了。"他提着冰雪女王的纸袋站起来，拿出一个猪肉夹蛋汉堡，拆开包装放在地上。怪物两只手拿着汉堡吃了起来。

"我第一次打电话给你,要你过来的时候,它就站在墙上。你走进来,当然什么都没看到。那时候我不是叫你不要动,不要发出声音吗?因为假发怪就在你的背上,它跳到你身上,你却像没事一样站在那里。"

假发怪一边吃,一边把五只眼睛转向我。它嚼到一半就停下来消失了,汉堡轻轻掉到地上。

我说:"我吓到它了吗?它会,那个,攻击我们之类的吗?"

"从那个晚上之后就不会了,不过那时候它咬穿了我的鞋子,我也一直踢它,所以我想我们算是扯平了。"

假发怪又重新出现,一只手抱着一大杯可乐,鸟嘴叼着包装没拆的吸管。约翰拿过吸管,拆掉包装,替它插到杯子里,它含住吸管喝可乐,又拿起汉堡。

"别人也能看到它吗?"

"不能。我妈上个月来,假发怪就站在房间中央,她完全没发现。不过我跟你说,一个礼拜之后她要去旅行,把猫寄放在我家,那只猫就看得见,从头到尾一直对它嘶吼。假发怪会捡纸团或别的东西丢它——猫隔天就死了,不过跟假发怪无关。"

我说:"报纸上说我们赢了二十五万美元——我把分到的钱都用到哪儿去了?就买了那栋房子?我没有存一点钱吗?"

"我不知道,我们现在不经常见面,其实从……哦,大概八月以来,这是我们第一次讲话。你和珍妮弗……呃,不经常出门。"

"哦,真是……对不起。"

"没关系,相信我,你不是真心的。"他指了指电视,"要玩曲棍球吗?"

## 第七章 阿尼认为大卫满嘴疯话

我停下来,这才发现阿尼·金石瞪大了眼睛,一脸震惊地默默盯着我,不是因为他发现宇宙中真的有一堆怪物,而是发觉对方的愚蠢故事浪费了他一整天的时间。我瞥了桌上的录音机一眼,发现带子早就不转了。阿尼用双手抹了抹脸,像在干洗脸。

"怎样?"

他看着我,出于礼貌想藏住脸上无比纯粹的鄙视,但他没有作声。

"你……呃,要不要吃点什么?我请客。"

"谢谢,不用了。"他说,扭着脸露出痛苦的假笑,"我们赶快把访谈结束,我就不打扰你了。"

"哦,好。"

"如果你不介意的话,我只想厘清几件事。首先,这就是你说的小药罐?"

"对,现在已经空了。"

"因为你今天过来之前,我已经吃掉最后两颗……呃,'酱油'。"

"没错。"

"所以你没有药给我看,没办法让我看药丸在桌上爬来爬去什么的。"

"哦,对,我想我应该留几颗才对。"

"没关系。当然,如果你留下来了,就可以当证据佐证你的故事,不过不用担心。"

浑蛋,我真该用奶油刀刮掉你脸上的窃笑。

"然后,我想你忘了说你离开拖车的时候拿了药罐?因为现在药罐在你手上,而故事里你把罐子留在拖车上——你的狗开的车经过,就把你载走了。嘿,你如果给我看会开车的狗也不错啊。"

"我后来去罗伯特家,在废墟里找到药罐,完全没有烧坏。"

"当然。"

"对了,我可以告诉你那辆拖车在哪里,现在那个位置当然停了另一辆拖车,不过如果你看看地面,就可以隐约看到有东西烧焦的痕迹。我们可以开车过去。"

"是哦。那马尔科尼降神会上十几名被肢解的粉丝呢?一群人凭空消失,这新闻没闹大还挺奇怪的。"

"这个我其实可以解释——"

"还有你说吉姆用一台手推车推音箱设备到宫殿酒店,后来却有两辆车的设备。"

"我讲了这么多,你不信的居然是这一段?"

"你讲故事的时候还一直忘记你们到底有多少人。你好像说,'我们五个人和大狗一起上车',但我怎么算,那时候你们都只有四个人——你、你的朋友约翰、吉姆和那个女生洛佩兹。不过你可能搞混了。"

"我很难解——"

"你可能忘了你已经杀了弗雷德。我是说弗雷德·朱，你用霰弹枪轰掉了他的头。"

我没有回答。

"所以真的有弗雷德·朱这个人，他也真的死了？我可以查到他的档案吗？"

"正式的档案上会说他失踪了。"

"好吧。你还有故事要说，还是我差不多可以走了？你有资料要我影印吗？譬如你的狗在赌场赢了那么多钱，那你当年的报税单呢？对于这种收入，国税局要你填哪种表格？"

我深吸一口气。"你听我说，我的故事未必每件小事都是真的，但是核心故事绝对不假，我保证。我承认当——当事实很难解释，我就会开始胡扯，这就是我的处理方式。但是阿尼，宫殿酒店里的那些人真的消失了，完完全全地消失了。那个死了太太的胡子男，后来他回来告诉我们他没有太太，结果你知道吗？他说得没错，他没有叫'贝姬'的太太，降神会现场也没有叫'贝姬'的人；他们查了来宾名单，单子上每个人都在。"

"所以她从来不在现场。好啊。"

"你可以不要这样吗？糊弄我？你自己也看到我车上笼子里的怪物，那只就是假发怪，你看到了。"

"我看到某样东西，因为你想要我看到。我知道有些人很会操纵人。哦，你说假发怪可以挤出'酱油'吧？所以你可以去车上弄一点进来吗？"

"你真的想试试？"

"没有。我问你,你之前在学校闹事的时候,他们替你做过心理鉴定吗?就是你被退学的时候,校方的报告上有没有用到'神经病'这个词?"

我呻吟了一声。

"你不要针对我好吗?阿尼,在赌城失踪的那些人,他们从来不存在。等一下,听我说,我知道这很难懂;他们被吸进那个洞的时候,不只从现在消失了,连过去活过的痕迹都被抹掉了,所以媒体没有报道他们失踪,因为他们根本没有出生。如果我也掉进洞里,你就会发现我妈妈从来没生过儿子,她没有儿子叫'大卫',我们现在也不会坐在这里。"

"虽然我还没醉到能相信你,但假设你说得没错,你要怎么证明?"

我吸了口气。

来吧……

"阿尼,我做过很多梦,梦中宫殿酒店发生的事会重现,只是多了一个男生,而且我知道他的名字——托德·布林克迈耶,他比我大一岁,留着一头金色长发。在梦里,他跟我们在一起,他拉了第二车的音箱设备,他也在休旅车上,而且拿了第二把吉他——"

"好,好,倒回去一点——"

"阿尼,我听到她喊他的名字,我很清楚地听到了珍妮弗大喊'托德',我想他就是那时候被吸进旋涡大洞了。从那一刻之后,他就消失了,他被卷进洞里,就这样从我们的过去、现在和未来消失,不再存在于我们的记忆中,那些怪物就是有这种能力。不过有天晚上,我和约翰喝得很醉,我们坐下来开始讲托德·布林克迈耶的故事,真实的故事,那些发生过却又没发生的故事。我想象他的脸，有时候还真的可以在脑海中看到，就像隔天早上醒来不太记得的梦。我一直回想那几天发生的所有事，结果发现有好多漏洞，就是托德应该存在的部分。阿尼，他也在现场帮我们，和我们一起奋战，我却无法想起他，替他的死哀悼。吉姆至少还办了葬礼，但我在毕业纪念册里怎么也找不到托德的照片。你能想象那是什么感觉吗？"

阿尼叹了口气，有一瞬间他看起来真的很同情我，同情我能想出这么夸张的故事。他说："我们明天都还有事要忙，你讲完了吗？"

阿尼，你假装很无聊，假装你不在乎，但是你还坐在这儿，不是吗？你还在听我说，我相信你有你的原因，只是我还不知道而已。我要是你，现在早就闪人了。

我开口说："你听我说……赌城事件只是个开头而已。"

# 第二部
# 克洛克

吉姆·沙利文失踪后，警方清点他雪佛兰休旅车内的物品时，找到了一本黄色的笔记簿。以下内容为第一页的手写笔迹，似乎截选自一篇未完成的小说，名为《约翰逊与来自萨斯邹鸣的入侵》，然而警方未能寻获这篇作品的其他部分。

她把刀举到他眼前，就着火把的光亮，詹姆森看到刀锋非常锐利，包覆在砍过的无数地球族幽魂血迹之中。詹姆森盯着眼前美艳的妖邪女子，她的眼罩没遮住的蓝眼睛像蓝宝石般闪闪发亮。

"柯萝柯，"詹姆森说，"我早该知道是你，你还没走进门，我就能闻到你邪恶的味道！"

"我手上可是拿着无比尖锐的刀，你不应该这样说话。"而你才要她将尖如刀片的细长刀锋滑上詹姆森裸露的大腿。詹姆森扯着将他绑在墙上的铁链，愤怒地咬紧牙关。

"伟大的詹姆森队长，"柯萝柯说，"被绑在我的地窖里，而我

197

的大军正在集结，准备入侵地球！"

她柔弱的手腕一挥，切断了詹姆森的束腰布，布条掉到地上。她看到眼前的美景——詹姆森健壮的裸体，裸露的男根长着强健的肌肉，她的眼睛稍微睁大了一些。

"大军？"詹姆森冷笑着说，"我到战场的路上已经杀过比那更多的敌人了。"

"无礼的笨狗！"她将刀锋对着詹姆森的下体，"如果我不需要利用你的精子潜入地球，我早就砍掉你的男根，当作战利品装在我的王座上面了！"

"我的精子？"

"哈哈哈！你还是不懂吧，笨狗！当你的精子进入我的子宫，我们将孕育出地球族和爬虫族的混种，就连你们最灵敏的放射线测量器都无法侦测！他们将作为我的探员，生活在地球人之间，连他们自己都不知道效忠的对象其实是我，直到他们起义那天！现在你要不和我做爱，就等死吧！"

"不！—想都别想！"

詹姆森铆足全力挣脱了铁链，用钢铁般的右手抓住柯萝柯的手腕，将她的手掌拔下来，血如喷泉涌出；接着，他抓着柯萝柯脱落的手掌，刺进她的肚子。

（插入詹姆森的一句名言）

# 第八章 地板上的污渍

赌城事件后的几个月,我的记忆有点模糊。我知道那年冬天约翰坐了几个礼拜的牢,他为了抢女人和别人打架,不过没什么大不了的。珍妮弗和我不知道为什么吵了一架,她搬出去,后来又搬了回来。我们家的屋顶开始漏水,我找人修过之后,有一天在信箱里收到四千美元的账单,这才知道身为屋主有多欢乐。我生日当天,养父母来看我,我们相见时一如往常有些尴尬,不过他们人都很好。约翰送了我一整个信封的焗豆当作生日礼物。

珍妮弗和我都不谈赌城的事,我们也不提吉姆,以及那两天我们经历的奇怪事情。我想这就是为什么她和约翰一直处不好,因为约翰老爱提赌城的事,还喜欢看鬼怪、异空间和恶魔阴谋论相关的报道。他从网络上查到一堆数据,每次我们见面,他就隔着空啤酒瓶和油腻的比萨盒讲个不停。他一开口,珍妮弗就坐立难安,然后改变话题,我通常都替她撑腰。

然而,我还是习惯四处张望,看外星小白虫有没有从室外飞过,或紧盯着影子,看是不是黑暗影子人从通往那个鬼地方的入口飘出来了。我偶尔会看到东西,但也有可能是我的幻想——我看到黑色形体溜过转角,像煤炭燃烧的火亮双眼飘浮在夜空中。我看到这些东西的时候,不是从眼角或窗户的反射看到,就是在昏暗早晨介于熟睡和清醒之间的瘫软时分看到。这些时候看到的东西都不可信,我也绝对不会承认自己看到了。

大概在赌城事件的来年春天,有天晚上,约翰约我单独出去,直接就问我有没有看到奇怪的东西,他说他有,而且常常看到。现在他在不具名小镇法院当清洁工,他说他看到一位老人的幽灵在地下室走动,虽然身体是半透明的,却非常真实。"我跟你讲,他就站在那里,跟一道墙似的,就是……真实到不行就对了。"约翰又说了许多类似的事,他说他看电视上的棒球转播,主播提到看台座位只有一半坐满,球队售票面临困难。"可是阿卫,看台坐满了人,我说真的,我的眼睛看到每个座位都坐了人。我觉得我看到了不死人,我看到数千名活生生的灵魂在看球赛,而别人都看不到,是不是很诡异?"

我大致诚实地回答他,说我没看到幽灵、恶魔或走动的影子,充其量都只是眼睛的错觉罢了。我告诉他我认为是"酱油"害我们看到东西,但我们已经好几个月没吃了,不管"酱油"到底是什么、来自哪里,我很确定药都已经被排出体外了。一阵尴尬的沉默紧接而来,约翰任由我话中影射的意思在空中飘荡。虽然没有明讲,但我等于告诉他我觉得他满嘴疯话,或是脑子坏了。

一个星期后,我在约翰家翻杂志,他则坐在沙发上玩游戏。我瞥了电视一眼,看到他玩的是玩家视角的射击游戏,玩家从枪管上方往前看,走过一条条走廊,把坏人轰成两半,溅出虚拟的红血。

我一直都不太喜欢这种游戏。

"药罐还在你家吗？"约翰故作随意地说，两个大拇指用力地敲着控制盘，"你说你后来去罗伯特的拖车，找到药罐了吧？"

"对啊。"

"里面还有'酱油'吗？"

"没有。里面本来有两颗——就这样算好了——但我都吃掉了。"

"哦。"

约翰在屏幕上射死了某种恶魔鬼怪。怪物身上掉出一个小盒子，屏幕上显示"你获得了一盒霰弹枪子弹"。

过了一阵子我才想通约翰的意思，并感到惊讶又恶心——如果"酱油"还有，他居然他妈的想再吃一次。

之后我就开始躲约翰。

但约翰实在很难躲，他总是夹着游戏机到我家，打电话邀我打篮球，或一直问我是不是在躲他。清洁工的工作他没做多久就被解雇了，他问我能不能让他回沃利出租店工作，我答应了。于是，后来不管怎样，我每天都得见到他，而每次他只要提到有点鬼怪的事，我就学珍妮弗转移话题。

有一天我们去塔可钟墨西哥餐厅，我、约翰和珍妮弗这桌过去两桌坐着一位老太太，她没有吃东西，只是坐在那里，双手握着大腿上的钱包。

四个大学兄弟会的男生走进来，直接在老太太的桌子边坐下，仿佛她不存在，其中一个男生直接坐在她身上，穿过她的身体。他津津有味地吃着巨无霸墨西哥卷饼，而老太太的手肘从头到尾都穿透他的身体。最后她从他体内站起来，优雅地穿过——真的直接穿过——其中一道玻璃门出去。

我们都直直地看着她,连珍妮弗也不例外。我们目瞪口呆地盯着她,无法假装什么也没看见。她就像大家避而不谈的话题、电梯里放的响屁,否认事实反而会显得更滑稽。我们吃完饭,走出餐厅上车,接着珍妮弗把脸埋进手里哭了起来。约翰一脸满意,让我很想揍他一拳,但他还算好自为之,没有多说什么。

我当下就决定我可以撑过去,如果真有需要,我可以一辈子忽略这些奇怪的事情。

我当然错了。

那年暑假,约翰在网络上看到一则消息:隔壁州一名女子宣称她的地毯上有块不断出现的污渍,她用蒸气清洗机把地毯洗得干干净净,但一个礼拜后,污渍又出现了。他们换了另一块地毯,污渍再次出现。他们有录像带和各种佐证资料。

约翰告诉我这件事,我随便把他打发掉,后来他把我灌醉,又告诉了我一次,我突然觉得很有趣。我们打电话给这名女子,告诉她我们是拥有清洗地毯新技术的专家,问她能不能让我们过去看看。就因为一时醉晕产生的好奇心,我们花了整个周六,开了七个小时的车,去看这块神奇的地毯污渍。

我们才开上她家的车道,就听见屋里传来尖叫声。我们用力敲门,一个六岁小女孩来应门,手里拿着小孩用的鸭嘴杯。我们走进屋子,看到她的父母在看某个颁奖典礼节目,而客厅中央躺着一名惊声尖叫的男子,一股鲜血从他胯下流出,沾到下方的地毯上。小女孩的妈妈是一位亲切的微胖中年妇女,她指着尖叫的男子,说:"就是这块污渍。"

我们告诉她我们得到车上拿些用具,便开车离开,到当地的图书馆做研究——严格来说是约翰在做研究，我缩在椅子上睡觉——我们找到几年前的报道，一名男子的老二被自制的捕鼹鼠弹簧夹钳住，害他失血过多而亡。

隔天我们回到那栋房子，请屋主一家离开，然后试着跟流血的男子说话。

我们告诉他这不是他的房子了，他太太把房子卖掉，而他已经死了，却还在弄脏别人家的地毯。他不理我们，只是一直惨叫，在地上扭来扭去，抓着他的胯下。不过我们纠缠他快一个小时后，他就消失了，不知道跑去了哪里，从此地毯上再也没有出现过污渍。

这一家人实在太感动了，以至于把这件事告诉给所有他们认识的人；他们也知道我们不是用什么神奇的清洁剂解决问题的。

事后我们接到几十通电话和电子邮件，请我们去看看他们的状况。我们觉得其中只有一件值得一看，因为他提到了"影子人"。然而结果是一场闹剧，只是一个精神分裂症愈来愈严重的大学生而已。其实接下来三个月内我们接到的案子当中，只有一起是真的闹鬼事件，那就是弗兰克·坎波和他长蜘蛛的车。我们只是告诉他，他没有发疯，他看到的恐怖异象都是真的，然后就把他治好了。他听完之后似乎感到莫名的安慰，毕竟他是律师。

其他的案子都不是真的，都是一些孤独的老太太，还有不愿默默无闻、宁可装疯也想出名的人。

然而，约翰和我却真的会看到怪东西。哦，没错，这时候我们只是走在路上，过我们的生活，就会看到东西。

我们似乎找到了诀窍，懂得怎样转动眼睛就能看见，就像刻意注意挡风玻璃上的泥巴，而不是外面的马路。

有天早上我醒来,看见四双大眼睛从床单上盯着我瞧,离我只有几十厘米——四名小矮人站在我床边,睁着比一般人大三倍的眼睛;我眨眨眼,他们就不见了。我没有告诉珍妮弗。这些事情我都没有告诉她,我告诉自己只要适应了就好,人生就是这样,要不断适应。

结果那年秋天,一切又开始见鬼了。

# 第九章 德国香肠堡的预言

麦当劳叔叔的眼睛吓了我一跳。

那天我肚子饿，很想吃德国香肠堡，于是去不具名小镇四家麦当劳分店的其中一家（如果你觉得麦当劳卖德国香肠堡很怪，那你显然不是美国中西部人）。我瞄了窗户上的卡通小丑商标一眼，然后尖叫出声。

我叫得很小声，而且一点也不娘，但还是吓坏了站在人行道上的一个小女孩，害她也尖叫起来。

我实在没忍住。这张塑料静电标志贴在玻璃内侧，卡通图案几乎占满了整个玻璃窗：一团火红的头发，六号红鞋，黄色西装，还有，呃……

我伸出手，摸了一下玻璃。

我心想，这张图画得真好，好真实。

其他深夜来访的客人从我身边走过，偷偷地快速瞥了我一眼，看着我这一头乱发、留着胡茬儿的疯子。然而，我很肯定他们看见的图案和我看见的不一样。

他们看到开心的小丑张开手臂，一脚歪斜四十五度，脚上吧嗒作响的小丑鞋踢向空中，又红又白的脸上露出灿烂的笑容，欢迎付钱的客人来到他的汉堡工厂。我记得之前来过麦当劳几百次，每次都看到这张图。

然而，当下我却看到一名小丑站在那里，肚子裂开参差不齐的伤口，仿佛被很钝的美工刀划开。他在——我要怎么含蓄地描述才好？在这张上色传神的卡通作品中，麦当劳叔叔用戴着白手套的双手将自己的肠子塞进嘴巴。

*巨细靡遗。没错，画得非常非常巨细靡遗。*

可是，真正吓到我的是小丑的眼睛。他传神的卡通双眼因为快要抓狂的恐惧而颤动，眼泪沿着脸庞滴下，汗珠点缀着他的额头。那双眼睛直直地看着我，仿佛在向我求情，尖叫着要我结束他的苦难。透过这双眼睛，我不只看到一个人在吃自己的内脏，而是一个人在被迫吃自己的内脏。

而且只有我看得到。

我闭上眼睛，又睁开看了一次，他还在那儿，不像一闪而过的海市蜃楼或眼角看到的模糊影子，而是大剌剌地攀在玻璃上，真实到塑料片的边缘还从玻璃上稍稍脱落。

我转过身，试着整理思绪、集中精神，然后又转回去看着图案。短短一秒之后，我看到了正常的商标，跟平时一样，看到开心的大企业小丑，可是图案接着又糊成恶心的版本，这次还多了一行字。

原本的"麦当劳——我就喜欢"标语不见了，换上了一串奇怪的红色文字。

*麦王劳——烂午餐臭女人。*

一般人这时候大概会怀疑自己是不是疯了,但是我脑中质疑自我理智的部位早已因为使用过度而钝化。我走回车上,开车绕了小镇好几个小时,完全没了食欲。

标语里竟然他妈的有我的姓。麦王劳。搞什么鬼。

它们会直接在你脑中作祟。

有人试着从另一侧和我对话。我想到飘浮的黑色身影和烟蒂般的双眼,以及黑暗中的一只蓝眼睛,觉得好想吐。

我绕着小镇转的速度终于慢下来,最后停在约翰的公寓前。我告诉他麦王劳的事,暗自希望他会说"太诡异了吧",然后拿出众多游戏机上的两只游戏杆。然而他却说:"起来。"

我站起身,发现我坐在三个叠在一起的纸箱上,他打开其中一个,露出满满一整箱的精装书。

"等一下,这堆是什么?"

"马尔科尼博士的书。"

"你有一百五十本?"

"哦,对了,你不记得了。在赌城的时候,我们正要从后门离开,马尔科尼突然说我们应该看看他的书。当时你一副'老头去死吧'的样子,我则说'当然好',然后抓了一台手推车,推了一整摞出来。我倒着把书推到门边,一路上都冷冷地瞪着他,想看那个混账敢不敢阻止我。"

"为什么?"

"阿卫,这些书本来就免费。总之他在书里面说……"约翰翻了几页,"就在最开头的地方,我现在找不到——可能是另一本书——总之他说你读《圣经》的时候,恶魔会透过页面看着你。"

"什么?你是说他的《圣经》被附身了吗?老天,他铁定是史上最烂的牧师。"

"不是。他说当人碰到任何超自然生物，比方说上帝、恶魔或天使，我们通常认为它们就像某种无意识的自然力量，譬如飓风或地震；然而如果它们是真的，就会有自我思考的能力。它们知道你的名字。所以就算你只是在书上读到恶魔，它马上就知道有人读到它，而且它可能必须要对付你。我想你在赌城做的事，比读到撒旦的名字严重得太多了。"

"'我'做的事？那'我们'呢？当时我们都在场啊。"

"没错，可是事后我就剪了头发，它们可能觉得我是另外一个人。"

我闭起眼睛，倒在约翰的沙发床上。我说："那只怪物——假发怪，它还会出现吗？"

"没有，我好几个月没看到它了。不过大概三个礼拜前，我在吃炸热狗，假发怪突然出现，抢走我的热狗后又消失了，之后我再也没看到它。"

"不准再闹了，好吗？游戏结束，我们不要再追查这些东西了。约翰，它们已经在我的脑袋里扎营，我们玩得太过火了。"

约翰嘴上说"好吧"，但他的眼睛在说，你怎么觉得你这么容易就能脱身？

"我们叫比萨吧。"


比萨尝起来像臭掉的蛋，但只有我吃到这个味道，约翰吃起来很正常。接下来一个礼拜，我吃的每一餐闻起来都像甲醛或颜料稀释液。我认为是它们在搞鬼，故意整我，乱按我脑袋里的按钮；等它们玩累了，又跑去胡搞我其他的感官——我开始在快要入睡的时候听到自己的名字,仿佛有人在我耳边十五厘米远的地方一遍又一遍地说话。

莫莉变得愈来愈焦躁,它会对着黑暗怒吼,晚上无时无刻在我们床边徘徊,好像在巡逻一样。有一天它很早就把我吵醒,用湿鼻子压着我的手肘。我开门让它出去,它快速跑过马路,没有回头。

不久之后,它们——不管"它们"到底是谁——又出了新招,改朝收音机下手。我听到整首歌的歌词被改得乱七八糟,活泼轻快的节奏搭配的却是有关监狱强暴或乱伦的歌词。有一次我在热闹的购物中心听到喇叭在强力播放改版的《通往天国的阶梯》(当然只有我听到),我的名字贯穿了整首歌,歌词列出所有我的慢性罪恶和缺陷,这首歌点出了我——王大卫——应该下地狱的种种原因。我承认我有点受到打击,虽然这个版本的歌词几乎没有押韵——毕竟哪个词能和自慰押韵?

我慢慢了解到影子人的幽默感和十四岁小孩一样差劲。

这时珍妮弗和我开始出现问题。我觉得我们交往的过程根本就是一连串的问题。她知道事情不对劲,主要是因为家里突然常常播放八十年代的摇滚抒情歌,她一直追问,最后我终于告诉她发生了什么事。

她点点头,说她了解,然后出门去她朋友安伯家,假装去帮她照顾刚出生的小孩。不过她好像顺便把所有的衣服都带走了,当天晚上也没有回来。我沮丧地坐在家里,心想接下来每天我都要回到寂静的家,甚至没有莫莉陪我。

几个星期后的晚上,我从出租店开车回家,脑子里不断盘旋着一个想法:我要去杂货店买一块派,然后坐下来一口气吃完。

收音机播着经过超异能改编的八十年代歌曲,演唱乐队的歌声听起来像杜兰杜兰。这首歌原本的副歌歌词里有"非洲"这个词,改编版则将歌词扭曲成某种针对黑人的种族歧视和漫骂。我试着关上耳朵,将注意力放在脑中的目标上。对了,是托托乐队的歌。

我的手机叫了起来。

我一如往常吓了一跳,发现我居然没关机。我在外套里翻找一阵,拿出轻快乱叫的手机,来电显示是约翰的号码。我按下通话键,说:

"不要。"

"太好了,你开机了。我叔叔刚打电话给我,请我们过去看一个案子,当一下顾问。"

"你叔叔?那个脱衣舞者?我们要去当什么'顾问'?"

"不是,是德雷克叔叔,当警察的那个。他碰到一件怪事,希望我们过去看一下。犯罪现场在西二十三街八十八号,大卖场旁边。"

我顿了一下。警察要找我们?他们是抓到鬼要我们看吗?当我们是神探史酷比?

"我不去。我们不是已经讲好了?我现在要回家吃派。"

"我觉得他们找到莫莉了。"

"什么?"

莫莉?怎么,它又偷车了吗?

"过来接我,几分钟后见。"

"约翰,我不要去,我——"

电话已经挂断了。

我咒骂一声,搓搓额头,收音机用完美的八十年代和声唱着偏执的歌词。

把他们全——赶——回——非——洲……

我伸手去按开关,才发现收音机根本是关着的。

他妈的又来了。

我到约翰的公寓接他。显然他的超能力也无法阻止银行扣押他的摩托车。

我们转到西二十三街,左右两排是完美的新房子,搭配时髦的粉咖啡色外墙,每一家的车道上都停着闪亮的休旅车。我们很容易就找到了目的地——那栋房子门口闪烁着警车的红蓝灯光,警车聚成一团,弄得好像电影《第三类接触》的宇宙飞船在这里降落似的。

我心想,如果有人叫我们掉头,我们就走。我们停在离车阵一条街以外的地方。如果有人嘲笑我们,我们会马上离开,永远不回来。

我们经过车道上的一辆蓝色吉普车,车牌号码是 STRMQQ1,约翰仔细看着车牌,微微皱起眉头。四名警察坐立不安地站在前院的草皮上,仿佛他们现在非常需要彼此的武装陪伴;八只眼睛全落在我们身上。

"别担心,"约翰对他们说,"我们来了。"

我看得出来每位警察都很不爽,好在约翰的叔叔德雷克及时出现,我们才不用和他们杠上——这四名警察显然完全不知道我们是谁。德雷克很壮实,制服在腰部绷得很紧,凸了起来。他留着一道不对称的胡须,我认为是为了遮住上唇的疤痕。

"嘿,阿翰,很高兴你们能过来。"

他豪迈地用力握住约翰的手。

"发生什么事了?"

"你知道……呃,这是谁家吗?"

"斯特罗姆·库泽沃?"约翰说道。

德雷克困惑地愣了一下。

"呃,不是。这是肯·菲利普的家,第五台新闻的气象主播。"

"哦。"约翰说,他看起来不是很满意。我回头瞄了车牌一眼,STRMQQ1。

"那两个Q应该是一双眼睛,"我告诉约翰,"车牌的意思是'风暴追客'。"

约翰看看车牌,又看看我,再转回去看车牌。我注意到客厅的凸窗被打破了,屋内的窗帘在微风中飘荡。约翰终于说:"有人杀了气象主播?"

德雷克闷哼一声。"可以这么说,你们绝对没见过这么恐怖的事。"

"那可不一定。"

"我们还没进去看。里面有一只——狗。"他对我说,"约翰说他觉得听起来很像是你的狗。"

隔着凸窗窗帘我看不见屋内,于是我走到大门前,从装饰用的小窗看进去。皮套绷得有点紧的沙发上坐着一个女孩,看起来比我小几岁,柔顺的赤褐色头发被绑成马尾,一小撮刘海垂落在她光滑的额头上,刚好在她美丽的杏眼上方;她穿着自己剪短的运动棉布裤子,露出我见过晒得最完美的大腿。我感到自己反射性地伸手抓顺头发,突然严重惊觉自己身上的每一项缺点——每一克多余的脂肪、脸颊上的小疤痕。

如果我长得像她一样漂亮,我也会在十月穿短裤。我会辞掉工作,每天待在家里轻柔地抚摸自己。我今天有刮胡子吗?

沙发旁的地板上躺着一个血淋淋的死人。

"地上那个就是气象主播？"我问道。

"对。"德雷克回答道。

"你看到坐在沙发上的那个女生了吗？"

"老兄，我已经说过了，我们试着进去救她，但那只狗……"

"我不是在责备你们，我只是想确定你们有没有看到她。"

"她叫克里斯·洛夫莱斯，是隔壁的邻居。我们到的时候，她就这样坐着，一动也不动。我们甚至试着向她打信号，但她都没有反应，好像脑袋死机了一样。"

"所以人是她杀的吗？"

"不是，他的喉咙被那只狗咬穿了，狗还在里面。现在的问题就是每次我们想要进去，那只狗就——"

"可恶，"我打断他，"真可惜我们这里没有专门负责……那个，管控动物的部门。哦，等一下，我们有啊，就是动保处嘛。你要他们的电话吗？"

"等一下，"约翰说，"你说莫莉杀人了？"他转向我，"阿卫，有一次我们拿棍子戳了它整整二十三分钟，它才好不容易吼了一声。它不可能咬断别人的喉咙。"

"不是，"德雷克说，"你们还没听懂。我的手下不愿意进去，我也不怪他们，里面……不太正常。"

我又朝里头瞄了一眼。"好吧，我没看到狗，也不知道为什么我们不直接——"莫莉出现在我的视线里。确实是它没错，这只爱尔兰猎犬——或者管它是哪种狗——原本一身铁锈色的毛，现在却梳洗得光鲜亮丽，它的新主人显然比我更常替它洗澡。在狗狗商品产业界，女孩加狗的模特组合一定很赚钱。

莫莉还有一点和过去不同——血迹染红了它的口鼻，而且它飘浮在地面之上九十厘米处。

莫莉移动时，脚直直地伸着不动。它缓缓穿过客厅，仿佛由透明的绳索挂在轨道上移动。它靠近大门时把头转向我，用清晰的喉音说："我只服侍克洛克。"

莫莉继续像一艘毛茸茸的小飞船般飘过客厅。

又——来——了。

我转身离开门，约翰露出一切都很正常的表情。啊，没错，会飘浮的狗。我们去卡车上拿一下工具就行。

德雷克说："有个邻居说她看到克里斯在街上遛狗，突然间狗就抓狂了；这只疯狗挣脱狗链，像加农炮一样冲过前院，然后穿过凸窗窗户。她说狗跳到空中，不到一秒就咬断了菲利普的喉咙。我猜洛夫莱斯小姐跟着狗跑进去，开始惨叫，然后身体就死机了，毕竟这对她来说太难以承受了。我其实也有点想让身体死机一下，不过惨叫的部分还是免了。"

我说："等一下，你刚刚有听到那只狗说什么吗？"

"说？它叫了一声……"

"啊，好。那你刚刚看到狗的时候，它……"

"飘在地面上方几十厘米处。"

你可能以为别人也能看到怪事会让我很欣慰，但是一点也不，这只表示游戏规则改变了。

"我和约翰需要谈一下。我们马上回来。"

我们走回我的车，路上我对约翰说："我们要马上飙车开走，直接开到杂货店的面包柜那里。"

"阿卫，那些警察都看得到它。他们都看到它飘来飘去，做这些超自然的怪事。我们从来没碰到过这种状况。"

"没碰到过这种状况？约翰，你要不要解释为什么它会飘在半空中？"

"一定是因为'酱油'吧？它体内的'酱油'比我们都多，我一直觉得它活下来已经很了不起了。或许……那个，它们终于找上它了。"

"隔这么久？一点都不合理。"

"你听到它说的话了吗？"

"它说'我只服侍克洛克'。"

说出这串无意义的句子让我脖子后头的汗毛直竖，尽管我解释不出为什么。我的脑袋几乎要想到答案了，却又突兀地猛然转向，害得脑中的思绪列车差点出轨，从我的耳朵飞出去。

"你确定？"约翰说，"我以为它说的是'我只服侍摇滚乐'。我还觉得它说得真好。"

"随便啦，约翰。"

"谁是克洛克？"

"不知道。"

为了维持现状，我脑袋里的否认腺已经工作过量了。

"你车上还有薄荷糖吗？"

"我不确定，大概有吧。"

约翰在副驾驶座的置物箱里翻翻找找，找出前阵子有人寄给我的一条糖果。很多疯子会寄东西给我，大部分我都丢在工具间的柜子上，然后就忘了。

我们回到房子的正门前，我将一颗糖果倒在手掌上，慢慢转动门把手，把门推开一条缝，好把我的头和右手臂伸进去。

飘浮狗莫莉离我大概有三米远,它悬在沙发和辣到不行的新主人后面。我伸出托着糖的手,立刻便吸引了它的注意。

我把糖果抛到地上,立刻躲回门外。莫莉飘到旁边,在空中往前倾,直到它的鼻子碰到白色的小糖果,然后伸出舌头把糖果舔起来。

过了好一阵子,什么事都没发生,约翰正要说"看来没用",屋内忽然传来咔咔咔啦啦啦的黏湿撕裂声——莫莉炸开了,就像生日派对扮装玩偶被一群隐形的强壮小孩打破了。

身后的几名警察高声欢呼,德雷克走过来。"刚才怎么搞的啊?"

约翰替我回答:"我们给它吃了经书薄荷糖,就是印有《圣经》诗文的小糖果,在当地的基督教书店都买得到。我们本来希望把它体内的恶魔赶走就好,不过……"约翰公事公办地耸耸肩。有时候就是会发生这种事。

德雷克说:"很好,现在我们把事情讲清楚。今天晚上过后,我再也不要听到有人提起这件事,报告上就写犬只攻击事件。等一下会有人来清理现场,然后我们会替死者办葬礼。现在每个人都给我回到老婆身边,假装世界没有变疯狂。"

我说:"是啊,这样大概最好——"

德雷克的头猛然转向我。

"闭嘴,我还没讲完。"

他又转回去对约翰说:"我得问你几个问题。不要跟别人说。那只狗是你的吧?"

"呃,是阿卫的,但它有过很多主人……"

"嘿,你听我说。他死了,懂吗?你跟我都知道这里……会发生怪事,这座小镇一直以来都是这样。我爸也是警察,他告诉我很多怪异故事,但我从来没看过今天这种状况。"

约翰防卫般地举起双手。"我们也没看过。"

"但是上次出事的时候,你也在场,就是派对上死了一堆小孩那次,后来还有一名警探离开后就再也没有回来。你别糊弄我,如果你知道什么内幕就跟我说,让我做好准备。"

约翰说:"我们不知道状况如何,至少现在还不确定。"

他一说出"不确定",我就有股想揍他的冲动。

"不过先让我们跟那个女孩谈谈。"我们都看向克里斯,她还僵坐在沙发上。

"趁精神病学家或你们找来替她重新开机的人抵达之前。"

德雷克上下打量约翰,决定放手一搏。"给你两分钟。"

"太好了。"约翰从大门钻进去时,德雷克伸手抓住他的手肘。

"嘿。"

"嗯?"

"世界末日到了吗?"

他抿着嘴,非常认真地问,就像中年男子问医生他是不是得了癌症。我被他吓得半死。

约翰说:"等我们弄清楚后会打电话给你。"

约翰走向沙发,但我还是忍不住在直径一百八十厘米的血红狗尸旁边停下来。

我在莫莉的头附近找到它的项圈,染血的狗牌上写着:

我叫莫莉。

请送我回到……

"再见了,莫莉。"我喃喃地说,"我这辈子没碰到过比你更会开车的狗。"

转身走开之前,我注意到另一样东西———只狗掌从狗肉泥中直直地伸向天空,掌心的位置画着一个图案,像是刺青。

一个黑色的小符号,有点像圆周率的数学符号。我指给约翰看,他建议我把断掌带回家仔细研究,但我觉得应该没那么重要,可能只是繁殖场的人盖的戳记,我也不确定。我之前没有注意过,而且一般人很少看狗的脚底吧?

克里斯·洛夫莱斯不肯对上我们的视线,也对我们说的话没有反应,但我们至少让她站了起来,带她走出屋外。我们领着她到后院,一路上不停地鼓励、安慰她。

等我们走出警察的视线范围,约翰马上把双手搭上克里斯的肩膀,将她转过来面对自己,然后举起冒烟的香烟。

"小姐,看到了吗?你要再不给我开口,我就拿烟头烫你。"

没有反应。

"小姐,"我跟着说,"如果是我,就会听他的话。我是个讲理的好人,但我的朋友呢?他是个疯子,而且一旦动手就停不下来。你不觉得跟我说比较好吗?"

还是没反应。

约翰把点燃的香烟压上她的手背,传来嘶的一声。

她惊叫起来,把手抽回去疯狂甩动。"你在搞什么啊?"她厉声叫道。

"小姐,现在问题很严重。"约翰用毫无同情心的声音说,"已经死了一个人了,如果你不帮忙,事情搞不好会变得更糟。我很抱歉你看到这些事,但我们没时间让你躲在封闭的心灵里。你现在先帮我们，晚一点再去压抑你的记忆吧。"

她茫然地看看四周，然后惊呼："莫莉！莫莉攻击了肯！"

"我们知道，"我说，"但我们不知道为什么——"

"你说他死了？"

"这——没错，他死了。事情有点怪，我们需要你告诉我们——"

"我快吐了。"她往前倾，"我得去坐牢吗？因为凶手是我的狗？警方会控告我谋杀吗？"

"不会。我——我跟你说，我也不知道，但我们必须——"

"小姐，"约翰打断我，"我们有充分的证据可以认定你的狗被某种地狱恶魔附身了。莫莉以前对你说过话吗？"

她顿了一下。

"你们两个是谁？"

"拜托请回答问题就好，"约翰说，"它曾经飘起来过吗？"

"什么？没有。"

"你确定？"

"小姐，"我说，"如果你养的狗闹出什么超自然现象，你最好现在就告诉我们，我们是专家。"

"什么？没有，没有。我才养了几个礼拜。它突然出现在我家门口，我带它回到狗牌上的地址，可是屋主是一位奇怪的女生，她叫我把狗带走。那天我只是带它去散步，然后在路上碰到了丹尼·韦克斯勒。"

她讲得好像我们应该知道他是谁，好像他是我们共同的朋友似的。她看到我们一脸茫然的表情，才说："他是第五台新闻的体育主播，我……认识他，我们去同一间教会。他把车子停在路边，好像要去肯·菲利普家，因为他们是同事嘛。他走下车，拍拍莫莉，然后又开车走了。就这样。"

我瞥了约翰一眼,又转向她。

"小姐——"

"拜托不要这样叫我,听起来好像警察。叫我克里斯就好。"

"克里斯,"我说,"告诉我韦克斯勒对你说了什么,一字不漏地告诉我。"

"我记得他没说什么,只说'你的狗很漂亮',然后就开车走了。接下来莫莉就抓狂了。"

"他摸了它之后才说的?"

"是啊,"她说,"我想他只是觉得莫莉很可爱而已。"

我回想起在啤酒卡车上,约翰摸了莫莉一下,然后身体一震就醒了过来——他的灵魂像是静电从狗身上跳回到了自己身上。

"他没有说别的?"我问道,"他有没有提到'克洛克'或类似的字?"

"呃,没有,我很确定他没说。"

"好吧。"我转身准备走开。

"等一下!"克里斯说,"还有一件事。丹尼开车过来的时候蒙着脸,看起来像戴了面具,整张脸都是黑的。可是后来他应该拿掉了,因为他停车的时候脸上没有任何东西。不过我确定我看到过。很奇怪吧?"

"你可以看到他的脸吗?他戴着面具的时候?"

"不能,不过……那时候很晚了,他为什么要戴面具?莫莉还好吗?你觉得警察会把它送去拘留所吗?"

"呃,你可以过去直接问他们,他们会解释给你听的。"

我转身走开。约翰对克里斯的协助表示感谢,并告诉她如果有更新的发展，我们会和她联络。他跑过来追上我，说："妈的！阿卫！影子人，她看到了一群该死的影子人……应该说是一个影子人。"

"什么人？"

"不要装了，就是那些东西啊！我们在赌城看到的用影子做成的那群人。他们跑到这儿来了，我见过他们，阿卫。我在附近见过。"

"他们才没有过来，你也没有看到。"

一分钟后，我们坐进我的车里，约翰点燃另一根烟，然后问道："好吧，现在怎么办？"

玩电动篮球有个问题：当你投篮的时候，其实是计算机决定球到底会不会进。假设你跟计算机队比赛，你落后一分，于是你在最后一秒投篮，试图逆转取胜，然而你的对手却负责决定这个虚拟球到底会不会投进虚拟篮筐——所以，电脑可以任意决定你输还是赢。整个游戏根本就是狗屁。

但我们还是坐在我的沙发上玩了起来，约翰是科比·布莱恩特领军的湖人队，我则是芝加哥公牛队，队长叫皮埃尔·巴掌男（我们可以自己替队员取名字）。莫莉和天气主播事件已经过去了一个小时。

"那个，"约翰瞄瞄他的表，"你觉得警察找韦克斯勒谈过了吗？"

"谁？"

"丹尼·韦克斯勒，那个运动主播。警方会问他气象主播的谋杀案吧？"

"莫莉咬死了气象主播，警察记录上会写犬只攻击，这样就结案了。莫莉已经死了,所以……"

"你知道你很蠢吗?我们是不是该打电话给马尔科尼?"

我耸耸肩。"随便你。嘿,你知道韩国电视史上收视率最高的节目是八十年代的美国电视剧《乔妮爱洽奇》吗?原来韩文里的'洽奇'是'老二'的意思。"

约翰把游戏暂停。

"超过十点了,我要转台看一下电视新闻有没有报道。"

他在我来得及反对之前就转台了,我立刻想起为什么我痛恨当地的新闻节目。我们看了一段长长的肯·菲利普的纪念影片,播出的旧新闻画面中,这个笨蛋站在淹到膝盖的洪水中,狂风猛吹他的麦克风;另一个画面则是摇晃的摄像机镜头试图追逐地平线的龙卷风,他大喊着报道的内容。

播完影片后,新闻跳到当地养老院的八卦消息,爆料清洁人员用同一盆水清洗便盆和餐盘;接着报道了一起火灾,不过要不是摄影团队及时拍到美丽的火焰,这起火灾绝对不会上新闻。接下来进入体育时段,我承认这个部分比较……不同。

首先有件事很怪:画面切到丹尼·韦克斯勒和新闻主播的二分画面时,丹尼的脸是黑的——我马上了解到为什么克里斯觉得他戴了面具。乍看之下,他看起来像戴着黑色的滑雪面罩,只是眼睛处没有挖洞。

然而,画面切到他的脸部特写时,我们马上发现黑脸的感觉不只像面具——丹尼·韦克斯勒的脸看起来像是用固态影子雕出来的。当然只有我和约翰看得到,因为其他主播并没有显得惊慌失措,至少在丹尼·韦克斯勒开口之前都很正常:

"我是丹尼·韦克斯勒,现在替您播报第五台体育新闻!(不具名小镇）橄榄球队再次被命运捅了一刀，他们把充满气的粪球带过草地上粉笔线的次数比对手少太多，因此在季后赛第一场比赛就惨遭落败。请看黄蜂四分卫米凯伊·沃尔福德，他像个智障一样挥舞着右手，想把球传给显然只有他看得见的对手，然后，球被拦截了。传得好，智障！接下来是斯巴达后卫德里克·辛普森，踢着那两条黑鬼腿跑过球场，就像采棉花机上的活塞。哦，这次擒抱的主意不错，小黑！我敢说如果对方后卫全身都是老二，你就可以扑倒他了吧，小黑？可惜他没有，所以最终比分是四十一比十七。希望每位死斯巴达人嘴上都有一坨粪。克洛克万岁。"

丹尼没机会念完剩下的新闻快报，因为画面突然转回女主播身上，她显然看起来很震惊，对着屏幕宣布休息一下后马上回来。画面转成了广告。

约翰关上电视，我认命地长叹一口气。我们什么也没说，穿上外套走出门，顺道在我的工具间停了一下。

第五台新闻总部的病态肥胖警卫说韦克斯勒提早离开了，这时我们差点放弃，不过约翰想到可以用电话簿查韦克斯勒家的地址，让我们终于有所进展。

稍微迷路后，我们开进韦克斯勒家的停车场，看到一辆别克轿车，车牌是5SPRTS。我们争论一阵后，断定车牌一定代表"第五台体育"，因此一定是韦克斯勒的车。

"你还带着薄荷糖吗？"约翰问道，我们大步走向四层楼的公寓，"你先敲门，韦克斯勒来应门的时候，你就把几颗糖塞进他嘴里。"

"如果他很正常，我们就按兵不动，只要问清楚关于莫莉跟其他的事，他知道多少说多少就好。如果给他吃颗薄荷糖就能解决问题，那很好；如果不行，我们就留言给马尔科尼博士，然后赶快开车走，一直开到镇名不会出现在《诡异真实小故事》这种书里的地方。马尔科尼可以过来拍个新节目或是写本新书。"

我拿着我的旧式手提音箱，约翰背着背包，里面装了好几样他从我工具间拿的东西。我把音箱放下，喇叭对着紧闭的门，约翰拉开背包，拿出他自制的武器——一根棒球棍，顶端用电工胶带绑了一本《圣经》。他举起棒球棍，我按下"播放"键。

音箱播出灰姑娘乐队的《失去后才知道曾经拥有》，流畅却尖锐的音乐响彻走廊。

我们让音箱播完整首歌，住在同一走廊的一名男子困惑地探头出来，一看到约翰和他的棒球棍就赶忙关上门。韦克斯勒的门还是紧闭着。

我们关掉音箱仔细听。门的另一侧还是一点声响也没有。我试着转动门把手，发现门根本没锁。我朝约翰示意，他就举起带《圣经》的棒球棍钻了进去，不过我的意思其实是"等等，我们应该再考虑一下"。

我不情愿地跟着约翰进去，让大门敞开。

大门敞得很开。

室内开着灯，但没有人在家。电视开着，看到我和约翰出现在屏幕上时，我吓得跳了起来。然后，我看到房间另一端的三脚架和摄像机对着我们，对准我们面前的沙发，显然是架在那里录坐在沙发上的人，让电视直接播出画面。可沙发上现在没有人。

我们分头很快地搜过小公寓的五个房间，但整间公寓都弥漫着空荡荡的氛围。等我探进最后一扇门，我的心跳已经恢复原速。里面一个人也没有。

韦克斯勒的公寓很整齐,但非常拥挤——家具太靠近电视,如果超过两个人在餐桌吃饭,就得把桌子从墙边拉开。卧室里贴满了电影海报。标准的单身汉公寓。

"阿卫!这边!"

我跑过去,看见约翰斜躺在卧室的地上。

"约翰!你在——"

他一看到我就坐起来,双手直直地伸出来。他一只手拿着一个折起来的大信封,撕开的封口皱成一团,另一只手则拿着一个银色的小罐子。

跟我的小药罐一模一样。

约翰说:"就放在床底下。"

我长叹一口气。"他妈的见鬼了。"

"是啊。"

我坐在床上,慢慢摇头。"老兄,这种事再来一次我可受不了。"

"你看。"

他把信封交给我,我将信封摊平,看到地址写得非常潦草,绝对是男生的笔迹。

「第五台新闻记者凯西·博茨收」

……下面写着电视台的邮政信箱号码。

约翰说他记得在刚才的新闻节目里看到她了,养老院的新闻就是她播报的。所以,如果你有大发现要昭告全世界,譬如来自X星球的黑色油状黏液,你就会把证据寄给凯西·博茨;至少詹姆·吉姆·沙利文会这么做。

我会这么说,是因为吉姆的名字被草草地写在发件人栏,下面接着一串我看到都会背的地址——一直都写在"我叫莫莉。请送我回到……"后面。

我用手擦擦嘴，努力开动脑筋。我说："吉姆也有'酱油'。"

约翰耸耸肩。"大概吧。"

"他为什么不告诉我们？"

"就像你也没告诉别人一样吧。出事那天晚上，我还很意外吉姆待到那么晚，连看到针头也没逃走，但是搞不好他其实知道会发生什么事，才留下来想控制状况。况且他也在试着告诉别人这件事啊，他都把'酱油'寄到该死的电视台了。"

"在他死掉之前。"

约翰又耸耸肩。"可能吧。"

"死家伙，我就知道他没有把每件事都告诉我们。早知道我们就该逼问他，把事情搞懂才对。所以他也从牙买加人那儿拿到了'酱油'？"

"我想是吧。"

"那牙买加人的'酱油'是从哪儿来的？"

"不是假发怪吗？"

"什么？你以为罗伯特·马利偷偷养了一大群假发怪吗？才怪，你说'酱油'来自那些怪物，就像说品客薯片来自薯片桶一样。'酱油'有自主思考的能力，那些怪物只是载体而已。还有这些一直冒出来的小银罐，我们在五金行买不到这个——一定有人供货给罗伯特。"

我几乎想要建议打电话给警察德雷克，但想到一半又打消主意，我猜他会问一堆关于拉斯维加斯事件和失踪警探的问题；我想打电话给马尔科尼，又觉得机会渺茫，虽然约翰找到他办公室的电话，但那毕竟不是装在他床头的紧急热线,打过去只会进到复杂的语音系统,问我们要不要买他的DVD。

我晃回客厅,坐到沙发上,看着电视屏幕上的我同时坐下。我朝自己挥挥手。我看起来很消沉、颓丧,累得仿佛倒在人行道上就会睡着,路人还会停下来投点零钱给我。

约翰走进厨房,不知道在做什么,一下拉开抽屉,一下又叮叮当当地拿盘子。一分钟后,他在我旁边坐下,手里拿着一个三明治和一瓶汽水。

我注意到电视上方的录像机正在录摄像机的画面,于是按下"停止",然后再按"倒转"。

约翰伸向茶几上的录音机,他跳过十一通没意义的留言,才听到风暴追客肯·菲利普的声音:

哔。

"丹尼?我是肯。老兄,听到留言后记得打给我。我不希望你误会,克里斯一直是我的邻居,我很久以前就认识她妈妈了——我只是想告诉你,我们那天在聊天没错,但我们都在聊你,丹尼。你最近这样怪里怪气的,吓到她了。总之打给我,丹尼,我带六罐啤酒过去,我们好好闲聊一下。
老兄,希望你没事。"

哔。

我把录像带倒到最前面,开始播。一开始,镜头只拍到空沙发,然后丹尼·韦克斯勒进入画面,瞄着电视上的直播画面。他坐下来,

身穿有汗渍的上衣和牛仔裤,看起来精疲力竭、疲惫不堪。越过他肩膀上方,可以看到我们刚走进来的大门。他说:

"嗨,亲爱的,你在吗?如果在的话,回答我一声吧。"

我看看约翰。"他在跟摄像机后面的人说话吗?"约翰没有回答,只是疑惑地眯起眼睛。韦克斯勒继续说:

"别担心,不用怕。"

一阵停顿,韦克斯勒静静地看了摄像机好几秒。

"说'哈啰'就好了。"

又停了一阵子。

"我知道,这几个礼拜很不好过。宝贝,我做了一件蠢事,现在抽不了身,你绝对无法想象是怎么回事。"

"太诡异了,"约翰说,"好像只听到一半的电话对话。"

"如果我告诉你细节,你反而会希望自己还是不知道比较好。"韦克斯勒说,"但你已经知道我不是我了。我的灵魂来来去去,现在我没事,但每一秒我都得拼命维持掌控。我的力量不断流失,宝贝,我为了浮到表面、抓住控制的方向盘,得消耗好多能量。我只要一放松,它就会占据我的身体,取代我。我只能在一旁看着,无能为力。"

他激动地啜泣起来。

韦克斯勒滔滔不绝地一直讲,不时留下长长的停顿。

我说:"所以他嗑'酱油'了吧?"

"我想他嗑过,他可能以为自己吃了能增强体育新闻播报技巧的东西。现在仔细想想,好像也没错。"

"或者他没有吃,而是'酱油'吃了他,就跟'酱油丸'攻击我一样。那名女记者收到信封,看了一眼,认为吉姆只是个疯子,就把信丢进垃圾桶……"

约翰接着说:"然后韦克斯勒这个蠢蛋晃过来,突然好奇心作祟,想'这是什么',于是他把信封拿出来——接着恐怖的事就发生了。"

"把录像带快进到最后,看他离开之前有没有提到他要去哪里。"

约翰还来不及动手,屏幕上的韦克斯勒就颤抖一下,抬头往上看。灰姑娘乐队的《失去后才知道曾经拥有》充满了房间。

韦克斯勒跳下沙发,走出画面之外。几分钟后,我们看到自己从大门冲进来。

约翰和我从沙发上跳起来,仿佛屁股上装了弹簧。

"我们刚好错过他!"约翰尖叫,"就差一点点!可恶!"

电视屏幕上，约翰和我经过摄像机，开始在公寓里四处搜寻。屏幕中，我们头上出现一个形状。

某样东西攀在天花板上。

韦克斯勒。

在屏幕上，他头下脚上，沿着天花板爬到门口，抓住门框上缘，挤到门外的走道。他看起来毫无重量，动作跟蜥蜴一样快，然后化成非人的一团影子。

约翰抬起手提音箱，按下"播放"键，《我的甜蜜小孩》的音乐轰响着。他模仿电影《情到深处》里的约翰·库萨克，把音箱高举过头，冲向走廊。

我们咚咚咚地跑下楼梯，摇滚抒情歌曲在我们身后回荡，我们居然愚蠢地希望韦克斯勒还待在大楼里。

一分钟后，我们跑进停车场，约翰拿着手提音箱转来转去，抵御着黑夜。我们没看到韦克斯勒的踪影。

停车场空无一人。一首歌播完，我们像白痴一样站在那儿，胸口喘得起伏不定，酷寒的冷风冰冻了我脸上的汗水。

约翰说："或许他回电视台了。"

我耸耸肩。"或者去了肯家、克里斯家、医院，或那家二十四小时刺青店，或者他到机场正准备搭飞机去泰国。你知道我们应该先去哪里找吗？最近的无休面包店。"

我们拖着脚步绕过大楼，再次走过隔开访客车位和住户车位的低树丛。四周黑得不见五指，我抬起头，注意到停车场的路灯灭了——

——那也没什么好奇怪的——

而且天上没有月亮，黑得跟地狱一样。风有点凉，带来潮湿秋夜的寒冷，但我知道身上的寒意有一部分来自体内。恐惧从肠子开始蔓延到全身。

老兄，快回家吧，回到温暖又光明的家。你已经尽力了。都结束了，你找不到他，只有蝙蝠和强暴犯才会待在这么黑的地方。你已经尽力了。

我继续往前走，心里已经觉得自己做错了，完全错了。我紧抓着车钥匙，像握着玫瑰念珠，每踏出一步都踩碎地上的落叶。

嘎吱……嘎吱……嘎吱……

我眨眨眼，试图适应黑暗，却没有成功。寒风吹得我流下了眼泪，我的膝盖因为刚才冲下楼梯而有点酸，脚踝附近的毛发一阵发痒，每根神经都绷得好紧，仿佛在静静待命。

我又眨眨眼，勉强看到一点东西。停车场上只有两辆车，我的现代牌小车就停在六米之外，在云朵遮掩的低空黑暗中，蓝色小车的颜色显得更深。

我脑中突然闪过一段记忆中的画面：我们开进停车场时，车灯短暂扫过整座停车场，头灯的圆圈照亮平整的柏油路。这段记忆不知为何纠结在我的脑海里，怎么也想不透。我们继续走。

嘎吱……嘎吱……嘎吱……

有点不对劲。

回忆画面再次出现：车灯扫过停车场，照亮新铺好的停车位，深色马路上画着亮眼的黄线……

嘎吱……嘎——吱……

地上完全没有落叶。

嘎嘎嘎嘎吱……

我的脚踝又开始痒，我停下来低头看。

约翰在我身后大声尖叫。

地面开始波动。

不断震动，仿佛被暴雨击中。

地面开始扭动。

都是蟑螂。

我的脚上全是蟑螂，我惊叫一声，拼命想把裤管上的蟑螂拍掉，结果包和车钥匙都掉在地上。如果这是我们专属的幻想，那可真是模拟得无比真实。有一次在我半睡半醒之际，一只蟑螂爬过我的脖子后方，那种感觉非常独特，我绝对不会搞错。

眼前的状况非常真实，真到我全身又痒又痛，心脏跳得飞快，皮肤上感觉有触角爬过——搞不好真的有蟑螂爬过。当下我非常确定小虫不但在我的皮肤上，还爬到皮肤里，钻过肌肉组织，细长的腿踢过一丛丛神经。

我的脑袋一片空白。

你应该觉得现在我看到什么都不会惊讶，但你错了。比方说，我低头看到掉到地上的车钥匙正离我而去，仿佛往下游漂走，我可是惊讶得不得了。

它们拿走了我的钥匙！小强偷走了我的车钥匙！

我小跑着奔向车子，全身有一百个地方在痒。这时我发现车身烤漆的颜色不是因为秋夜而显得变深，而是因为有十万多只小强粘在上头。

我脱掉外套，把这些臭虫从车门和窗户上赶走；我拉动门把手，顺手压扁一只夹在手指和门把手之间的小强。我把门拉开——

车里的小强比外面的还多。它们在地板上积成一堆，全都溢出来掉到马路上，就像恶魔的吃角子老虎机流出来的头奖金币。虫子落到地上，发出类似烤培根的声音。

驾驶座上有一团东西，在蠕动的"小强之海"下看不太清楚，不过那团东西愈长愈大，开始蠕动，我才发现那整团都是小强。每只蟑螂都抓着彼此，扭动的脚纠缠在一起，愈叠愈高。

恐怖片中，超异能怪物在主角面前现身时，我们常常看到蠢蛋主角呆呆地站在原地，目瞪口呆地看着怪物，而不是转身拔腿就跑。现在我很想逃走，想做正确的选择，可是这是我的车啊，可恶。这是我唯一的车，如果要我每天走路上班，我还不如去死算了。

驾驶座上的小强团愈来愈大，最后变成六十厘米高凹凸不平的恶心圆柱。小虫如洪水般流过我的鞋子，爬上轮胎，越过挡泥板进到驾驶座；它们争相践踏，发出微弱的声响，好像有人在房间的另一头捣碎麦片。我还可以闻到它们的味道——像沾满肮脏食用油的老炸锅。

两条小圆柱从蟑螂堆底部伸了出来，像树根一样；圆柱悬吊在座椅前方，往地面愈伸愈长。这团东西现在有一双腿了。

我看懂了，这群蟑螂要组成一个人形。

嘿，这有什么奇怪的吗？

几秒钟后，手臂也出现了，最后则是头。一个完全用蟑螂做成的人类全身复制品安稳地坐在驾驶座上。

小强挤在一起组成的圆形头颅转向我，仿佛要对上我的眼睛。

它开口说话了。

"蟑螂没有灵魂，然而它们会动、吃东西、拉屎、交配和繁殖；它们没有灵魂，却过着充实的人生，跟你们一样。"

时间静止了，我和这只怪物一起困在这个瞬间。我开始说话，但我不觉得我的嘴巴在动。

我说，或想："你是谁？"

"你又是谁？克洛克的肚子吞过许多伟大的人，就像鲸鱼吞下一大群磷虾，对它来说，你算什么？它吞过比你高高在上的人，他们的欲望和野心在克洛克体内永恒消化、发酵成为痛苦，远超过历代人类所经历的苦难总和。各个世界的居民在它的肠子里被搅和在一起，每次克洛克放屁，便排出七兆灵魂的疯狂喊叫和迫切渴望，而且它真的会放屁。所以我再问你一次：死小孩，你又是谁？"

"我谁都不是，"我听到自己说，"我只是个小人物，你放过我吧。我没什么东西能给你。"

"克洛克喜欢苦涩的食物，它决定要把你卷在舌头上吞下去。你要我放过你。没问题，你会独自死去，吓到失禁，这就是我的预言。"

我眨眨眼，发现时间静止并不是我的幻觉——我们还停在原本的那一刻。透过"酱油"好几个月前赋予我的沟通管道，我直接在脑中听到这段对话。

小强人举起手，秀出我的车钥匙，然后发动现代牌小车，另一只手上蟑螂组合而成的手指抓住敞开的车门，把门关上。

小强人切换到倒车挡，从停车位倒出来，开向停车场出口。它打了右转灯，开进夜色中。我低头一看，发现停车场没有任何一只虫了。

约翰丢掉香烟。"可恶，我就知道会发生这种事。"

我颤抖着说："现在怎么办？"

"你还好吗？"

"它……跟我说话了。"

"它说什么？"

"就是……我不知道。"

"老兄，你要怎么跟保险公司申请理赔啊？"

我们听到身后传来引擎声，一辆白色福特轿车滑进停车场。车窗被摇下来，露出案发现场沙发上的女孩克里斯可爱的脸庞。我靠过去——很好，她的头还接在身体上。

"嘿，碰到你们真好。你们看到刚才的新闻了吗？"

约翰拎着背包跑过来。"嗯。韦克斯勒跑了，我们需要你的车。"

"什么？为什么？"

约翰绕到副驾驶座车门旁，说："我们要去追车。"

她微微一笑。"太酷了，上来吧。"

"等一下，"我说着，掏出那条经书薄荷糖，"拿去，吃一颗。"

"不好意思，你是？"她问道。

"我是这里唯一头脑正常的人。现在捕狗大队已经无法解决这个问题了，因为有别的东西介入——黑暗的东西。我说的是你觉得不存在的邪恶事物，包括恶魔、巫术、小鬼和大脚怪。我不管你相不相信——"

"好啦好啦，闭嘴。我当然知道今天晚上我看到了什么。"她伸手探进运动衫，拉出挂在细链子上的金色十字架，"看到了吗？如果我是恶魔、吸血鬼或什么怪物，我还能戴十字架吗？你到底要不要上车？"

我尽可能仔细地端详她，当场评估，最后上了车。她开出停车场，轮胎摩擦着地面，车子转向小强人逃走的方向。

这时路上一片死寂，我们呼啸而过，限速一直维持在一百二十公里左右。

黑得要命，没有月亮，没有星星，只有我们在这儿——

"那里！"约翰说。前方出现一对尾灯，不仅小而且间距很近，是我的宝贝爱车没错。这时我才发现我们没想过追上它之后该怎么办。克里斯显然也发现了，她问道："现在怎么办？"

"开到它旁边，"约翰说，"把它的车撞出去。"

"我才不要！这样谁要付——"

她放声尖叫，打断自己的话。我们靠得够近，让她看见驾驶座上的东西的样子了。"那是什么东西？"

"你不会想知道的，"约翰说，"不过不要怕，再靠过去一次，我想到好方法了。"

她一脸困惑，但还是转向前方，加速到一百二十八公里。我们开到蓝色小车旁边。"并排开。"约翰说着，一面摇下窗户。小强人也把窗户降下来，像卡车司机一样将小强手臂搁在车窗边，偶尔一只蟑螂会像蜡烛从手臂上滴下来，随风飘走。

约翰起身从窗口爬出去，脸旁的一圈头发被风吹得一团乱，我突发奇想，以为他要学影星布鲁斯·威利斯，飞扑到另一部车上。然而他只是往后靠着车身，用膝盖顶住车门内部，然后拉下裤子拉链。

小强人把小强头转向我们，刚好被风吹过去的尿喷得它满脸都是。怪物胡乱挥动双臂，扭曲颤抖，现代牌小车也在车道上左右摇摆。终于，小轮胎失去摩擦，整辆车从路边飞了出去，铲过野草，车头朝下翻过堤防，掉进一条阴沟里，溅起白花花的水花。

克里斯靠边停下，我们全都跳下车。

"你搞什么，啊？"我对约翰尖叫，"你他妈在搞什么？"

"嘿，我们拦住它了啊。"

"我们的目标是把车抢回来！我的车要完好无缺，而且没有被喷过尿!"

"你们看!哦,不会吧——"

黑色的东西。

从现代牌小车里浮出来。

一团黑色的羽状烟雾。

加上一双闪亮的眼睛。

我感觉到了,仿佛那个影子人向我伸出手,冰冷的手指穿过头骨,往下摸过脊髓。

接着它消失了,无声无息地溜进夜色里。我听到克里斯倒抽了口气,她用手捂住嘴巴,眼睛瞪得老大。

约翰说:"它们在这儿,阿卫。它们在这儿,它们在这儿,它们在这儿,它们在这儿!该死!"

我嘶声说:"它们是什么东西?"

"我不知道,马尔科尼的书里可能写过,但是我没看完,前两章之后剧情进展得好慢。"

我对克里斯说:"别担心,它大概离开了。你有看到吗?"

她摇摇头。"我感觉到它穿过我,非常沉重,就像——像这里的一切都不存在,只是一片虚无,不管到哪儿都一样。我们可以看到物体的分子之类的,但那背后什么都没有,只有冰冷和黑暗……"

她安静了下来。

我对约翰说:"小强人跟我说话的时候提到了克洛克,跟莫莉一样。"

"那只怪物就是克洛克?"

"不是,这我很确定。"

克里斯完全没听我们说话,而是注意看着撞毁的现代牌小车,车身有三分之二泡在死水中，车尾像泰坦尼克号一般直直地伸向空中。

"可恶！那是什么？"

五厘米厚的蟑螂从车子附近漂出来，像一层光滑的油，东一块西一块，甚至还保有四肢的形状。车里漂出来六个老旧的快餐店塑料袋，像浮标一样漂在一边。

"小强，"我说，"你看得到吗？"

"是啊，它们是从哪儿来的？"

"我的车很脏。"我转向约翰，"影子人对这些虫子做的事，我觉得它之前也是这样控制的莫莉，直接占据了它的身体。"

约翰说："我想韦克斯勒也是吧。所以影子人有这种能力。"

"这样很糟啊。接下来怎么办？"

克里斯问道："它们是恶魔吗？"

"这个嘛，它们很坏，"约翰说，"你刚刚也看到它们偷车了。"

"莫莉！"

克里斯指向马路。

果然没错，一只狗站在大约二十米外，它要不是莫莉，就是一模一样的复制品。

约翰对我说："它是鬼吗？"

"克里斯也看得到。"

"那就是僵尸了。好吧，至少它站在地上，这是好事吧。"

莫莉叫了一声，然后往远方跑了几步，又转过来叫了一声。

约翰对克里斯说："它要我们跟它走。"他直接对她说，而没有问我，完全不让我参与决定。浑蛋。

我看了手表一眼。"有人想去丹尼斯家庭餐厅吗？搞不好这件事到时候就会自动解决了。"

他们俩都走向车,我开始列举这个计划的愚蠢之处。等我列完的时候,我们已经开车上路,铁锈色的狗在车灯前奔跑着。

这只狗虽然今晚稍早的时候才被炸成两半,现在看起来却非常健康。几分钟后,它转弯跑下马路,越过一大片杂草、碎石和残破的水泥块。

我们来到了死城大卖场。

我们都这么称呼未完工又荒废已久的不具名小镇购物中心。镇上本来有四千万美元可以用来减税或投资公共建设,结果却全砸进这项计划,五名投资人中有三名失踪(我总是想象他们三个人同时朝彼此开枪,就像电影《落水狗》里演的那样)。经过三年和三十场官司后,浣熊都在一百五十间空店铺中筑巢了,雨水也在走廊上积起水洼。

大卖场就这样坐落在黑暗中,不断地崩解腐烂,像慢慢被侵蚀的动物残骸。

莫莉蹿向卖场,被黑暗吞噬。

克里斯说:"我们要跟它进去吗?"

这时收音机突然被打开,曼陀林前奏响起,是 REM 乐队九十年代早期的歌《失去我的信仰》。约翰和我的反应都很激烈,克里斯却一派正常。才过了几秒钟,我就发现歌词跟主唱迈克尔·斯蒂普写得不一样。


"哦哦哦,刀子

加上黑人

等于你,犹太人死定了……"

"我知道镇上有些人,"约翰说,"可能比较喜欢这个版本。"

"你也听得到?"

"对啊。"

克里斯问:"听到什么?"

"没事。你看那边的垃圾桶,"约翰说,"韦克斯勒的车。"

5SPRTS。

"好吧,"我说,"我们也没别的方法,只能两手空空地进他妈的空屋了。"

约翰打开背包,拿出一个长长的铁制手电筒,打开开关确定可以用之后,他又掏出一团擦手巾,交给我。

我摊开擦手巾,发现是一把不锈钢手枪,正是赌城事件时我从小货车里偷来的那把。我本来打算把枪扔了,或者丢进河里,不仅因为这是赃枪,还加上我知道这把枪落到我手里之前,至少已经用来抢过四家酒商,杀了两名警察。

"枪怎么还在你那里?我以为你会处理掉。"

约翰耸耸肩。"一直没时间。我藏得很好,而且刮掉序号了,应该很安全。"

我把弹匣退出来。

"搞什么?为什么弹匣是满的?"

"哦,阿头买的子弹。一个月前他跟我借枪,我以为他拿去威胁某个家伙——不过他马上就还给我了。"

克里斯说:"你不会对丹尼开枪吧?如果他被附身了,你知道这不是他的错。"

"你说你会上教堂吧?"我问道,"你知道怎么驱魔吗?或者类似的仪式？"

她摇摇头。

"你熟悉《圣经》吗？"约翰问道，"你可以告诉我们哪一段有咒语和魔咒，然后站在这里念就好了。"

她只是瞪着他看。恶搞版的歌曲继续唱到副歌。

"我在A片里
我在镁光灯下
失去我的信仰
试着揍拘谨的犹太人……"

克里斯从她的袋子里拿出一根塑料制的黑色小棒子。一开始我以为是手电筒，然而她按下按钮，一道蓝色火光蹿过棒子末端。

"这是电击棒，应该说是电击枪。我袋子里应该没别的东西了。"她又翻了一阵，"指甲锉刀……"

"没关系，走吧。"

我们三个人走向眼前蔓生的建筑，心脏扑通扑通地跳。大家都非常安静，只听见鞋子踩过碎石的声音。

我走向韦克斯勒的车，举枪慢慢靠近车窗。

里面没有人。

我们面前耸立着一座生锈的高大铁框，我认为这应该是原本正门前华丽的遮雨棚；铁框下有一排巨大的窗户和许多扇门，统统用木板封住了。

木板上画满了涂鸦，其中有几个六十厘米高的粗体字，走近一点后，我们发现字母会扭曲，在微微动着。

蛞蝓。

数百只蛞蝓爬上木板,排出一个词,我很肯定是"克洛克"要给我们看的,虽然我不知道它是谁:

你们死订了。

它写错了字,可不是我写的。

有块木板从外框上稍微脱落,八成是韦克斯勒先生的杰作。

约翰说:"阿卫,你有枪,你应该先进去。"

"你有音箱啊!况且如果我进去,马上就嗝屁了,你们也没戏唱了;但是如果你被攻击,我还可以拿枪救你。"

"或许应该叫克里斯先进去当诱饵。"

她走向缺口,但我把她撞开。

我才踏进大卖场三十厘米就闻到扑鼻的恶臭,像是发霉、腐肉和死老鼠的味道。

每一间空店铺都被木板封死了,我们面前只剩下一条长到不可思议的走道;地板上散落着纸杯、糖果包装纸、烟蒂和各种青少年会留下来的东西,我还踩到一个用过的避孕套。

室内唯一的光源来自整栋建筑屋顶上的巨大天窗,有些部分钉着木板,剩下露出来的玻璃则爬满像蜘蛛网的裂痕,被小山般的落叶遮蔽。我们走过钉有木板的地段时,根本等于走进彻头彻尾的黑暗当中。

约翰打开手电筒,用手提音箱大声播放起音乐。

是克鲁小丑乐团的歌《亲爱的家》。

我们化为死寂空间中的一圈诡谲灯光和音乐,继续前进。

有声音传来。

是鞋子擦过地上瓷砖的声音。

我举起枪。

"韦克斯勒?"

没有回应。

我们走到大卖场的转角,走道往右转了九十度。澎湃的血流撞击我的耳朵,手汗弄湿了手枪的握把。

我们前方又传来鞋子擦过瓷砖的声音。

笼罩在影子中的东西。

不是鞋子。

是蹄。

而且动作很快。

来者跟人一样高,走进一抹月光下。

约翰尖声骂了一句脏话。

我扣下扳机。

枪响划破空气。

克里斯惊声尖叫。

枪管冒出黄色火光,我在黑暗中瞥见棕色绒毛和一对大角——一头鹿?

或许眼前的生物过去确实是鹿,不过它多了好几双眼睛,两个鹿角尖端都变成类似龙虾的尖爪,好像头戴海产餐厅的创意吊灯。现在回想起来,我觉得它是我见过的最蠢的动物。

它跌跌撞撞地朝我们靠近。我胡乱射出的子弹终于打中目标,在它的胸口和脖子上开出一朵朵红花。

它试图逃跑,转身将肋骨面对我,反而害腰侧也挨了几枪。变种鹿倒在地上,在肮脏的瓷砖上挣扎,留下一地红色的污渍,像小孩用指头画的画。

它抽搐了最后一下，然后就不动了。

我的手不停地颤抖。手枪看起来好像坏了，上半截比剩下的部分突出快三厘米，我研究了好几分钟，才弄懂子弹射光就会这样。我按下按钮，拿下空的弹匣。目前弹药保存得还不错。

我们走近倒地的变种鹿，沿路踢开铜制弹壳。我用脚踢踢它毛茸茸的腰，感觉跟一般的死鹿一样结实。我转向克里斯，问道："你看得到吗？"

她点点头，眼睛还是瞪得老大。

"啊，你们看！"约翰惊叫，"它的屁股！"

鹿的屁股开始融化，像蜡烛在地上积成一摊，才不到一分钟，整只鹿的后半部分已经变成地上的一摊棕水。它的肋骨很快也坍了下去，像感恩节游行时被戳破的气球，随着前脚和头扁下去，它后半部残留的液体在我们面前蒸发，只剩下干燥的地面。

整头鹿只有身体中央一块没有融化，留在粉色和褐色的黏液之间。那是一个方形盒子，大约十五厘米宽。

我把盒子踢到一旁，等上头的黏液消失。我发现那是一个绿黄相间的盒子，上面标着……

"霰弹枪子弹，"约翰说，"可惜我们没有……"

他愈讲声音愈小，视线转向墙边的一个木箱，里面八成装满地板瓷砖或电线，还有其他大卖场的建材。

约翰用力踹了木箱好几脚，踢破木板。他把手伸进破洞，拿出一条深色的塑料和铁块。我早就猜到那是一把霰弹枪。

黑暗中传来低吼，紧接着是爪子的抓地声。很多只爪子。

我抓着手中没了子弹的枪，愚蠢地瞄准黑暗。约翰拼命将子弹装进霰弹枪里。

"哇，这么晚了！"阿尼说，起身准备离开，"王先生，今天能和你聊聊非常开心，但我真的该回去了，我还得开六个小时的车呢。你的故事可能没办法赶在下个月刊出，但我保证不会拖太久，上面可能希望在万圣节的时候报道。"

"阿尼，拜托，你都大老远过来了，不要抱着这种态度离开。"

他从口袋里掏出车钥匙。"我已经说过，我不是来批评你的。霰弹枪或许是盖屋顶的工人留下的，搞不好那头鹿受不了当地的猎人，于是吃了其中一个人，包括那个可怜人放在口袋里的子弹。"

他从内里口袋掏出一根雪茄，塞进嘴里。

"不对，不是这样。我猜占据韦克斯勒的怪物有能力召唤这些东西，想杀掉我们，但是韦克斯勒的灵魂还在体内，他从另外一端出手想帮我们。他也吃了'酱油'，并且运用了'酱油'的能力。"

"你讲完拉斯维加斯的故事后，我不是说我没听过这么蠢的故事吗？"

"你没说。"

"好吧，我是没有讲出来而已。但我发现我应该向拉斯维加斯事件道歉，因为和刚才这个故事比起来，赌城事件听起来跟经典小说《愤怒的葡萄》一样严肃。再见。"

阿尼走向出口，我跟着他，顺道赶快在柜台付了账。

"等一下。"我结结巴巴地说，他推开门走出去。"我跟你说，我有现代牌小车车祸的所有数据。保险公司来拍了事发现场的照片，虽然只看照片看不清楚，但他们的报告里有描述现场状况，包括死掉的蟑螂。隔天早上我回到现场，拿了一只蟑螂手——那堆蟑螂粘在一起，组成手指的形状——现在这只手就在我家……"

阿尼一句话也没说，甚至没有点头。

"就在我工具间的瓶子里，我可以拿给你看。你自己想想看，谁会假造这种东西——在家用胶水把一堆小强粘在一起？'亲爱的，你在做什么？''哦，我在做蟑螂手，这样记者才会更相信我的故事。'"

阿尼说："你说你在拉斯维加斯杀了那个孩子？弗雷德·朱？假设我去调查他的失踪案件……"

我顿了一下。"没关系，记录你都查得到。我一开始就说了，我没有骗你。"

"所以你承认你杀了他？"

"没错，虽然没有正式记录。"

"那么另外那个死掉的孩子，吉姆——"

"他也真的死了，你可以去查。"

"我已经查过了。不过吉姆可能会把弗雷德的事告诉警察吧，说你杀了弗雷德？他当时显然不太高兴。"

"我——我不知道，也没办法知道了。"

"吉姆死掉对你来说不是刚刚好吗？"

"去死吧你。"

"你还不懂吗，王先生？你的故事充满荒谬的蠢事，但只要提到真实的事件、可以证实的事，就全都是重罪——死掉的孩子，失踪的孩子，失踪的警察。我这么做也是为你好，我们就当作今天没见过面吧，因为我实在不想听你说下去了。"

他拉开一辆白色雪佛兰骑士车的车门，钻了进去。

"等一下！"

我跑到车旁，绕到副驾驶座，用手掌轻轻拍打窗户。阿尼迟疑了一下，然后伸手打开门。我探头进去。

"我可以坐下吗？"

他又顿了一下，显然不想再跟我耗下去，却又不确定该怎么甩掉我。或许他担心我很危险——如果遭到拒绝便会跟疯子一样抓狂。他抱起副驾驶座上的一堆笔记本和活页夹后，我坐进车里，将脚放在一堆录音器材和录音带旁边。

"拿去，"我说，"看一下。"我从口袋里掏出一张折起来的纸，"我塞在裤兜里一整天了，所以有点皱又有点……呃，湿，不过你读一下。我从马尔科尼博士的书上印下来的。"

| 一百九十二页 | 科技的彼方 | 艾伯特·马尔科尼博士 |

看起来像一瓶大猩猩吃过又吐出来的腌蛋。

这场奇怪的仪式是为了祭拜一名神祇，神的名字听起来像"克达克"（这个部落没有书写文字）。我听说每个人身上都有这位神祇的标记，而今天我有幸目睹每位成员在成年时进行的烙印仪式。

那位年轻人被迫裸身趴在毯子上，接着祭司拿出一个陶瓶，里面装着马蝇扭动的幼虫；祭司将幼虫摆在年轻人的背上，排成克达克的符号。幼虫咬穿了皮肤，在他身上钻出一厘米深的洞。我听说，依照仪式规矩，幼虫将在年轻人背上温暖潮湿的坑洞中停留七天，如果年轻人耐不住痒，伸手去抓，他便无法通过成年的考验，必须再等一年参加仪式。

等到第七天，祭司取出幼虫，敷好伤口，幼虫咬出的路径将在年轻人背上留下疤痕，这就是克达克的"标记"。祭司给我看烙印后的符号，我惊讶得将嘴里叼的烟斗掉到地上。

这个图案长得像圆周率的符号，只是往左旋转了九十度。一个月前，我在曼彻斯特见过一名儿童在恍惚之际画出同样的符号。

我一回到利马就打电话给埃及古物学家哈莱纳博士，我们在信号很差的电话两端大叫，他向我描述他们在遗址找到的象形文字，那里距离我的所在地几乎有一万两千公里远。

他告诉我的消息实在太让人震惊了，我几乎站不住脚。我坐在饭店地板上，一边思索这项发现的重大意义，一边寻找我的小酒瓶。

哈莱纳告诉我，埃及古物学家已经知道有位名叫库克的埃及神祇（在埃及的八元神宇宙中，库克是代表黑暗和混乱的青蛙神）。然而哈莱纳认为，他意外找到一个古埃及邪教，崇拜库克鲁莽且暴力的儿子克洛克。这名神祇的象征图案是一名遭两根长矛刺穿的男子，一根刺中嘴巴，一根刺中下体，正好是人类欲望的两个中心。

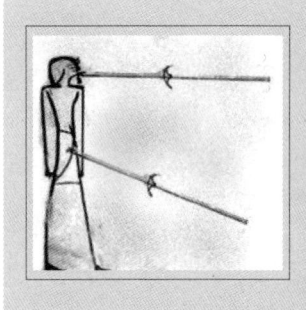

根据这个邪教的神话，冷酷大胆的奴隶神克洛克利用人类的肉体欲望，诱使他们走向自我毁灭，并以此为乐。

我把哈莱纳教授告诉我的象形文字和笔记本上画下的克达克符号叠在一起，两者的形状几乎一模一样。目前我们知道地球上有三个人，他们住在世界不同的角落，彼此相隔遥远的时空，却分别认出同一名神祇。

这是科学家用来证实超自然现象最好的证据。

我花了一天时间回到村里。我实在太兴奋了，祭司叫几名大汉把我架住，又逼我喝下一种魔药，好"冷却我脑中的灰烬"。过了一会儿，我有时间和祭司单独谈谈，便问了他克达克和符号的问题。

他告诉我这个符号代表克达克本人，他说克达克是一个年轻的神，个性急躁，如果不高兴便会突然暴怒。符号中的竖线是他的身体，上方的横线是他吐出来的东西，第二条横线则是他的尿。村民认为克达克热爱过量饮酒，每当他喝醉，就会干预人类的事务，造成重大灾难，村民则借此解释世界上所有的苦难与不幸。

阿尼扫过这篇文章，长叹一声。

"你看到了吗？那就是克洛克。那个符号就印在莫莉脚上，也印在……你是记者，应该知道这些独立的资料来源都证实了同一件事。虽然听起来很夸张，但这些就是证据，对吧？"

"王先生，你要我说什么？你到底要我做什么？"

"我需要把这件事告诉别人，我得讲出来才行，不然等到……"我摇摇头，找不到话说了。

"等到什么？等到怪物在巷子里抓住你，把你吃掉吗？"

告诉他埃米的事。

"不是，我不是这个意思。好吧，其实也有可能，但我讲的状况更严重。"

阿尼叹了口气。

"听我说就好，"我带着哀求的语气说道，"再听我说一点，你就会懂了，你就会了解这件事有多重要，我说真的。"

阿尼又叹了口气，看向停车场的另一端。"王先生，我没时间，现在已经很晚了。"

"我知道，只要……我需要你开车去一个地方，到了之后，我可以让你亲眼看看，事情就会变得简单很多，你就会知道什么是真的，什么不是。"

"去哪里？"

"大卖场，那个大卖场。"

他狠狠地盯着我看了好一阵子，大概在判断如果我抓狂想咬穿他的脖子，他有没有办法制服我。显然他觉得自己的体能比我好，因为他转动车钥匙，发动了引擎。

"从停车场那边出去右转。"

在大卖场洞穴般的走道上，跑动的脚步声愈来愈大。约翰将霰弹枪上膛，举在胸前。

夜巡者合唱团的歌《基督教姐妹》愈唱愈慢，变得断断续续，最后完全静止下来。手提音箱的最后一点电也用完了。

抓地的爪子。

飞快靠近。

两道灰色的影子。

我们眼前出现了两只公土狼，一身黯淡的毛皮配上红色的眼睛，它们一看到我们就立即停下，深吸一口气，喷出浓浓的火焰。

我们三个躲到木箱后头，约翰拿着霰弹枪趴在箱子上，开枪在第一只土狼的头上打出拳头大的洞。然而他朝第二只开枪时却打偏了。

他把枪上膛。

开枪。

又打偏了。

土狼朝我扑过来，像橄榄球后卫把我撞倒。它站在我身上，吐息闻起来像烧焦的电线。它深吸一口气，我知道它喷出的火焰会把我头骨上的肉全部烧掉。

一只手伸过来。

直接打中土狼的腰。

克里斯按下电击枪的按钮。

蓝色火光迸了出来。

土狼的肚子装满了可燃气体，马上就跟兴登堡号飞艇一样爆炸开来，毛茸茸的肉块打中我的脸，一颗美丽的橘色火球朝玻璃屋顶直飞上去。

我挣扎着站起身，绷紧发烫的脸，伸手抹掉脸上黏答答的红色肉块，一边大声咒骂。我不确定裤子上沾的是土狼血，还是自己的尿。

某样沉重的东西掉在我的鞋子上，弹到了地上。约翰打开手电筒，照亮地上的一盒子弹。

盒子旁边有一把钥匙，上面刻着数字"1"。

"钥匙。"约翰说，重新替霰弹枪装起子弹，"很好。如果我没搞错——我想我应该没错，我们必须到处找这扇门。打开门之后，我们会碰到很多怪物，而且可能是一群长得一模一样的怪物；我们要杀光怪物，拿到另一把钥匙，用来打开另一扇超大的门。在那之前，我们应该会拿到更好的枪，不过我们可能要走点回头路，大概会搞得很累又很烦。"

"哦，去死吧，"我说，"我哪儿都不去。"我坐在地上，打开子弹盒，试着把一颗子弹装进手枪。子弹大小完全吻合。嘿，这有什么好奇怪的！我开始将子弹一颗颗装进弹匣里。"你自己去找那扇门吧。"

一声钢铁巨响响彻走道。

我们马上进入备战状态，子弹从我的大腿滚到地上，朝各个方向弹开。

前方一样巨大的东西从天花板降下来，挡住我们的视线，铿锵巨吼随着碰地声停止，我们全都吓得跳了起来。

我们举枪往前走，看到那是一扇巨大的铁卷门，大卖场关门时都会降下这种门封住入口。

"嗯，"克里斯说，"我猜就是这扇门了，下面门闩附近有个钥匙孔。"

"好吧，"约翰点头说，"好吧，大门，我没想到会这么早出现，不过没关系。这表示门后面就是大魔王,史上的无敌大坏蛋。"

他对克里斯说:"我希望你做好准备。我们不确定占据韦克斯勒的恶魔把他变成什么样子了,他可能会长触角,有一堆眼睛,或只有一只眼睛。我不确定门的另一边有什么,但我保证一定比我们碰到过的浑蛋还要可怕——"

"克里斯!"

声音从我们身后传来,我们转过身,我不自觉扣下扳机。手枪发出咔的一声,原来我没有把枪上膛。

韦克斯勒踏着蹒跚的步伐从阴影中走出来,他脸色苍白,但外表很正常。我随意地摆出持枪的姿势,才不会马上被他发现我刚才差点开枪杀了他。

克里斯朝他走过去。

"不要过来,"他说,"离我远一点。它还会回来,随时都可能回来。"

他弯下腰,开始剧烈地咳嗽,血喷到地上。

"老兄,"约翰说,"我们送你去医院,我们会保护你——"

"不,听我说,我快不行了,我已经要四分五裂了,等它再回来,我就撑不住了。你们熟悉这个地方吗?"

"你是说整座小镇吗?"约翰说,"你不用多问了,我们是专家。"

"不,不,我指的是那些门,这个大卖场——"

他又剧烈地咳了起来。

"——地底下或某个地方的门,我不知道在哪儿,可能是藏在这个大卖场或其他屋子里。"

"这些可以等一下再说。"我说,"影子人在哪儿?就是那个附身在你身上的东西。现在它在哪儿?那扇门后面吗?"

"它还会回来,到时候不要阻止它,让它进到我体内,然后杀了我——"

克里斯尖叫:"不行!丹尼!"

"——杀了我,然后烧掉我的尸体,把整个大卖场也烧了,埋住我的尸体。如果还有其他的门,你们得统统找出来,把门也烧了。我看干脆不如把整座小镇烧了,以防万一。"

"门?我不懂——"

丹尼咳了一声,吐出一口血,又咳了几下,一直干咳到昏过去。

克里斯跑过去,怎么叫他都没有回应,不过他还在呼吸,于是我们把他拖到墙边,让他靠墙坐着。

约翰和我拿枪对着他,静静等待着。

克里斯来回看着我们,然后说:"你们两个在干什么?"

约翰和我互看一眼。

"呃……这个嘛,"我温顺地说,"我们在等怪物回到他体内,我们才可以,呃……"

"我们不能杀他。"

在我看来,这家伙反正也快挂了,与其被躲在门后的不知名怪物吃掉,杀掉他真的比较合理。我们不是应该尊重他的遗愿吗?

然而我们无法说服克里斯,她拿起钥匙,开始试着打开大门的锁。

我叹了口气,走到她身边,双手握着枪。约翰把她推开,蹲下来抓住铁门的门把手。

克里斯从口袋里拿出电击枪。

约翰抬头看着我们,说:"我们不能分开。要找出大魔王的弱点,比方说眼睛之类的。如果房间里有木箱,你们就掩护我,我去把盒子打开,看里面有没有火箭发射器。要是你们哪个人发现巨大的、绿色的斑点蘑菇,记得放到一旁,我们等一下可能会需要它。"

血流声再次撞击我的耳朵,我的脑袋里像贝壳内部那样嗡嗡作响。我用力眨眼,想抹去眼前搏动的黑点。

我知道我们的决定没错,但我身上的每根纤维都尖叫着要我们撤退,想等到我们有更多援军,而且我没有这么疲累、紧张或肥胖的时候,再来挑战。我挣扎着想要有东西可以依赖,就像散兵坑里的军人会想象他们的家人或国旗那样。

我的车——我疯狂地想到——这死家伙撞烂了我的爱车,他要为此以死谢罪。

我们只能将就了,我提醒自己呼吸。约翰拉起门,铁门顺着轨道往上滑,发出坦克车铁链的声音。

我们走进一间巨大的八角形房间,四周都是空荡的店面,这里原本应该是美食街的商店。地上散落着一些碎玻璃和落叶,上面的天窗有一块玻璃破了。

除此之外,没有任何东西。

约翰指向我们的左方,说:"过去看看。"

我走过去,虽然没看到怪物,但还是停了下来,吐出长长一口气。"妈——的。"

我们左边的墙上画了一幅图,图案延伸到墙上、天花板上、地上、堆在墙边的木板上。我认得这种画法。

这幅画很抽象,却又莫名写实,图中画了一个立体的环与另一个环相交,看久一会儿两个环似乎开始动起来。这幅画跟我在罗伯特·马利卧室里看到的风景画一样,好像会把观众吸进去,愈看就愈觉得复杂。

这是一幅时间的画。

我硬是把视线转开，对约翰说："我觉得你的牙买加朋友来过这里。"

"我觉得他根本就住在这里。"

他朝附近的小窝点点头。一个旧睡袋和大约六个空牛奶瓶组成卧铺，周围的地板乱成一团，好像空朗姆酒瓶和褪色的棒棒糖包装纸血战后的战场。

我想到韦克斯勒滔滔不绝地提起隐形的门，而我们现在又看到好几个月前"酱油"的"受害者一号"在这里扎营，我觉得自己似乎故意不想把这些事件连在一起。我想要去温暖明亮的地方思考，或者还是根本不要想更好。

我慢步走向房间中央，踩着玻璃碎片和落叶。约翰点燃香烟。"天哪，如果我们冬天时把水灌进来，让水结冰，这个地方超级适合打曲棍——"

我身后传来一声尖叫——克里斯厉声叫着我的名字。

霰弹枪的响声撕裂寂静的空气。

我转过身，透过自动手枪的瞄准器扫视房间。

约翰尖叫着我的名字，吼着我听不懂的指示。然后我看到了，黑色影子闪过空中，像飓风吹起的黑色垃圾袋。我看到它，又追丢了，又看到一次，然后——

它消失了。我转过身，却怎么都找不到它。约翰和克里斯满脸惊恐地看着我。

"没事！我没事！它跑到哪儿去了？"

我仔细想想——我真的没事，甚至感觉棒呆了，肾上腺素显然开始生效，因为我的恐惧瞬间消失。

蒙住我脑中思绪的薄纱终于掀开了。

约翰和克里斯,地球上六十亿人当中的两人。听说一名美国人消耗的卡路里可以喂饱四十名非洲小孩。

约翰每次去买一包香烟,都要用掉半加仑的汽油;这个女孩替她的狗买特制沐浴液,然而索马里的小孩却在挨饿,她为了减轻愧疚,在胸前挂了那个金制符号——中世纪时,数百万人遭受拷打并被五马分尸前,最后看到的也是这两道交叉的棍子。我眼前站着两只蝗虫,抢夺了数不清的资源。

我真是他妈的笨蛋。

"呃……阿卫?"

约翰拖我过来只有一个原因——他需要新奇刺激的事件,需要一堆事情来分散注意力,直到他终于喝到醉死的那天为止。

至于这个女孩,我可以救她几十次,然而她要找人上床时,还是会挑眼睛漂亮、在电视台平步青云的男人。

她绝对不会让我污染她宝贵的基因。

什么时候我才要阻止世界继续压榨我?

"阿卫,你听得到我的声音吗?"

我什么也没说,直直地朝他们走去。我踢到一块铁片,低头看到一把生锈的美工刀,露出约三厘米的刀片。我将美工刀塞进口袋里,心想等一下可能会需要。

手枪垂在我身边,枪管毫无威胁地指着地面。我大步走向女孩,很满意她眼中浮现出崩溃的恐惧,像铁锤敲碎她如瓷娃娃般完美的脸庞。

小公主,你曾经真正害怕过吗?

我短暂打量克里斯脖子以下的身体:完美的大腿肌肉,柔软肌肤下柔软的线条，藏在运动衫下的完美小胸部。

我突然想到玩弄这个女孩的点子，可以让我的老二得诺贝尔奖。

我听到脚步声。

约翰跑向我。

我转过身。

举起枪。

朝他的头开枪。

他往前扑倒，血滴在空中划出弧线。他面朝下倒在地上。

我靠过去，准备在他头上补上第二、第三、第四枪。

然而我身后有了动静——

啪！啪吱吱吱啪啪啪！

一阵剧痛。

像爆米花的爆裂声。

我体内的每块肌肉先紧绷起来，然后完全放松；瓷砖地板浮起来，重重撞上我的脸。

我躺在地上，木板紧压着我的脸颊，我只能从昆虫的角度看世界，全身麻痹，脑袋一片混乱。

看来克里斯需要买新鞋了。嘿，快看！一根被踩扁的烟蒂！

我感到有人拿走了我手上的枪。我费尽力气转过头，勉强看见克里斯拿枪指着我，一面检查约翰的伤势。他扭动身体坐了起来。

他脱下法兰绒上衣，按住头皮上血淋淋的伤口。头发被血黏成一坨。

她扶他站起来，居高临下地站在我身边。克里斯拿着电击枪。

我努力想移动四肢，有些肌肉在我的命令下开始收缩，但我还无法完全控制。

约翰用染血的布按着头,直直地看着我的眼睛。

"阿卫,如果你还是你,你就知道为什么我要这么做。你还在里面吗?"

我对上他的眼睛,试着讲话。我尝试说了几个字,让我的嘴唇动起来。

"约翰……约翰,我懂。对不起,我不知道刚才怎么搞的,真的。但是现在我的头脑很清楚了,我还是我。别让她开枪打我,好吗?"

他端详着我的脸,我心里愈来愈恐慌,只能抓住这个机会。

"约翰,"我露出哀求的眼神,"拜托。"

他只要转过身就好,我可以把美工刀藏在手里,快速果决地一挥,割断他的脖子,然后用他的身体当挡箭牌,抢走女孩手里的枪。只要拿到枪,她就什么都会听我的了。

然后,一切就会水到渠成。

约翰将克里斯拉到一边,两人在低声交谈。她依然用枪对着我,枪管在她纤弱的手里上下晃动。

我得保持冷静。我听不见他们的对话,但几乎都是女孩在讲话。那个臭女人想说服约翰听她的。他终于同意,走回来面对我。

"阿卫,我跟你说清楚吧。我认为韦克斯勒体内的怪物在你的身体里面。它可能还在,也可能跑走了。现在我们要做个实验。克里斯会把枪给我,我要用枪口抵着你——这没有恶意——还有,她把枪给我的时候,会拿那个放电的东西戳你。拜托你不要动,你知道我不会杀你,阿卫。但是如果你跳起来或伸手抓她,她就会电你,而我会射你的大腿,然后过去一直踹你的老二。"

我隐藏起所有情绪,只是点点头。

赶快叫手臂动起来,现在就动。抢走女孩手里的电击枪,然后电昏约翰。快行动快行动快行动……

我的右臂有了感觉。我可以让整只手臂的肌肉收缩。我很确定自己能控制右手了。

我集中精神,准备用右手迅速残暴地出击,一刀劈向她的喉咙,逼她丢掉电击枪。

克里斯把手枪交给约翰。她绕到我的另一边,用左手拿电击枪抵着我的肩膀。

她的右手伸向脖子,拿下金色项链,上面挂着十字架。

搞什么?

就在我举起拳头的那一刻,她将项链往我的头上套下去——

我的肚子赫然一缩,手僵在半空中。

有毒,他们在项链上涂了毒药,毒性可以像尼古丁贴片一样穿透我的肌肤、渗入血管,像强酸一样侵蚀我的肺和肝……

我挣扎着离开她,举起双手,然而我的身体比刚才遭到电击后还要不协调。我像小婴儿一样奋战,身体不断抽搐,内脏在我的体内乱窜,仿佛要从肚子里逃走。

我重重地倒在地上。

一双手拂上我的手臂。

柔软的手。是那个女孩的手。

一切都停止了。

痉挛突然消失,我又累又困惑。我眨眨眼,想看清楚周围的状况。

我坐起身,看到女孩跌跌撞撞地走着,仿佛有人用棒子敲了她的头,把她打晕了。她弯下腰,深深吸气,然后吐在地上。

我也好想吐。我觉得身体油腻腻的,好像刚排出什么不干净的东西,譬如拉了条虫出来。我还感到挥之不去的恶心和耻辱,就像有人喝醉后勉强清醒过来，却发现他跟好朋友的妈妈上了床。

约翰震惊地看着克里斯。他转向我，露出怀疑的质问表情。

"你看我干什么？"我大叫，"快去帮她啊，浑蛋！"

约翰点点头，显然相信我没事了。克里斯不太妙。她大声尖叫，跪到地上，接着颤抖着倒了下去。我挣扎着站起来跑过去，约翰却抓住我的外套，拦住我。

"不！"我尖叫道，"那个怪物在她身体里面！让我碰她，让怪物回到我身上，然后开枪杀了我！"

"今天不行。"

"她快死了！"

"不会，她没事。她要杀掉它了。"

"什么？"

克里斯抬头看着我们，她的双眼充血，汗湿的头发黏成一束束垂在旁边。她的眼神蕴含了深沉且黑暗的怨恨，我感觉好像被她揍了一拳。

我从来没在人类的脸上看到过这种表情。躲在她体内的生物如此憎恨人类，因而显得无比恐怖，简直是陌生、冷漠又不讲理。

我只服侍克洛克。

黑暗中的一只蓝眼睛。

它能控制你，就像控制蟑螂一样。

我想跟小婴儿一样缩起来，开始吸吮大拇指，让眼泪和口水统统流到身体底下。

对不起，我试着活着，试着有感觉，但我做不到，我没办法和那个东西活在同一个宇宙。

她又开始大声尖叫，声音跟歌剧女伶一样响亮，大得不可思议。

她抓住头发，紧紧闭上眼睛。我们周围的空气爆出巨响，类似海浪撞上码头的悠长吼声。几片玻璃碎片打中了我的脸颊。

一百块天窗玻璃同时爆裂，从空中落下一圈玻璃碎片，如池塘水面的涟漪般扩散开来。玻璃片从我们周围倾泻而下，重重掉到地上，打在我们的头和肩膀上，发出尖锐的声响。

接着一片寂静。她躺着一动也不动。

啊，她死了。

不对……她的胸口还在动，她还在呼吸。

"快走！快走！"

约翰拉着我的袖子，把克里斯扶起来。

一根铁横梁砸在她身后。

整个房间快要散了，我们拔腿就跑，半拖着她冲出美食区。屋顶梁柱、照明设备、线缆、木板和玻璃如雪崩般冲了下来。

我们跟跟跄跄地跑出铁门，回到走道，跌坐在地上，美食区的天花板在我们身后掉下，残骸一路堆到铁门口，一股加压的空气和灰尘像沙尘暴般从我们身边吹过。

克里斯试着坐起来。她看起来累坏了，伸手擦掉眼里的小石屑。我拿下脖子上的项链，交给她，她马上接过去戴上。

"她打败它了，"约翰说，"那个怪物就像高烧，从你身上传给她，却没办法在她身上存活。"

他转向女孩。

"你还好吗？"

"我觉得我可以睡上一千年。"

我打出的子弹擦过约翰的头皮，他说他没事，但是我的天哪，伤口流了好多血，他的上衣都湿透了。

我们在大卖场晃了一圈，寻找莫莉和其他怪物，但什么也没找到。

克里斯留下来陪韦克斯勒，并用手机打电话叫了救护车。她坚信他还活着，虽然我们都看不出来。等到远方传来第一声微弱的警笛声，韦克斯勒终于勉强恢复意识，他对克里斯一笑，用手指拨开她脸上的一束头发。他对她说了几句话。我们听不见，反正也不关我们的事。

救护人员到了，问了我们一大堆问题。约翰一五一十地告诉他们事实——我没有骗你，他真的说我被附身，而我们杀死恶魔的过程摧毁了美食街。他拒绝接受治疗。

救护车离开后，我们一起走向克里斯的车，她问约翰："你确定你的头不用包扎吗？"

"还好啦，只是擦伤而已，我本来就想把头发剃掉。你要去医院看丹尼吗？"

"嗯，不过……我得先做一件事。他问我看过录像带了没有，你们知道他在说什么吗？"

我说"不知道"，约翰则同时说"知道"。

"他之前拍的录像带，"约翰说，"在他的公寓里。"

半小时后，克里斯在韦克斯勒公寓的沙发上坐下，约翰把录像带倒带，开始播放。韦克斯勒跟先前一样出现在屏幕上，看起来疲累又颓丧。

"嗨，亲爱的，你在吗？如果在的话，回答我一声吧。"

克里斯一脸疑惑地看着我们，我们也无法回答。她转回去看着屏幕，继续等着。

"别担心，不用怕。说'哈啰'就好了。"

"呃，哈啰。"克里斯说，她看起来有点害羞，一颗泪珠滑下她的脸颊，"丹尼，你看起来好糟……"

"我知道，这几个礼拜很不好过。"

丹尼在克里斯开口的整整三小时前，就对着摄像机回答了。

"宝贝，我做了一件蠢事，现在抽不了身，你绝对无法想象是怎么回事。"

"什么？"克里斯啜泣着说，"发生什么事了？"

"如果我告诉你细节，你反而会希望自己还是不知道比较好。"他说，"但你已经知道我不是我了。我的灵魂来来去去，现在我没事，但每一秒我都得拼命维持掌控。我的力量不断流失，宝贝，我为了浮到表面、抓住控制的方向盘，得消耗好多能量。我只要一放松，它就会占据我的身体，取代我。我只能在一旁看着，无能为力。"

他忍不住哭了起来，克里斯也跟着哭，听起来无比疲倦。

"你还好吗？"

他一面啜泣，一面问道。

"你受伤了吗？"

"我很好，我不会有事。这好奇怪。"

"我根本不知道我是怎么做到的，现在我能看到东西，听到跨越时空的声音……克里斯，你不要知道比较好，继续相信这种事不可能发生，你下半辈子会过得比较快乐。但是我还得告诉你另一件事。我已经想告诉你很久了。如果我还活着，我可能没有勇气当面对你说。不过现在……"

韦克斯勒的眼睛微微移动。我感到脊髓一阵发冷。
他看着我。
我往左边移了几厘米，他的眼睛也跟着我移动。
他说：

"你是王大卫吗？"

不是！说不是！

"是啊……大概吧。"

跨越时间的视频对话。天啊,我需要吃派,最好现在就给我派。

"我不知道所有细节,现在我脑袋里的事情非常……混乱。但是那只眼睛在监视你,你懂我的意思吧?"

我发现自己无法回答,我的嘴巴干到粘在一起了。

"大卫,只有你完全了解现在的状况有多严重。"

我脑中冒出一千个问题,然而我只能撑开嘴唇,说:"但是……我不……"然后就说不出话了。

"我想和克里斯单独谈一下,好吗?我很高兴你也没事。"

约翰邀请我到他家过夜,跟他一起狂喝啤酒。我婉拒了他的好意。我很饿,而且还有别的事要处理。

我搭出租车到麦当劳,请司机让我在停车场下车。

没错,麦当劳叔叔还在门上,他剖开自己的肚子,拉出自己的肠子塞进嘴里。我感到外套口袋里有一样坚硬的东西。我伸手掏出生锈的美工刀,却不记得曾把刀子放进外套里过。我像摸到响尾蛇一样,松手让刀掉到地上,然后用两根指头捡起来,丢进垃圾桶。

我又盯着海报看。

我真的很饿。

店已经关了,但是二十四小时无休的得来速车道还开着。我走过去,站在冰冷的秋风中,颤抖着点了两个德国香肠堡。

我坐在停车场另一端的人行道边,一直看着门上的海报,把两个香肠堡都吃掉。

阿尼开进杂草丛生的泥土地。如果开发商当初把地铺好,这里就会是大卖场的停车场了。

"我懂了,"阿尼说,"基督教薄荷糖、十字架、《圣经》,这整个故事只是夸张的引言,你其实是想要我订《路标福音报》吧?你现在要给我印了耶稣图片的宣传手册,然后去跟下个罪人讲同样的故事吗?王先生,传教不需要这么拐弯抹角。"

"我没有要传教。十字架跟那堆东西为什么有用?要不是我们相信有用,不然就是坏人认为有用,或者世界上就是有某种力量。只要有门路,大家都能掌控。"

"你是山达基教派的人吧?"

我说:"我们再也没见过克里斯和韦克斯勒,连在电视上也没有。他一出院,他们就一起离开了这座小镇。嗯,没错,他们搞在一起了。"

他眯起眼,看着面前延展的大卖场废墟,然后问:"就是这里吗?"

"你觉得一座小镇能有两个这样的地方吗?"

我用手捋过头发,看着逐渐崩解的卖场大楼上黑暗的空洞。原本那里都是窗户。我隐约听见塑料防水布在微风中拍动的声响。"你怕了吗,阿尼?"

"我应该害怕吗?这里闹鬼吗?"

"没这么简单，而且我也希望事情不用这么复杂。你提到闹鬼时，脑袋里想的是老太太的鬼魂漫无目的地到处飘动吧，但是我甚至不知道这附近来来去去的东西过去到底是不是人，或许它们只是不记得自己的前身——想象一下希特勒跟德古拉伯爵，还有偷摸地把它们活埋的垃圾场怪老头——现在继续想着这些人，但去掉所有的限制：它们没有身体，永远不会死，也不会累，拥有无限的时间。你可以想象它们的恶意，一团愚蠢的怨恨飘过永恒，像油井燃烧的火焰一样永不熄灭。"

阿尼等我继续说下去，但我停了下来。

我突然发现接下来的故事有多难说。我以为把整个故事告诉别人，会让我好过一点，然而接下来的部分感觉更像我的告解。

我下车，走向一道水泥斜坡，这里是胎死腹中的百货公司可能需要的卸货区。我听见阿尼关上车门，接着沉重的脚步声从背后传来，我知道他跟上来了。

我说："去年镇上有一名女孩失踪了，事情没有闹大，你可以去查。"

"我猜猜看。你是最后一个和她说话的人。"

我没有回答，只是爬上卸货斜坡，走到敞开的门口，再次闻到熟悉的霉味和尿臊味。

我扯掉一条黄色警戒线，走进室内清凉的黑暗中。

"你可能会觉得我疯了……"

# 第十章　失踪的女孩

韦克斯勒事件后的来年夏天,我发现有人在透过电视监视我。

我可以感觉到他的视线,就像你会觉得有人在身后盯着你瞧——屏幕后面有一双眼睛在看我。

我尽可能地忽略他,并告诉自己,不会有人想监视二十三岁的单身男子每天坐在沙发上吃塔可钟餐厅的豆子墨西哥卷饼(一个八十美分,两个加一杯可乐是三美元)。但我知道事情没这么简单,显然有一群人除了欣赏我跟著名雕像大卫像一样完美的屁股,还有其他监视我的好理由。

有天晚上,电视上的历史频道正在播放史上最强战舰特辑,我转头去照远处墙上的镜子,想用梳子梳开头上打结的头发,却赫然僵在原地。

我从镜子里我的肩膀上方瞄到了电视画面。

是一张脸。

那张脸的形状很奇怪,虽然有人类的五官,位置却不太对劲,感觉像迈克尔·杰克逊的脸,像一张面具——圆睁的巨大双眼,鼻子有点偏离中线。他从电视屏幕上直勾勾地盯着我的背影。

我猛然转头看向电视,惊恐地吸了口气,梳子从我手中飞了出去。

电视又恢复正常,俾斯麦号战舰在一片烟雾中沉没了。

我已经说过,大部分的人遇到这种情况都会担心自己发疯了,不过现在发疯只是要做些检查,拿处方药而已,没什么大不了的。但是,我现在真的担心有人透过他妈的电视机在看我。

我告诉约翰这件事,身为我的好朋友,他马上就来到我家。他说我们继续照常生活就好,于是我们诅咒了电视半个小时,然后他脱下裤子,把老二贴着屏幕。他建议我休息一下,说我可能因为珍妮弗的事太累了——过去的六个月间,她已经搬进搬出两次。我们喝了点酒,玩起电动曲棍球,直到太阳升起。

接下来几周,我都过着这样的生活——睡得太少,喝得太多,又玩了太多电动曲棍球。事态逐渐失控,很快我们就不派守门员,直接六对六在冰上较劲,玩出七十四分比六十八分的结果。最后我们开始玩同一队(红翼队),对抗计算机控制的无能队伍,等我们以一百二十六分比零分大胜时,我知道我的人生已经触底了。

我知道还是有人在监视我。我知道这不太妙——怪事又要发生了,我必须集中精神才行。

我把酒瓶丢掉,刮了胡子,甚至考虑要不要整理房间,还开始烫起衬衫。有人寄给我一个小瓶子,声称里面装了圣水,我把瓶子放在床头柜上,又在前门挂上从跳蚤市场买来的十字架。

圣诞节过后,诡异的事又发生了。

一切完结的开端发生在某个酷寒的周五晚上。我下班回家,开着越野车在近年来最严重的冬季暴雪中奋力前进,整个世界看起来像上帝的刨冰机爆炸了似的。

我推开大门,皮外套上的积雪逐渐融化,我的肌肤适应着室外和客厅之间十摄氏度的温差,浑身泛起发痒的燥热汗水。狂风转了个方向,吹得整栋房子嘎吱作响,窗户上的碎冰叮叮当当地飘落。

我刚在沃利出租店值了两段班,整整十六个小时的噩梦让我的灵魂都麻木了。晚班经理声称暴风雪害她出不了门,问我能不能替她代班,还说我是个大好人,她这回欠我一次,以后如果我有什么需要,都可以跟她说。我不觉得她是说真的,不过我没说什么,只是努力撑过死寂且没有客人的一千分钟,不停地跟疲倦以及想把同事打死的冲动搏斗。现在我只想擦干身体,上床缩起身——

眼角瞄到的某样东西让我停了下来。我往回靠了一点,从敞开的卧室门往里看。

我床头柜的抽屉开着。

我把枪收在那个抽屉里。

我的屁股瞬间夹紧,仿佛连光线都无法逃脱,我仔细聆听小偷的声音,但周遭一片寂静。我轻轻地往前踏了一步,心想必要时我能不能假装自己会功夫——我看过阿诺·施瓦辛格在电影里抓住一个人的头,徒手把他的脖子扭断——这个动作很难吗?没有经过训练,随便谁都做得到吗?

我平常把枪藏在被挖空的《古兰经》里,那是约翰送我的生日礼物。然而现在,《古兰经》躺在床上,书页摊开,里面没有枪,而房里其他的东西都完好如初。他们居然把我的《古兰经》打开来检查里面有没有枪。我知道我碰上狗娘养的变态了。

我小心且安静地踏进卧房，不断左右张望。房里没有人。我看看床底下，虽然上次我光着身子和珍妮弗躺在床上已经是好几个月前的事，但床单现在还微微散发着女生的气味。不过这或许根本是我在幻想。

不管怎么说，你差不多也该换床单了……

床底下空无一人。我缓缓踩着地毯，检查了阴暗小屋里其他的房间。我注意到有人打来过电话，录音机上"新消息"的小红灯在黑暗中闪烁，像定时炸弹。

屋里没人。我晃动着走向录音机，肠子里好像有上万条蛇在攒动。我头发上的积雪融化，一滴冰水滴进耳朵，我伸手想擦掉水珠——

然后惊讶地倒吸了口气。

我找到手枪了。

他妈的就握在我手上。

我马上把枪丢到地上，仿佛枪是用蜜蜂做的。手枪弹到沙发上，我蠢蠢地看着枪，然后更蠢地盯着我空着的手，我的手指因为室外冰冷的空气而泛红。搞什么——

真奇怪，从开着暖风的车走到大门口也才三米，为什么你身上每一寸露出来的皮肤感觉都被冻坏了？为什么你头上积了一层雪？

这种感觉又出现了：一种心灵失重的飘浮感，就像有时深夜你在汽车引擎盖上醒来，手里握着酒瓶，完全不知道当时是星期几，旁边还有个女孩用阿拉伯语对着你大叫。

我试着集中精神。我好累，累得跟僵尸一样，而且是工作过量的僵尸，受雇在僵尸影视出租店，当领薪水的经理助理，结果后来才发现领的薪水不包括加班费。我的脑袋好痛，膝盖跟毛玻璃一样沉重。我重重地坐在沙发上,双眼空洞地看着手枪的光滑表面上一颗颗的水珠。我瞄了一眼手表,时间刚过午夜。

好。你十一点下班后就直接回家了,从出租店开车回来只要十二分钟,天气再差也顶多用二十分钟,你到家后马上就进来了。阿卫,那么剩下的半小时到哪儿去了?你是不是绕远路去杀了你的老板?

没有,如果我杀了沃利出租店的老板杰夫·沃尔夫莱克,我怎么会忘记这段记忆,这多没意思啊?

我捡起枪,拆掉弹匣,里面沉甸甸的,还装着子弹。我松了口气。如果我真的绕到杰夫家杀了他,我绝对会射光整个弹匣。我重新将弹匣装回去。

周末一开始就这样实在不妙。我戳了一下录音机上的播放键,播起留言。是约翰打来的。我听完留言,又按了一次"播放",更仔细地听,然后再按一次"播放"。等到听第四次,我很确定约翰说了"一整袋的脂肪"。

我决定再试一次。

哔。

"阿卫?是我啦。埃米失踪了,我们在这儿好像找到一整袋的脂肪。事情很怪,而且是怪得'不太妙',不是怪得'很好笑'。现在快晚上十二点了——我猜你还没到家,或者你已经睡着了。你在家吗?快起来,阿卫,快起来。好吧,你不在家。听到留言打电话给我,多晚都没关系。哦,你过来的时候小心水母。待会儿见。"

哔。

一整袋的脂肪。我拿起电话,拨了约翰的手机号,我听到一声铃响,然后——

"文尼,我不是说不要烦我吗!"

"约翰?"

"哦,阿卫,对不起。我刚刚跟别人在手机上激辩,结果我很不屑地挂了他的电话,后来电话再响的时候,我没看显示,以为是他又打来了,所以我就开骂了。真尴尬。"

"约翰,这个梗愈来愈不好笑了。"

"你在过来的路上了吗?"

"我……呃,还有点事。"

"你在做什么?"

"我——"

我顿了一下,做出决定。

"——在烤布朗尼蛋糕。我不希望烤过头,不然会变得好黏。"

"对啊,还会粘在烤盘上。你在烤盘上抹油了吗?"

"呃,有。"

"那就好。总而言之,埃米失踪了,现场诡异得要命,很像洛夫克拉夫特宇宙怪奇小说的桥段。话说如果你过来,感觉会更像安妮·赖斯写的吸血鬼小说。你懂我的意思吧?"

"谁——"

"因为你是同志。"

"谁失踪了？"

"埃米，阿卫。埃——米。我这边信号不好——"

"我不认识叫——"

"埃米·沙利文，吉姆的妹妹？"

我愣了一下。

我脑中浮现出一段记忆：我们被锁在卡车后面一整天，恐惧又无聊到快吐了。我们对死人许的承诺。我已经好几个月没有想起那一天了。

"哦，你说小黄瓜啊。"

"阿卫，你不觉得你应该记一下别人的本名吗？"

"我们在学校都叫她绰号啊，她读特别班，不知道为什么老是经常吐。"

约翰静了一下。

"就像海参那样啊。有一些鳗鱼会——"

"阿卫，总之现在我们在她家，警察也来了。你什么时候可以过来？"

六月的时候怎么样？

就算拖到明年，时间也不够让我把事情全想清楚。我想起吉姆躺在地上，一道鲜红的血迹划过他的脖子和地板，像一条围巾。过世的人不知为何又再次回到我的生命中。我瞄了手枪一眼，试图把每件事凑在一起，却做不到。

"你在留言里说什么？一整袋的——"

"我听不见你的声音，大概信号快断了。你快点过来就对了，我们得先去对付这只会飞的水母。"

这次换我顿了一下。

"什么？"

"待会儿——柜子下面！不是，那个柜子！那个——算了，让我——"

咔。嘟嘟嘟嘟嘟嘟……

我挂掉电话，做起以前挂掉约翰电话后会做的事——瞠目结舌地静静坐着，思考我人生中可悲的选择。

我脱掉外套，换下沃利出租店的制服，闻了一下，然后挂回卧室的衣橱里。

我一面换上干净的上衣，一面从书桌抽屉里拿出一罐咖啡因药丸，在厨房柜台上找到半瓶不冰的红色激浪汽水，喝了一口，吞下四颗药丸。

我穿上外套，迟疑了一下，然后把手枪放进口袋里。枪的重量把我肩膀左半边的外套扯了下来。我感觉自己像演员布鲁斯·威利斯。

到底是我的错觉，还是枪管真的是温热的？

我走出大门，踏入冰冷的室外，然而才踩上门毯就停了下来。

脚印。

除了从福特越野车的驾驶座到大门口的一道脚印，前院的白色薄毯应该一片平整才对，然而却有一道混乱的脚印在我的前院绕了好几圈，接着绕到房子后方，再从屋子另一侧绕回来，最终来到我现在所在的前廊。

我走下前廊，踏上敷在地面上的绵软冰雪。我弯下腰，在风雪中眯起眼睛。靴子鞋印，锯齿状的鞋底图案。我意识到一个非常黑暗又见不得人的事实。

这些是我的鞋印，全部都是。

我在黑暗中向四处张望，周围什么也没有，只有飘过路灯下闪耀的冰雪。我暗自决定永远不要告诉别人这件事，然后坐上我的越野车。

消失的时间，大家都这么说吧？约翰那边少了一个女孩，你则少了半个小时。该死。

我发动引擎，想了一下，拿出口袋里的手枪，再次按下握把上的按钮，拆掉弹匣。我把大腿上的上衣折出小凹槽，用大拇指将子弹一颗一颗推出来，一边数着，一边希望——确切地说是祷告——子弹没有少。

一，二，三，四……

这些子弹很……不一样，银制弹头上加了亮绿色的塑料尖顶。当初是一个匿名的家伙寄给我的，子弹送来时一排一排装在沉重的白色纸箱里，还附了一张写满子弹专门用语的字条，好像跟"近爆引信"有关；旁边写了很长的序号，我完全看不懂。约翰和我拿子弹尝试射过一个南瓜，我们眼睁睁地看着南瓜炸成发黑燃烧的碎片。

……七，八，九……

这阵子大家都会寄东西给我：水晶球、缩小的头、拍到云朵里的天使或雕像流血的修图照片，还有一本本蓝线笔记本，草草写着杂乱的故事，说撒旦用垃圾电子邮件主旨栏传送隐藏的讯息。我还收到过从苏格兰闹鬼城堡里偷来的石头，据说被诅咒的夏威夷黑色火山岩，以及干燥的大脚怪粪便。约翰和我已经闯出名声，大家都想要帮忙。

……十三，十四……

我长叹一口气。

少了一颗。一颗。

吉姆·沙利文和他精神不正常的妹妹住在一栋两层楼的房子里，看起来很像从电影《惊魂记》里搬出来的。要不是房子这么破旧，又位于镇上杂草丛生、鸟不生蛋的区域，距离下水道清洁剂工厂又只有一条街，不然房价可能高达一百万美元。我很少能对人明确解释吉姆过世的原因。我猜他过世后，他的妹妹埃米现在一个人住在那里。

我的车头灯转进沙利文家"《惊魂记》房子"的前院，停在约翰一九七八年款的凯迪拉克（挂着意义不明的车牌CRKHTLR）和路边一辆不具名小镇的警车中间。

这个小区真的非常非常烂，隔壁的房子看来是空屋，小丘的另一端则是一大片白色的停车场，轮胎在地上留下像虫一样的痕迹。停车场尽头耸立着一栋巨大的建筑，墙面上是一整排车库的铁卷门——这就是下水道清洁剂工厂的卡车出入后门。一辆轻型卡车现在正倒车进入其中一间车库，车身上画着一名卡通水管工，上头打着大大的红色叉叉。我在想工厂的厕所水管有没有严重堵塞过，得找水管工来处理呢？如果有的话，工厂员工又敢不敢正眼看水管工呢？

透过挡风玻璃，我看到前院站着两个人，一个是约翰，他双手插在口袋里，猛烈的强风将香烟的烟直线吹走；另一个人身材壮硕，我认出他是约翰的叔叔德雷克，他还是镇上我们唯一能直呼其名的警察。德雷克说了什么，约翰点点头，香烟的火光在黑暗中微微抖动。约翰正在留胡子，自从一年前被沃利出租店开除后，他就断断续续接工地的工作。他之所以会被开除，是因为老板逮到他私藏DVD，直接在店里送给顾客——不是卖，而是赠送。我爬下车，马上遭到冷冽强风的攻击。

这栋高耸的房子看起来不只空无一人，甚至有荒废的感觉，跟上次我试着把莫莉带回来的那晚相比，房子的状况显得每况愈下——油漆剥落，窗户肮脏无比，车道上没有轮胎的痕迹。

自从他们的父母过世后，一直都是吉姆在照顾埃米，但我不知道现在谁负责照顾她——显然没有人，不然她就不会失踪了。老天，也太冷了吧。

德雷克看起来比我还惨，他穿着整套警察制服和皮外套，搭配一顶海军蓝的罩耳毛帽。一身蓝色的疲惫胖子。

"王大卫。"他说，一般人通常只会用这种毫无兴致的口气对付逐家拜访的摩门教徒。

德雷克，我也不太想见到你，但我们还是碰头了。

"她失踪多久了？"

"不知道。邻居今天下午看到她的狗在附近晃来晃去，他们试着把狗带回去，可是没有人来应门。我过来就看到——"

他顿了一下，迅速瞄了约翰一眼。

"呃，我想你们可能比较懂。"

告诉他，你少了半小时！

我抛开这个想法，假装我从来没想到，况且我确切地知道那段时间我在哪里——我绕着我的院子一直走，不是吗？非常合理。

约翰弹掉烟灰，嘎吱嘎吱踩着雪走向大门。"德雷克会去看看埃米是不是在朋友家，她认识霍格兰一家人。德雷克认为她可能被……呃，吓到——"

他们又互相露出"现在不要讲这个"的眼神。德雷克拉开巡逻车的门，说："你们有什么发现就打电话给我，懂吗？交给我处理就好。"他讲得很清楚，我们不是警察，不管房子里出现多么诡异变态的东西，失踪人口还是警察管的事。

约翰举起一根指头向他示意。"没问题。德雷克，谢谢你打电话来。当大家需要别人帮忙的时候，就是需要你这种人。"

我们穿过大门，来到小小的玄关处，地上铺着黑白相间的瓷砖，看起来像西洋棋盘。靠近墙边的地上露出一块盘子大的破洞，有人拿马克笔和涂改液在底下的木板上画了同样黑白相间的图案，好搭配旁边的瓷砖。

我瞥向厨房。

然后僵在原地。

莫莉。

绝对是它，没错。红色的拉布拉多犬躺在油毡地板上呼呼大睡。那天晚上我们在荒废的大卖场外看到它时，我也这样想过：不可能。只是同一种狗吧？一定是这样。

"哦，是它没错，"约翰说，"你可以看看它的项圈，上面写了地址什么的。"

"但是……这怎么可能？"

"不知道，不过叫莫莉的时候它有反应，至少跟以前的反应差不多。"

我想要靠近点看，但我也承认自己很害怕。只要看过电影就知道，起死回生几乎都没好事，想碰到一个复活的耶稣，就得先碰上一百万具僵尸。

"所以我们炸掉的狗不是莫莉？"

"我不知道。"

"或者那只是莫莉，这只是假冒的？"

他耸耸肩。"你真该瞧瞧我看到它的时候是什么德行，我彻底抓狂了。"

"你认为埃米失踪是它害的吗？或许，我也不知道，它把埃米吃掉了？"

"你看到水母之前先不要下结论。"

我没有多问，只是心不甘情不愿地转身离开复活的狗，穿过客厅。里头那张绿沙发看起来像一九〇五年的产物。我们走上楼梯，来到一条阴暗的走廊。天花板的灯没亮，墙壁上则有一面老式的铜制开关，上头是一列黑色的按钮。我按下第一个，什么事都没发生。

约翰小心地穿过走廊，眯起眼看着黑暗。他转过来，说："哦，那堆按钮没用，把手电筒给我。"

"你没有叫我带——"

他举起手要我安静，然后闪进旁边的一扇门。我们来到一间巨大的房间，就着窗边微弱的光线，我看见房内有一排排类似图书馆的架子，架子上放着绝对不是书的奇怪灰暗物品。我看见天花板上垂下一堆类似蜘蛛网的东西，我伸手想拨开——

啪！

一串蓝色火花闪过房间，电流蹿上我的手肘，让骨头都抖了起来。

天花板上的电灯闪了一下、两下，然后照亮房间——我眼前三十厘米处垂着一串湿湿的线团，就这样悬在半空中。它看起来不像一般的水母，更像僧帽水母——这种黏滑的生物平时慵懒地漂在海洋表面，悠长的触角垂在水里。

眼前的怪物缓缓飘向天花板，飘向灯光，然后完全出乎我们的意料，它的触角缠住电灯，然后开始疯狂磨蹭，就像小狗死扒着小兔兔拖鞋不放那样。

灯光愈来愈暗，闪烁几下后，我们又回到了黑暗中。房间里非常安静，只有随着怪物每一下痉挛般的抽插，发出玻璃摩擦铁片般震动的轻柔声响。

"你见过这种东西吗？"约翰在黑暗中的某处悄声说。在我们的头顶上，一小朵蓝色火花从一根面条状的触角跳到另一根，发出微弱的嘶嘶声。

"如果见过，我想我应该早就告诉你了。"

"德雷克叔叔对它开枪，好像也没什么用。"

"他也看得到？"

"对啊，这只是真的。"

所以这只怪物跟大卖场的变形动物是同一类，不像假发怪和影子人。我得列张表才行，不然会搞混。

别忘了，就算德雷克看得见，也不表示镇上随便一个路人都看得见。这个小镇的警察很容易被感染，看看摩根·弗里曼就知道了。

我的思绪又脱轨了，非常需要拉回正途。

我问："你带打火机了吗？"

约翰点燃他的打火机，一团微弱的昏黄光亮笼罩了我们。我四处查看，发现只有几个架子上摆了书，每本破烂的平装书书脊上都有一条条白色的折痕。《魔戒》《纳尼亚传奇》，某个叫特里·普拉切特的作家写的书，电视剧集《巴比伦五号》的小说，以及《哈利·波特》系列的第一、第三和第四部——显然吉姆只敢让埃米看三本，免得她学起魔法来。

其他的架子都摆满了填充玩具和垃圾。我看到一排立在小铁丝架上的盘子，画着《星际迷航》中的角色。

天花板上的怪物没有反应。

"好吧，"我疲惫地叹了口气，"我以为它会攻击你的手。显然它喜欢的是电流，不是光线。"

约翰灭掉打火机，然后说："我想过打开窗户，开枪把它轰出去。"

"呃，听起来不太好。"我想了一下，模糊地想着我到底有没有打开自家前廊的灯。"它会……呃，怎么讲……穿过墙壁吗？"

"目前为止还没有。"

"跟我来。"

我们走回走廊，我关上身后的门。

"好了，"我说，"只要大家不再打开这扇门……"

"也对，我们在门上挂个标志就好了。"约翰说。第一个问题解决了。"更诡异的东西在这儿，你来看看这是什么鬼。"

我们越过走廊，他指向一间古老的浴室，里面有一个巨大的铸铁浴缸、泛黄的洗脸槽橱柜和一面破掉的镜子。水珠不断从水龙头滴下，一把剪刀卡在其中一个旋钮下，大概是要防止水流个不停。约翰按下电源开关，电灯闪烁着亮起。这盏灯显然还没被怪物侵犯过。

地板上躺着类似透明塑料袋的东西，里面装满粉色和黄色的琥珀状物质，大小差不多跟大包狗粮一样，塑料袋上用奇怪的生硬字体写了些什么。

约翰说："门原本从浴室里面反锁着，我们是从外面把门撬开才进来的。我们进来的时候，水槽的水开着，牙刷放在洗脸槽上，上面沾着干掉的牙膏。窗户全都被封死了，根本没有路出去，所以她本来在浴室里，然后就不见了。可是她根本没有离开过浴室，对吧？"

浴室的锁是老旧公共厕所装的那种左右滑动的门闩,约翰所谓的"撬开",其实就是他们不断用肩膀撞门,直到门框上的铁环脱落。我靠过去检查窗户,看来早在我出生前就被封住了。不过这也没关系,因为就算埃米真的锁上门,然后不知道为什么爬出窗户,跳了四米落在雪地上,可她要怎么再关上窗户?

"你觉得有人可以从外面把门锁上吗?我是说他们抓了埃米,然后再从门外把门闩拉上。"

你其实想问:你有没有可能办到,阿卫?

想都别想。我很确定虽然在我不记得的半小时之间,我的枪射出一颗子弹,但这和同一天有人突然失踪完全没关系,这是两件不相干的事。我刻意遗忘的事件搞不好是埃米来我家借一颗子弹,而我很平静地把子弹交给她。

"当然可以,"约翰说,"门关上大概就可以拉上门闩了,只要用一个折弯的衣架,花二十分钟试上四十次就行了吧。但是干吗这么麻烦?只为了让我们一头雾水?"

我用脚戳戳地上的塑料袋,袋子里装着沉重的液体,满满的软泥。约翰说:"袋子上写的是重量吧?"

"我想是吧,"我弯下腰,"四十四点四二千克。"我抓抓头,"我不知道这有多重。"

"你觉得……袋子里装的是她吗?"

"不是。我们先假设不是好了,实在太恶心了。"

"你觉得水母把她吃掉了吗?"

"连骨头也吃?"

"阿卫,我们讲的是会干电灯的飞天触角怪,还有什么不可能的?"

我走出浴室，晃过走廊，经过一间塞满纸箱和破烂椅子的房间。旁边的一扇门被钉死了，门后好像通往虚无。

约翰说："你知道那是什么吗？以前人们盖房子都会建这种门来骗小偷，他们踏进门就会摔进深深的陷阱里，而屋主则会在门上挂金库之类的门牌，小偷只要撬开门，就会直接掉下去；屋主还会在陷阱底部装尖刺什么的。以前人们把这种机关叫'爱尔兰电梯'。"

"或者呢，约翰，他们只是几年前拆掉了门外的阳台，但一直没把门也拆掉而已。"

我们走过一间空客房，房里散发出灰尘和旧油漆的味道。走廊尽头的房门敞开着，门后贴着"VNV 国度"乐队的海报。

我探头进去，看见一间混乱的卧房，里头塞满了家具，皱皱的衣服散落在每样东西上。每面墙上都贴满了海报，包括我没听过的乐队，还有一张《古墓丽影》中安吉丽娜·朱莉的闪亮海报。没铺的床上摆着枕头，上面搁着一台很不错的苹果笔记本电脑。

"那台电脑，"我问道，"你们来的时候是就是这样放着的吗？"

"嗯，我们什么都没碰。"

床边的床头柜上有四个贴着柳橙汁标签的空塑料瓶，还有六个褐色的处方药瓶，地板上则有一包已经打开的五彩圆圈麦片。

我站在门口张望，却没有走进去。我觉得光是把头探进去，侵犯这个人的个人空间，就已经让我觉得很糟糕了。不过约翰从我身边直接走了进去，我才意识到如果我们要认真办案，我大概没有选择。反正警察天天都这样嘛——乱翻别人的衣柜，搜查他们放按摩棒的抽屉。我注意到床上的电脑开着，讽刺地转到睡眠模式，唯一的电源灯在侧边亮着。我按了一下空格键，黑色的屏幕亮起，露出白色的画面，一排蓝色的文字不断往下滑。

"你看看这个。"约翰朝化妆台点点头。有个抽屉被拉出一半,几副胸罩争先露了出来。化妆台上放着一个黑色的圆形物体,不比一卷底片大,中央有一个镜头。

"摄像机。"我回答。

"这是无线摄像机,"他说,"电脑用的。"

"什么?你是说像网络摄像机吗?"

"差不多。"

"这是吉姆的房间吗?"我问道。不知道为什么,我无法想象埃米·"小黄瓜"·沙利文会购买和使用电脑。几年前,我试着把莫莉还回来的时候碰到过她一次,在那之前,我对埃米唯一的印象来自收留精神错乱学生的松景特殊学校。我在那里度过我的高三岁月,记得每堂生活技能课她都趴在桌上睡觉,我对她的印象只有细瘦前臂上披散的一团红头发。

高三一整年我觉得我只听她说过十几个字,而且大部分都是"请让开,不然我要吐在你身上了"。

约翰喃喃地说着"天知道"。当你问了一个没营养的蠢问题时,大家都会这样回答。我四处看看,在房间另一侧看到另一个方形摄像机,就架在百货公司卖的假木板电脑桌架上,镜头不像一般网络摄像机对着桌前的椅子,而是转向旁边,对着走廊。

"这台摄像机在拍门口。"我推论道。我抬起头看着天花板上的风扇,上面四个小筒灯指向房间的各个角落,其中一盏灯上也粘着一台无线摄像机。"这里还有一台,"我说,"对着窗户。所有的出入口都照到了,就像安全系统一样。"

我的肚子悄悄浮起一丝紧张,但我转速缓慢的头脑还没有想通原因。

"好……"约翰说着，走向笔记本电脑，"我突然想到一件事。如果她一个人住，为什么还要锁住浴室的门？她大便的时候让门开着也没关系，不是吗？"

我点点头。"所以她进浴室的时候可能已经吓坏了。如果现在是在演《法律与秩序》，摄像机一定会清楚地拍到她被绑走的画面。对了，你不用这样看我，我也知道怪事发生在浴室，不在这里。她在浴室没装摄像机吧？"

"你最好重新想一下你刚才问的这个问题。"

约翰拿起笔记本电脑，在电脑桌前坐下。

"好吧，"我说，"她可能拍到了走廊上的人。"

又是同样的感觉，就像脑袋深处的微弱警铃，或是离家去度假时挥之不去的预感，觉得自己把重要物品忘在家里了。

他要在电脑上找摄像机的画面。

那又怎样？我把手插进口袋，在房间里四处游荡。我心想，先不管那只会飞的水母，如果这起案件变成再普通不过的绑架谋杀案，那我们先看过证据八成会害检方起诉不成。欢迎来到不具名小镇。

我摸着口袋里钥匙圈上掉下来的一把钥匙。我快干的头发蓬成了爆炸头，我用另一只手抓抓头发，说："镇上哪家卖红色激浪汽水的店还开着？我刚才喝了一点，味道像有人融掉一整盒水果糖，再加了一点捣碎的可卡因。列克星敦街上的便利商店二十四小时都开着吗？"

约翰没听我说话，而是仔细看着笔记本电脑平滑的屏幕。

他在找摄像机的画面，看是谁抓走了埃米。

我的嘴巴愈来愈干，心跳有点快，大概是咖啡因害的。我从约翰的肩上看过去，看到屏幕上方显示"我的猫在我床上尿尿"这行字,每行字彼此不相连,都以括号框起来的名字开始。我认出了这个格式。

那是聊天室的对话记录。她去刷牙前还在线,然后有人把她抓走了。对方可能是人,也有可能是怪物,重点是她早就知道它们要来,所以她才架了摄像机,好留下证——

哦,该死。

我猛然挺直身体。

浑蛋,要是摄像机拍到你,你要怎么解释?

这个想法像铁锤敲中我的老二,约翰甚至真的转头看了我一眼,我突然觉得全身赤裸。我努力回想我最放松、无辜的肢体动作,然而等我把手从口袋里掏出来,看见手里的东西时,我佯装出来的效果就全毁了。

我拿着我家后院工具间的钥匙。

平常我都是把这把钥匙挂在后门旁的钉子上,不会放在口袋里。

哦,阿卫,你在工具间里放了什么?

我举起一根手指宣告。"我想到一件事,"然后说,"等一下。"

约翰转向我,他突然投注在我身上的注意力像加热灯照在我脸上。我却发现自己根本不知道要说什么。

"我们不应该……呃,我们不应该乱碰她的东西。"

"好吧,为什么?"

"因为……我觉得最好还是——你看,我们还有一名目击证人,不是吗?"

"有吗?"

"有啊,那只水母怪。我们在这里跟电脑奋斗的时候,那家伙搞不好早就不知道跑哪儿去了。反正电脑又不会不见。"

约翰瞥了走廊一眼，然后说："你觉得它会说话？"

我直直地看着他的眼睛，说："我觉得不管它想不想说，你都能让它开口。"

他若有所思地抓抓下巴，说："我需要烤面包机。"

"我刚看到厨房有一台。来吧，把笔记本给我，你去逼那只黏黏的王八蛋吐露点有用的信息。"

约翰带着全新的目标大步走出房间，换我在椅子上坐下。笔记本电脑的桌面图案是奥兰多·布鲁姆身穿全套《魔戒》戏服的照片。我听见约翰重重的脚步声走下楼梯后，才用手指飞快点过每个文件夹。我开始微微冒汗，心脏怦怦撞着胸骨，膝盖不断颤抖。

我终于找到一个文件夹，里面装满低分辨率的摄像机画面截图。我点开其中一张，看到一团东西窝在棉被下呼呼大睡的昏暗图片；我再点开另一张，也是同样的画面；第三张则拍到空无一人的床；第四张又是那团东西在睡觉。文件夹里有数百张照片。

我听见约翰用力走上楼梯，于是瞥向走廊，直到听见他打开图书室的门，才继续动作。

我现在进退不得。我当然不能把照片删掉，我又不是要毁灭犯罪证据，当下我甚至决定，如果要抓的犯人就是我，我绝对会向约翰坦白。但是我希望他照着我的步调来。我需要时间弄清楚状况、消化事实，稍微控制我的发现。我需要不同的选择。

我将整个装照片的文件夹剪切，移到硬盘上我认为最隐秘的地方，藏在打印机驱动器的附属文件夹里的附属文件夹里的附属文件夹里的附属文件夹中。我关掉计算机，从椅子上跳起来，突然又紧张得充满活力。

你得回家，看看工具间里到底有什么。

没错，就是这样。我将手伸进口袋，紧紧握住车钥匙，甚至在手掌上压出痕迹。我大步踏出房间，走过走廊，感到内疚像发臭的云团环绕着我。我经过图书室时约翰刚好冲出来，摔上身后的门。

他说："那只飘来飘去的死王八绝对看到什么了，我光看它的动作就知道了。"

我说："我得走了。"

"为什么？"

"我得回家一趟，马上就回来。"

"也是，你最好去看一下烤的布朗尼。你可以顺便帮我带几双橡胶手套来吗？"

"好。"

他又打开图书室的门，说："浑蛋，你跑哪儿去了？"然后再次跑进房间并关上了门。

我逃走了。

我上了车，除霜暖气吹着挡风玻璃，冰雪结晶碰到玻璃后融化，下一秒就被雨刷推开。轮胎似乎在我身下飘浮着，无法和雪地摩擦。整条路上只有我。

假设你的工具间里放着一具纤瘦的红发智障女孩尸体，你一定要把事情讲清楚。先去找约翰，一五一十地告诉他发生了什么事，剩下的计划等会儿再说。你得先看看工具间里到底有什么，得先……

我打开收音机，希望音乐能将混乱的想法轰出脑外，希望罕见的非乡村音乐台能吹散潮湿的噩梦空气。我转过一台又一台的噪声，突然听见一名被掐住喉咙的男子发出窒息般的尖锐喊叫，害我全身缩了起来。过了一会儿,我才听出来那是弗雷德·德斯特和软饼干乐队的歌——箩筐最喜欢的乐队。他们发明了新的音乐创作手法——把一堆普通的饶舌歌词喂给羊吃,然后用重金属吉他配乐,对着麦克风念出羊的粪便内容。

这首歌显然叫《旋转》,因为副歌从头到尾就是弗雷德不断在重复这个词。太好了。旋转,旋转,旋转……

我只要说实话就好,这样就好。如果是我做的,那么就是我做的。我失神了半小时,然后发现一名死掉的女孩。我不要掩盖证据,也不要把尸体藏起来什么的,直接面对后果就好。

最好是啦。你"爸爸"一定会乘飞机过来,叫你不准跟任何人说话,然后他会把你的精神病史挖出来当挡箭牌,在法庭上用很多深奥的词汇替你辩护,最后你会成功脱罪,因为他就是很会替人脱罪。你不用去坐牢,只要住进精神病院,那里都是氨水和食物馊掉的味道,你周遭的人总是自言自语,把大便抹在墙上。你爸的计划会成功,当年希区柯克事件的时候就成功了。不,不要想那件事。继续旋转,旋转,旋转……

一只骨瘦如柴的冰冷手掌从我身后的黑暗中伸出来,捂住我的嘴巴。

那只手用力一捏,把我的头往后拉。

我以为会看到刀锋抵上我的喉咙。

然而我却感到一个又长又冰又湿的东西扭着滑过我的脖子,爬进我的衣服里。

我一甩方向盘,用力拉扯那只手。越野车在雪地上打滑,开上人行道,撞倒一台报纸贩卖机,压扁了贩卖机的铁箱和玻璃。车身一震,前轮压过一层厚厚的积雪,又回到了马路上。轮子开始旋转,拼命想摩擦地面,接着继续旋转。

我脖子上的东西滑过锁骨,探进衣服底下,触感像是蛞蝓或水蛭,但长很多,尾巴从胸前往上绕住我的锁骨。

一股冰冷、骚动又发痒的重量压在我的皮肤上。

我承认我开始大声尖叫,飞车冲过闪黄灯的十字路口。我的脚一阵乱踩,终于踩到刹车,越野车大甩尾,将车尾转到了前方。

"不,不,继续开。"一个轻柔的声音在我耳边说,"你继续开,它就不会咬你。"

干。谁要理他的建议,叫环干大赛泰国干队的干你娘队长干死他!我用力踩刹车,扭转方向盘;我紧急刹车,然后——

我又尖叫起来。可怕的刺痛穿过我的胸骨,这感觉非常不真实,仿佛我的骨头长出刀片来了。我又尖叫一声,抓住我胸前的怪物。这时一只手伸过来,快速利落地抓住我的手腕。

"别紧张,"那个声音说,"继续开,继续开车就好,你只要开车,它就会放过你。"

我根本没听到他说的话。我将另一手伸进口袋里,掏出手枪。一阵疼痛又蹿过我的胸口,痛得无法想象,好像身体被撕成两半。我无法动弹,四肢因为抗议而停摆了。

后座的手伸过来,缓缓拿走手枪。他又说了一次:"继续开,继续开车就好。"

疼痛逐渐退去,我用力喘息,把空气大口大口地吸进肺里又吐出来;我紧紧地闭上眼睛、再睁开,慢慢把脚移到油门上。我试着低头看抓住我的怪物,它的尾巴从我的领口露出来,背上长了一排两厘米长的小杆子,每一根杆子的末端都有一颗类似黑色小眼睛的东西。怪物蠕动时,几根小杆子搔过我的皮肤,它的尾端靠在我的肩膀上，在皮外套上微微前后扭动。我听到身后的人在椅垫上挪了一下，好像往后靠上椅子。我开进夜色中，努力想记起我到底要去哪里。我感到一滴液体沿着我的肚子往下流。

我试着冷静开口，结果却结结巴巴地吐出一句："你想对我做什么？"句尾还有点变成窒息般的尖锐颤声。

"别紧张，你做得很好。现在告诉我，我出声之前你在做什么？"

"你——你他妈的是谁？"

"我的名字叫罗伯特·诺思。"

"真高兴认识你。你到底是谁？这他妈的鬼东西又——"

"请回答我的问题。你那么急，要去哪里？"

"回家。你问这个干什么？对你有什么意义？今天晚上到底发生了什么事？"

我伸手调整后视镜，好能看到后座。诺思只是一名纤瘦的男子，大约三十出头，褐色头发，有一双突出的眼睛，还有像鸟喙的鼻子。他看起来有点像英国人，却没有英国腔；他讲起话来很僵硬，感觉说话非常困难，就像耳聋的人讲话听不见自己的语调变化。他戴着一顶毛茸茸的白色女帽，身穿类似沃尔玛大卖场员工的蓝色背心，胸前别着小小的警长徽章塑料玩具。

他朝车子后方的音箱扬声器点点头。"你的——该怎么说——通讯器里面的那个人，他需要帮忙吗？"

"什么？"

"听起来他受伤了。他需要你的协助吗？"

"你不是这里的人吧？"

"你为什么不直接回答我的问题？"

"那只是弗雷德·德斯特在收音机上唱歌。他不是在跟我们说话。"

"你确定吗？听起来好像有人要勒死他。他在惨叫。"

"我知道，对大部分人来说，听这种声音是种娱乐，这叫作'唱歌'。"

"我知道什么是歌，但——我以为歌要押韵。"

我又往后看了男子一眼，看到他握着手枪的枪管，带着疏离的困惑表情看着枪。显然他从来没拿过枪。

我说："我现在把收音机关掉，安静一点，我们比较好说话。你看呢？"我小心翼翼地伸出手，按下电源键。"好了。我正要开车回家，我住在这里。可以告诉我你是谁，从哪里来吗？或者你不如告诉我是谁派你来的？"

"就像你目前所知，我来自这里。至于是谁派我来的，现在不重要。天气这么差，你为什么这么急着回家——这才非常重要。"

"我杀了那个女孩吗？"

"我不了解你的问题。我只对你感兴趣。我很好奇你为什么极力逃避我的问题。我向你保证，你的诚实与否将决定你的安全。"

我胸前的怪物开始缓缓移动，吞咽般地扭动身体。

好，这鸟事该结束了。我既不勇敢也不鲁莽，但我现在实在是非常不爽。

"我要再把手伸过去，"我说，"调整一下暖气，可以吗？"

我以毫无威胁的动作，非常缓慢地按开点烟器。

"现在，"我说，"我要回家检查我工具间里的东西。工具间就是……我家后面的小屋子，我的东西都放在里面。可以吗？"

他安静了几秒。我迅速瞥了后视镜一眼，看到他瘦弱的脸庞笼罩在阴影和偶尔经过的路灯光线中。他露出非常严肃的表情，就像准备要把自己的狗安乐死一样。

"真有趣。"

"什么?"

我低头看着点烟器。我胸口的蛞蝓缓缓地卷起尾巴,靠在我的脖子和耳垂旁,微微颤抖了一下。

诺思盯着窗外飞逝的夜色,说:"这里的人会采收昆虫的作物吧?比如抢它们的蜂蜜?蜜蜂知道它们在替你们制造蜂蜜吗?还是它们不眠不休地工作,以为造蜜是它们自己的选择?你有没有注意过,当你第一次听到一个字,接下来二十四小时内又会再听到一次?你有没有想过,为什么有时候会在路上看到一只单独的鞋?"

一滴眼泪从他的脸颊流下,我终于发现这个人根本就是疯了。

点烟器点燃了,我的心因为期待而跳跃,然而我作呕地发现,那只蛞蝓怪也可以感受到我的转变,它扭扭身体左右摆动,仿佛我的兴奋让它更有精神。

或是我体内增加的血流量使然。

我动了一下手,左手抓着方向盘,右手手指握着点烟器的握把。

诺思似乎没有注意到我打算逃跑。他说:"我很困惑。我已经观察你们好一阵子了,但是我学到的知识还是严重不足。比方说,我看到过一名男子自慰到流血——是他自己想这么做的吗?还有你,你一个人的时候——"

我把点烟器拔起来,橘红色线圈散发着高热;我用力踩住刹车,左手猛打方向盘,右手则把点烟器戳向我认为是胸前怪物的头所在的位置,点烟器发出尖锐的嘶嘶声。

蛞蝓怪高声尖叫,在我的衣服里疯狂甩动。越野车开始旋转,一度前倾到只有两轮着地。

越野车砰的一声重新四轮着地，点烟器掉到地上，化为黑暗中的一抹橘红，而我上衣烧破的圆洞旁冒出一小圈黄色的火焰。

我伸手去抓蛞蝓怪，在这恐怖的几秒间，我感觉到它的牙齿擦过我的皮肤；它的嘴巴开开合合，挣扎着想咬住我。我把蛞蝓怪从身上拽下来，立刻用双手紧紧握住它。它黏滑的身体不停地蠕动，在我的手指间滑来滑去。它嘴里长了一排小小的牙齿，每一颗都跟针一样尖，像鱼钩一样弯曲，嘴巴中央还有一条吸管状的细长器官冒出来，大概跟我的手指一样长，左右挥来挥去，洒出一滴滴的血。

我松开一只手，打开驾驶座的门，把扭动的怪物丢到积雪的马路中央。

我在位子上转过身，看见诺思先生笨拙地在地上摸索——手枪不知道掉到哪儿去了。我随便揍向他的脸，诺思为了躲拳头而往后仰，我则趁机去抢从椅子底下露出一半的手枪。

我将上身往后探，双脚踢着挡风玻璃，手肘和双手并用，终于抓到手枪，把身体扭向诺思，用枪管抵住他的下巴。

我们就这样坐了好久，寒冷的风从敞开的车门吹进来，让我们的吐息都变成了白色蒸气。我觉得自己好像听到轻微的敲击声——亲爱的蛞蝓怪正在冰雪世界中奋力求生。

"很好，"我喘着气，"很好，很好。你知道我现在用来顶着你的东西是做什么用的吗？"

他点点头。"我大概知道。"

"那你有没有听过一句人类的谚语——'我想杀你想到老二都硬了'？"

"没有，不过我想意思很明显了。"

"闭嘴，不准动。"

我爬回前座，继续盯着他，直到我把脚伸出驾驶座的门，站到车外的强风中。我在路上四处寻找蠕动的怪物，它已经爬到人行道上了。

我踩着雪走过去，抬起一只脚踩在它身上。我一面低声乱骂，一面用鞋跟重重跺着怪物。蛞蝓怪裂开，喷出褐色和红色的汁液，我猜红色汁液是我的血，让我觉得很恶心。我继续踩，脚每次撞地就喷起几片冰雪，最后怪物只剩下一摊扭曲的潮湿污渍。

我将破碎的怪物残骸踢进附近的下水道孔里，然后大步走回越野车。汗水在我的脸上结成冰，鼻子不停地流鼻涕，我咬紧牙，握紧手枪，甚至可以感觉到手掌的脉搏。离车子还有好几十厘米，我就看到越野车的后门敞开着，等我走到车旁，不出所料，诺思已然消失。我关上后座的门，爬进驾驶座，开车回家。

我在路上只看到一辆铲雪车。经过便利商店停车场时，我看到一名警察在修理他轮胎上的铁链。他看着我，一副我一定是疯了才会开车出门的表情。由于雨刷跟不上落雪的速度，途中我得靠边停下来一次，用刮刀把雪刮掉。

我停在自家门口的路边，没有关引擎就跳下了车。我穿过前院，那一圈脚印在刚落地的冰雪之下变成柔软的坑洞。

我的左手紧抓着工具间的钥匙。

你有不在场证明。你一整天都在工作。一整天，对吧？

当然，对啊，没错。

可是谁知道她是什么时候失踪的？大家可能隔了好几天才注意到。就算是昨天晚上……

昨天晚上我在家睡觉，晚上十一点就上床了。

真的吗？你睡着的每一分每一秒你都记得吗？其中有一段时间，你隐约记得你是海盗，正在突袭一艘载满裸女的游艇。有没有可能你其实下了床，四处徘徊，把一个女孩关进了工具间里？

不，不可能。

或许你把她绑起来，关了一整天，等你下班回家后，你终于决定玩够了，要把她处理掉？或是让她不要再受苦？于是你进去拿了枪，然后——

我突然想起大门边小桌上的录音机。约翰先前打电话来，机器上的红灯慢慢闪烁着。

慢慢闪烁。

新留言的显示灯闪得很快。今晚机器显示的是已经储存的留言，之前就播过了。

不对，播过的话，我会记得。

会吗？我想起去年夏天，我和珍妮弗·洛佩兹分手一个月后，她突然出现在约翰乐队驻唱的酒吧里。那个时候我已经喝了……大概七百瓶啤酒吧，最后我和她一起回她家——她和其他几名女生一起租了房子。我对那晚的记忆一片模糊，只记得汗水流进眼睛，我的呼气从她的脖子反弹回来，潮湿的床单，还有一只苍蝇。那只苍蝇一直嗡嗡叫，停在我的背和脖子上，搔得我好痒，害我整个晚上一直醒来。其他的事我就不记得了。几天后，珍妮弗的一个朋友告诉我，那天晚上我发酒疯，一边大哭一边滔滔不绝地说地狱在等我，而我完全没办法逃走。我说她讲的都是鬼话，一定是小珍在胡扯，故意想害我出糗。然而真的是她在乱说吗？我怎么知道？有些记忆埋在好深好深的地方……

就这样，记忆的片段突然浮了上来，像一场梦中忘记的桥段。

你确实记得。你记得冲进屋里,掏出床头柜的厚书;你把枪拔出来,然后冲进冰冷的——

我紧握着钥匙,穿过前院,绕过房子。之前地上通往屋后的脚印已经看不见了,我家和隔壁之间的空间像个风口,我的耳朵都快冻掉了。隔壁住着安德森一家,他们去了佛罗里达。再过去一户是空屋,中介公司放置在前院的出售标志被埋在雪堆里。一声随风飘来的枪响?谁会打电话报警?你醒来后可能都不确定自己有没有听见。

我已经走到后院,房子后门外的夜间照明微微照亮院子,让我勉强看见雪地中央一摊粉色的雪水。我仿佛感到铁丝紧紧缠住了自己的肠子。

几分钟前,你是不是还觉得自己很可怜,要在精神病院或牢里度过下半辈子?阿卫,地上是活生生的女孩流的真正的血。她待在温暖的家里,准备要上床睡觉,没想到却被人打晕绑走。你记得什么?你记得开枪的火光,手枪在你手中震动,然后你在雪地里到处找弹壳却找不到,因为枪口的火花让你暂时看不见,耳朵也嗡嗡作响。就像跟珍妮弗在一起的那个晚上,你知道你绝对不想做这些事,但你还是不断地做,不断地做。你永远不会停下来,阿卫。

我走到门前,试着用颤抖的手把钥匙塞进冻结的挂锁里。我把钥匙弄掉了一次、两次,还得用手掌包住锁来加温。最后我把钥匙塞进去一转,将锁打开。

黑暗中有一闪而过的火光。尖锐的枪响。暂时失明。恐慌。冰冷的吐息。蓝色帆布——

我拉开门,门板刮过结冰的地面。绕住我肠子的弦绷得更紧了,我想如果我吃了东西,可能会全部吐出来。

我有一块蓝色帆布，冬天火炉用的木柴烧完之前，我都会用帆布把木材包起来，避免受潮。现在帆布松松地卷成一条，躺在工具间的碎石地上，下方又有一摊结冰的蔓越莓色液体。帆布里包了东西，大小跟尸体差不多，我知道那根本就是尸体。帆布卷起来的感觉像是——

人肉墨西哥卷饼！

——小货车后车厢里掏空内脏的死鹿。我搞不好真的会误以为地上是一只死去的幼鹿，只可惜帆布边缘刚好露出三根苍白的手指。

我转身走出工具间，将手撑在膝盖上。

我深深吸气。

缓缓地深呼吸。我站直身体，让呼出的烟雾飘过眼前，我的灵魂几乎要跟着飘走了。我的膝盖感觉跟果冻一样无力，我背靠着工具间的门框，接着感觉到门框擦过我的背——我的屁股突然一阵冰冷，雪穿透裤子渗了进来。

我惊讶地发现自己跌坐在地上，双脚瘫在眼前，没有力气站起来。

你们都认识我妹妹，她现在一个人待在那栋旧豪宅里。

如果我阵亡了，但你们中任何一个人能活着离开，我要你们去看看她，确定她过得还好。

她从来没有一个人住过。

希望你们能答应我。

到头来，坐在那辆啤酒卡车货柜里的人也没能保护她。他们没办法替她防着我。

我完全不怀疑是自己杀了她。我绝对不想杀她，但还是动手了。逐渐扩大的一个想法将我吞噬：如果有天我来到地狱门口，永生这个不可能的想法也会像这样将我吞噬。我知道一切都不可能没事了。

老天，我觉得好沉重。

浑蛋，当然沉重啊，所以你才要快点行动。她死了，你还活着。赶快想，你知道监狱里的囚犯会怎么对付你这种人吗？河水还没完全结冰，你只要砍断尸体的头和手，丢进河里就好了。这不是你的错——

不，我不会弃尸。我想象她的朋友和家人——她在某个地方总该有家人——一辈子都不知道埃米·沙利文发生了什么事。不，他们有权利知道真相，知道是我干的好事，也有权利看我被绑在桌子上，手臂上插着死刑用的针筒。

我逼迫自己呼吸。一旦事情失控，唯一的处理方法就是一步一步慢慢来。第一步：呼吸。第二步：站起来，进入工具间，看一眼确定是她——

哦，嘿，对啊，你搞不好在附近藏了一大堆尸体——

——然后回到埃米家，告诉约翰，好好告诉他，不要撒谎。接着打电话给德雷克，带他来看尸体，告诉他事实：我失去了意识，然后她就变成这样了。我就认了吧，如果我这么危险，为了大家的安全着想，还是把我关起来比较好。

我挣扎着站起来，把手放到门上——

好吧，随你，赶快进去掀开帆布，面对事实，面对你干的好事——

——然后把门关上。我将挂锁锁上，拖着沉重的步伐走进屋里。

## 第十一章 对了……

现在回想起来,如果当时我真的进入工具间,看了帆布包着的东西,一分钟后我应该就会轰掉自己的头。

## 第十二章 埃米

我跟着自己稍早的轮胎痕迹再次开车穿过小镇。我一直开着车内灯,每四秒左右就紧张地回头张望。抵达埃米家后,我发现约翰打开凯迪拉克的引擎盖,正在弄东弄西。我经过他身旁,坏消息在我心中徘徊,就像《异形》电影里的破胸体。我说:"电池没电了吗?"

"希望不是。"我发现他脚边的雪地里有一捆跨接电缆,他手肘上挂着一条打结的线,看起来像圣诞树的装饰灯。"等我找到那只混账怪物,我要让它今年过不成圣诞节。你替我拿手套了吗?"

"呃,没有。"

"好吧……我可以吃一块布朗尼吗?"

我经过时,他瞥到我的脸,马上担心地站直身体。"阿卫,你怎么了?你换了上衣吗?"

"把那些东西收起来,我……我想我知道发生什么事了。"

"什么?真的吗?"

我走进温暖的室内,心想等一下的对话一定又很尴尬。我漫不经心地搓着发冷的手指,听见约翰靠近门口,我脑中突然飞快冒出许多急迫的想法,就像紧张之下乱投的快球四处飞来。

我可以说那是意外。

是啊,你绝对可以说服他们。你可以找一堆人替你做证,证明有一次你明明是在刻南瓜,却不小心割到手上的动脉。还有一次你在阴囊上倒了半杯烛蜡,珍妮弗还得送你去急诊室把蜡刮掉,你可以去调急诊室的记录。还有热熔胶枪事件。大家都会相信你,他们看了证据就会知道你不是杀手,只是笨到不行的蠢蛋。警察先生啊,那天我开车经过那栋房子,从外面透过窗户看见类似剃了毛的狒狒,八成是从附近的马戏团逃出来的;它明显虚弱又营养不良,让我觉得它对房子的住户构成很大的威胁,因此我掏出武器,开枪制服了狒狒。有趣的是,这时我的老二不小心掉出来,我只好——

嘎。唧——啊。

声音从我头上传来。

地板在嘎吱作响。

我停下来,屏住气仔细听。是风声吗?我头上传来关门的声音。

我快速地轻声走向楼梯,眼睛盯着楼梯顶端黑暗的门口。我回头瞄了约翰一眼,他一脸惊讶,显然并不是他找了其他人过来。我从外套中掏出手枪,对准楼梯。

死王八,下来吧,快下来。你刚好碰上王大卫生平最糟的一天。我可能要去坐一辈子的牢,搞不好更糟,而我的枪里还有十四颗子弹。不管你是谁,你可挑错了日子,又挑错了楼梯。

快下来。

我听见另一扇门被打开又关上的声音。最危险的怪物到底需不需要开门?

我轻手轻脚，一阶一阶地慢慢走上楼梯。我踏过走廊嘎吱乱叫的木头地板，走廊上每一扇门都是关着的，只有卧室的门开着。照理讲我应该先检查图书室，我静静地转动黄铜门把手，直到门弹开。里面一片黑暗。我打开电灯开关，灯马上就亮了。

水母不见了。

我退出去，走了一步，接着打开右手边的门。门后是浴室，我不需要开灯就知道里面没人，而且——瞧——地上的脂肪袋也不见了。

我走向卧室，双手把枪举到胸前。我的手臂非常僵硬，像坦克车上的大炮。熟悉的感觉涌上心头，血流冲击我的耳朵，脑中火花四溅。我又开始冒冷汗，我的衣服一定都是汗臭味。

黑暗中有东西动了一下。

一道细瘦的身影，几乎跟人一样高。

灰黑的身体，像只犀牛。

对方看到我，马上停在原地。

汗水流过我的额头，停在左眼上，烧得我眼睛好痛。

*我的妈啊！是只剃了毛的狒狒！*

透过手枪的瞄准器，我看见一个非常瘦弱且苍白的年轻女孩，过大的圣母院大学灰色运动衫，她穿起来就像洋装一样。

我说："哦！埃米，嘿！"

如释重负的感觉排山倒海而来，淹没了我脑中所有的想法。

埃米往后退了几步，她一手拿着牙刷，紧张地用拇指刮着刷毛，继续往卧室门口倒退。她的另一手隐没在空空的袖子里。

"嗨，"她说，"你们……找我有事吗？"

"没有，没有，没事。我们只是担心——"

我犯了大错。我故作轻松地伸出手（我想另一只手拿着枪的时候，要装轻松真的很难），想抓住她的手臂。

我得确定这真的是她，确定她真的存在。

我的手指握住的前臂非常真实，然而她立马把手抽开，于是我伸手去抓她手掌应该在的地方，却只抓到了空气。

她闪进卧室，用力摔上门。我呆呆地看着手指，然后意识到两件事：埃米·沙利文还活着，而且她没有左手。

"等一下！嘿！"我尖声说，一边用力捶门，还一边挥舞手枪，看起来完全像个武装的强暴犯。"是我！"

"我知道！"她说。我听见有东西滑过地板，撞到门把手——她用某样家具挡住了门，大概是衣柜。

"等一下！你不要怕！我没有带枪！好啦，我有枪，但是不会对你怎样。我们在到处找你！"

"我在这儿啊！"她用安慰疯狗般的虚假甜美音调说，"你们可以走了！"

我把枪塞回外套口袋，靠向房门。"嘿，你之前到哪儿去了？"

里面没有回答。我隐约听见她在说话，好像在喃喃自语。可怜的孩子。

我晃回楼梯口，虽然我解开了一个谜题，却又碰上数十个新的问题。首先，我到底杀了谁？

约翰走上楼梯，说："上面是谁在讲话？"

"我找到埃米了，她在房间里。"

他朝房间看了一眼，然后说："哇，你真的很强。所以她一直都在里面？是躲在抽屉里吗？"

"约翰，我不知道，也不在乎。她要我们离开。"

"你确定?"

"约翰,我们得谈谈。"

我推着他转过身,下楼回到客厅里,刚好从凸窗看见屋外一闪一闪的红蓝灯光。我们走到大门口,德雷克警官同时推门进来。

"发生什么事了?"德雷克边说边掸掉肩膀上的雪,"埃米打电话报警,说家里有人持枪闯入。"

德雷克上楼去安抚埃米。我和约翰在厨房里等着,坐在小餐馆使用的绿色铬餐桌旁。约翰掏出一个看似装烟草的小盒子,然后问道:"你觉得她会介意我在这里抽烟吗?"

"约翰,我杀了一个人。"

我吐出的话悬在半空中。短短一秒之间,我心想有多少人曾经说过这句话,还能继续过快乐的日子。

我说:"我的工具间里有一具尸体。"

"是杰夫·沃尔夫莱克吗?所以老板的职位空出来了吗?"

"不是。刚才我在回家的路上,有个男的突然冒出来——或许他根本不是人——他把一只像蛞蝓的东西放在我身上,问了我一堆问题。"

"然后你就杀了他。"

"没有,没有。他逃走了。我杀了一个毫不相干的人。我只是想把事情讲清楚而已。"

"好吧,所以你杀了谁?"

"不知道,我没有看。可是我好像记得杀人这件事。我用的是这把手枪,里面少了一颗子弹。我记得杀人这件事,可是不记得我想要杀人。"

约翰小心翼翼地看着我，然后撇开脸，把头发束在脑后，用橡皮筋绑起来。他拿出一个小盒子，抖出一张烟纸，接着打开烟草盒。

他说："你觉得是附身在丹尼·韦克斯勒身上的东西吗？我们在大卖场碰到的那个恶魔？"

他说"在大卖场碰到"，好像我们只是看到恶魔在服饰店折裤子似的。

我只服侍克洛克。

"我是说，"他说，"它们不是可以掌控人类，把人当作玩偶吗？你不是还开枪打我？"

"你又要提那件事？"

"你觉得你杀了珍妮弗吗？"

我居然没想到是她。

"没有，我……我们当初分手分得很好啊。"

他没有回答。

我掏出手机，从快速拨号清单中找到珍妮弗·洛佩兹的电话。电话响了一声，接着三声、六声、八声，终于……

"嗯……喂？"

我认得这个声音，虽然又醉又困，但是她的声音没错。我挂掉电话。

"她还活着。"我说。

"好吧，那你认识的人都没事了。"

"可是如果……那个怪物控制了我，它不会杀我想杀的人，而是杀它想杀的人呢？"

我的妈啊，这实在太夸张了。

约翰说："所以还有可能再发生一次吗？"

我张嘴想回答,却又闭上嘴巴。我没想过这件事。约翰开始仔细地把烟草撒在烟纸上。

我说:"约翰,她可能不希望你在这里抽烟。"

"哦,反正我也要先把烟卷好,不然等到我很想抽的时候,可不想花时间慢慢弄。如果烟草都卡在中间,烟就点不了多久。卷烟真的是很麻烦的事。"

"我跟你说,现在你可以直接买到卷好的烟了。"他开始卷烟纸,重新摊开,又卷了一次。

我靠过去压低声音。"嘿,约翰,我刚刚看到埃米的时候,发现她的手不见了。"

"对啊,她已经那样很久了,她以前出过车祸。"

"哦。那她还一个人住在这里?"

"对啊,有什么问题吗?"

"没有人……过来照顾她吗?"

约翰看了我一阵子,然后说:"这个嘛,阿卫,我想她的邻居会用碗装食物和水拿过来给她,顺便让她出来放风。"

"什么?"

"没事。"

德雷克出现在厨房门口,埃米藏在他身后,我们立刻闭起嘴巴。她从警察身边挤进厨房,全身已经换上外出服,甚至穿了鞋子,然而现在时间这么晚,天气又这么糟,她不可能要出门,所以这一定是她待客的服装。她留着长及下巴的红铜色头发,看起来像是自己剪的。她的眼睛有点诡异,绿色的虹膜颜色感觉有些古怪。

除此之外,她还少了一只手。当她走进房间,我撇开眼睛,不去看那只无手手臂在她行走时不自然地摆动。然而,我发现自己转移视线的意图很明显,于是再度转头看着她手腕末端伤痕累累的残肢。但是现在我的视线又变得太明显了,她索性盘起双手,让手腕缩回袖子里面。她直接跳过我,说:"嗨,约翰!"

"嗨。刚才你在走廊碰到的是阿卫,他不是神经病杀手。"他撒谎道。

"哦,我知道,我们是同学。"

没错,埃米,让我们回味一下松景行为障碍学校吧。你记不记得有一次他们把精神分裂的博比·瓦尔德斯绑起来,结果有一名看护扭断了他的手?哈哈哈哈哈哈哈!

我说:"嘿,我很抱歉刚才……差点对你开枪。我们只想问你几个问题,然后就不烦你了。"

她盯着我看了很久很久,就像没有社交能力或精神有问题的人那样。约翰说得没错,我知道她小时候出过车祸,是脑部损伤吗?这就是她的问题?我想起她床头柜上的药。

她继续盯着我们。"没关系!"她不以为意地挥挥手,笑着说,"所以你们跟警察是一起的吗?"

天哪,你还真开心。亲爱的,你的药里面是有镇静剂吗?

"哦,不是。约翰认识德雷克警官,他只是打电话请我们帮忙。我们……呃,算是专门处理——"

"哦,我知道,"她开朗地说,"我看过你们的报道。我常常上一个网站,类似诡异的新闻网,我记得大概每两篇文章就会提到你们一次。因为吉姆的关系,他那个——你们知道吧——之后,我就读了很多相关的东西。你们要喝点什么吗?我有蔓越莓苹果汁,还有……"她转过身打开冰箱,"还有……水。还有腌黄瓜。"

"不用了,谢谢。"

她关上冰箱门，拉出约翰和我对面的椅子，在餐桌旁坐下。德雷克说："她什么都不记得，我看她至少少了二十个小时的记忆。"

我对她说："你最后记得的事是什么？"

"刷牙。在那之前我先下楼把莫莉放出去，让它去尿尿，在雪地里打滚，它很喜欢玩雪。然后我上楼，拿起牙刷正要挤牙膏，突然灯灭了。一点迹象也没有，就这样灭了。接着牙刷又回到架子上，水龙头关起来，我完全不记得中间发生了什么事。然后我听见走廊上有人的声音，原来是你。"

"你进厕所前在用电脑吧？"

她迟疑了一下。她在隐瞒什么吗？

"嗯，我想是吧。"

"没有发生奇怪的事吗？"

"什么时候？"

"今天晚上，还有之前的几个晚上。"

"没有。"她像不会撒谎的人仔细盯着我的脸，一直想看我相不相信她。这个女孩缺乏撒谎练习。

"你确定？"

约翰很配合地站起来，走向门口。"我马上回来。"

我转向德雷克，说："警官，这里都没事了吧？"

他用轻蔑的眼神看着我，似乎在表示他才是警察，他想离开时才会离开，我休想赶他走。

埃米说："我没事，真的。我只是太累了。"

德雷克和我互瞪了好一阵子，直到他确定我了解了虽然他决定离开，但是他的老二还是远比我的大一样。他抓起柜子上的帽子，戴上盖住耳朵。"好吧，我差不多也得回去了。"他对埃米说，"不过，如果再发生同样的事,记得要告诉我,懂吗?"

他特别强调了"我"。

"嗯,谢谢。"

他把门一摔,一阵寒风刮进来,他就离开了。房间里只剩我们两个。面对我曾经背地里取过搞笑绰号的人,我感到非常独特的尴尬和沉默。你也知道,海参会吐出内脏来分散攻击者的注意力,埃米在别人的桌上吐过三次之后,我们……好吧,我想我之前已经讲过了。管他呢。

她仔细研究餐桌上的刮痕,手指敲打桌面。我的视线在房间里飘移,从冰箱上的日历(图案是身穿维多利亚时期服装的猴子)转向应该要有手掌的断臂,再移到地上熟睡的狗身上,它显然对自己的复活不以为意,也不在乎主人终于回来了。我继续看向桌上的一包野餐塑料杯,又转回去看埃米消失的手。约翰怎么走这么久?

埃米往前靠了靠,说:"嗯,你看过最恐怖的东西是什么?"

我想了一下,说:"有天晚上我去饼干桶餐厅,距离我两桌的地方坐了四个老太太,她们都戴着红色的大帽子,配着紫色斗篷。我一直偷瞄她们,她们都只喝咖啡,没有吃饭。于是我站起来准备离开——"

"你一个人去吃饭?"

"对啊。于是我站起来准备离开。我付了钱,正要走向门口,却看到另一桌也坐了一群女人,身穿紫色斗篷,头戴红帽子。"

埃米想了一下,然后说:"好奇怪。"

她低头看着桌子,然后像阴谋论者压低了嗓音,悄声说:"你听说过人体自燃吗?"

"听说过。"

"我有个朋友达娜,有一天她去杂货店,她的手臂突然烧起来了,就这样,而且只有她的手臂烧起来了。她大声尖叫,手挥来挥去,把火星溅得到处都是。最后警察出现,把她逮捕了。"

"逮捕?为什么——"

"非法持有武器。"

沉重的静默弥漫房内,她又低头看着桌子,嘴角微微露出笑意,看起来对自己非常满意。

我说:"你知道中东的女生如果讲这样的故事,可是会遭鞭刑的呢。"

这时约翰推门进来,手里拿着装洗洁精的塑料瓶,瓶子里透明的黏稠物质乍看之下很像发胶。一旦你真的拿来当发胶用,可能就再也没机会把别的东西误认成发胶了。

我站起来,约翰站到我旁边,进入审讯模式。

"好吧,"我开口,"我们知道你发现有什么事不对劲。你知道有东西要来,所以在房间里装了一堆摄像机,想把对方拍下来。"

埃米安静了很久很久。

她终于说:"以前也发生过。"

"时间消失?"

她点点头。"我知道的至少有五六次,但我确定不只这几次。都是些小事。大概从两个礼拜前开始,不过也有可能更早,对吧?有时候我打开浴缸的水龙头,眨个眼,地上突然就淹水了——浴缸里的水在两秒内溢了出来。有一次我醒来,却在另一个房间里。还有一次我突然出现在床上,衣服前后反过来——前一秒我还在看电视,下一秒却突然躺在床上。"

约翰说:"但是你从来没看到任何东西?"

"没有。"

我说："你觉得原因是什么？不明飞行物吗？"

"不，不，不。我觉得我只是在梦游，或是昏倒了。我以为是我的药害的。"

满嘴谎话的人渣！

我说："约翰？"

他从水槽的沥水架上拿了一个茶碟，挤出一些瓶子里的液体，然后从柜子上拿了一个汤匙。

他对她说："想象一样东西，有形的物体。"

"譬如？"

"什么都可以。"

她居然露出很感兴趣的微笑，准备顺着我们玩。她拨开前额的头发，我发现她的刘海长度刚好会戳进眼睛，让她看上去非常可怜。她眯起眼睛，露出近乎滑稽的专注表情。茶碟上的凝胶开始冒泡，像熔岩灯里的蜡一样扭曲旋转上升，凝胶顶端开始缓缓向外扩张，变得像蘑菇一样。不一会儿，凝胶变成一棵十五厘米高的小树，有点像老人家柜子上会放的水晶小雕塑。

埃米露出钦佩的神色。"你怎么……"

"我们也不知道，"我说，"有人寄给我的。那个人说他在石油公司工作，他们在地底三百米的钻头上找到这种黏液。他们原本以为是润滑油，还以为油井漏油了，结果这东西把他们其中一个人杀了。"

小树开始溶解，变回一摊黏液。约翰把汤匙悬在茶碟上，说："是啊，它能动就已经很厉害了，毕竟它只是一摊烂娘炮嘛。"

黏液变成血红色，中间露出一个洞，液体边缘冒出牙齿般的尖刺。

"哦,你不高兴了?"约翰继续挑衅道,"我见过另一种凝胶,能做出比你大一倍的东西。如果你这么特别,你为什么不去找工作啊,你这个烂——"

凝胶猛然一动,接着咣当一声,半截汤匙就不见了,凝胶怪嘴里咬着那半截汤匙,正奋力把汤匙压扁,像狗咬骨头一样嚼着铁碎片。椅子突然倒在地上,埃米站了起来,双手抱着肚子。

"再等一下,"约翰说,"它过一会儿就会冷静下来了。"黏液的颜色从鲜红色褪为粉红色,接着变得透明,最后变回一摊液体,压扁的汤匙飘在中央。

我说:"我们家里有一堆这种诡异的玩意儿。你说你读过我们的报道?那些内容大部分都是真的。这就是我们的工作。我们很有天分,我们看过你在噩梦里才会碰到的怪物。所以埃米,不管你说什么,我们都不会觉得你疯了,但是如果我们要帮你,你就得把每件事都说出来。你要我们帮忙吗?因为今天晚上发生了很多怪事,严重、诡异又愚蠢的怪事。"

她将头发从眼里拨开,点点头,说:"好。"

"说吧。"

她说:"去地下室。"

通往地下室的门藏在书柜后面。这个机关当然没有蝙蝠侠的秘密通道入口那么酷,随便拉拉书本,暗门就会自动打开;只是一个普通的旧书柜,有人把柜子放在储藏室里面的门前,免得别人跑进去——陌生人或是没有力气搬开书柜的瘦弱女生。虽然书柜上没多少书,但是我和约翰合力才把柜子挪开。

埃米推开门，在黑暗中摸索一阵才找到天花板上灯泡的拉绳，原本全白的绳子已经变成油腻的褐色。

蜘蛛网。

没有油漆的砖墙。

类似一群湿漉漉的狗的气味。

我们走下嘎吱作响的楼梯，走到一半，我才发现我们居然让一个女生带头前往黑暗的地下室冒险，真是一点英雄气概也没有。

我伸出手，微微移动身体，做出改变我一生的决定。我轻轻推开埃米，站到她前面，挡在她和黑影之间。

地下室很冷。我看到左方黑暗中飘浮着方形雪片，与地面同高的窗户被雪堆掩埋了。

走到转角时，我看见黑暗中浮现锯齿状的长形物体，看起来像树枝。在昏暗的灯光下，我的想象力开始发狂，让我在物体末端看见尖如刀片的爪子。我绕过转角，用力眨眼，想在黑暗中看清楚一点。肾上腺素在我体内乱窜，我看到一只怪物，它的"手臂"长在矮胖的身体上，身上覆盖着类似鳄鱼皮的尖锐厚板，蚱蜢般的长腿往后伸，踢向天空，让它的身体呈现"W"的形状。它有两丛跟昆虫复眼一样群聚的眼睛，长在细长的头颅上；嘴巴很长，双颚尖端跟皮下注射器的针头一样尖。我盯着这只怪物，眨眨眼，心想等我看清楚之后，它可能只是一台热水器罢了。接着我惊讶地发现，眼前怪物形状的阴影真的是一只怪物。

埃米走过转角，我尖叫着"退后"并伸手挡住她，结果刚好打中她的脸。我拔出枪，动作流利地开枪，枪响在地下室听起来震耳欲聋；我很确定我根本没瞄准，子弹可能打到怪物，也可能打中我的脚。

怪物的肩膀在一阵黄色火星中炸开，前伸的手臂掉下来，滚到地上，锯齿状的尖端烧了起来。

我踢中怪物的胸口，把它踢倒在地，然后我捡起断掉的手臂，用它自己的手臂一次又一次捶打它的下体，同时扯着嗓子大声吼叫，声音大到盖过砰砰砰的捶击声。

过了一阵子，我发现怪物显然没有反击。它躺在地上，肢体僵硬地伸向空中，仿佛已被石化。我用它的手臂又打了七八下，才将手臂重重地丢在水泥地板上。我深吸了好几口气，潮湿发霉的空气蹿进肺部，我浑身颤抖不停。

约翰靠过来，低头看着被肢解的怪物，说："它不太灵敏吧？"

"两位……"埃米挤过我们身边，蹲下来把怪物扶起来，让它重新站在地上。

"这不是真的怪物，只是模型、道具。吉姆做的。"

她让怪物站稳，然后跌跌撞撞地绕过几个四散的纸箱，打开另一个开关。这次头上的日光工作灯亮了起来。

在亮眼的灯光下，那只怪物看起来反而更加恐怖——它的另一只手弯在身侧，爪子看起来可以砍断树木；数百颗眼珠聚在一起，我从每一颗当中都可以看到自己，像万花筒照出我疲惫苍白的脸。

我说："哦，我很……呃，抱歉。"

她转向我，睁着明亮的眼睛，仿佛她这一年没看过更好笑的事了。我上下打量怪物，不管怎么说，这至少是件了不起的艺术作品。

约翰说："你看它的手臂，上面有肌腱。"

我仔细看着地上的断臂，断口露出磨损的骨头和连接手臂的组织。吉姆还做了这只怪物的内部构造，包括肌肉组织、肌腱、骨头，八成连内脏也有。不可思议。

"他很痴迷这些，"埃米说，"他买了很多科幻杂志，以前还会订有关化妆和特效的刊物。我常常看他搅拌大桶大桶的硅胶，他长大后就想做这一行。这只他做了两个月。他下班后就会下来这里，我都是隔天一早才会听到他出来，每天他都要做上好几个小时……"

她的声音愈来愈小，对过世哥哥的回忆让她走神了。现在好像不太适合告诉她，我认为要做出这种道具，需要工业光魔特效公司的六人小组，花上二十五万美元。这绝对是"酱油"搞的把戏。

吉姆，你这个疯子，我开始觉得当初我们应该可以变成好朋友才对。

"来吧，"她说，"过来这边。"

她穿过一扇矮门，约翰还得低头钻过去。我们走进地下室一角，几十年前这里可能是储藏煤炭的房间。她蹲下来，插上一条黄色延长线，房间亮起刺眼的光线，细瘦的铁灯座上架着两盏工作用的卤素灯，照亮了这小小的工作间。房里摆了两张折叠铁桌，十几个瓶子和管子，还有染料、硅胶、石膏等材料，角落里高高地堆着好几个五加仑容量的白色水桶。

埃米说："他有好多箱素描和笔记。以前他还会写很恐怖的科幻小说，他都不让我读，但是我会偷看。每次男主角都被剥光绑起来，任由美丽的外星公主'折磨'他。你也知道，吉姆很久没交女朋友了。"

她蹲在一摞资料箱旁边，打开其中一个箱子的盖子，拿出好几本素描簿。

"后来他开始制订更大的计划，好像是小说和电影剧本。我跟他说人家不可能让他又做道具又写剧本，他却说詹姆斯·卡梅隆导演就亲自设计了《终结者》的机器人。你知道《黑客帝国》里面有一幕,主演基努·里维斯伸手去开门,门把手上好像可以看到摄影小组的倒影。吉姆第一次看的时候就看到了,他真的是这方面的专家。他想了很多计划,总是说要把房子卖掉,搬去……"

她耸耸肩,没再说下去,我想是为了避免眼泪跟着流下来。她交给我四五本素描簿,我翻了几页,看到关节、肌肉、手掌、爪子和眼睛的素描;我继续翻,直到有张图吸引了我的注意。

图中一群人和三名不是人类的生物走在一起,这种生物全身黝黑,炭笔浓重地画出它们的四肢,仿佛是用影子做成的人。

图中的人站在一个小房间门口,其中一个黑色生物伸出手,好像要开门。

我继续翻,又看到一张门的素描。这扇门很眼熟,我一小时前才看到过——沙利文家二楼通往废弃阳台的门。

我回头瞄了那具坏掉的模型一眼,然后说:"这些东西,还有外面所有的模型,你说吉姆是为了他写的故事而做的?"

"他从来不跟我聊这些,不过他过世后,我看过他的笔记。日记就放在那堆东西里面,我替他整理遗物的时候找到的。"

她用袖子擦擦脸颊。我觉得自己真是个浑蛋,哪壶不开提哪壶。我们没有再问问题,不过她说:"他在写平行宇宙的故事,标准的科幻小说,就是平行世界那些有的没的。我认为他的故事在写另一个地球的事,那个地球和我们很近,而对方想在两个星球之间建一座桥,这样它们就可以……入侵地球。"

"那这只怪物呢?"我问道,"它在故事里负责做什么?"

她耸耸肩。约翰严肃地说:"我猜就是这只怪物把主角绑起来,让裸体女外星人拷问。"

埃米笑了,我突然想起为什么我喜欢和约翰在一起。我又回头看了一眼独臂怪物，然后说："我们快走吧。"

那时候我不可能知道吧。我怎么知道吉姆的东西或许能回答我们所有的问题？或许他已经把整件事想通了？

那天晚上的那个瞬间，我只想赶快离开，脑海中每个想法都散发出内疚腐败的气味，想到吉姆时更加明显。

所以没错，我们费力地爬上楼梯、关掉电灯，将吉姆所有的作品和材料留在黑暗的厚毯下，再也不为人所见。

从那天晚上一直到我们把房子烧成灰烬，我再也没有去过地下室。

回到一楼后，约翰问埃米有没有在家里看到过类似水母的生物，或是一个装满类似猪碎肉的大袋子。她回答"没有"的时候，我一点也不惊讶。

她还说她的摄像机只要侦测到动作就会开启，却从来没有拍到其他人。

"每次都只拍到我在床上翻身，"她说，"因为背的问题，我睡觉常常翻来覆去。"

"你之前失去记忆的那几次，"约翰还记得问，"大概是发生在多久以前的事？"

"我确定星期天晚上和星期二晚上都有，然后就是昨晚了。"

"每四十八小时一次，"约翰总结道，"至少目前为止是这样。"

"不过通常都不会持续太久。目前为止，我顶多忘记大概六小时，从午夜到清晨。昨天是我第一次忘掉一整天。"

"每次都在午夜左右发生吗？"我问道。

"我想是吧。"

我们表示愿意留下来陪她看昨晚摄像机的照片,但埃米婉拒了我们的好意。我迫切地想看相机拍到了什么,可是拍的毕竟是她的卧室,她当然会怕两个诡异的男生翻阅这些照片,看她换衣服或做女生一个人在卧室会做的事,譬如用打火机把屁点燃之类的。

她保证会看完照片,然后告诉我们结果。我告诉她我八成把照片移到深藏在打印机驱动器里的某个文件夹里了,当然我不是故意的。约翰自愿留下来守夜,但埃米一听就吓得直摇头,还说反正都快天亮了。

于是我们离开了,感觉好像蒙着眼拼拼图,而且还只能用屁股夹起来拼。

我回到家,看见壁钟显示的时间是凌晨三点二十六分。我打开家里的每盏灯,仔细检查每个房间有没有该死的怪东西。最后我终于倒在椅子上,心想今晚我绝对睡不着了;我体内有太多肾上腺素,闭上眼睛就会做很多恐怖的梦。

我睡着了。

房间重新在我眼前聚焦。我睡了多久?我试着移动手臂,发现动不了。有人在房间里,因为我身后传来脚步声。我又试了一次,四肢依然没有反应。

我以前也做过这种梦,只要——

哦,该死。

那个人俯身将瘦削的脸凑到我眼前。巨大的鼻子,正是那天坐在越野车里的老朋友罗伯特·诺思。

他问道:"你听得见我的声音吗?"

我眨眨眼,不是为了回答他,而是想看看我能不能眨眼。我的眼睛可以动,所以有办法只靠眼皮杀人吗?

他说:"很好。"

他走出我的视线范围,又走回来,将手掌在我眼前摊开。有样东西在他手上爬动。他把手伸到我面前。

一只蜘蛛。

体形非常大,像颗鸡蛋。

黑色的脚,黄色的条纹。

看起来就是养来干架的。

诺思用手掌托着蜘蛛,说:"我要你把它吃掉。"

我勉强移动嘴唇,说:"去死吧你。"

"我要说几个词,希望你能专心听。拖拉机、月光、小提琴、黏土、大拇指……"

他讲了好几分钟,连续丢出几十个词,搞不好有几百个。他将手上的节肢动物举起来,蜘蛛的脚不断扭动着。

"红色、砂岩、伸缩喇叭、污渍、逗留……"

就这样,我突然觉得自己快死了,我可以感到体内涌出毒液,害我全身衰竭,让我的肠子腐烂、血管燃烧。我只有一样解药——诺思手上的东西。突然间,那只蜘蛛成了我的救星和带我逃离黑暗房间的一扇光明窄窗。我使尽全力,将头往前靠——我的双手还是麻木得无法动弹——然后贪婪地将蜘蛛吸进嘴里。我咬断它铁丝般僵硬的腿,咬穿蜘蛛的身体,感到滚烫的咸汁液喷入嘴中;我连忙吞下苦涩的蜘蛛腿、软骨和——

我猛然苏醒,从椅子上跳起来。只有我一个人,房里还是一片漆黑。

墙上的钟显示是早上六点十三分。我用手擦擦嘴巴,舌头上还残留着苦涩的味道。我甩头左右张望,确定房里没有别人。

刚刚我是在做梦吧?吃蜘蛛?这代表什么鬼意思啊?

往好处想,至少今天是周末。

我的电话响了。

我想要暂停一下,谈谈我的老二。

我的老二就像刚学会走路的小孩,这个小孩——以他的年纪来说,体形非常正常——正在长途旅行,他认为旅途的终点是迪士尼乐园。我的老二很兴奋,因为他好久好久没去迪士尼乐园了,但他还记得有一阵子他天天都去。所以现在老二小孩一直扭来扭去,不断抱怨:"我们到了吗?我们到了吗?现在就进去吧?现在?现在……就进去吧?"

可是放眼望去,根本看不到迪士尼乐园。

我愿意承认我这个人很糟糕,比方说我和珍妮弗在一起的两年,如今大概只剩下一系列疯狂喘息的记忆:摸索的手扯掉彼此的衣服,在我耳边鼓动的心跳声,指甲深深抓住我的背,嘴里残留的咸味。我只记得生理反应,只记得激素作祟。随着时间过去,我愈来愈不记得我们的对话,甚至没办法细数我们最有趣的五次约会内容(虽然每次约会如何结束我都记得很清楚)。

假如你听到这里双手一拍,自以为懂地眨眨眼,那你可以去吃屎了。珍妮弗是我的好朋友,连我都无法忍受自己的疯言疯语时,她却忍过来了。然而那些都过去了,只留下过去性爱填满的巨大黑洞。

我和珍妮弗的关系因为一次怀孕惊魂记而画上句点。她见过我的世界,而她不想在这样的世界里养孩子,我们因此激烈争执了许多次。有一次,我一边狂喷口水一边大吼说,如果她去堕胎,那个该死的胚胎八成会该死地纠缠我们——我是说会真的害我们家闹鬼——直到我们过世为止,搞不好还会追到阴间来。事后证明我讲错话了。

事后我们发现怀孕只是虚惊一场,但从此以后我就吓坏了,开始愈来愈退缩,常常乱扯各种理由,像是"哦,我明天早上要早起,整天都要点货什么的,我现在实在没有心情,珍妮弗"……

后来我们就渐渐不再碰彼此了。珍妮弗认为是我不再爱她,可是我心中爱人的那个部分和我的老二其实很少沟通。她变得很爱哭,很爱睡觉。我们常常吵架,后来她就离开了。

所以我已经从性爱马车下车六个月了。今天早上,我又拖着身子到出租店,在冰冷的早晨值了另一次突如其来的班,现在我站在沃利出租店的柜台后方,心想今天一定糟透了。激素像潮水一样来来去去,有时候没什么大不了,有时候我则觉得自己又变回了十五岁的小伙子。前几天,同事坚持要我带一部叫《幽灵世界》的电影回家看。后来我发现这根本不是幽灵的故事,而是讲一个女孩的成长,而且我发现她有一系列非常短的裙子,看完整部电影,我只记得看了整整两个小时索拉·伯奇的大腿。

我又离题了。早上我的同事蒂娜打电话过来,问我能不能替她值早上的班,因为,天哪,虽然路上的积雪都被清理干净了,但是她听说今天雪会下得更大,而她不想被困在出租店里。她说我是全世界最好的人,她真的欠我很多很多。对了,蒂娜身材娇小,一头金发,个性活泼,跟啦啦队队长一样精神饱满。于是我穿好衣服,在椅子上辗转难眠地休息几个小时后,开车回到出租店。对了,蒂娜已经订婚了,还有一个小孩。在今天这种日子,老二先生已经不在意逻辑了。

现在……就进去吧?

我折好今天的报纸,丢进脚边的垃圾桶。我已经浏览过整份报纸,就为了找失踪人口或警方搜索相关的报道,但是什么都没有,报纸头版只发表了一张小孩在雪地里玩耍的照片。显然还没有人发现藏在工具间里的那个人失踪了,或者他是个彻头彻尾的浑蛋,于是昨晚全镇的人召开秘密集会,决定案子干脆不要侦破比较好。

三个小时过去,还是没有客人来租片。我低头发现报纸已经掉到了地上。昨天为了促销,我们在店里到处挂满气球,事后清理的时候,其中一名同事把一个气球塞进了小垃圾桶里——充满的气球真的塞满了整个垃圾桶——结果完全没办法再丢垃圾进去。不知道为什么,这让我觉得很有趣。我听到店门被打开的声音。

德雷克警官跟一般警察一样从门口横着走进来,身上还穿着制服。他继续侧身穿过店内,停在柜台附近。我发现自己的手紧抓着旁边的DVD外壳。

告诉我,王先生,你不会刚好认识镇上昨晚失踪的一个男生吧?他用血把你的名字写在墙上,现场还找到一双你的手套,我们还拍到你杀了他的视频。

然而他却说:"你不觉得外面很美吗?"

我完全不知道他在说什么。他转身从玻璃门往外看,点了点头。室外一片冰风暴过后的寂静,世界像是覆上了一层水晶,停车场上造景用的小树枝卡满了碎玻璃,闪闪发亮。我进店里时天色还有点暗,所以没发现。

"哦哦,怎么了,德雷克?"

"我一直没怎么睡,"他说,"我看你也差不多吧?"

"是啊。"

他耸耸肩。"哎呀,大概只是需要换床垫吧?或许我应该买一台播放舒缓身心声音的机器,譬如放瀑布或丛林的声音。"

"丛林的声音?"我的脸垮了下来,"我不觉得丛林的声音会让我想睡,这只会让我想到《早安越南》那部电影。"

德雷克没有笑。

"我啊,是我的小女儿害我睡不着。"他说,"她才四岁,每几个小时就醒来一次,哭着要洋娃娃,我们就得进她房间,问她娃娃的事,安抚她睡觉。两天前的晚上,我经过她的房间,那时候她不在屋里。我第一次看到她的娃娃,看起来是一尊颇大的瓷娃娃,有一双玻璃眼睛,穿着蓬松的洋装,就坐在床边。我想大概是我太太在跳蚤市场买的,因为我从来没见过。后来隔了不到两秒,我又经过她的房间并往里瞧,娃娃却不见了,只剩下空荡荡的床。我问我太太,她说她从来没见过那样的娃娃。从来没有。"

"是啊。"我说,仿佛这样就能稍微解开谜团。他想要我说什么?

"你们研究出沙利文家飘来飘去的那只东西是什么了吗?"

"德雷克,我们知道的跟你差不多,只知道事情很怪,整座小镇都很怪。"

"你知道前阵子有一名警探失踪了吗?好像姓阿普尔顿,黑人。他莫名其妙开始滔滔不绝地说世界末日到了,然后就跟烟一样消失了。"

"我想我听说了。"

德雷克说:"你知道他失踪前最后审讯的人是谁吗?"

"我?"

"没错,没错。他们怎么都找不到他了。"

德雷克,在不具名小镇当警察不是维持长期身心健康的好方法,查查他们的自杀率就知道了。我还可以告诉你另一件事,现在你的眼神跟那家伙精神崩溃前一模一样。

我大声地说:"德雷克,你到底来这里干什么?"

"我想租一部片。"他开朗地说,"今晚不出门了。"

"好啊。"

"你替我推荐几部吧,要好笑的。"

我伸手拿起左手边还片区的第一张 DVD。《穆赫兰道》,大卫·林奇执导的片子,我从来没听过。这部电影的包装上没有贴防盗标签,好像我们希望有人把片子偷走似的。

"租这部吧,"我说,"这部不错。"

"我家小孩能从头看到尾吗?"

"当然可以。"

我跟德雷克收了钱,他侧身离开柜台,抬手准备推门出去。我拿起另一张 DVD,吐出憋了很久的一口气,然后就在他走入冰冷的室外时,我听到自己说:"今天没有其他人失踪吧?"

他停下来,转过身,视线在我身上停留了好一阵子,才开口说:"没有。你问这个干什么?"

你这个猪头,等到真的有人失踪,他就会记得你问过了。

"没什么。"我说,接着补上一句,"我只是不希望还有人跟埃米一样。"

他等了一会儿，好像还有话要说，但最后还是转身离开了。我的手机响了起来，大部分的人现在都下载音乐取代原本的铃声，但我还是使用自带铃声，省得麻烦。我从裤子口袋里掏出手机，看见屏幕上显示着约翰的名字。我接起电话："喂？"

"文尼，我不是叫你不要烦我吗！"

"约翰，是你打给我的。"

"对哦，对不起。你看到外面的树了吗？很漂亮吧！"

"约翰，那个人又来了，就是昨天晚上出现在我车上的人。他又出现了一次，我以为那是我在做梦，但我开始担心那不是梦了。"

"你杀了他吗？"

"没有，约翰，真谢谢你在电话上问这种问题。"

"对了，你弄清楚工具间里那个人是谁了吗？我是说，你知道名字了吗？"

"没有，我家那个地方的尸体还是个谜。我要回去工作了。你找我有什么事？"

"你得过来一趟。"

"不行，现在只有我在看店。"

"那就把店关了吧！把店关了，快点过来。"

"什么？为什么？"

"你来就知道了。我们中午在安身处见。你绝对不会相信我找到了什么。"

"安身处"是我们给丹尼斯家庭餐厅取的代号。

我到了餐厅，看见约翰坐在远方角落的位子上，手里拿着一叠纸，他身边有一对胸部，接在一个女孩身上。她不是克丽丝特尔，那个有一双蓝色电眼、留短发,总是穿蛋糕裙的高个儿女孩;也不是安吉,那个戴黑框眼镜、绑马尾,穿七分裤的性感图书馆员;也不是尼娜,那个身穿短到不行的迷你裙、头发挑染了几撮绿色的女孩;当然也不是贱女人尼基。

坐在他旁边的是马西。哦,马西。主宰时尚产业的同志都搞错了(他们一致希望女模特看起来像纤瘦的男生),我在现实生活中见过最辣的女生大概体重有六十八公斤,她的名字叫马西·汉森,是约翰的女朋友。她有一头深红褐色的头发,跟莫莉的毛色类似,还有一双钴蓝色的大眼睛。她看着你的时候,总让你觉得自己是世上最重要的人。

我坐下来,跟她互相打了招呼。我从眼角瞄到约翰在马西胸部左边的地方挥挥那叠纸,并开口说:"你得看看这个。"

这时我才意识到我一直盯着她的胸部看,于是我从约翰手中接过那叠纸。马西穿着黄褐色的宽松工作裤和贴身的上衣,胸前写着:我在远方裸泳!马西总是有讲不完的故事,通常都和爆笑的不幸上床经验或者不小心裸体有关。我接过约翰手上的纸,发现自己又在偷看马西的胸部,于是我把纸立起来,遮住她胸前丰满的起伏。纸上印着埃米上次被绑走那晚的聊天室记录。

"我今天早上去看埃米,"约翰说,"我过去确认她还在家。她读了之后快吓死了。"

我开始读,但并不懂他的意思。直到看到最后三行时,我才感到一切都变了。

我心想:一切都要结束了。不管怎么样,这就是尾声了。

## 第十三章 聊天室的对话记录

*约翰尼_5 已下线*

{**天使尘**} 浑蛋

{**胡子女**} 你还在吗?

{**天使尘**} 不准再来了

{**斜恶女神**} 拨号连线超烂

{**埃米_沙利文**} 还在

{**斜恶女神**} 还有人网络慢半拍吗?

{**天使尘**} 我没做过这么恐怖的事

{**胡子女**} 你应该去窗边,看看外面有没有光。

{**斜恶女神**} 不要再讲灵异事件啦

{**胡子女**} 你有没有考虑去催眠?他们可以帮你想起那些晚上……

{**埃米_沙利文**} 没有

{**埃米_沙利文**} 我根本不知道要去哪儿催眠

{**埃米_沙利文**}感觉很容易被毛手毛脚的

{**胡子女**}快午夜了。

{**斜恶女神**}我快抓狂了,我看了一本讲失踪海军军舰的书

{**斜恶女神**}后来船找到了但是船员都不见了还有人出现在几百公里以外什么都不记得

{**斜恶女神**}他们认为是某种时间漏洞害的

{**天使尘**}妈的

{**埃米_沙利文**}那是一部电影吧,《费城实验》

{**胡子女**}对

{**天使尘**}汤姆·汉克斯演的。那次实验害主角得了艾滋病

{**胡子女**}不过电影是依照真实事件拍的。

{**埃米_沙利文**}莫莉一直在看我

{**埃米_沙利文**}它会跳到床上一直看我,等我带它出去

{**胡子女**}我想事实应该没有电影有趣。

{**斜恶女神**}我要放音乐这么安静我快发疯了

{**天使尘**}如果是虫洞之类的怎么办?

{**斜恶女神**}鲍勃·迪伦好了。我们总要服饰某个人

{**斜恶女神**}服侍

{**埃米_沙利文**}我要带莫莉出去,马上回来

{**胡子女**}埃米!!!你疯了吗?!?!

{**埃米_沙利文**}马上回来

{**斜恶女神**}服侍

{**天使尘**}虫洞,我突然想到超诡异的画面。呃,好多虫。

{**胡子女**}那只笨狗。我紧张到连椅子都坐不住了,她居然还离开。我的屁股好痛。

{胡子女}呃,那只猫在我床上尿尿。

{斜恶女神}服侍

{胡子女}它从来不会这样。

{天使尘}我的科学老师说,如果地底下每只虫都爬到地球表面,会覆盖地表高达六米

{天使尘}他说海里有10000000000000000000000000只虫,十加二十六个零

{天使尘}虫会像洪水一样冲上马路

{斜恶女神}服侍

{天使尘}我见过那样的世界

{天使尘}人被虫子呛死

{天使尘}从体内被吃掉

{胡子女}我们都面临同样的命运。

{斜恶女神}服侍

**\*S_ 古滕贝格已上线\***


{S_古滕贝格}嘿,美眉!!!!!!我在用我的老二打字,酷吧?

{胡子女}人类存在于世上就为了当不死虫的食物。对它们来说,我们的眼睛跟糖果一样甜蜜。

{天使尘}眼睛

{斜恶女神}服侍

{天使尘}我

{胡子女}在它的喉咙之外我们无法生存,它的嘴巴如同爱人的拥抱。

**\*S_ 古滕贝格已下线\***

{胡子女} 只

{天使尘} 我

{胡子女} 只

{斜恶女神} 服侍

{斜恶女神} K

{胡子女} O

{天使尘} R

{斜恶女神} R

{胡子女} O

{天使尘} K

{胡子女} 结束了。

{天使尘} 我刚刚恍神了现在几点奴隶神克洛克全知的克洛克智者克洛克生者克洛克饥饿的克洛克征服者克洛克施予者克洛克万能的克洛克我只服侍克洛克

{斜恶女神} 天使尘你还好吗

{胡子女} 她是食物。

{胡子女} ///////////

{胡子女} ///////////////////////////////

{胡子女} ///////////////////////////

{胡子女} ///////////

{胡子女} ///////////

{胡子女} ///////////

{胡子女} ///////////

{胡子女} ///////////////////////////////

{胡子女} //////////////////////////////

{胡子女} ///////////

\*胡子女已下线\*

我把纸折起来,摸摸嘴巴,没刮胡子的下巴摸起来像砂纸。奴隶神克洛克。

黑暗中的一只蓝眼睛,各个世界的人在它肚子里搅和。

虽然我很讨厌自己猜对,但我更讨厌约翰蒙对。

马西说:"你不觉得很奇怪吗?"

我瞄了马西一眼,再看看约翰。要记得,他们两个才交往十天而已。

约翰说:"今晚得有人去陪埃米。"

"哦,约翰,别跟我提到她。"我把纸丢到一旁,"你没发现她根本不是智障吗?"

约翰静了一下,然后说:"她失踪后回来应该要变成智障吗?"

"她被送去了那个松景学校,智障小孩去的特别学校。"

"就是你也去上了一年的那所学校?"

"对啊,松景学校。"

他又顿了一下,然后说:"总而言之,本来我晚上要去监视她家——"

"不错啊。"

"——但是史蒂夫打电话说,他要我和整个小队上工,据说因为积雪结冰,有块屋顶塌掉了——"

"约翰,你叫我把出租店关了,就为了——"

"等等,你先听我说,你猜我们要去哪里施工。"

"你妈的屁眼里?"

"下水道清洁剂工厂,就在埃米家旁边。我们早上五点半就得到。"

"我不懂。"

"我也不懂,不过他们给史蒂夫讲了一堆限制,包括哪些人可以去哪里,工厂只有哪些地方我们可以去之类的。整件事听起来很诡异,而且我真的很需要这笔钱——他们愿意出三倍的工资。所以你晚上能去陪埃米吗?看看有没有发生恐怖的事。"

"约翰,你好好看过聊天室的对话记录吗?你还记得——"

我瞄了马西一眼。

"——我工具间里的东西吗?约翰,她和我在一起不安全。"

马西睁大了眼睛。"你是说你的工具间里不止一具尸体?"

我闭上眼睛,静静数到十。

"阿卫,我们都撑这么久了,不然我们还能怎么办,把你绑在房间吗?我还有东西要给你看,看完你就会答应了。准备好了吗?"

约翰摊开一张白纸,中间是一张彩色照片,是用彩色打印机打印的。

"录像机的画面,两天前的。"

照片上模糊地拍出埃米的卧房,光线还算亮,应该是傍晚的时候。埃米站在房间中央,双手举起,手肘弯曲,一只脚抬起来,动作非常模糊。

我说:"她在做什么?"

"呃,我想她在跳舞,但诡异的不是这个。"

我当然知道诡异的地方在哪儿。埃米身后站着一个人形黑影,像从头到脚涂满沥青的人,仿佛现实中有个人被活生生剪掉。这个画面现在愈看愈熟悉了……

我闭上眼睛。

该死。

我对马西的胸部说："埃米怎么说？"

"我问过她，"约翰替她的胸部回答，"她只看到自己一个人在房间里。"

"约翰，怎么可能？墨水就印在纸上。不是有，就是没有。"

"如果我知道答案，你应该会很惊讶吧？马西看不到，只有你和我可以。总之我认为你可以戴顶红假发、穿上睡衣假扮成埃米，睡在她的床上，看会不会被绑架。你愿意去陪她吗？"

我注意到他已经从几秒前的"你能去吗"改口成"你愿意去吗"。如果我第一次就说"不"，我的意思就是我不能去，我做不到。然而如果现在我拒绝，我的意思就变成我不愿意去；我能去，但我选择不去，因为我是个狠心的浑蛋。这话转变得真好。

嗯……如果是马西的胸部，这时候会怎么做？

"好啦。"

"顺便注意一下莫莉，看它有没有做奇怪的事。它之前爆炸，突然又起死回生，我实在觉得怪怪的。"

"我得回去工作了。很高兴见到你，马西。"

我起身，她也站起来，向前用双手环住我，用力抱了一下。我吓得目瞪口呆。

她坐下来，笑着说："你看起来需要有人抱抱。"

现在……就进去吧？！

"呃，谢谢。"我尴尬地在原地站了一下才走开。我听到她在我身后对约翰说，"我刚刚讲到哪儿了？哦，对了，我跑出去，才发现我没穿裤子……"

我回到店里，值完剩下的班，因为我是个大笨蛋。杰夫六点过来，看了一眼像在空中撒盐的暴风雪，然后宣布今天可以关店了。

我先回家换衣服，这时我看到信箱里有一个包裹，厚厚的褐色信封上写着我没见过的地址，方框状的手写字体像是小朋友的字。

我撕开信封，拿出一副塑料镜片的厚纸板眼镜，镜架上画着《史酷比狗》的图案——这是汉堡王套餐的赠品，眼镜侧面还用恐怖的字体写着"阴阳眼"。我戴上眼镜，看到一个模糊的卡通幽灵对我微笑。信封里还有一张便利贴，上面写着：救命我也可以看到鬼呜呜呜呜去死吧。

好样的。

我把眼镜丢在越野车的副驾驶座上，朝大门走去，一路上差点跌倒四次。我知道我得铲掉人行道上的雪，免得害邮差摔断脖子。

当然没问题，铲子就在工具间里……

大约一小时后，我走出五金行，手里拿着全新的雪铲。时间已经有点晚了，我就直接去了沙利文家。

埃米替我开门，脸上带着"见到你太高兴了"的表情，让我联想到疯子跟狗。她戴着细框眼镜——昨天晚上她没有戴，但我想她不会戴眼镜睡觉——而且似乎在头发上下了很多功夫。她穿着牛仔裤，赤裸的脚掌上露出一排小小的红色指甲，我光看就觉得很冷。我发现她还是没有左手。

"嗨！"她哼唱着说，"进来吧！"

莫莉站在门口走廊，冷漠地看着我。埃米转身指着我，说："莫莉，你看！大卫来了！你记得大卫吧！"

他之前把你炸掉了!

大狗转身走开,还哼了一声,我保证这一定是嘲笑的意思。埃米带我走进客厅。电视开着,正在播一名白发老人静静看着摄像机的画面,大概是公共电视台的节目吧。墙上挂着一幅画在黑绒布上的漫画风格的耶稣像,房里只有一盏桌灯,因此客厅有一半都深陷在昏暗当中。

有这么多恐怖的地方可以过夜,居然……

她说:"你看起来很累!眼睛好红。"

"呃,我一直睡不着,头痛。"

感觉像小精灵在拉我脑袋里的鱼钩……

"我马上回来!"

埃米几乎是蹦蹦跳跳地进入厨房。

镇静剂。

我在沙发上坐下,又看了电视一眼。屏幕上还是同一个老人,他的脸型很怪,身体往前倾,对镜头外的某人悄悄说了几句话,又继续看着摄像机。很奇怪,感觉他好像在看我。

埃米又蹦蹦跳跳地回来,手里拿着装止痛药的绿色药瓶,手肘夹着一瓶红色激浪汽水。她朝电视点点头,说:"有线电视坏了,我希望你带了书来。"

我看向电视上的老人,他也直直地看着我。

哦,妈的。

屏幕闪了一下,变成黑屏,然后跳出MTV台的画面,好像是某个实景节目——几名少女扯着嗓子互相破口大骂。

埃米将汽水瓶放在我面前,说:"嘿,又好了!我买了樱桃味激浪汽水,约翰说你喜欢这种口味,所以如果不好喝,怪他哦……"

亲爱的,这不是樱桃味,是红色激浪汽水。

"没关系,我喜欢。谢谢。"

我盯着电视,除了尖声怪叫的女孩,屏幕上的房间里没有别人。

埃米说:"电视时好时坏。约翰说他看到一群小鸟站在电线上,它们一直拍翅膀却飞不走,因为它们的脚被冻在电线上了。"

我继续盯着电视,说:"对约翰来说,事情好笑比较重要,是不是真的无所谓。"我瞥了一眼嘀嗒走着的落地钟,上面的时间大概差了七个小时。

画面又一闪后灭掉,发出屏幕出现雪花时的噪声。

埃米说:"你看,是吧?"

我说:"电视坏掉的时候,只会这样出现噪声吗?"

"对啊。"

"没有别的画面?譬如——其他节目?"

"没有。你为什么这么问?"

我耸耸肩。她看不到那名老人。

埃米试着和我闲聊,但我都用语焉不详的闷哼回答她,最后终于成功把她赶回楼上的卧房。我瞄了一眼落地钟……

上午十二点十分。

然后我想起这钟根本不准,转而低头看手表。

晚上七点二十四分。

今晚会非常漫长,真是要命。我无聊地想着,如果埃米又在午夜被绑走,那么我就可以落跑,回家躺在自己的床上睡觉,没有人会发现。

沙发前有一张茶几,我看见茶几末端的柜子上有几本杂志,就随手翻了一下,都是《时尚》杂志。我拿起最上面的一本,翻了起来。赤裸上身的女人，下一页又是裸女，只有私处抹着鲜奶油。再翻两页后，出现一个裸男的屁股，我在Cinemax电影台都没见过这么多裸体。我抬头看向墙上的黑绒布画，突然觉得自己偷看裸体模特该遭天谴。我把杂志塞回柜子，朝画得很丑的耶稣点头道歉。我又看了一次手表。

晚上七点二十五分。

我在沙发上躺下，把脚抬上来，感觉像躺在一个包起来的砖块上。我在想要不要把所有时钟都快转到午夜，说不定可以骗它们早一点来。

去年我和约翰调查过一个案子，威斯康星州的一名男子开绿色中古车时突然起火燃烧，一名目击者宣称爆炸的那一瞬间，火焰形成撒旦巨大手掌的形状。我们到了当地，和几个人谈过，结果什么也没查到。最后我们接到一通电话，是当地一个非常崇拜撒旦的哥特小鬼打来的，他说他和撒旦订了契约，要杀掉他的父母，但他妈妈送了他一套电子游戏机当惊喜礼物，他就取消了契约。我们发现这个小孩也开橄榄绿色的中古车。

想复仇的恶魔——或者天知道是什么——挑错了车，烧错了人。它们也会犯错，也会搞错身份。那个小孩非常难过，从此以后每晚都跪着祷告，希望上帝再给他一次机会。为了我的个人安全，我都祈祷布拉德·皮特不要惹恼黑暗世界里的家伙。

我的眼皮愈来愈重。一道阴影掠过远方的墙壁，大概是路上经过的车子头灯造成的。我的眼睛终于闭上了。

我又睁开眼睛。感觉房间更黑了。过去了一阵子吗？墙上又出现了阴影，像拉长的人形。

不对，那只是窗外的树……

影子旁边又出现了一道影子,再来一道,一大片影子缓缓移动。我在做梦吗?突然我眼前陷入彻底的黑暗,两团火球出现在黑暗正中央——两块燃烧的煤炭就飘浮在我前方几十厘米处。

我立即跳了起来,肾上腺素冲过全身的肌肉;房间再度恢复正常,远处墙上还是有一道影子,但只是前院一棵树的倒影。我走到影子旁,伸手摸了一下。影子没有反应,不错。

我的手表显示:晚上十一点四十三分。

我大步跑上楼梯,冲进埃米的房间,把她吓了个半死。她抱着笔记本电脑,盘腿坐在床上,手里抓着一把奇多起司饼干正要往嘴里塞。

我深吸一口气,说:"你怎么可以一边吃零食一边打字?起司粉不会洒得到处都是吗?"

"呃,我……"

"下楼吧。如果它们真的要来,它们就真的会来,但我想待在一楼,离出口近一点。"

"为什么?"

因为我们搞不好要尖叫着从这里逃出去。

"还有,把鞋子穿好,以防万一。"

晚上十一点五十二分。

电视又恢复正常,播着一般的节目,不常看电视的人才会申请这种基本有线电视方案。我关掉电视,转头看着埃米。她僵硬地坐在坚硬的沙发上,咬着大拇指指甲。

她问:"我们在等什么?"

"什么都有可能。我说真的。"

"我可以问你一个问题吗?"

"当然可以。"我绕着客厅墙边走,停下来从大凸窗往外偷看,外面至少没在下雪了。

只要你不要提到你哥哥……

"你昨天说……呃,关于你们两个的传言大部分都是真的,那么——我见过的一些人说,那个……"

"埃米,他们说什么?"

"他们说你们信奉某种邪教,然后你们搞的事情把吉姆害死了。"

"如果真是这样,我会承认吗?"我无法克制地瞄向手表。

晚上十一点五十五分。

"我不知道。不过当时你在场吧?在拉斯维加斯?"

"是啊。"

"约翰说报纸写得不对,他不是死于意外。"

"约翰说了什么?"

"他说一只看起来像蜘蛛、有鸟喙、戴金色假发的小怪物把他吃掉了。"

尴尬的沉默。"你相信他?"

"我想要先问你。"

"埃米,你想相信哪种说法?你相信存在鬼魂、天使、恶魔、恶灵和神吗?"

"当然。"

"好吧。假如它们存在,那对它们来说,我们就像细菌或病毒,懂吗?比它们低阶很多很多。现在重点是,位阶比较高的神魔可以研究并了解低阶的生物,反过来却不行;我们可以用显微镜观察病毒,但病毒不能观察我们。所以如果世界上存在比人类高阶的东西,那么它们和我们完全不同——巨大又复杂，我们根本无法想象，而且我们没办法看到它们，就像细菌没办法看到我们一样，对吧？"

晚上十一点五十八分。

"嗯。"

"除非有特别的工具。"

"嗯。"

"约翰和我就有这种工具。然而就算我们可以看到那些奇怪、诡异又恐怖的东西，也不代表我们就真正了解它们，或者可以对付它们。"

"呃——嗯。"

"换我问你了。吉姆对某些事很热衷。他喜欢做怪物模型，他的嗜好也很特别。不过他还认识一些人，对不对？奇怪的人？你知道我在说谁吧？有牙买加腔的那个黑人。"

她说："嗯，我想我们谈过他，对不对？他是个流浪汉，警察后来找到他，我听说他……爆炸了。我一直在想这件事，你认为吉姆也在偷偷做些什么事吗？"

这个问题实在无法用三言两语回答，所以我什么也没说。埃米看着地板。

晚上十一点五十九分。

埃米说："所以我们在等什么？"

"什么都有可能，连你想不到的都有可能。"

她的脸色非常苍白。她用双臂紧紧抱着身体，轻微摇晃着。

"现在几点了？"

"快到了。"

"大卫，我快怕死了。"

"很好,因为本来就很可怕。"

我瞥了一眼画得很烂的耶稣像,然后掏出口袋里的枪。等到最后的审判那天,我可以骄傲地说,当我以为地狱大军要来抓走当地的女孩时,我拿着小口径手枪,准备朝它们开枪。

我说:"继续说话。"

"呃,好。让我想想,继续说话,说话说话说话,嘟嘟嘟嘟嘟。呃,我的名字是埃米·沙利文,二十一岁,然后……我现在真的很害怕,感觉自己快尿裤子了。我的背很痛,但我不想吃药,因为我觉得我会马上把药吐出来。这张沙发真的很不舒服。我不喜欢火腿,还有——讲个不停很难哎,我的嘴巴都快干了。现在几点了?"

我屏住气,心脏扑通扑通地跳。什么都有可能发生。认为什么事都可能发生实在太荒谬了,根本不可能。然而我们从一开始就该知道了:宇宙大爆炸,前一秒还什么也没有,接着砰的一声,一切都出现了,在这之后,还有什么不可能?

零时二分。

我回头看向埃米,她还在。

"好吧,"我说,"它们迟到了。"

"或许你在它们就不来了。"

"有可能。"

"或者它们的时间跟我们不一样。"

非常有道理。

她问道:"你会怕吗?"

"会啊,几乎每刻都很怕。"

"为什么?因为拉斯维加斯的事吗?"

"因为我算是看到了地狱,但我还不知道到底有没有天堂。"

她闭上了嘴巴。

零时四分。

她终于说："你看到了地狱？"

"大概吧，我想我感受到了地狱，也听到尖叫声像是血淋淋地滴进我的脑袋里，然后我就知道了地狱是什么样子。"我深吸一口气，知道自己要讲出一堆不着边际的疯话了。

"地狱的感觉就像那间更衣室。"我说，"像我之前在高中的那一天。不是我们一起去的松景学校，是我被送去松景之前的高中。比利·希区柯克和他的四个朋友，他们的手像猛兽的大嘴咬住我，把我的身体扭在一起、推到地上。他们很容易就能压住我，真他妈的容易，我记得他们脸上愚蠢的喜悦的表情，因为他们知道可以对我做任何事，而且他们也知道我明白。我感到恐惧和彻底的无助。我发现我没办法把他们踢开，教练也不会进来把他们拉开，没有人会来救我。不管他们想做什么，他们都真的会动手，直到他们觉得无聊为止，这种掌权的力量让他们嗨得要命……"

我感到手枪的塑料握把陷进手掌里，才发现我下意识紧紧地抓着握把。

"以前，比利的邻居养了一只很吵的小狗，据说很贵。有天那位老太太回家，发现原本很吵的小狗在后院却不叫了，因为比利拿热熔胶把它的嘴巴粘起来，甚至把小狗的眼睛也粘住了，然后——反正我想说的是，我觉得人其实不受时间限制，可以永远存在，而我认为比利这种人永远不会变。他们最后都会聚在同一个地方，而你和我可能会落到他们之间，他们就会永远对我们为所欲为。我不知道那时候我们是什么样子，或许我们没有身体，他们不能割伤、烫伤我们，或者害我们浑身瘀青，但是最糟的痛苦不是神经传来的痛,而是彻底的恐惧、服从、折磨、剥夺和无助感,如浪潮涌来的无助感;他们永远都站在我们上面,永远把我们压在地上。"

我吐出一口气。

零时六分。

她说:"比利·希区柯克,他就是那个死——"

她突然停下来,发出嘹亮的打呼声,仿佛话讲到一半突然沉沉地睡着了。

我转过头,埃米先前坐的地方现在坐着一具人形机器——躯干上接着双臂,套着一条灰色破布当衣服,双腿僵硬地直直往前伸,看起来像瞎子做的百货公司模特。机器的一头红发应该是铜线,链条吊着的下巴紧闭,打呼声马上跟着停下来;两秒后,嘴巴又像打呵欠般张开,打呼巨响再度传出来——这声音听起来不太像人,反而像机器,很假。

我想,我真佩服它们。我真的没想到这一招。

我听到哐啷一声,发现手枪从我松开的手中掉到地上,还发现我的嘴巴张得老大。我试着集中精神,强迫双脚往前走,伸手摸向沙发上的东西——

手枪回到我手里,埃米又出现在沙发上,直挺挺地坐着,茫然地看着空气。我马上低头看手表——

凌晨三点二十分。

该死。

埃米慢慢转头,逐渐回过神。她看到我,还有我脸上的表情,马上就懂了。她用手遮住嘴巴,双眼瞪得老大。

"又——又发生了吗?发生了,对不对?"

我说:"赶快上楼,东西能带多少就带多少,我们要走了。"

七分钟后,她连跑带跳地冲下楼梯,肩膀上背着小背包,笔记本电脑被夹在腋下。

我们在厨房找到莫莉,它坐在椅子上,吃着桌上没盖起来的一盒饼干;一番威胁利诱之后,我们终于说服它跟我们一起坐上我的越野车。引擎一吼开始运转,挡风玻璃上已经覆上一层厚厚的白幕。

埃米拿起仪表板上的阴阳眼厚纸板眼镜,一脸疑惑地仔细研究着。我在座位下找到刮刀,连忙跳出车外,把车窗上的冰雪刮掉,我转向房子——

然后停住。

我喃喃自语着:"哦,该死,该死,该死。"

屋顶上有道身影,剪影映在月光照亮的白云上;只有影子,会动的影子。一双发光的小眼睛。

"你在看什么?"

埃米顺着我的视线看去。

"你看不到。"

她眯起眼,说:"对啊。"

"快上车!"

我急忙在挡风玻璃上的雪霜中勉强刮出一个小洞,又小跑着冲到车尾再刮一个。

我听到埃米说:"嘿!那个人在上面做什么?"

我绕过越野车车尾,看到埃米戴着那副神探史酷比的眼镜,直盯着影子人站着的地方。她把眼镜拿下来,不可思议地打量了一番,又戴上眼镜,说:"那是什么东西?你看!那到底是什么?"

"什么——你戴了那副该死的史酷比眼镜吗?"

"我看得见了!它全身黑色,而且——它在动!你看!"

我转过头去看,刚好看到黑影长出一双巨大的黑翅膀,不对……这样说不对,是黑影变成了翅膀,一对拍动的羽翼不完全接在一起;翅膀飞向天空,变成云朵间的一条黑色细缝,愈飞愈高,直到终于消失。

我听到狗叫声,莫莉从车上跳下来,站在我的膝盖旁。

埃米还是抬着头,嘴巴张得老大,微微吐出一口一口的烟雾。她问:"大卫,那是什么?"

"我怎么知道?它们是影子人、活死人,如果它们把你抓走,你就消失了,没有人会记得你的存在。"

"你见过它们?"

"最近愈来愈常看到了。快走,快走。"

我们爬上车,叫莫莉过来,但是它不肯动,只是僵硬地站在那儿发抖,对着天空怒吼。我又叫了它一次,然后下车把它抓起来丢到车上。

我跳上车,把油门踩到底。

我们飞奔上路,轮胎压过铲雪车留下的黑色冰块,在滑得跟溜冰场一样的薄冰上不断蛇行。后视镜中,沙利文家的房子愈来愈小,后方可见低矮的下水道清洁剂工厂。

埃米在位子上扭过身子,从后视镜往后看,接着戴上那副蠢眼镜又看了一次。莫莉站起来,在后座上跳来跳去,八成觉得它在外面跑会更安全。埃米惊叫道:"你看!你看!"

我瞄了一下后视镜,看到后面出现一对颇高的头灯,大概是满载货物离开的工厂卡车。我做了驾校没教的一件事——我只用一只手操纵方向盘,把头探出窗外,在刺骨的寒风中往上看。

许多黑色家伙在上空盘旋,有的长了翅膀,有些修长的身体像蛇一样甩来甩去。它们一下盘旋，一下停止，一下又转弯，像是卷进龙卷风的残骸。

它们聚集在工厂四周。

大部分怪物留在了工厂上方，但有几只脱队跟着我们，它们黑色的身体飞过天空，藏进四周阴影密布的树和房子之间，消失无踪。我把头缩回来，专心看着眼前的路。

埃米也坐正，绑上安全带，尖叫着说："我们该怎么办？"

"只能继续逃啦。"

我又瞄了一次后视镜。后面的头灯更近了，卡车拖着货柜，载着下水道清洁剂。

一抹黑影飘过引擎盖。

我猛然踩刹车，福特越野车斜冲出去，开始打滑乱转，最后车尾朝前撞进路边跟保险杠一样高的雪堆里。四周静了一下，然后传来十八个轮子在冰上打滑的末日声响。

卡车后尾失去控制地往前甩，车头已经停下，较重的车尾却继续往前滑，朝我们冲来，身上画着红色叉子的卡通水管工突然出现在我们的挡风玻璃外。

货柜在我们的保险杠前大概两米处刹住，开始惊险地前后摇晃，似乎在决定要不要倒下；每晃一下，货柜顶上就落下一大块雪。

除了引擎声和强劲的风声，四周非常安静。埃米终于说："你还好吗？"

"呃，还好。"

我扫视天空，寻找黑影。我望向卡车的红色驾驶室，可以看到里面有人在动，还有一只手肘。

一只手抓住我的手臂，埃米悄声说："那边，就在那边。"

她用没有手掌的手腕——上帝保佑——指向出现在卡车侧面的黑色身影。许多影子聚在一起,形成类似蜘蛛的形状,攀在货柜的白色壁面上,像黑色喷漆画的帮派涂鸦。

那只小手更加用力地抓住我的前臂,像测血压的扣环。莫莉低吼一声,它已经退到越野车最尾端,紧靠着后门,仿佛想渗透出去逃走。

"大卫,快走,快走。"埃米急迫地低声说,不断短促嘶叫着,"走走走走走……"

我把油门踩到底,轮胎转了起来,转了又转,转了又转;四个轮胎中,两个深埋在雪堆里,两个在薄冰上打滑。

影子蜘蛛一晃,动起来,爬过货柜,出现在驾驶室旁边,离里面的驾驶员只有几十厘米。我换到倒车挡,然后重新前进,驶出车轮凿出的凹槽,祈祷轮子能和地面产生摩擦。

"大卫!"

我抬起头——蜘蛛不见了。

我听到尖叫和咒骂声,听起来非常愤怒。司机踉踉跄跄地从驾驶室下来,他身形魁梧,又高又壮,留着山羊胡。

他一直骂个不停,口水喷得到处都是,握紧拳头看着我们,脸因为愤怒而涨红。他紧盯着我们,像只疯狗。

"死贱货,他妈的贱货死王八——"

或许他以为我们是水管工……

他大步朝我们走来,这时我才看清楚,许多黑影环绕在他身边,像风中飘动的缠在他身上的黑色缎带。他的眼睛现在完全变成了黑色,瞳孔和眼白都被煤炭般乌黑的深洞吞噬。

他离我们只剩几十厘米了,像机器人拖着沉重的步伐前进。我再次用力踩下油门，轮胎再次转了起来，我感到车尾一晃又重新落下，轮胎撞上积雪，发出可悲的潮湿哀鸣。一只细瘦的手臂横过我胸前，埃米伸手一拍，把我的车门锁上，一毫秒后，卡车司机就开始用力拉扯门把手。

隔着车门，他疯狂的咒骂声变得模糊不清，他的吐息让车窗开始起雾。车轮继续在冰上打转。"他妈的死王八，去死吧，去吃他妈的——"一只肥厚的手掌拍在车窗上。

他的咒骂突然变成凄厉的长声尖叫。司机仿佛中枪似的倒退几步，很快伸手捂住了额头；他踉跄跪下，发出像锯子锯铁盘的尖锐叫声。

他爆炸了。

四肢飞了出去，血迹一滴一滴喷上挡风玻璃，埃米惊声尖叫。司机的头飞过空中，落在路上，弹出我们的视线范围。轮胎转动的声音不见了，我才发现我松开了油门，瞠目结舌地看着司机一圈圈的肠子在冰冷的空气中散发出热气。

影子又不安分地动了起来。它们爬上卡车，或站在我们周围的雪地上，在白雪反射的月光下它们显得又黑又实在。一道高大的影子在我们面前出现，形状几乎像人，但没有头，而且长了太多只手臂。莫莉抓狂似的叫了又叫，接着声音缩成高亢的气音哀鸣。

我又踩下油门，让轮胎重新转动，听到冰块和泥土撞上挡泥板。那道影子朝我们移动，它融进引擎盖、穿过车头，仿佛涉水蹚进池塘里。它伸出一只跟人一样长的手臂，戳进引擎盖，引擎马上熄了火，头灯也跟着熄灭了。

现在到处都是影子，在月光下我可以隐约瞄到它们的动作。埃米在我身边紧张地快速呼吸，好长一段时间过去，什么事都没发生。

她喃喃地说了什么，但声音太低，我听不见。我转过头去，她靠过来，说："我觉得它们看不见。"

一开始我还没听懂，但她讲得似乎很有道理。不管这些影子是什么，它们都没有角膜、瞳孔和视神经。平常我们也看不到它们，它们不靠眼睛，而是直接通过感应侦测我们的存在。

我抬起头，看到一道影子起飞，消失在空中，另一道影子则飘过卡车，爬过水管工的标志，然后分解并融入黑暗中。

我缓缓点头，悄声说："它们不属于这个世界，没有眼睛，只能盲目地飞——"

有东西轻轻撞上窗户。埃米尖叫起来。

卡车司机的断头就贴在我的车窗外，距离我的脸只有几厘米，一条十五厘米长的脊髓挂在他的脖子底下，在半空中摇晃。他的眼睛睁得老大，看不到眼皮，两颗眼球四处扭来转去，打量着我们。埃米还在尖叫。这女孩的肺活量真好。

"埃米！"

那颗头紧贴着窗户，压扁了鼻子，硬是把眼球贴到玻璃上，好看清楚车子里面。他的嘴巴张开，嘴唇贴着窗户，牙齿摩擦玻璃。

"埃米！把耳朵捂上！"

她看着我把枪掏出来，才赶忙用前臂抱住头的两侧。我开始摇下我的车窗。

我才把车窗打开大约十五厘米，那颗头就想从开口挤进来。他的嘴巴开开合合，牙齿猛力咬动。我把枪塞进他嘴里，扣下扳机。

如雷的巨响。那颗头爆裂开来，变成血红的雾和四散的骨头碎片。我深感钦佩地看着手枪，心想那个陌生人寄来的子弹真不错。我靠向窗户尖叫："你在变成这副德行前就该退休了——"

"大卫！"

我转过头。黑暗在我们四周降临、聚拢，头顶上的云朵消失在活生生的影子之后。突然周围一片漆黑，变得像在洞穴和棺材里一样。我张嘴想叫埃米快跑，不要管我，因为他们想抓的是我，不是她，但我什么也说不出来。

我转动车钥匙，引擎震了一下后再次熄火。我又试一次，这次引擎终于重新点燃，我一脚把油门踩到底，车子依然一动也不动，一动也不动，一动也不动。接着车子突然往前冲，越过一条我们没看见的路，撞上小路另一侧的护栏。我换到倒车挡，猛踩油门，把越野车滑回路上，然后拼命往前冲——

我们终于上路了，逃离黑暗开进夜色中。越野车飞快地碾过马路，我的手紧掐着方向盘，车速表的指针愈飙愈高，轮胎在车底下飘，好像开水翼船一样。我又感到一只手抓着我的手臂，埃米一面吸气，一面左右甩着头，想透过那副愚蠢的硬纸板眼镜，一次看到所有东西。

车外的夜色愈来愈黑。景物扭曲变形，黑暗逐渐逼近，我好像在黑暗中游泳，仿佛站在森林大火的下风处。

突然间，埃米不见了，只剩下一张空椅子。

然后我觉得自己好蠢。

椅子当然是空的——我一个人开车出来，我们根本没有找到埃米；她的房子空无一人，我们都知道其实她被包在帆布里，放在我的——

黑暗将我吞噬。周遭的景色都消失了，看不见房子、草地或雪堆，我好像在外层空间开车。

影子像洪水涌进越野车，冰冷的刀锋刺穿我的胸膛，寒冷如毒药流进体内。我的心脏停止跳动，仿佛酷寒的强健手指穿过我的肋骨，用力紧捏我的心脏。

然后我消失了，不在越野车里，不在任何地方。我脑中炸开各式各样的画面，这些疯狂的心理照片就像发烧时做的梦：

——我在往下看，手里拿着黑色蜡笔，画着竹竿人。其中一个人留着长发，另一个头上有一撮红色短发——

——我躺在我的车子底下，是以前那辆现代牌小车。我躺在地上，另一个留金色长发的男生躺在我旁边；我拿着消声器，他则在拴螺丝。我告诉托德有个螺丝钉滚到旁边去了，他说千斤顶有点歪，然后又说快出来，快出来，车子要倒了——

——我在跑步，费力地喘气跑过拉斯维加斯赌场的宴会厅。四周一片混乱，我看到吉姆，我知道自己该怎么做：我举枪扣下扳机，看他倒地抓着脖子——

——蓝色帆布，我在及膝的雪地里推着尸体，因为随时都可能有人过来。搬沉重的尸体好……累——

我回来了，回到越野车里，手指紧抓着方向盘，在深深的积雪里猛冲。一个信箱朝我飞来。

"大卫！"

我开进了别人家的前院，我赶忙转方向盘，甩尾将车子转回路上。我看到埃米重新出现在副驾驶座上，脸色苍白得跟瓷娃娃一样。我伸手抓住她的手臂，把她拉过来，仿佛只要我非常非常用力地抓住她，她就不会再被吸到现实以外。她尖叫："灯！开到灯下面！"

我完全不知道她在说什么，但接下来我就看到了。前方伸手不见五指的黑暗中出现一抹光线，那是一座停车场，隐约可以看到不发光的红色标志。

周围愈来愈黑,黑暗吞噬了周边的景色,就像月食时停电一样。我把车头转向停车场的围栏,越过马路边栏,爬上一座小丘,然后歪斜着地。我踩下刹车,越野车滑过跟曲棍球场一样平坦的白色地面,开始打滑。

当!

我们撞上了电线杆。光线涌入车内,我从后视镜看到一家新甜甜圈店的招牌,店虽然还在建,但停车场已经有了照明。接着我什么也看不到了,因为除了我们附近灯光照亮的一小片雪地,周遭一切都被黑暗覆盖,一秒内我们就与宇宙隔绝,往任何方向看都空无一物,仿佛沉到海面下一百五十米的石油湖里,四周只见黑暗、黑暗与黑暗。

寂静,只有两个人呼吸的声音。我感到湿润的鼻子嗅着我的耳朵,莫莉探过头,摇着尾巴,前后跳来跳去,发出低沉的吼声。

埃米说:"它们抓不到我们!我们在灯光下就安全了!我就知道!"

"你怎么——"

"大卫,"她翻了个白眼,"它们是影子人。"

她摇下车窗,把头探出去,尖声喊道:"你们去死吧!"

"埃米,拜托你不要这样。"

她缩回来,说:"我现在心跳好快,大概时速一千六百公里。"

我看向车外的虚无,捡起大腿上的手枪,紧紧握住。现在手枪只能当护身符了,搞不好还不太有效。

埃米说:"哦!你看,那是什——"

数盏小小的灯光一组一组在黑暗中移动,小如烟头的余烬在我们周围飘浮着。一开始只有几对,然后愈来愈多,最后有十几双尖锐的眼睛盯着我们。接着透过挡风玻璃，我看到了颜色——黑暗中横过一条电流蓝的细线，像地平线一样，细线的中央愈变愈宽，宛如黑布上的裂缝逐渐撑开，直到从挡风玻璃只能看到一片蓝色。

那是一只眼睛，灵动的蓝色虹膜中央有一道像爬虫类动物的垂直深色瞳孔。埃米又伸手抓住我的手臂，用力到我以为她会捏断我的骨头。那只眼睛一转，仔细打量我们，然后眨一下便消失了。

周围的黑暗薄纱也不见了，恢复成一般的夜晚。只见天上若隐若现的星星，月光照亮的雪地，还有一间冬眠中的可怜甜甜圈店。

埃米说："它们——它们走了吗？"

"它们不会真的离开。"

"刚刚那是什么？"

这个嘛，埃米，其实是这样的：克洛克的眼睛永远在监视我们，我们是它的食物，我们的尖叫是它配菜的辣酱。

然而我回答："我不要离开这盏灯。"

"我也不要。"

埃米伸长脖子，再扫视四周一遍，然后拿下厚纸板眼镜。我低头看着手枪，才突然想到一件事，搞不好已经晚了好几分钟。我抓着枪管，将握把递给埃米。

我轻声说："你拿着。"

"什么？不要。"

"埃米，你还记得刚刚那个卡车司机吗？你看到影子人控制他、利用他的身体了吧？同样的事也会发生在我身上。"

亲爱的，不要问我怎么知道。

"不会，大卫——"

"埃米，听我说，如果我变得怪怪的，如果我想攻击你，你得对我开枪。"

"我根本不会用——"

"很简单。保险已经开了，你只要扣扳机就好。千万不要心软，而且不要打我的手臂或其他地方，因为你一定打不中，你就瞄准我身体的正中间，拿枪抵着我的肋骨，开一枪就下车快跑。拜托你不要……那个，连续开很多枪。"

她真的接过枪，让我有点意外。她翻转着它，手枪在她的小手中看起来好大。她说："好吧，那要是发生在我身上怎么办？要是它们控制了我呢？"

"必要的时候我可以制伏你，把枪抢走，但我觉得应该不需要。它们不会找上你。"

"为什么？"

我往后靠，身上没有枪之后突然感觉轻了好多。我发誓，枪一定会自己产生额外的重力。

"只是我的推论而已。"

埃米把脚缩到椅子上，颤抖着靠在我身边。她右手握着枪，把枪搁在屁股上，大约指向我的胯下。我想如果这是一场梦，这个动作一定有很浓厚的象征意义。

我说："况且我不需要枪。"我举起双手，"政府通过了一条法律，规定我不可以把手塞在口袋里。你知道为什么吗？因为那样我等于藏匿了武器。我可以用这双手杀人，或用一只脚也行。"

她哼出一声紧张的干笑，然后说："好啦，我懂了。我会小心注意你。"

我又用双手抓住方向盘，前臂的肌腱像电缆一样紧绷。我在寂静中坐了仿佛永恒的一分钟，一堆话卡在紧闭的嘴巴之后。

终于,我闭上眼睛,说:"好吧,你得了解一下现在的状况,你得知道你跟谁困在一起。"

"好……啊……"

她扭过身面对我,一双眼睛绿得要命,跟猫一样。"别转过来,只要——只要听我说就好。你知道为什么我要去特别学校,为什么我在松景学校读行为偏差班吗?"

她说:"大概知道,因为比利的事吧?你跟他打架?结果后来他——"

"没错。我跟你说,男生就像动物,只要把我们放在一起,再拿掉领袖人物,剩下的人就会像小说《蝇王》那样互相残杀。比利和他身边几个摔跤队的狐群狗党以前喜欢拍霸凌影片。你知道那个姓帕特森的小鬼吗,有点胖?比利他们放学后逮到他,把他绑在球门门柱上,剃掉他的头发,又对他做了一堆欺负人的事。好几个小时后才有人找到他,那时候他脸上沾满屎尿,皮肤都起水泡了……"

老兄,要不要考虑少讲点细节?

"……后来比利在一场派对上播了这段他们欺负胖小孩的影片,帕特森在影片里一直尖叫,但他们就拿着啤酒坐在那里,看了一遍又一遍。高中就是这样,大人做了会直接被关进大牢的事,小孩做了却无伤大雅,'反正他们只是孩子嘛'。"

我停了一下,扫视夜空寻找任何东西的痕迹。我在电线上看到一只小鸟拍着翅膀,但它好像不打算飞走。

"总而言之,我和比利·希区柯克这帮人在体育课同班,他们特别喜欢找我的碴,后来欺负我变成他们每天必做的事。一开始只是小事,但他们愈来愈过分,要让他们觉得好玩也愈来愈难。体育馆的教练很讨厌我,所以每次他都会刻意回避——我说真的,有一次比利他们过来的时候,我亲眼看到教练转身离开了体育馆,他们还要确保我有看到他离开。有一天,他们把我抓到体育馆后面的设备室,小小的储藏间里塞满了肩垫和摔跤垫,热得跟烤箱一样,散发出多年的汗水在泡棉填料里发酵的霉味。然后事情就失控了,变得跟监狱一样恐怖。等到终于结束的时候,他们把我丢在那里,从更衣室走出去……"

嗯……如果我突然改变话题,她会发现吗?

"那时候我已经习惯带刀去学校,不是什么很酷的弹簧刀,只是挂在钥匙圈上的五厘米小刀,我只有这样的武器。我把刀拆下来,冲到比利身后,在他的后背由下往上划了一刀,沿着脊髓划出一道浅浅的伤痕。伤口不深,但他还是有感觉的。他倒在地上,以为自己快死了,血流得板凳和地上到处都是。我爬到他身上,坐在他胸口开始戳他的脸,刀子砍中他额头的骨头,血喷了出来……"

我花了很长一段时间,努力思考我要怎么美化接下来的故事,却想不到方法。我开始想这家甜甜圈店要什么时候才开张。

埃米打破沉默,问道:"他们对你做了什么?"

"这么说好了,我永远永远不会告诉你。"

她没有回答,表示她要不是完全不知道我在说什么,不然就是非常明白。我继续说下去。

"最后我——"

把他的眼睛挖出来。

"——把他伤得很重,他几乎失明,依标准来看,他根本就是瞎了。我因为重伤害罪遭到起诉,外加几项等于重伤害罪的罪名,学校打算把我永久退学。我爸——我的养父——是个律师,他和学校跟检察官开了好几次会，搞得一团乱。最后他们把我抓去做心理鉴定，那时候我就知道这是让我脱罪的方法，因为我爸可以宣称学校应该保护比利不受我的攻击，应该提早诊断出我的症状。我去看了一名心理医生，他要我谈谈我妈，看看墨水痕迹，拿玩偶做角色扮演，画图表示我如何看待自己在世上的角色……"

"……我知道这根本是场骗局，是律师的把戏，但我一直想起威尔逊教练每次转身离开的背影，于是我想：嘿，去他们的吧。这起案子的检察官是个留胡子的剽悍犹太人，他不打算继续起诉。他说比利他们五打一，事情本来就会出错，他不希望我成为少年法庭体系的牺牲者。我爸威胁要控告学校，于是学校决定不让我退学，所以我在高中最后一年就去了松景学校。"

一朵水晶雪花落在挡风玻璃上。一朵孤独的雪花。另一朵落在几厘米外。

"结果，"我说，"四个月后，比利还在适应看不见的生活，他必须放弃运动、开车和独立自由，吃东西之前都不知道食物长什么样子，也不知道有没有苍蝇落在他的汤上。后来他一口气把所有的止痛药都吃了，我记得他吃的是杜冷丁，隔天大家就发现他死了。"

沉默。我急着想听她说点话，于是我问道："你原本知道多少？"

"几乎都知道。我听过一个很奇怪的谣言，说你溜进他的房间，用老鼠药还是什么的毒死了他。这听起来很蠢，因为警察一定会发现的。"

"是啊，是啊。"

顺便告诉你，这个谣言是我散布的。

"你知道的时候一定很难过吧。我是说比利过世的时候，你一定很难受。"

"是啊。"

才怪。

接着我碰到人生中最长又最紧绷的沉默，仿佛你刚吐在一个人身上，还得跟他一起坐摩天轮——应该说完全就是这种感觉。其实我根本不为比利的死感到难过，是他自己要逗狗，手指才被咬断的。去他的，所有人都去死，埃米你也去死吧，居然让我跟你说这些。法官大人，我当然觉得有点过意不去啊！几年前，我听说一个小孩在科罗拉多州的学校拿枪扫射，当时我也摇摇头说真是悲剧，糟糕的悲剧，然而我心中却想，那些球队队员看到枪的表情一定他妈的经典。所以我跟你说，我跟一般的好人一样觉得比利很可怜，而我绝对、绝对不会说出别种答案。绝对不会。

她说："不过我们也不知道他会对别人做出什么事，要不是你——"

"埃米，我根本不后悔。我刚刚是骗你的。我听说他过世的时候，心里一点感觉也没有。我以为我会难过，结果根本没有。我感觉不到内疚，因为我不是那种人。我就是想告诉你这件事，这就是为什么你现在很危险。我不认为外面那些走来走去的东西会利用你，但我觉得它们知道我和它们是同类，所以你要把枪对着我，手指放在扳机旁边，必要的时候要又快又用力地扣下去。"

又是一阵沉默。刚刚我说前一次停顿是我这一生碰到过最长、最尴尬的沉默吗？这纪录没有保持多久。

我愿意用所有家产把刚刚那段对话买回来。

我说："埃米，我们不知道那些家伙每次把你抓走的时候对你做了什么，但我保证不会再发生了。我已经受不了担惊受怕这种鸟事了。现在它可以杀了我，或砍断我的手臂，或把我泡在汽油里点火，但是不可以这样用恐惧控制我。看过这么多怪东西之后，我已经不太怕怪物和恶魔了，我只怕一样东西，就是恐惧。怀抱着恐惧、承受威吓而活，好像被一只脚踩在脖子上——我不要这样，绝对不要。过去我不愿意，现在也一样。"

隔了好一会儿，她说："我们要怎么办？"

"我们就待在这儿，你只管把枪对着我就好，懂吗？我们就在这儿等日出，然后我再联络约翰，他知道该怎么办。"

真不敢相信我居然会这么说。

## 第十四章 约翰去调查

凌晨四点二十分。

约翰决定提早前往下水道清洁剂工厂，自己探个究竟。所以，当埃米和我停在还没开张的甜甜圈店前，在福特越野车上扎营时，约翰正开着他的凯迪拉克驶过积雪的路面，经过埃米家。当然他没开多久就撞见一堆车，试着把一辆凹成两截的下水道清洁剂工厂货柜卡车扳正。

我当时不在现场，所以这个故事是听来的，如果你认识约翰，就应该知道要自己判断细节的可信度。还请记得，虽然约翰宣称他"凌晨三点半爬起来"进行调查，但事实应该是他前晚喝得烂醉，到那时候还没睡。

约翰说他开到车祸现场旁边，马路上围着黄黑色的警示线，显示里面是危险物质污染区域。好几名身穿黄色连身服的人到处走来走去，快速清理现场，约翰当然马上决定跨越写着"请勿进入"的警示线。他才走了两步，就发现自己站在雪地中一块淡粉色的污渍上，污渍的大小跟汽车一样宽，他推论这应该是血迹，尽管卡车司机的尸体已经不见了。他站在一大片血迹上，就在数名旁观者面前大声说："这是血！大卫一定来过这里！"

这时，平常守在工厂柜台的两名穿着皮大衣的老警卫走过来，请约翰退到警示线外面。约翰宣称他告诉警卫自己不会说英文，但是警卫不相信，他就假装癫痫剧烈发作。我不太确定这个计划的目的是什么。约翰扑倒在地上，开始在雪地里打滚、胡乱挥动四肢，用墨西哥腔尖叫："我发作啦！很糟哦！"至少六双靴子踩着雪朝他走来。

约翰躺在地上，看到一样东西后令他吓得愣住了。据他所说，货柜卡车的"屁股在流血"，约翰看到数加仑的红色液体从卡车货柜后门滚滚流出，积在地面上，在月光下看起来几乎是黑的。好几只戴手套的手抓住他，身穿连身服、头戴防护面罩的人把他拖过雪地。约翰眯起眼，透过卡车旁忙乱的人群，他看到好几个人扛出数个蓝色塑料桶，桶上沾满那种红色物质——深色、浓稠又油腻，看起来比较像变速箱油，不像血了。

接着，那些人像护柩一样扛出几个棺材形状的箱子——约翰强调那些箱子不是棺材，只是形状像棺材——箱子上贴了好几张贴纸，似乎表示承载物会造成生化危机，平常运送家用化学药品到当地五金行的箱子绝对不会是这种样子。

接下来，故事变得有点乱七八糟了。约翰声称，除了把他从现场拖走的人以外，旁边还有拿冲锋枪的护卫，不过在我威胁之后，他承认那些人手上的可能只是手电筒。总之约翰说那些人把他丢在地上，打算杀了他，所以他踢了其中一个人的脸，然后倒翻筋斗站起来，抢过那个人的枪，用枪"屌挥"了他一下。我不确定约翰的意思是他用枪揍了那个人的老二，还是他挥枪的方式跟用老二打人一样，我一向不会要求约翰解释这种事。反正他说他又挥了一下枪，捶中另一个人的头，用力到"冲锋枪的电池都飞出去了"。

接下来（当然是根据约翰的说法），他朝第三个人的脸"三连踢"，同时瞄准第四个人，"直接射中他的老二"。约翰当然知道他不能丢下那个人躺在地上痛得大叫，于是他抓住那个人的头，好心地用力一扭，折断了他的脖子。约翰说这时候灾害防治小组的其他人也注意到他，全都追了上来，于是最后他偷了附近的一匹马逃走了。这是约翰故事中第一个前后不连贯的地方，因为接下来他又好好地开着他的凯迪拉克，经过埃米家，离开了下水道清洁剂工厂。我推测其实车祸现场的人根本没看到约翰，或者他们只是恶狠狠地瞪他，直到他掉头开走。当然，我必须重申自己不在现场，我也不想故意说约翰这个人不可信。

约翰勇敢地开上一条离埃米家不远的乡间小路，发现自己不是今晚第一个走这条路的人，因为前方雪地上有轮胎的痕迹。约翰心想，前一个人应该跟他打的算盘一样——绕过车祸现场。

开了几分钟后，他确定自己猜对了，这条路似乎绕回到旧工业园区后方，园区里除了下水道清洁剂工厂，还有一间废弃的豆子香肠罐头工厂、百思买电子商品零售商的销售中心，以及已经关门的护身三角裤工厂。隔着高速公路，园区对面就是荒废的不具名小镇大卖场，卖场内一排排店面正在腐朽，剩下的货品就是霉菌、蝙蝠，还有用旧橡胶筑巢的松鼠一家。

约翰沿着碎石路和地上的新轮胎痕，经过下水道清洁剂工厂旁的一小片树林。正当他开过树叶交织成的阴暗天棚时，他看到左侧的树干间闪过一丝光线。

他减速并停下车，看到大约六七道晃动的光束，显然是一群拿着手电筒的人。

然后他听到枪声。

车灯应声熄掉，约翰在原地坐了几分钟才把车灯打开。他往前开了一点，朝树林中张望，然后看到手电筒的灯光停下来，又逐一灭掉，显然那些人不管是在找浣熊来煮，还是在找其中一个人的隐形眼镜，他们都找到了。

约翰继续盯着树林，想看看还有没有动静。最后他判定那群人大概只是乡下的盗猎者，或是兄弟会在玩寻宝游戏。他踩下油门，凯迪拉克爬上一座小丘，约翰一看到下面的东西，就马上用力踩了刹车。小丘底下停着一辆车，看起来像军用的大卡车，可是外观烤漆却不像军用车，从头到尾都是黑色。显然他刚才就是跟着这辆卡车的轮胎痕迹开的。

一群看似拿着来复枪的人站在卡车旁，约翰立刻伸手把头灯关掉。然后他想到灯光突然消失可能更可疑，于是他又打开灯，结果他觉得有两个人转过来看他，接着他又赶快把头灯关掉了。这时他发现那群人不可能没注意到这忽明忽灭的灯光。事实上，每个人好像都朝小丘抬起头来。当下那群人搞不好会冲上来抓他，或用来复枪打穿他的挡风玻璃。不过，这时一只骑着大螃蟹的黑猩猩突然从树林里跳出来，吃掉了其中的两个人。

你没听错。

约翰说那只怪物跟卡车一样高，用六只脚走路，有壳的尖脚看起来像海鲜自助餐的食物。但怪物身上也有形似哺乳类动物的部分，譬如毛发和手臂。不过大家要记得，约翰离现场很远，在他眼里那只怪物大概只有硬币那么大，所以虽然他那套猴子骑螃蟹的说

365

辞蠢毙了,我也懒得批评他。

怪物侧着爬开,其中一个人的脚还悬在它嘴外踢来踢去。来复枪枪声同时响起,一点一点的枪口火光照亮了小丘底部的积雪,那群人冲进了树林。约翰等了一会儿,然后倒车退下小丘这一侧,以免被军用卡车看见——不过他宣称从这个位置他还可以看到那辆卡车,所以依照物理原则判断,他应该也没有躲好。

森林中传来枪响,紧接着是动物的叫声;枪声再次响起,伴随着更多惨叫和枪声,统统混在一起。全自动武器全力攻击。尖叫。

四周安静了一阵子,然后约翰说他看到一个人快步冲出森林,跑向卡车,跳上卡车后车厢,拉出两个午餐盒大小的箱子后,又跑回了森林里。过了一会儿,更激烈的枪响划过夜空,森林中传来一声低沉的动物呻吟;枪声静了下来。约翰调到前进挡,准备趁那些人回来之前偷偷超越卡车,然而他晚了一步。刚才那个人又跑回来,手里拿着那两个小箱子。箱子看起来变轻了。他又钻进卡车,拿了两个新箱子出来,再回到森林里。枪声重新响起,紧接着是猴子、螃蟹的尖叫声。

同样的事情持续了大概半小时,终于所有的声音都停下来。四个人走出森林,爬上卡车,把车子开走了。约翰跟了上去。他经过一条通往下水道清洁剂工厂的路,大概通向员工停车场,可是路被锁着铁链的铁门截断。约翰想,如果在拍动作片,他就会开车撞破铁门,可是这辆凯迪拉克不是道具,明天约翰还得靠他的车载他上班,要是散热器坏了,可要花一个礼拜的薪水来修。

更重要的是,前面的卡车并没有转上被铁门封住的路,而他现在非常想知道卡车要去哪儿。约翰离卡车很远,他打算就这么跟着轮胎的痕迹。他们沿着工业园区的主道路走,经过和这条路相交的双车道高速公路，一路开上不具名小镇废墟大卖场白色地面的停车场。卡车绕到大卖场东侧后方，停在U形大卖场建筑的其中一角。

约翰等了很久，直到他认为卡车上的人都下了车，去了该去的地方，他才小心翼翼地绕过大卖场。他看到卡车停在一道通往被木板封住的大门斜坡附近——如果大卖场当初成功开幕，这里应该会是一家百货公司。约翰四下打量一阵，什么也没看到，终于感到有点不耐烦，当时他完全没带武器，也没有手电筒或基本的求生本能，就这样踏过一扇没有门板的门，大步走进卖场，好像那是他家一样。

洞穴般的大卖场跟冷冻柜一样冷，一抹月光从屋顶上有框的破洞照进来；原本天窗的玻璃去年就破了，白雪从洞口飘进来，在地上散成一圈，像打翻的面粉。积雪的边缘有几个脚印，五六个鞋印连到一条拉长的滑动痕迹，约翰猜测有人踩到雪滑倒了，跌了个狗吃屎。约翰没有犯同样的错。他绕过地上的雪尘，跟着脚印的方向走，脚印指向一扇写着"维修室"的铁门。约翰停下来，思索在这里当维修人员到底是世上最简单还是最艰难的工作。

他发现铁门锁着，并且声称他撬开了门。我从来不知道约翰会撬开门，但我也不敢说我知道他所有的秘密——搞不好之前进去的人刚好忘了锁门。

总之，约翰说他撬开门进去，发现门后是一间没有窗户的肮脏小房间，被蜘蛛网和四散逃逸的黑色形体占据，而且没有别的出口。他点着打火机，确定房里没有其他的门、出口或通道。跟埃米的浴室状况一样，脚印到这里就消失了。约翰转身准备离开，这时却从眼角瞄到一扇门。他觉得自己很蠢，刚才怎么可能没看到墙正中央的门呢？那扇门很高，顶端呈拱形，装饰非常华丽，跟这房间格格不入。他转回头，却发现眼前还是一面光秃秃的墙壁。

他侧过身，再次从眼角瞥到大门的模糊影像。门就在那儿，却又好像不在，仿佛是眼睛的错觉。约翰走到墙边，就着打火机温暖的火光，摸摸墙面寻找门把手、缝隙或暗门之类的。几分钟后，他确定那只是一道厚实的墙。他看了手表一眼——

凌晨五点零六分。

然后发现他半个小时内就得到工地报到。他离开房间，心想他会再回来——果然没错。

凌晨五点十八分。

我不时把越野车的引擎关掉，隔一阵子再打开，这样我们不但可以开暖气，也不用担心一氧化碳中毒。我听说车子不熄火很危险，尤其我的车本来闻起来就像臭掉的蛋，我一直认为是排气管的问题，但即便我把越野车从头到尾洗过一遍，味道大概也不会变，只是我从来没试过罢了。

埃米的头发有草莓的味道。她靠在我身上，脚放在车门的扶手上，手枪大约指向前座置物柜的位置。每一面玻璃上都积了白色的糖霜，仿佛在车上罩了一片床单。今天晚上我再次感到一种古怪的失重感，好像我们是世上仅存的两个人。

我说："我可以问你一个问题吗？"

"不行。"

"你为什么去念松景学校？你几乎没什么问题啊。我觉得身为纳税人，我有权利知道。"

"因为那场车祸，我好几个月没去上学，复学的时候又有一堆问题，医生叫我吃抗抑郁药和一堆别的药。抗抑郁药包括安非他酮。结果我咬了一个老师，就被送去跟疯小孩一起上学了。"

"你咬了一个老师?"

她叹了一口气。"那天爸妈开车带我去买制服,我那时十四岁,正要上高中。我在后座睡着了,醒来的时候感觉有人在摇我,接着我突然一翻——头下脚上,脸压在地上,到处都是玻璃碎片,到处都是血。爸爸从车上飞出去,当场就死了。他倒在我面前不远的地方,脸就——就像一张橡皮面具,一点表情也没有。妈妈也躺在那里,脚卡在引擎盖下面,一直尖叫。我倒是还好,只是我的背整个扭了过来,双脚麻得没有感觉,一只手被卡在门下。我只能躺在那儿,要妈妈冷静,告诉她很快就会有人来救我们。我们躺在那里好久,我可以听到车子经过,我心想,为什么没有人停下来?我以为总有人会……"

她愈说愈小声,转头看着车窗外的一片雪白。

"他们把我救出来的时候,我的手简直惨不忍睹,肌腱什么的都露在外面,恶心得要命,手掌几乎断了,只靠一小块肉跟手腕连在一起。他们把我抬上担架,我的手就这样悬着前后晃来晃去。妈妈在医院里过世了。吉姆那天不在车上,他待在家里,所以没事。但他彻底崩溃了,好像车祸是他的错。医生替我的手动手术,把手掌接回去,又帮我处理断掉的一截脊椎骨,他们在——"她指向肩胛骨之间的位置,"——这里放了一小块铁棒,让我长高了一厘米,很怪吧?我的背因此痛得要命,医生每隔一阵子就要用机器替我伸展,减轻脊椎的压力。我的手掌情况也不太妙,高中头几年还很正常,但后来这两只手指失去了知觉……"

埃米做了一个很诡异的动作——她举起断手,另一只手指向空中那两根手指应该在的位置。

"医生又动了一次手术,后来再动一次。手加上背,我实在痛到不行，只好吃很多药，每四小时就要吃一次，害我一天到晚都想吐。医生决定降低药的剂量，但这样药效很快就会退，每次距离吃药时间还有两小时，我就开始想什么时候能吃药。所以我要不就得忍受剧痛，不然就得一直吐。"

抗抑郁药。光是想到这个女孩居然得了抑郁症，我就想把整个地球丢到太阳里去，至少比平常更想。

"然后我就咬了那个老师。最后我几乎每根手指都没有感觉了，什么东西都抓不住，我开始常常把东西掉到地上。那时候我和比尔叔叔跟贝蒂阿姨住在一起，他们正在办离婚，根本不想收留我。有一次，我摔破一个玻璃小人偶，比尔叔叔就抓狂了。他们不想收留我不是他们的错，但我又能怎么办？他对我大吼大叫，后来医生说我的手要恢复正常只剩最后一次机会，因为神经组织已经快坏死了。"

她低头拍掉袜子上的东西。"于是我又动了一次手术。手术后我在病房里醒来，麻醉还没退，而我梦到我的手不见了。然后我睁开眼，发现手真的不见了，原本应该有手掌的地方只剩空气和白床单，看起来好奇怪。我哭了又哭，哭了又哭，就这样狂哭了好几个小时。大卫，他们早就知道要把手截掉，居然都没人告诉我。我躺在床上，马上就知道我再也没办法融入人群，你懂我的意思吗？"

我咕哝了一声。

"不管我做什么，说什么，大家都只会说：'你知道埃米吧？那个没有手的女生？'不管到哪里都一样。最糟的是，如果我碰到不认识的人，而他们没有马上注意到我的手，我坐在那里跟他们聊天时，心里就会一直等，等他们注意到的那一刻，看他们脸上露出的表情，好像在替我不好意思一样。"

她静了下来。

我说:"这个世界烂透了。"

"后来我就离开了叔叔阿姨家,跟吉姆住在一起。你知道吗,我还可以感觉到这只手。传说中手脚截肢后的幻痛都是真的。"

"你是说手会痒之类的吗?"

"不是,比较像……握拳头时,我可以感到我的手握成了拳头,但我没办法把手张开,很奇怪吧?"她举起还在的手,紧紧握拳,"就像这样。虽然手已经不在了,但我还是可以感到指甲掐进我的掌心。应该是我在胡思乱想,也可能跟神经错乱有关。而且感觉永远一样。如果我真的很专心,我可以让手稍微松开一点,但不到一分钟又会回到原本的样子。那一点点的痛永远不会消失,总是存在在手腕上几厘米,原本我手掌的位置。我每天一醒来就痛。"

我心想,要不要跟她讲我被蜡烛袭击睾丸的惨剧?但我觉得她应该认为那没什么。她盘起双手,搓搓手臂取暖。我用双手抱住她,让她不再发抖。手枪落在地板上。

我说:"我第一次看到你的时候搞不清楚状况,对不对?在你家的时候,我不知道你的手跑哪儿去了——"

"因为我在学校的时候手还在——"

"——可是约翰早就知道了。"

"哦,对啊,"她说,"他以前会来我家看我。"

"我跟你讲清楚约翰这个人吧。我看到你的手会很惊讶,就是因为约翰从来没有跟我说过你是'那个没有手的女生'。"

凌晨五点三十六分。

我不知道约翰从离开大卖场到去下水道清洁剂工厂工地之间做

了什么，不过就我对约翰的了解，我推测他讲了很多他老二的笑话，喝了一些杂牌酒，然后跟一个女生上床，而且一定又是我偷偷爱慕却没胆子上前说话的女生。他还找时间换上铺屋顶的工作服，其实就是好多层的法兰绒上衣加上沾满焦油的连身服。

他再次前往工厂时，拖车卡车的车祸现场已经被清理干净了，只剩地上杂乱的轮胎痕。工头史蒂夫站在工厂里面，和一名警卫讨论如何上屋顶去。约翰发现那是他在车祸现场看到的警卫之一。他不确定警卫会不会认出自己，于是他从垃圾堆里拿了一份报纸遮住脸经过对方身边。当然，这是约翰告诉我的，所以不用太认真。到了六点，史蒂夫的十三人小组已经四散在屋顶大洞的上下两端，一面工作，一面看冰和雪像小瀑布似的流进工厂的休息室，浸湿的地毯和受潮的糖果贩卖机都毁了。

约翰爬上屋顶，马上就看出破洞不是被积雪压垮的——屋顶整个往上翘，碎石、木板和瓷砖散落在屋顶上，仿佛有东西从屋内往外炸开。另一名工人泰勒·舒尔茨是个魁梧的金发小鬼，看起来像年轻的纳粹，偶尔也会跟约翰的乐队一起表演。他看了屋顶后，也得出同样的结论，还说真够诡异的。约翰告诉泰勒，室外气温骤降的时候，屋子里暖气加温的空气通常会膨胀，造成建筑物一部分爆炸，就像不用冷空气而拿暖空气灌气球，气球也会破掉。泰勒问约翰是不是在胡扯，约翰说他可以自己去查，因为他知道泰勒才不会去查。

接着，约翰爬楼梯下到湿透的休息室。每个入口都已经拉起胶带，避免员工随便进来。他首先注意到休息室的贩卖机好像被车撞了一样，玻璃凹进去，地上到处是糖果包装纸。其他工人在他头上走来走去，拉起一片防水布，将积雪铲离屋顶的洞口边缘。约翰在屋子里乱逛，注意到其中一条出口走道中央拉起先前他见过的黑黄色警示线。

一天之内，约翰第二次随意钻过写着"不要随意跨越这条线"的警示线——他看到墙上有另一个洞，看起来也像有东西撞了过去，洞的大小跟汽车或背上绑着猴子的巨大螃蟹一样。洞口边缘留下类似的抓痕——爪子的痕迹。约翰靠过去，从墙上锯齿状的裂缝看进去。

他看到一间显然不在平面图上的房间，面积很小，大概跟普通的客厅差不多，里面没有任何家具，只有四面光秃秃的墙。约翰转过头，就在这时候，他看到房间地板上有一个正圆形的洞，跟整个房间一样大，直通向地下。约翰说不知道为什么，那个洞看起来很像电影《星球大战》里每座太空站的坑洞，可以延伸出很多狭窄通道，而且没有扶手。

当他回头直接看着地板，洞口又不见了，只剩一片瓷砖地，跟大卖场的状况一模一样。所以螃蟹怪从这里逃走，但追捕它的那群人却回到了废弃的大卖场。一切都和大卖场有关，对吧？约翰想到罗伯特·马利，感染"酱油"的一号病患曾经寄居在卖场的美食区；他又想到丹尼·韦克斯勒胡言乱语说什么看不见的门。约翰决定，这件事需要好好调查一番。

我用水洗洗脸，看着镜子中自己充血的双眼。我很高兴回到家，回到我的浴室。我脱掉上衣，却感到有东西卡在背上，有点痒。我侧过身，用镜子照我的背，一口气吓得喉头卡住。

我的肩胛骨上冒出大约一厘米的长条，跟针一样细，粉红色的。

砰。

有人在敲门。

我靠近镜子,检查背上的东西。我朝背后伸出手指,却不敢碰,强烈的厌恶感蹿过体内,让我打了个哆嗦。

砰砰。

门口传来模糊的声音。

"嘿,阿卫?"

约翰的声音。他来我家做什么?

砰砰砰。

"等一下。"我说,我从洗脸台旁的柜子抽屉里拿出手镜,"我马上就好,我在……刮蛋蛋的毛。"

我举起镜子,调整角度,好看到背上的东西。我差点放声尖叫。背上突起的条状物末端有只眼睛,像黑蜢蝓的小眼睛那样扭来扭去,条状身体也开始蜷曲,仿佛想要四处看看——

我突然醒了过来。

砰。

我觉得很冷,脖子传来一阵剧痛。我闻到草莓味洗发水甜腻的人工化学香味。其实仔细想想,草莓根本没有香味,就是像草一样闻起来湿湿的。

专心。

我感到类似钢筋的东西横过胸口、压住我,让我动弹不得。我撑开眼皮,看到一双眼睛透过结霜的玻璃往下盯着我瞧。我眨眨眼,低下头,看到一片红铜色,一颗留着红发的头靠在我胸口,一只手臂抱住我,手掌一把抓住我的上衣,轻轻捏着。

我躺在椅子上,头靠着越野车的车门,车窗摇把卡在背后,腿横过前座的椅子,靴子靠在另一侧的车门上。埃米看起来倒挺舒服的,毕竟她把我当成会发热的床垫,蜷起身子躺在我身上,不规律地呼吸着,眼皮不断跳动。她在做噩梦。

*小鬼,早点习惯吧。*

我伸长脖子,透过玻璃上约翰刮干净的洞,看到他模糊的脸。他穿着整套工作服,站在那儿朝我挥手。我看向手表。

早上八点零七分。

我的越野车不知道什么时候熄火了,引擎和暖气都关上了。埃米和我分开,我推开门,在冰冷的空气中站直身体,感觉全身的关节都像缠上厚重的钢缆。我回过头,看到莫莉在后座睡得很沉,脚掌不时扭动,好像梦到它抓死某个人,或许就是我。

约翰说:"你们第一次约会,你就叫女生跟你露宿甜甜圈店?你知道这家店还要三个月才会开吧?"

约翰身边还站着五个人,不过我只认识泰勒。他们开来两辆巨大的货运卡车,车身上印着"安德森屋顶及水沟修护公司"。我瞥了这群陌生人一眼,然后对约翰说:"我们昨天晚上……呃,必须离开她家。你们不是应该在工作吗?"

约翰说:"我们得去家得宝量贩店买一堆东西,已经耗了快两个小时,刚才经过的时候正好看到你的车。她家发生了什么事?"

这时埃米绕过来,双臂紧紧抱着她身上穿的厚大衣,马上就贴到我身边。

"哈啰,约翰。哦,我快冷死了。"

她拉过我的手臂,环上她的身体,然后说:"借我取暖。"

"呃,我得跟约翰谈一下。"我抓住她的肩膀,随便让她在车内坐下,然后示意约翰跟我穿过停车场。我们绕着停车场的边缘走,我眯起眼睛，以便适应阳光。"你看起来够糟的。"约翰说。

"我真的快不行了，约翰。说真的，我不知道我还撑不撑得下去。我觉得整个人快被榨干了，就像用一点点奶油去抹一块太大的松饼，结果奶油全都滴进其中一格松饼洞里，剩下的地方一点也沾不到，你还得把松饼斜着拿起来，才能让奶油流出来。"

"阿卫，下水道清洁剂工厂那边出现的可不是普通怪事，大卖场那儿也是。"

约翰就是这个时候告诉我那串有点玄的故事，从他在卡车事故现场看到的一路讲起。我听完之后，告诉他我们碰到了影子人。

我回头看着我的越野车。埃米侧坐在打开的门边翻找手提袋，然后拿出一个褐色药瓶。

"你懂了吧，阿卫？显然下水道清洁剂工厂不只制造下水道清洁剂，我觉得它根本在制造恶魔。"

"我们还不确定。"

"我想看那个洞通到哪里。我觉得那只怪物是从洞里跑出来的。"

"约翰，我们进不去，工厂周围永远都有三班制的警卫在巡逻。"

我们绕了停车场一圈，又回到越野车旁，泰勒和其他人都靠在车边，一面抽烟，一面用隔热马克杯喝冒着烟的咖啡。

约翰说："一定有别的方法。"

约翰告诉我大卖场里发生的事，还有忽隐忽现的幽灵门。"我跟你说，我觉得这些密门都通往同一个地方。天晓得，搞不好镇上到处都是这种门，跟韦克斯勒说得一样。"

我颓丧地点点头，叹了口气，说："好吧，至少我们不能呆呆地等它们再来抓埃米了。"

"他妈的当然没错。我们中午见。"

"中午会发生什么事?"

"到时候会收工。我们只要把洞口稳住并盖起来就好,免得雪再掉进去。"

"你还要去修工厂的屋顶?"

"他们事前已经付钱给史蒂夫了,而且我真的很需要这笔钱。"

我注意到越野车的排气管冒出白烟。埃米为了取暖,再次发动了引擎。

我说:"我不知道该拿她怎么办,她家简直是无敌诡异。"我瞄了泰勒一眼,发现他也在注意听,于是降低了音量。"她家也有人从电视机里看她,跟我家一样。"

这时埃米看到我们,她从车上下来,手里拿着一瓶七百毫升的红色激浪汽水。

她走过来问:"这瓶可以给我吗?"

"你现在居然把那种红色的恶烂饮料放在车上,"约翰问我,"这不是发疯的十二种迹象之一吗?"

"我工作的时候都在车上吃饭,这样就不会有人跑来跟我说话。"

约翰用类似怜悯的表情看着我。我说:"你拿去吧,埃米。"

她转起瓶盖,冷得肩膀都耸了起来。有人递给约翰一杯咖啡,约翰说:"休息时间。"

"废话。"泰勒用自以为很拽的口气说。他戴着罩在眼镜外面的太阳眼镜,看埃米试图用一只手打开激浪汽水瓶——她用手肘稳住瓶身,非常专心,嘴里发出低声怒吼,湿滑的瓶子好像在她手中打转。

我问约翰:"我们去的时候,她待在哪里最安全?"

埃米说:"你们要去哪里?我可以一起吗?"

泰勒听到之后,不知为何用"你们什么时候才会学乖"的表情看着约翰,然后朝地上吐了一口口水。在美国中西部的很多地方,吐烟渣就是一种无言的沟通方式。他小时候一定经常把饮料洒出来,因为他手上拿着防洒的巨大马克杯,杯底往外扩张,每次他把杯子凑到嘴边,看起来就像在对着扩音器讲话。

我说:"我们等一下再说。"

埃米放下瓶子,发出受挫的喊叫,听起来像有人踩到了猫。我伸手想帮她,她朝我的手挥了一巴掌,继续转起盖子。

我继续说:"她不能回家。我不知道她身上有没有钱,但我们可以想个办法,就算让她睡我家沙发也行。"

约翰瞧了我一眼,好像在说:"你当真?"但他什么也没说。

泰勒眼中闪过狡猾的光芒,他说:"我跟你们说一个有趣的故事。我哥哥和他太太生了一个唐氏儿,他老是流口水,还在裤子里大便。他们请我妈去照顾过几次小孩,后来次数愈来愈多,最后变成每个晚上。去他的每个晚上。你知道后来发生什么事了吗?"

"你脑袋掉出来了吗?"我注意到埃米不再跟瓶盖搏斗,而是僵在原地瞪着瓶子。我说:"各位,我得——"

"老兄,你先听我说完。他们把小孩留在我妈家,偶尔才去探望他。我妈现在每天什么都不能做,只忙着喂他,替他洗澡,照顾我哥的小孩变成了她的全职工作。她没办法参加宾果游戏,也不能和朋友出去玩,干什么都不行,因为她要照顾那个小鬼,因为她想当好人。感觉跟坐牢一样。"

埃米怒目瞪着他,好像真的想对他撂狠话。接着她的脸皱了起来,仿佛咬了一口苹果,结果看到半只虫。她转身朝我的车走了两步,用手捂住嘴巴,弯下身。

给各位一点建议:如果你想吐,千万千万不要用手捂住嘴巴。我知道这是反射动作,但一点用都没有,你吐出来的东西只会喷得到处都是。于是埃米站在雪地中,整个人弯下腰、双眼紧闭,呕吐物从她的手上滴下来,在脚边积成一摊。情况非常尴尬,我身后那群人说了几句话,有人不知道低声说了什么,另一个人咯咯笑了起来。

我走到她身边,说:"来吧。"我牵着埃米走向越野车,让她坐在敞开的车门边。

"坐着不要动。"

我跑到车尾,打开后车厢,拿出一个红白色的小冰库。这是我的急救箱,里面放了一卷胶带、一条额外的裤子、装着两百美元的信封、两袋水果干、两袋牛肉干、三瓶水、一包技工用的厚毛巾、一根小铁棍——可以用来敲破别人的脑壳——还有一副假胡子。有准备总比没有好。

我拿出一瓶水,打湿一条毛巾。然后我走回车门边,把毛巾交给埃米,这才愚蠢地发现她没有空手接过毛巾,因为她只有……沾上呕吐物的那只手和不存在的手。

"来。"我说。我托起她的手腕,擦掉手指上的呕吐物。埃米厌恶地皱起鼻子。不过说实话,我参加过那么多次约翰的派对,每次都有人吐在我身上或附近,我已经有点习惯了。

我一边擦,一边说:"初一的时候我带埃米莉·帕克斯去参加秋季园游会,那是我第一次和女生出去玩。我们到处逛,吃了炸甜甜圈和盐水太妃糖,喝了柠檬水,都是园游会卖的东西。最后我们去坐摩天轮，就……在快要绕完的时候，我往前一口气吐在她的大腿上。为了让乘客下车，摩天轮愈转愈慢，结果我们刚好停在最上面，只能在半空中干等，她就坐在那儿，腿上都是呕吐物，一直哭。我们在上面等了超级久……"

埃米的手看起来很干净了。我把湿毛巾丢在雪地上，交给她一条新毛巾和那瓶水。我退后一步，说："一直到我高三，我才敢邀请女生出去，我十七岁才第一次牵女生的手，全因为在我脑海深处，我知道最后我一定会吐在她身上。"

埃米没有反应。她喝了点水，擦掉溅在裤子和鞋子上的呕吐物。在冰天雪地里碰水，她的手指现在一定冻坏了。我瞥见她的脸，看到一抹熟悉的表情，一种几乎麻木的耻辱，好像她想挖个洞把自己埋进去，让草长满洞口。

我的眼后逐渐发热，脑中一切变得火红，头骨内突然装满辣酱，胃肠一阵骚动，肌肉开始紧绷。我捡起脏毛巾，走向停车场的垃圾桶——刚好靠近泰勒和其他人站的地方。我把毛巾丢进去，这时泰勒靠过来，悄声说："大卫，你是个好人。我只是说你要小心，没别的意思。做好人要小心，不然会死得很难看。"

我眨眨眼。手掌传来刺骨的剧痛。血。

很多只手环住我，抓着我的外套把我往后拉；我的指节和嘴巴里都是血。我紧咬着牙，咬破了舌头，尝到温热的铁锈味。泰勒四肢着地跪在地上，鼻子和嘴巴里鲜血直流，他怒吼着叫他们最好把我抓牢，说我是他妈的疯子，居然打断了他的鼻子。然后约翰出现在我眼前，对我说："没事了，没事了，你后退，赶快走就是了。"我低头看着抽痛的手，发现指节都裂开了，仿佛我刚揍了水泥墙。约翰将我推离这群人，对着我的肩膀后方说："快把他带走。"

一个金发胖小子站在泰勒身旁，看起来像膨胀版的泰勒，我想他大概是泰勒的哥哥或表哥之类的。胖小子对泰勒说："你看，泰勒，你看你乱说话会怎样，再这样下去，总有一天你会把自己搞死。你一定又会说错话，然后某个黑鬼就会朝你背后开枪。"约翰转身走回去，我一个人站在停车场中央，非常困惑，不知所措。泰勒比我重三十公斤，而且我每天只负责把 DVD 上架，他可是成天扛着屋顶建材爬楼梯的人。然而，扑倒他时脑中一闪而过的冲动才是让我感到最诡异又恶心的。

——我想咬人——

于是我知道又发生了。我失去了一段时间的记忆，失去了自我。我感到有人拉了拉我的外套，接着传来一只断臂环过我腰部的奇特触感。

"来吧，来吧，大卫。"

埃米绕过来，手抓着我的袖子。

"埃米，我——"

"来吧，没关系，来吧。"

她慢慢将我转向越野车，我感到每个人都盯着我。她站到我身后，把我推向车子。

"来吧，大卫。深呼吸，你做得到的。"

"埃米，不要——"

"不行。走吧，继续走。轰隆隆隆……"

最后那句是埃米模仿引擎的声音。她推着我走向越野车，好像她是司机，我是车。她伸手绕过我，打开车门，把我推到椅子上，就像警察对待上了手铐的嫌犯。她用力关上车门，绕到另一边，上车坐在我旁边。我们就这样坐了一会儿，我从身旁的车窗往外看，发现所有人都在看我们。我举起颤抖的手想转动车钥匙,才发现引擎已经发动了。我试着放慢呼吸,但手抖个不停。

埃米问道:"你还好吗?"

"先……先等我一下。"

"你刚才超猛的。"

"埃米……"

"来,我们走吧,免得他爬起来把你打个半死。"

我们回到我家,发现房子被翻得乱七八糟——其实乍看之下很难发现,毕竟我不是世界上最厉害的管家,然而等我走进厨房,我就知道它们来过了——我通常不会让烤箱的门开着。我掏出手枪,在屋子里巡视了一圈,但一个人也没看到。埃米问我它们要找什么,我刻意避开这个问题,反而说房子被它们砸得真讨厌,不然之前可是干净得一尘不染,她没看到实在太可惜了。我走进厨房,转开水龙头冲洗还在流血的指节。

"你看,"埃米在我身后说,"它们把你的衣服都丢在那边的地板上了。"

"对啊,而且居然还穿过,那群王八蛋。"

"你说它们到底在找什么?"

我顿了一下,几乎就要把我们最大、最危险的秘密告诉一个我只认识一天的人。我吐了口气,直直地看着她的双眼——她的虹膜真的太绿了,像下了一周春雨之后的绿草,而这双眼睛散发出逼人的慧黠,我过去居然蠢到未曾发现。她的眼睛马上就看穿了我,我突然气馁地发现我大概没办法对她撒谎。原因非常简单:她比我聪明多了。

我说:"它们在找'酱油',不过我知道它们没找到。"

"什么油?"

我没有回答,反而在屋里又走了一圈,四处查看有没有东西坏掉。看来它们不知道为什么拿走了时钟的电池,天花板风扇上的玻璃固定栓也裂开了。

埃米跟着我,不停丢问题纠缠我,突然变成超级好奇宝宝。其实我也不确定该怎么解释。当她第五次试图提问的时候,我举起手,嘘了一声,然后将一根手指抵在她的嘴巴上,要她安静。

"亲爱的埃米,你等着看就知道了。"

有那么一秒钟,我真的以为她会揍我。我走到屋外,绕着房子走了一圈,一面紧张地瞄向工具间,祈祷门千万别是开着的。

阿呆,你在说什么?如果它们把尸体带走了,对你来讲可是好事一桩啊。

我注意到今天虽然是星期天,门口信箱的小红旗却竖了起来。我走过去打开信箱门,看到一个巴掌大的包裹,上面没有写姓名和地址,也没有贴邮票。我有点怀疑地看着包裹,打开时,心想这可能是世上最小的邮寄炸弹。包裹里装了一条项链,小小的金十字架挂在细链子上。我以前就见过这条项链,不过这次近看才发现十字架是由两颗小钉子组成的,以细线般的铁丝缠在一起。包裹里还有一张纸,折起来的便条上印着口咬铅笔的卡通小狗,闪亮亮的粉红色笔迹写着:

嗨!我做了一个梦
天使要我把项链送给你!
它一直带给我好运!!

上帝保佑!

(笑脸)

——克里斯·洛夫莱斯

每个"口"字都写成可爱的大圆圈。每个人都想帮忙。

我走进屋里,埃米正在浴室放水。她走出来,从小锡盒中拿出几颗薄荷喉糖塞进嘴里。我走到冰箱旁,说:"你想喝什么?我有……水果啤酒,还有约翰在捷克的朋友寄来的恶心李子酒,喝起来像李子果汁加上五十五加仑的颜料稀释剂。"

每罐啤酒上都贴着纸胶带,写着"约翰的酒"。埃米绕过我看着冰箱,说:"约翰很保护他的啤酒吧?"

"那是我贴的,如果有人来,我希望大家知道水果啤酒是他的,不是我的。你要喝吗?"

"呃,不用,我不喝。"她摇摇头,自昨天以来第四百次将眼前的头发拨开,"我是说我当然喝饮料,但我不喝酒,因为这不能配止痛药喝。所以我们应该把怪物的事告诉谁?"

"什么?"

"我们看到的东西啊。发生这种事应该找谁?"

"我记得政府有热线电话,但打过去也只会转到语音系统。没关系,约翰和我会去调查,今天就去,免得它们又逮到机会来抓你。"

我关上冰箱门,转过来面对她,把约翰说的下水道清洁剂工厂和死人大卖场的故事,以简短又没那么蠢的方式告诉了她。

她说:"我们为什么不逃走算了?逃去别的城市、别的州,或者去加拿大。你听说过有人在加拿大爆炸吗?"

我摇摇头。

"为什么不行?"

埃米,因为那只眼睛一直在看着我们。

"还有一些事你不懂。那些影子人……它们跟我说过话,也知道我的名字,现在事情有点变成我和它们的……私人恩怨。我认为靠逃跑来逃避问题根本没用,就算搭上火箭离开这个该死的地球也一样,在它们眼中,不过就像想逃跑的豚鼠在小轮子上飞快跑步罢了。我可以想象那样的人生,每天都担惊受怕地一直逃,永无止境。不行,我不能逃,也不要逃,我们要闯进它们在的地方,而且要全副武装地去。"

"我也要去。"

"埃米——"

"想都别想。我也想看,我有权利跟你们去。"

"埃米,我们可是打算把那个地方炸成冒烟的洞哎。"

"我知道。"

"不,你只是觉得很酷,我从你的眼神就看得出来。但这个计划一点也不酷,随时都可能出错。我告诉你一个故事:我还小的时候,我们家的水管堵住,搞得马桶里的水都溢出来了,我们只好去看哪里堵住了,结果工人从水管里拉出一只土拨鼠。原来水管有个接头松开,这只土拨鼠就钻进来了。你懂了吗?对土拨鼠来说,这可是毕生难得的冒险机会,这条秘密通道看起来很长,于是它继续往前走,四处探索,想看尽头藏了什么宝藏——结果它却被淹死了,还淹死在了我们的大便里。"

埃米点点头,说:"是很可怜,没错。"

"超级可怜。约翰和我就是那只土拨鼠。我看你的表情就知道,你觉得你终于融入了这个团体,而我们今天要一起做很伟大的事,改变世界。好吧埃米,你得听懂我说的话——我和约翰,我们两个都有很严重的问题。埃米,有时候我非常确定——肯定——我其实是嗑药嗨到疯了,这些事其实都没有发生,我只是在某个上锁的房间里嗨得胡思乱想。你知道,当我发现自己可能会妄想又很危险,我会怎么做吗?我会拿枪准备好。"

"大卫,你没有——"

"先听我说。现在我要反抗那些家伙,只是因为我被逼到角落里,没得选择了。你不一样。如果你做出错误的决定,你在地球上可能就只剩最后这几个小时可活,这辈子你想做的每件事都不会发生——你想做的事,你认为未来你可能想做的事——全都不可能了。而这都是我的错,因为我带你走进了那条排粪水管。"

她说:"为什么你这么讨厌自己?"

"如果我是别人,我也会这么讨厌他。对人怎么可以有两套标准呢?"

"蠢死了。"

我揉揉眼睛,叹了口气,伸手将上衣口袋里的项链举到眼前。

"这个给你吧,据说会带来好运。"

我走向埃米,双手伸到她的脖子后方,将细链子在她的头发下扣好。

我从窗口往外看,发现又开始下雪了。

我面对她,说:"埃米,你值得过正常的生活。我可以想象你去念大学,家里有家人等你;或许你在唱片行打工,有些宅男会到柜台跟你搭讪;我可以进去,尴尬地跟你聊天,你会一直找借口不跟我约会,而我会一直去店里找你;你会对我申请保护令,我爸则会把保护令撤掉。最后你终于同意,我们就可以一起去野餐,或打打保龄球，或做一般人交往的时候会做的事。一般人交往的时候都做什么啊？"

"我不知道。"

真好笑，我们相距不到十厘米，还假装这样讲话很正常。

她靠过来，然后——

窗外的世界显然收不到信号，只剩下一片白色的噪声。雪下个不停，狂风将雪花吹得到处都是。我靠着窗户，感到冰冷的玻璃贴着我的额头，吐息在鼻子下方的玻璃上吹出圆形的薄雾。以前我曾经觉得，确定自己即将死亡还挺安慰人的，就像最后一天到讨厌的公司上班，感觉终于放下了重担。现在我感到冰玻璃贴在脸上，湿头发让我的头皮发凉，嘴里隐约尝到二手薄荷喉糖的味道，想到我再也看不到雪，竟然有点想哭，但只有一点点。

我看到一辆车的车头像幽魂般出现，头灯在暴雪中若隐若现。约翰的凯迪拉克开进我的车道。透过窗户，我看见约翰穿着军用多口袋外套跳下车，他绕到后车厢，拿出一个帆布包背到身上，然后抬出一个巨大的工具，怎么看都是——

"那是中世纪的战斧吗？"埃米在我身后问道，同时用毛巾擦着头发。

"他可是约翰，不是更蠢的东西我们就要偷笑了。"

那把斧头是从高中留下来的，那时候我们很迷电子游戏《龙与地下城》——呃，应该说是很迷猎熊才对。约翰冲进大门，全身都是雪，他大吼道："我们去大干一场吧！"

他把背包丢在地上，震得地板都晃了一下，接着弯腰举起斧头。我猜他在那家中世纪风格餐厅工作时可能偷了好几样道具。他停了

387

一下,眼睛扫过我和埃米刚洗过的头发,心里可能在想我们洗澡的时间有没有重叠,不过他很有礼貌地没有多问。

他转过身,经过我走进走廊。他仔细看着墙壁,然后举起斧头挥过去,发出锵的一声,灰泥碎片应声四散。

他又挥了三下,接着把手伸进敲开的洞口,拿出可以握在掌中的一样小东西。他看了一眼,用上衣把灰尘擦掉,然后把东西丢给我。我接住那个小罐子。银色的,跟药瓶一样大。

埃米看到罐子,问道:"那是什么?"

"你从来没见过?"

"我怎么会见过?"

"这罐子有一阵子在吉姆那儿,不过我们不知道他是怎么拿到的。"

我告诉她气象主播和大卖场的事,还有我们是怎么拿到小罐子的。

"所以,"她说,"里面装的是什么?"

## 第十五章 开战时刻

"其实很简单,"我对埃米说,"我们可以看到你看不见的东西,就是因为吃了这个罐子里的药。我们不知道药是从哪里来的,也不知道确切的效果,但吃了之后的头几个小时,思绪会变得无比清晰——你绝对无法想象。你的眼睛会像哈勃望远镜,侦测得到光谱上不存在的光线,甚至可以读别人的心,停止时间,煮出每次都好吃的意大利面。你也可以看到和我们共享世界的影子人,它们始终都在,却一直躲起来。吃了这种药,就像医生把显微镜绑在头上走来走去,他能直接看到在我们体内潜伏的病菌。"

埃米插嘴说:"他还是需要看穿你的身体,看到血管和肺之类的啊,显微镜又不能——"

"这种显微镜还有附加 X 光功能。"

她伸手拿起药罐。

"啊,好冰。"

"罐子永远都是冰的,"我说,"全天候冷却里面的药。罐子没有电池，没有能源，却已经冷藏好多年了，我们也不知道它是怎么运作的。'酱油'必须保持冷却，不然就会变得……不稳定。"

不稳定，就跟杀人蜂一样"不稳定"。

"你们现在又要吃这个药？"

"我也不想，但我觉得我们必须吃，这样才能和敌人站在同样的起跑点，让我们跟坏人频率相同。我们就是吃了药才活到现在的。"

哦，而且其他试过的人统统死光了。真讽刺。

我说："我第一次看到这个罐子的时候，里面没有东西，跟我之前找到的药罐一样。"

我打开罐子，倒出两颗黑得像甘草糖的药丸。

"你一定在想这两颗药丸是从哪儿来的。我们也很好奇，这种药好像想出现时就会自己出现。"

她说："你们也不打算给我吃，对吧？"

"就算你是我的宿敌，我也不希望你吃。况且你本来就不该吃。如果你该吃，里面应该会有三颗药丸。"

约翰说："我们赶快吃吧，免得等一下药丸攻击我们。"

我们吞下药丸，静静等待。

"所以……"埃米问道，"你们怎么知道药效何时发作？"

我说："我们会开始注意到小东西……很难解释啦，有点像噪声中传来断断续续的收音机信号。"

才说到这儿，一个想法就蹿过我脑中，像流星般一闪而逝。职业摔跤是玩真的，但不是我们眼睛看到的真，而是比事实还要真。然后我算出圆周率小数点后的第四千位数，并发现如果有人真的画出完美的正圆，在我们眼里看来会像一条直线。我看着银色药罐，发现它有超过四千年或不到四秒的历史。

我对约翰说:"你知道如果走路环游世界,你的帽子会比双脚多移动九米吗?"

约翰说:"阿卫,我不知道,不过我们做炸弹之前,我要先剃掉半只狗的毛。"

我点点头。他站起来,把莫莉叫过去,领着它走进我的浴室。我心想"酱油"什么时候才会生效。

为了打发时间,我起身到洗衣间的衣柜里东翻西找,终于找到我的水枪。这支现代版绿色大水枪侧面贴着大口喷的商标,底下外接两加仑的水箱,还加装了背带用的钩子。当初广告宣称这把水枪可以喷出直径六厘米粗的水柱,射程十五米远,实际效果确实也差不多。水枪有点黏黏的,因为去年夏天约翰把水箱灌满了啤酒。

我继续翻,找到一卷封箱胶带,还有点燃烤肉炉用的抛弃式打火枪。我又找来三瓶可燃化学药品,可以混合做燃料。我把这堆东西丢在桌上。

埃米说:"你要做汽油弹吗?"

"埃米,我们得准备好。我不知道在那里会碰到什么,但很有可能是恶魔本人。"

"大卫,那你做这个有什么用?"

"哦,不,你没听清楚,我可是要做汽油弹。"笨女生。

"可是如果敌人从地狱来,你为什么要用——"

埃米停下来,显然决定不再继续追问下去。她改口问道:"我应该带什么?我们什么时候走?有什么武器可以给我吗?"

"你已经忘记土拨鼠的故事了吗?"

我拿起水枪开始动工。浴室传来摩擦和低吼声,我还隐约听到刮胡刀低沉的嗡响。

埃米按住我的手,另一只手在桌上握拳。

"以前有一只羊,"她说,"我记得是在苏格兰吧,它从农场逃走了。农人不是会剃羊毛吗?结果这只羊在外面游荡了七年,最后他们在洞穴里找到它。由于七年来都没有人替它剃毛,所以它的毛变成好大一丛,像会动的爆炸头。后来它又回到农场,跟其他的羊一起过活,但它知道自己曾经自由过,没有人可以夺走它的这段回忆。你懂吗?我跟你一样,我也想面对这些怪物,不管它们是什么。我们就像那只羊,准备放手一搏,就算不为别的理由,也至少证明我们试过了。"

"我当然懂,我说真的,我真的懂。要编出这么白烂的屁话真的很了不起——你知道羊毛不会一直长吧。"

"大卫,那根本不是重点。"

我伸手去握她的另一只手,却看到我的手穿过她的手掌,然后我想起她根本没有另一只手。然而那只手掌就在我眼前,纤细的手指紧紧地握成拳头。

她困惑地低下头,不确定我在看什么。我说:"我觉得'酱油'生效了。你把神探史酷比的眼镜戴上,我想做个实验。"

她起身找到放在柜子上的眼镜之后又坐下。我示意她看向左手手掌原本的位置。

"现在集中精神注意看,我不确定——"

我话还没讲完,她就已经目瞪口呆了。

"哦!我看到了!怎么可能?"

她把眼镜拿下又戴上,看着手掌消失又重新出现。"你看!我的指甲!那时候留得太长,我动手术前一直忘了剪,难怪这么痛……"

她将握起的拳头抬离桌面，非常非常缓慢地张开手指，把手掌平放在桌上。

"大卫，这太不可思议了！"

"我跟你保证，你今天绝对会看到比这个还夸张几百倍的东西。"

浴室的门猛然弹开，莫莉跑了出来，它的左半边身体被剃得几乎只剩下皮肤，右半边还是跟之前一样毛毛糙糙。约翰跟着它出来，拍掉衣服上的一层狗毛。

约翰说："好啦，剃完了。"

我还来不及阻止莫莉，埃米就问道："你为什么要——"

"这是莫莉的主意。它希望进来和出去的时候看起来像不同的狗，它觉得这样偷食物比较容易。"

他转向我。

"够麻烦的狗。阿卫，你开始做炸弹了吗？"

"什么东西？"

这个社会没救了，原因很简单：要盖一栋房子，得找十几个工人，用掉几百万美元的建材，建上好几个月，然而要把房子炸掉，只需要一个有炸弹的蠢蛋就足够。约翰和我在屋子里到处搜索，寻找能做炸弹的材料。在今天之前，我们都不知道怎么做炸弹，不过我们分析了每样材料的分子成分，便开始即兴发挥。我的头愈来愈酸，像引擎用太久、运转过头一样隐隐发疼。我不是第一次想到吃"酱油"是否会缩短我的寿命，后来我觉得会不会都无所谓了。

我们用一袋果冻、两个烟雾侦测器的内部零件、一叠撕碎的扑克牌、越野车冷气系统的冷却剂，还有其他九种材料，做出一块会爆炸的薄荷绿色黏土块。我们把黏土倒进狗骨头形状的锡箔模子，放进冰库里凝固。我们想要做出放在狗主人口袋里也不奇怪的炸弹，以防被抓到和搜身。

我坐在厨房的餐桌旁，把铜制子弹塞进手枪唯一一个额外的弹匣中。

"我是这么打算的，"约翰说，"大卖场有广播系统吧？我们溜到装有麦克风的办公室，把音箱放在那边，直接来个致命一击——连续播放枪与玫瑰唱的《十一月的雨》。趁它们全捂着耳朵求饶，我们就去找克洛克这个混账，把炸弹塞进它的屁眼。如果它是一只大狗，就叫它吃了骨头炸弹。"

我点点头，站起来。约翰没有明讲，但真正的计划就是我们都会死，不过克洛克的子民将会记得，我们死于它们史上最愚蠢无脑的暗杀计划；我们会成为引爆英国国会大厦失败的"V怪客"盖伊·福克斯，甚至会有节日纪念我们的失败。不过如果我们最后都要被克洛克吞进肚子里，还不如试试看过程中能不能害它噎到。

我是说我和约翰。当然不包括埃米。

我长长地叹了口气，穿上外套，把手枪和弹匣丢进口袋里。约翰穿上他的军用外套，弯腰拉开背包拉链，掏出一把电锯。他在锯子上绑了一根弹力绳，以便背在肩膀上；接着他拿起我自制的汽油弹，完全没有问那是什么或做什么用的。他点燃打火枪，枪口冒出细小的火焰。他满意地点点头，吹熄火焰，然后拿起地上的战斧交给埃米。她勉强用单手拿了整整两秒，斧头就哐啷一声掉在了地上。她松开握把，从外套口袋里拿出护唇膏，涂在嘴唇上。

我们把装备放进越野车，约翰这时才提醒我狗骨头炸弹还在冰库里。我跑进去，把炸弹倒出锡箔模子，拿在手上走进了院子。

我早应该想到接下来会发生的事。身体一半有毛的莫莉跑过来，一口咬走我手里的骨头。

应约翰的要求，我就省略接下来的部分。总之，我们绕着院子追莫莉跑了很久，最后约翰终于把它扑倒，掰开它的嘴巴，发现狗骨头炸弹早已不见踪影。

我一脸厌恶地走开，浑身沾满雪的约翰和莫莉坐在地上。他说："你看！"

他举起莫莉的前脚。我觉得看起来很正常，接着才想起莫莉爆炸后的尸体脚上有一个类似圆周率符号的图案，这只狗的脚上却没有。莫莉舔舔鼻子，打了个喷嚏。约翰站起来，莫莉也翻身站好，小跑着离开。

我说："你觉得这是什么意思？"

"我哪知道。我们得把狗骨头炸弹弄出来。用电锯把它的肚子锯开吧。"

埃米坚决反对，还想出一个我觉得更恶心的方法——她打算叫莫莉把狗骨头拉出来。她跑进屋里，从我的冰库拿出两个便利商店卖的墨西哥卷饼，放到微波炉里加热。

我们把两个卷饼都喂给莫莉吃，也没立刻看到效果。约翰说："好啦，我们走吧，不然就来不及赴死亡之约了。"

外面的世界一片雪白，空中的雪比空气还多。我们以时速二十五公里的速度驶过小镇，所有店家都因为下雪关闭。我心想这可能是场真正的暴风雪，我还从来没看到过呢！车开到半路时，约翰眯起眼，看向后视镜。

"搞什么鬼？"

红蓝相间的灯光闪过结霜的车尾窗户，我们面面相觑，不知道是要靠边停，还是继续在风雪中前进，上演跟 O.J. 辛普森逃跑时一样车速超慢的警匪追逐战。高大的蓝色身影走到驾驶座门外，我摇下车窗，感到酷寒的雪花落在脸上。窗外有张脸往下看，我才看一眼就感到全身紧绷，手立刻伸向手枪握把。

哦，天哪。

德雷克站在车门外。但他不是德雷克。他的方脸离我只有几厘米，脸上却一点表情也没有，非常不自然，宛如葬礼上防腐后的尸体。他的眼睛完全是黑的，没有眼白，也没有虹膜。我眨了眨眼，他的眼睛恢复正常，却跟洋娃娃一样死气沉沉。

德雷克开口说："下车。"他说的话像拳头打向我，我闻到他的吐气中有人工香料的甜味，像喝了太多水果汽水的小孩。德雷克用力拉开门，揪住我的外套把我拽下车，然后抓住我的肩膀，把我转过去压在越野车上。我听到另一扇车门打开，约翰站在那儿，看着德雷克。他和我同时都知道：德雷克已经不在了。

高大的警察从皮带上的扣环拿起警棍，拍拍另一只手掌。

"看哪，"他大声嚷着，听起来根本不像英文，"看哪，你这聪明小子，一条好汉。玩偶和水母，晚上活过来，走在穆赫兰大道上。"

他又拍了一下手掌，咧开肥厚的嘴唇，露出鲨鱼般的笑容。我想要拔枪，但是他只要一挥警棍，不到一秒就能打断我手腕的骨头。我不知道我到底是准备要行动，还是吓到动不了，德雷克怪物随时可以害我们的小冒险提早结束。我瞄了约翰一眼，希望他能想到办法，但从他的眼神看来，他想的跟我一样。我回头看向德雷克的警车，发现他不是一个人，车上还有一名浑身肌肉的黑人警察，他从副驾驶座下来，咧嘴露出发疯似的微笑，雪花落在他的帽子上。

德雷克走到我的越野车引擎盖前。他说："穆赫兰大道！好小子！蓝盒子！蓝天！蓝眼睛！"他把警棍一挥，一盏头灯应声裂开。德雷克又笑了一下，然后蹲低再往上跳了快两米，砰的一声落在引擎盖上，整辆越野车都摇晃起来。我看见埃米在后座吓得一跳，她的视线徘徊在我和约翰之间。莫莉叫了一声，但没有要帮忙的意思。

德雷克站在引擎盖上俯视我。他将警棍尾端塞进口袋里，拉下裤子拉链，开始朝我的挡风玻璃尿尿。尿液喷洒而下，浸黄了积在雨刷上方的雪。

"哈！克洛克在巷子里等你，好小子！"

德雷克的黑人搭档脱下衣服，一件件抛到路上，一面还喃喃自语。最后他将四角裤一把脱下，双手抚着裸露的屁股，朝飘雪的天空不断尖叫，听起来好像在喊"老二"。

德雷克尿完后拉上拉链，抬起一只脚，弯腰把鞋子脱掉，接着脱下袜子，把脚伸到我眼前。

他就这样抬脚站了很久，好像橄榄球员射门的定格照片。我回过头，看到另一名警察将满手的雪堆在胯下。

我转回来看着德雷克，终于注意到他要我看的东西。他的大拇指上有一个小刺青，正是圆周率的符号，跟莫莉尸体脚上的一模一样。

"你听到的只是录音，好小子！"

他放下脚，又把警棍高高举起，另一只手指着我。

"现在给我弯腰！弯腰脱裤子，好小子！"

约翰和我同时钻回越野车里。我调到前进挡，猛地踩下油门。德雷克还站在引擎盖上。

越野车向前冲，沿着马路疾驰而去，然而德雷克还在引擎盖上，像一尊过大的车头装饰品。他在狂风中朝我大吼，一面抛掉帽子，拨乱头发。

"你要去哪里？哈哈哈！我们去巷子里吧！它在等你，好小子！"

他举着警棍往后仰，好像准备要砸挡风玻璃。我猛踩刹车，越野车滑了出去，把德雷克震飞到空中。

他消失在路边如小山的雪堆后头。我听到微弱的尖叫声，接着变成高频的号叫，人类的声带绝对发不出这种声音。我考虑了一下要不要帮他，但这股冲动很快就消失了。我调到倒车挡，踩下油门，再换到前进挡，往前蛇行而去。我瞧了后视镜一眼，紧张地寻找德雷克和他胯下积雪的裸体搭档，但我连警车也看不到。莫莉站起来，从后车窗往外看。它抖了一下，发出低沉的怒吼。

埃米开始问问题，问他发生了什么事，他是不是死了，我们该不该回去。我和约翰都没作声。我只是继续往前开，我们得继续前进，连回头都不行。

后视镜中有东西一闪而过，看似白雪前的一道黑暗身影。我看了一眼，觉得我好像看到某样快速移动的东西，但那不是人影。不过我也可能什么都没看到。

我们在大雪中找到通往大卖场的岔路，缓缓开进大卖场的停车场，四下打量有没有其他停着的车，但一辆也没有。我们的车灯很快暗了下来。

我们下车拿好装备，由莫莉领头穿过停车场。我们不断地左右张望，能见度几乎到不了停车场边缘，暴雪的白幕遮蔽了剩余的世界。我手里握着枪，但我根本不记得曾掏枪出来。快走到门前时，我看约翰转身，好像在纷飞的白雪中看到了什么。我眯起眼睛，还是什么也没看到。于是我俩一致认为是肾上腺素在作祟。我们早该知道事情没那么简单。

我们从约翰早上走的入口进去。暴雪现在从天窗纷纷而下，在地上积了好几厘米，冰冷的空气也从破洞一阵一阵吹进来。走进室内，避开狂风之后，约翰点燃打火枪，准备当作点燃玩具汽油弹的火苗。

约翰说："德雷克的脚是怎么回事？我以为他要踢你的头，结果却没踢中。"

"他脚上也有圆周率的符号，跟莫莉的一样。"

"你认为呢？那是某种标志吗？"

"什么的标志？"

"恶魔？"

埃米问道："如果恶魔身上要有标志，不是更难做坏事？"

约翰耸耸肩。"反正等它们露出光脚踹你，也就无所谓了吧。跟我来。"

我们走进维修室。在约翰和我眼里，装饰华美的大门就在右手边的墙壁上，非常清楚，而且跟"火星上的脸"一样格格不入。埃米却只看到一面墙。当然，她戴上史酷比眼镜之后就看到了。我顺手关上维修室的大门。约翰看着埃米，朝另一扇门点点头，说："幽灵门。"

我说："拜托不要这样叫。"

莫莉跑过我身边，直接走到门边闻了起来，真有意思。约翰说："我觉得我们应该先找储存点备份一下。"

我发现门上有一个弧形的长门把手。我长叹一口气，举起枪，约翰也举起汽油弹。我伸手去抓门把手,却看到我的手直接穿了过去。

"妈的,"约翰说,"居然还是幽灵门把手。"

我叹息着抬头望向约翰,准备建议大伙收工回家,在火炉前窝着睡觉。然而这时埃米走过来,脸上歪歪地戴着潮湿发皱的纸板眼镜。

她伸出左臂。现实中这只手臂并没有手掌,然而我看到那只不存在的手伸出去,握住其实现实中也不存在的门把手,转了起来。

大门发出轰隆声,非常像咬冰块时脑袋里的声音。墙上出现一道垂直的裂缝,愈裂愈阔。约翰和我蹲低了身子,摆出备战姿势,我感到膀胱失禁了一秒。墙面逐渐溶解,像帘幕一样拉开,露出门一般大小的洞,洞口两侧的切面非常扎实,露出不少灰石和一块块木板。门后是一间狭小的圆形房间,不知为什么,我觉得那应该是电梯。

约翰踏进门口往右看,指向墙上一个黑色数字。数字显示的是10,过了几秒又变成了9。

我感到莫莉擦过我的腿,跑进敞开的门口。我转身握住埃米的肩膀。

"你走吧。"

"什么?不要。"

"你有保险的理赔金吧?你爸妈——"

"有啊,所以——"

"去亮的地方等我们。等我们一个小时,如果到时候我们还没回去,你就开我的车——"

"大卫,我不会开车。"

我把手伸进口袋，拿出手机放进她手里。

"那就叫出租车。我说真的，如果我们一小时内没回去，你就搭飞机走，直接叫出租车去机场，然后搭飞机去阿拉斯加，永远不要回到这里，也忘了你认识我。"

"阿拉斯加？为什么——"

"因为那边永远都是白天。"

"才不是！"

"其实啊，阿卫，"约翰在我身后说，"我觉得那边应该永远都是晚上。"

"随便啦！"埃米尖声说，"我哪儿都不要——"

"埃米，拜托，这真的太疯狂了。刚才门被打开的时候，我满脑子只想着，如果我害你死在跑出来的怪物手上，我一定会下地狱。我们已经努力了这么久，你也安然无恙，我希望趁现在还有机会，做一件好事——没别的原因，只为了等我死的时候——我很确定一小时内我就死定了——我能说在过世前做了一件不自私的事。"

我从口袋里掏出手枪，准备放到她的另一只手上，然后我想起她没有另一只手，于是我把手枪塞进她的外套口袋里。埃米开口想说话，却被铁门爆炸的声音打断。

维修室的小门飞过房间，撞上另一端的墙壁。我们全蹲下来，在一阵灰烟中我看到跟人一样大的东西闯进来，外形却完全不像人。它朝后的关节往空中突出，肩上长着无脑的小头，全身包着凹凸分明的鳄鱼皮。我的脑袋麻痹了一阵子，无法辨识自己看到了什么。可是我看到过这只怪物，就在吉姆的地下室。只不过这只会动，它像猎食动物一样蹲在地上，转头看着我们。

埃米跪在地上，张嘴想说话，这时一道火柱突然从她脸前喷过。

"趴下！"约翰尖叫道，然而我希望他能提早半秒提醒我们。橘色火舌舔上怪物的身体、地板和后面的墙壁，我觉得自己的头发被烧焦了，我闻得出来。怪物在地上扭动，四肢乱挥，然而它的皮肤显然不太易燃，因为约翰停手时，只有几撮火苗在它的肩膀上跳跃。

它看起来很不爽。

约翰推了几下水枪的加压器，再次喷起火来。我扑到一旁，手伸进口袋里拿枪，然后想起十秒前我才把手枪交给了埃米。于是我掏出车钥匙，丢向怪物，钥匙叮当一声撞上怪物的胸口，落到地上。

怪物朝我冲过来，踩着快速模糊的小步伐奔过埃米身旁，动作快得像影像快进一样。我试着起身，然而它的爪子突然抓住我的脖子，下一秒我就飞上空中，墙壁撞上我的背。我躺在圆形小电梯里，抬头看着旁边的约翰，那只怪物又轻而易举地把我摔过房间，跟丢小孩的玩具一样。我挣扎着站起来，但怪物又冲上前，挤在门口，把我们挡在圆形小房间里。莫莉站在我身旁，闻着怪兽的脚，最后判定吃起来应该很难吃。

约翰不知道在尖叫什么。怪物用爪子抓住我的肩膀，剧痛从头到脚传遍全身。我把头绕过怪物，尖叫道："埃米！快跑！"

她站在怪物后面，僵在原地好一阵子。怪物将另一只手往后伸，大概打算下一秒就把我的脸撕烂。我感到约翰笨拙地抓着怪物的爪子，想把爪子从我身上掰开。怪物的脸距离我只有五厘米，它的小眼睛飞快地眨着，我可以闻到它的味道，有点像男性用的香水。我从眼角瞄到墙上的数字变成了 2。

埃米转身准备逃走，我突然有了新的想法：我要将怪物困在这里，尽可能让它花很长的时间把我们吃掉。

接着第二只怪物出现了。

另外一只一模一样的怪物出现在坏掉的维修室门口,朝埃米逼近。我突然有个疯狂的想法,觉得那只怪物胯下积了一堆雪。

墙上的数字消失,幽灵门关上了。

一切都停止了,墙壁挪回原本的位置,仿佛一直都跟墙壁一样实在。

我看着怪物的头、肩膀和爪子从墙上突出来,好像猎人墙上挂的打猎纪念品,幽灵门则刚好关在这个王八蛋身上,把它夹成两段。一秒后,怪物被截断的尸体重重落到地面,在墙上留下红色的血迹,爪子还掐在我肩膀里,断掉的手臂悬在空中,血直往下滴。

约翰喃喃地说:"搞什么——不知道有多少员工这样死掉过。"

"埃米!"我对着墙壁尖叫,一面拔出断掉的怪物手臂,一脸厌恶地将它摔到地上。手臂落地时,爪子还在继续抖动。莫莉在我脚边不停地高声吠叫。我听不到墙壁另一侧的声音。我用手掌猛力拍墙,感到墙面擦过我的手指。

"埃米!埃米!"

我捶了墙壁一拳,感觉好像撞断了骨头。周遭出现动静,我知道我们在往上升,然而大卖场根本没有二楼。我又咒骂了一声,双手撑在膝盖上。我发现每个和我扯上关系的生命都会面临彻底的悲剧。

莫莉在我脚边哀鸣。约翰说了什么,好像是说到顶之后我们要准备好,我大概听懂了。我站起身,颤抖着接过约翰手里的电锯。我打量一下锯子,研究应该怎么用。现在这个情况下,我还能拿到更蠢的武器吗?

我向四周张望,发现没带手提音箱到电梯里来。算了,现在还有差别吗？

我们不断往上、往上、往上，电梯是在空中移动吗？约翰拿好汽油弹，嘴里说着什么"刚才我们也没有办法""现在只能赶快进去再出来""我们更应该要活下来"……一堆有的没的。随便啦。

电梯移动了整整二十分钟，上升数十米，才终于一颤，停了下来，墙上出现出口。我们看到一条长走廊，上方是圆顶天花板，看似用大理石或磨光的花岗岩等光滑石材建成；走廊里点着日光灯，墙上挂满污染警告标志和身份识别证。

我紧紧抓住电锯的塑料握把，踏进走廊。莫莉跟在我脚后方。我们大概走了四五条街的距离，约翰一直点着打火枪，把火苗放在汽油弹枪的枪口，我则想着拉动电锯时绳索会发出多吵的声音，还有电锯里是不是根本没有汽油。

我们走到一扇门前，那只是有门把手的普通铁门。我们准备好之后，约翰推开门，我们一起钻了进去。

地板变成了铁网。原来我们走上了一条悬空步道。我沿着扶栏往下看，发现我们位于停机坪大小的空间上方。室内的灯光非常昏暗，地面上挤满了身穿白衣的人，围在桌子和仪器旁边，跟菜市场一样热闹。空气中都是机器运转和脚步磨蹭地板的声音，吵得跟地狱似的。所有人都在黑暗中工作。

我们往前走了几步，才发现走道上不只有我们。大约三米外，一名男子身穿白色连身工作服，戴着有玻璃面罩的头套，看起来像实验室工作人员穿的防污染的"防尘衣"；他戴着手套的一只手拿着三明治纸袋，另一只手拿着香烟。他盯着我们看了好一会儿，视线从莫莉跳到我的电锯，再跳到枪口跳跃的火苗，八成怎么看都觉得那是一把水枪汽油弹。

约翰说:"我们是消防局的人。"

男子转身朝另一个方向快速跑走,脚砰砰地敲着铁网地板。我们追上去,他穿过一扇门,我们也跟进去,来到一道往下的螺旋梯。约翰一路朝男子大喊,要求看他的可燃性许可证。

男子跑到楼梯底端,冲出一扇门,我们跟出去,发现自己来到工厂一楼,周围都是身穿白色连身衣的人。这些人连正眼都不瞧我们,他们没戴头套,看起来都是大秃头。

好暗,好暗,好暗,四周我叫不出名字的机器上偶尔闪着小红光,然而天花板上没有大灯,桌上没有台灯,只有微小的发光贴片,映照出颠倒的影子。逃跑的男子消失在浓厚的黑暗中,我们没有继续追上去。

我左边堆着一排又一排的蓝色塑料桶,总共有数百个。角落有两个桶没盖盖子,可以看到里面装满了深红色液体,看起来确实像变速箱油。两名男子站在打开的桶旁,在用小瓶子搜集样本,其中一个人转过来面对我们,我看见他没有脸。

或者应该说他有半张脸——他的额头往下弯,盖住眼睛所在的位置,和脸颊接在一起;他的鼻孔又宽又扁,像非洲人,没有嘴唇的嘴巴抿成一条线,耳朵非常大。他身旁的男子也长这样,旁边的那四个人也是。他们正在搬运巨大的透明塑料袋,真空包装的袋子里装的好像是牛腰肉。

我像小游客一样目瞪口呆地四处张望。我左边有一排跟房子一样高的玻璃缸,平常只会在水族馆看到,缸内装满混浊的粉色液体,里面漂着模糊的苍白形体,有可能是人跟其他东西;有些形体比较小,形状像狗或松鼠之类的小型动物。我惊诧地沿着过道往前走,并且拼命眨眼,以适应半黑的环境,看清楚周遭的一切。我疯狂地想着:难怪他们懒得花钱开灯,反正大部分的员工都没有眼睛,根本可以把电费省下来。

不管到哪里,管理阶层都是一群该死的吝啬鬼。

我听到身后的约翰倒抽一口气,不知道是因为惊讶还是恶心,还是两者都有。我顺着他的视线看到大约六米外有个铁笼,里面关着一名大约十岁的瘦小男孩,他一脸惊恐地站在那儿,用蓝色的大眼睛看着我们。铁笼旁放着一台圆形机器,约一点五米高,侧面亮着一盏红灯。接着灯从红色转为绿色,发出一串电子音,男孩大声尖叫起来。

男孩的肌肤起泡,皱了起来,其中一颗眼球塌下去,化成白色的黏液流下脸颊,完全就像精液;他的肌肉融化,从骨头上脱落,最后男孩倒在地上,变成一团颤抖的肉球。肉团再度起泡,扭动着变出新的形状:首先出现两条粗短的腿和一只分裂的蹄,接着又出现两条腿,还有浑圆的身体。莫莉跟着我看,我听见它在我身后发出哀鸣。

五秒钟后,我透过铁笼,看见一只营养充足的粉红猪。

"去他妈的。"约翰在我身后说。

小猪平静地跑到铁笼旁嗅着我,它将前脚搁在铁笼上,我不是很确定,但我好像又看到那个圆周率的符号,跟莫莉和德雷克脚上的一样——这到底是什么意思?我用力一拉电锯的绳索,差点把绳子拔断。电锯吼叫一声发动了。

约翰低头看着莫莉,说:"我们要把这里炸到十八层地狱,你最好给我把炸弹拉出来。"

"放下武器!"

约翰和我转过身,看到约十米外有一名身穿防尘衣的男子拿着巨型来复枪对着我们，枪管似乎有许多支。他的声音透过头套侧面的小麦克风传出来，他一面大叫，一面挤过其他穿白衣的员工。

约翰没有把汽油弹枪放下，反而将点燃的枪口对准男子，说："浑蛋，你才把枪放下。"

我说："先生，如果是我就会照做，我们现在很不爽。"

"限你们一秒内把电锯和那个……东西放下。"

这时约翰扑到地上，大声尖叫："你居然开枪！啊啊啊！"

其实根本没人开枪。我冲到约翰身旁。"你居然对他开枪！他有四个小孩！现在变成四个孤儿了。"

男子走过来，枪口对着约翰。这把枪看起来来自二〇五〇年，外表平滑，还有一个闪着绿光的细小电子瞄准器，小枪管上方则有另一支巨大的枪管，大概可以发射加农炮。

"你，退后站到那边去。"

我说："去你妈的，你杀了他！"

"现在马上退后。"

我起身退开。男子居高临下地用来复枪瞄准约翰的头。

"你没中枪。给我站起来。"

我心中同时涌起两股冲动：一半想投降，让紧张和恐惧全部结束，接受我的命运；另一半则想大开杀戒。

我不记得自己做出了决定，只知道我的肌肉因为肾上腺素而紧绷，我突然发现恐惧和愤怒是人类最亢奋的情绪。当下我就知道自己敌不过他，但也知道如果要死，我希望这样死——我想在这浑蛋身上留下一道意义深远的疤痕。

我扑向男子，把电锯像球棒一样挥了出去。我瞄得很高，打算从肩膀把他的手臂砍断，结果差了六十厘米，砍中了他的手。

我砍到他握住来复枪把的手，转动的电锯撞上来复枪后弹开，后冲力害我手一松，电锯掉到了地上，随着马达运转嘎嘎作响。

太好了。

然而，男子却痛得惊叫出声。我惊恐地看见他的两根手指掉到地上，落在一摊血迹里，来复枪哐啷一声落在地上。我扑向枪，抓住满是血的黏湿握把，发现扳机的位置跟一般枪支一样，于是我瞄准男子的胸口，站了起来。约翰也站起身，一脸厌恶地看着男子断了手指的残肢。

我说："先生，你需要让医生看一下。"

男子没有移动。我的心跳得很快，这才惊觉我害这个人下半辈子都残废了。约翰说："猪头，现在你该跑去找急救箱了。"

男子站起身，跟跟跄跄地走开。在我们四周，数十名或数百名无脸的光头工人站着一动也不动，就像跟他们长得很像的人偶那样。一切都停顿下来，机器也停止了运转。

我试图舒缓呼吸，但我感到膀胱快憋不住了。我说："还挺顺利的嘛。"

旁边传来"啵"的一声，我们身边的一个蓝桶突然裂开一条缝。约翰和我好奇地看了一会儿，才注意到十几名身穿防尘衣的人几乎从四面八方朝我们奔来，每个人都全副武装，一面跑一面闪躲那些一动也不动的工人人偶，把器材撞倒在地。

我举起来复枪，不确定要怎么做。我听到几声枪响，在巨大的房间里听起来声音好小。我转身，瞄准装满粉红液体和天知道什么东西的水缸，扣下扳机。

来复枪炸掉了，或至少看起来好像爆炸了。枪口没有发出一般来复枪的爆裂声，而是传出如雷般的轰鸣，枪托用力地戳进了我的肩膀。水缸碎成一片片的玻璃，里面的液体和扭动的东西漫到地板上，逼得无脸工人四散逃开。

屋里陷入混乱，凄厉的尖叫声四起，玻璃破裂，桌子被推倒。水缸里流出来的东西在地上抽搐，胡乱挥舞着四肢，我觉得我好像看到一张人脸接在无毛的狒狒身上。四周一片漆黑，约翰开始跑，我也跟了上去。

我们像橄榄球队的跑卫一般躲闪人群，穿过周遭的混乱。眼前的景象宛如诡异事件超级大杂烩，只有在梦里才会出现：我们经过数百名工人人偶，看到有些桌上摆满衣服、缝纫器材和好几卷布料，还有一整柜的内衣裤；我们跑过另一区，这边的工人好像负责牙齿，他们拿着钻子在做牙桥和假牙；我们撞倒椅子、桌子和档案柜，还看到一名年轻女子被绑在桌上，少了一条腿；我们看到一个架子，上面放着好多我们在埃米家浴室见过的脂肪袋，上面都印着数字；我还看到一名男子被铁链绑在墙上，双臂似乎变成了蛇，手掌的位置只有咬动的嘴巴和毒牙。

莫莉跑在前方，看上去像快速移动的低空铜色线条，我惊恐地发现原来约翰是在跟着它跑。我听到更多枪响，两名人偶员工倒下，背上出现好几个大洞。我感到内脏都被吓软了。我抓紧庞大的来复枪，摸到握把上的汗水和黏黏的血液。我们跑到墙边，看见一道宽广的阶梯——另一头是一扇双开光面钢板门，就像银行金库的门——锁着的银行金库门。

我听到喊叫和金属碰撞声，抬头看到悬空走道上有人，周围的人群中也出现穿着白色防尘衣的人，四面八方都有人在大喊指令。公播系统传出洪亮的声音，用类似希伯来语的沙哑音调宣布事情。我突然知道那只土拨鼠的感受了。

我举起来复枪，在握把旁找到一个小按钮，我按下它，希望能启动另一支枪管。我把枪举到肩膀上。

黑得要死……

我试着透过散发绿光的瞄准器瞄准目标。我感到很多只手抓住我，我扣下扳机，来复枪怒吼一声，喷出火花，枪管像钻地机一样跳动，我几乎马上就抓不住枪柄了，枪托不停地将我的肩膀往后推，直到我变成仰身对着上空开枪。三秒过后，子弹就被我发射光了，我睁着夜盲的眼睛，闻到弹药的味道。我听见砰砰砰几声，才发现是尸体从上方的悬空步道掉下来。

又有几只手抓住我，那些机械工人怪物抓着我的外套、拉扯我的头，有人抢走了我手中的来复枪，我听到"咻"的一声，像极了枪支从空中挥过来的声音。我脑中仿佛有炸弹爆炸，眼前火花炸开，我狠狠地倒在地上，听见大狗低吼吠叫，感到莫莉在我附近乱窜。我几乎晕了过去。我听到约翰在混乱中大喊——

"各位先生，我敬大家一轮烧酒！"

接着整个世界都着火了。

热气、火光和凄厉恐怖的尖叫。我跪起来，看到约翰用汽油弹枪扫过每样东西，倾泻而出的橘色火焰划破黑暗，无数焦黑的四肢在火光中挣扎。又有一只手从人群中伸出来抓住我，袖子已经着火了——

火臂！

——我踢了他一脚，挣脱开来，约翰在我身边疯狂给水枪加压，火焰又伴随狂风般的声音喷了出来。突然有人将我拉起来站好，把我往后推，一路推到铁门旁边。门现在显然开了，我们穿过门口进到另一个小空间，感觉像一条走廊。

我听见大门哐啷一声沉重地关上，接着一抹光线亮起——原来是约翰抓着我，他的拳头紧紧地抓住我的外套。他转向门口，我们看到一名细瘦的男子站在墙壁的铁盒旁。盒子上有好几个红色按钮。

那个人是罗伯特·诺思。他打量我们一番，然后简单地说了句："了不起。"

只有我们这几个人站在走道上，铁门另一端传来各式各样的声音，莫莉看着门怒吼起来。诺思离开我们，沿着走廊往前走，我们跟了上去。我摸了摸发疼的头，手拿开后，手指上都是血。约翰放开我的外套，说："你还能走吗？"

"嗯。"

诺思领着我们穿过一道又一道门，终于来到一间巨大的环形大厅，前面的楼梯通往一座舞台，整个空间看起来像一座篮球场。大厅中间应该是球场所在的地方，十几个高拱门排成两个同心圆，让我想起英国的巨石阵；大厅周围散落着床铺和实验台，却一个人也没有。地上的一个小台子上放着埃米家厕所里的脂肪袋（侧面写着"四十四点四二千克"），再过去没多远则是我在埃米家沙发上看过的铜线头发假人。诺思领头走过巨石阵房间，几乎看都没看就带我们走出另一扇门。我们穿过另一间大厅，走进巨大的圆顶房间，一根黑玻璃制的圆柱从房间中央一路伸展到天花板。

诺思在我们身后关上门，这也是三十厘米厚的滑动双开铁门。我发现这个房间没有其他出口，逃离暴民的一丝安慰马上消失无踪了。我们走到尽头了。

诺思说："我有一千个问题想问，但没有时间了。"

我说："我们得回去！回到地面上，回大卖场！埃米……"

他仿佛听不见我的话，转身走向圆柱。我四处张望，看到房间的墙壁跟这个地方所有的墙面一样，都使用平滑如玻璃的石板，大门和门的控制器似乎都是后来加上去的，因为铁导管包裹的线路都外露在墙上。我又开始猜这里到底是什么地方。我们还在地球上吗？

我跑向诺思，说："把我们弄出去。让我们出去，然后告诉我们哪里最适合放炸弹。"

约翰说："没错，这只狗随时都会爆炸。"

约翰摇摇挂在腰上的汽油弹枪的粉红塑料水箱，发现里头已经空了。他吹灭玩具水枪枪口的火焰，把枪丢到地上。我注意到枪口已经有点熔化了。

诺思说："我觉得你们还没完全理解现在的状况。"

我朝诺思点点头，对约翰说："我那晚在车上看到的人就是他。"

约翰说："好吧。他可以告诉我们他妈的这是哪里吗？他们在外面做什么？"

我不耐烦地挥挥手，说："先叫他把我们弄出去，让我们去救埃米，再把这个地方炸到十八层地狱。废话可以等一下再说，只要赶在外面那些浑蛋冲进来之前出去就行。"

诺思说："我认为埃米很安全，而且我跟你保证，外面的人进不来。我很了解这间机构。"

"你怎么知道埃米的事？"我问道，"你也参与其中了吗？你替这些人工作？"

诺思说："我在这里出生。你问他们在外面做什么，这个嘛，他们做的事，每种有思考能力的生物自出生以来都在做——把世界变成他们想要的样子。"

他看着黑色圆柱。

"你们觉得你们能看到什么？"

约翰说:"你再这样,我就先给你尝尝我的拳头,再给你看阿卫的老二,你最好——"

"你们先冷静下来,理解你们看到的一切,"诺思说,"了解之后你们就不会生气了。愤怒蒙蔽了你们的双眼。"诺思环视房间一周,继续说,"如我所说,我一个月前在这里出生,你们懂吗?"

我试着想出威胁诺思的暴力新招,但接着我看到约翰睁大了双眼。我转向黑色圆柱,看到柱体内的黑暗有了动静———旋转的形体流过其中,像一束束光线。是生命。

诺思说:"想象一条线织成的一件衣服。织完这件衣服后,同一条线没有被剪断,直接继续织了另一件类似的衣服。这条线同时属于两件衣服,然而从某个位置开始,这条线便不再属于其中一件衣服,而变成另一件衣服的一部分。"

约翰不耐烦地挥挥手,说:"谁在乎这个?"

诺思指向圆柱。

"这就是那条线。"

我说:"很好。约翰,把炸弹从莫莉的肠子里挖出来,把这鬼东西给炸了。"

诺思说:"你们想要拯救你们的朋友埃米,就只能穿过去。"

我说:"你要我们穿过去?这里面有什么?地狱吗?原来是这样?这根柱子一打开,一群你们这种恐怖的混账就会爬过来?所以我们这个小镇上怪事才这么多?"

"虽然很多人试过,但从来没人成功穿过这个通道。"

"那你他妈的到底在说什么?"我尖叫道。

约翰瞥了莫莉一眼,说:"莫莉,把炸弹给我拉出来。"

诺思说:"不,能来回穿越两地的只有黯黑人。"

约翰说:"黑人?所以(不具名小镇)才没有黑人?他们都被吸进去了?"

诺思一脸茫然,好一阵子后才回过神,继续说:"不,黯黑人是曾经活在世界上的人,却因为死亡或你们无法了解的原因脱离了身体。他们来自生物能感知思考的每个世界,不受物质限制,因此可以穿梭于不同的时间和空间,也可以不存在于任何时空当中。他们的数量远超过你们的想象,就像不同世界之间的黑色汪洋。随着更多有思考能力的生物出生、死亡,黯黑人的数量就如暴涨的河水般增加。"

"好吧!"约翰说,"我们把柱子炸了吧。"他弯身抓住莫莉,"我们要你把炸弹拉出来,莫莉。快拉!把炸弹拉出来!"

它连试都不试。

约翰说:"去它的,我们直接把它给烧了。"

诺思说:"你们不能毁掉通道。如果你们把通道炸了,你们的宇宙也会跟着消失。"

我看着他,然后转向莫莉。"快拉,莫莉!现在!快拉!"

诺思好像逐渐失去了耐心。他说:"只有穿过这个通道,你才能拯救埃米·沙利文。"

我转头看着他。"你终于决定要告诉我们怎么救她了吗?"

"你一定要穿过去。"

"你刚刚才说——"

"王先生,你吸引这么多人注意,不是没有原因的。这间机构的老板和其他很多人投注了你无法想象的时间与资金,试图研发来回穿越的能力。你和约翰显然具备这种能力,虽然我们不知道为什么。"

我说:"我知道,但我绝对不会告诉你。"

诺思说:"如果你不穿过去,你要去哪里?"

他说得有道理,况且我们也努力这么久了。我看着圆柱,说:"好吧,我们要怎么进去?"

"只要你决定你想进去,你就进得去。"

我伸出一只手去摸圆柱,表面光滑得像切割过的缟玛瑙。站这么近看,我觉得我在黑暗中看到了颜色——带有几抹白色的蓝。圆柱摸起来跟石头一样结实,然而我的手指突然就压了进去,仿佛柱子是用软蜡做的,我的手腕以下都消失在圆柱之后,接着一路没至手肘。我突然改变主意,想把手抽回来,却发现硬抽只会弄断我的手臂。我转头想叫约翰拿个尖锐的东西过来,这时眼前却陷入了一片黑暗。

## 第十六章 狗屁纳尼亚

我经历了类似间歇闹钟铃响之间半睡半醒的状态、辗转反侧的永恒虚无，可能是一秒，也可能是一万年。我感到空气拂过脸庞，狂风吹打在身上，我看不见，这才发现自己闭着眼睛。我猛地睁开眼皮，视线马上变得模糊，风吹干了我眼球上的液体。我感觉自己仿佛在下坠。我让眼睛对焦，看到地表在下方数十米处，碧绿的草地上点缀着苍白的形状，这些看似不经意长出来的小点应该都是人。

等一下，我真的在往下掉！我的妈啊！

我马上开始手臂乱挥，祈祷我在这个世界会飞，但是完全没用。我一直往下掉、往下掉，经过长到不像话的时间后，突然我不再往下掉了，我撞上类似粗棉布的柔软弹性物质，弹了两下后才真正停下来。

我目瞪口呆地躺在某种网子上好一阵子，下一秒，莫莉的屁股直接掉在我脸上。

我挣扎着坐起来，看到自己坐在一块房子大小的布上，高悬在半空中。我头上有几十只跟人一样大、没有翅膀的飞行生物，用绳索拎着布。

天使。我到了天堂，天使正用帆布扛着我。

我在主日学校学到的可不是这样，不过事实本来就跟老师教的完全不一样。整块布一震，再次将头晕目眩的我短暂抛向空中。约翰也掉下来了。

我们愈降愈低，我透过半透明的布往下看，好像隔着内裤看东西那样。我认为下方有一群人——我看到肉色的人海，中间留出一块空地。我心里一半以为我会看到珍珠雕成的拱门，还有审判官在等我，另一半则认为下方的群众会拥上来，在我身上抹融化的奶油，把我生吞活剥。

我们持续下降。空气愈来愈温暖，风速逐渐减缓，布终于轻轻一震着地，我在网子上滚了一圈，站起来，又跌坐在地上。我看清楚那些拎着帆布的生物了，他们长得类似背部隆起的人类，在我们着地之前一直发出低吼。他们全裸着身体，我很努力不去看他们的老二。他们戴着盖住头的松垮头巾，一直垂至胸前。

其中一个人走过来，老二随着步伐摆动。他伸手要扶我起来。我发现他的背其实没有隆起来，而是背着某种装置，背带是焊接的硬塑料或类似物质做的。

裸男跟罗宾·威廉斯一样体毛很多。我让他拉我起来，然后马上抽手。他往后退，加入其他凸背人，在我、约翰和大狗旁边围成圆圈。透过他们，我们可以看到其余的群众。

四周大概有一百多人，每个人都戴着头巾，除此以外一丝不挂。我有些不悦地发现，现场大部分都是老人。我注意到有一群人举着一张巨大的彩色海报，但看不清楚上面画了什么。

我对约翰说:"好吧,你看到埃米了吗?"

约翰说:"没有。"他扫视我们身边戴着头巾的裸体人海,然后问,"你知道这是什么状况吧?我们来到平行宇宙了,这是电影《大开眼戒》里的世界。"

人群静静地看着我们。莫莉嗅了嗅空气。这里很凉爽,大概十三四度,算是舒适的冬天,四周的草地依然柔软碧绿。眼前的景观跟不具名小镇一样,低矮的小丘环绕四周,像发皱的绿色地毯。我的头因为先前被敲了一记而隐隐作痛。

我说:"他们不知道在等什么。我们两个应该要拼个你死我活吗?"

"在《大开眼戒》的世界,拼个你死我活已经算好的了。"

人群中走出一名高大的男子,他没有戴头套,穿着直条纹西装,或者说模拟直条纹西装的衣服——黑色西装上印有六厘米宽的直线,系着一条宽宽的红色短领带,从脖子垂下不过十五厘米。他张开双臂。

"两位,欢迎。"

他有一张人脸,却不太对劲——感觉像迈克尔·杰克逊的脸——我曾经在我的电视上看到过他。他没有戴头套,脸上却戴着像硅胶面具的东西,虽然质感比万圣节面具好,但仍然看得出来这不是他真正的脸。我可以看到他耳朵下方的接缝(耳朵是面具的一部分),而他的头发怎么看都是假发。

我说:"那个女生在哪里?"

男子顿了一下,显得有点困惑。我说:"红头发,少了一只手的那个。"

"啊,"他说,"你是说埃米·沙利文。她很安全。请跟我来。"

男子指了一个方向，人群自动往两旁散开，清出一条路给我们。刚才拉网子的凸背人之一动了动手，他背上的仪器就自己跳下来，用六只脚在地上爬，我才发现原来那是活的生物——我想到巨大的甲虫。它吃了几口草，轻轻从下身的裂缝放了个屁。我推论它正是靠放屁来维持飞行的。

高大男子带我们走过裸体群众让出的通道，我又看到那张大海报，而这次我终于看清楚了上面的图案。海报上，卡通版的我被画成浑身是肌肉的战士，头上的伤口汩汩地流着血；莫莉就站在我脚边，露出獠牙，嘴里咬着敌人的死尸；约翰则双手捧着火焰，胯下夸张地鼓了一大块。

高大男子转过头，说："经过挑选，数名有兴趣的人士得以前来观察你们的到来。我们请他们为你们着想——我们的服装形式和你们的习惯相差很大——为了不造成你们的压力和不安，我们觉得不穿衣服是最好的选择。我相信对于你们世界的人来说，有些衣服的样式应该会让你们很不舒服。"

他领着我们走过裸体人墙，经过两整面颓软的老二、发白的耻毛和静脉毕露的光腿，我注意到其中一名高大的男子尴尬地想遮掩高挺的勃起。然而从他们垂到肩膀上的头巾缝隙中，我连眼睛都看不见。

"他们为什么要戴头巾？"约翰问道。

高大男子可能没听见，或不想回答。

我们爬上绿草如茵的小丘。不知道为什么，我觉得在真正的地球上，这里会是沙利文家所在的小丘。小丘侧面原来有一扇门，通往下方的地底建筑，我这才发现他们所有的房子可能都建在地下，完全不干扰地面的景色。

大门侧向滑开,我们走进去的时候,我看到门扉和控制机关似乎都是用石头打磨而成的,看起来扎实且光滑,可能是花岗岩,可惜我对石头的种类不太熟悉。我们走过一间大厅,两旁站着更多戴头套的裸男;头顶上的灯嵌进天花板,散发出相当自然的太阳光,让人感到有点放松。我们走过时,观赏的人群互相点头、交头接耳,伸手指着他们看到的东西给隔壁的人看;眼前的画面只少了声音,没有人悄声说话或喃喃自语。高大男子一定下了明确的指示,要他们不准说话。我想他们彼此之间或许说的是另一种语言。

我们走进一间宴会厅造型的宽广圆形礼堂,约翰和我在原地呆住。大厅中央矗立着一尊燃烧的巨大金雕像,它不是镀金的,而是完全用金块雕成。六米高的雕像重现了刚才室外海报上的图案:约翰和我背对背,旁边还有莫莉,摆出备战的姿势,雕像中央涌起"火焰喷泉",表示我们都背对着火。

我说:"我想他们早就知道我们要来了。"

约翰点点头。"你看,火看起来好像从我们的屁股喷出来一样。"

高大男子带我们穿过另一间大厅,走进一间比较小的环形房间。这里的白色墙壁带有灰泥的粗糙质感,房中只有两把圆滑有致的大椅子,看起来是用未经加工的木材做的,仿佛树枝刚好长出了四只椅脚、扶手和椅背。地上摆着一个枕头,大概是给大狗坐的。

男子指向椅子,我们坐下来,莫莉也乖乖听话。男子走过我身边,停下来看沿着我脖子流下的血。

"让我们替你治疗伤口吧。"他转向敞开的大门,静静朝外头的人示意。

"我们的世界,"他说,"比你们的先进很多。你们很快就会知道为什么了。"

一名骨瘦如柴的裸女走进来，抱着两只白色小猫，她将其中一只放在我的大腿上，将另一只塞进我的衣服里，接着转身离开。

"好了，"高大男子说，"小猫会让你的悲伤消失。"

男子再次看向我们走进来的门口，一扇门板自动从墙中滑出关上，发出轻如悄悄话的一声"嘶嘶-砰"。白色门板内侧也是同样的粗糙质感，门关上后与墙壁完全贴合，门板的边缘线条也消失了。我突然感到一股压迫感，小鸟破壳而出的前一秒大概也是同样的感觉。小猫抓了我胸口一把，我掀开上衣，让它跳到我腿上。

男子走到我们前方的墙壁前，似乎露出了兴奋的表情，因为透过面具不太能看出来。

"我猜你们在想这是哪里。"

我举起手。"我想应该是某个平行宇宙吧？"

"没错。不要把这个世界想象成实际的地方，其实比较像将你们世界的原子重组，排出不一样的东西。今天的云可能明天就变成了水洼。"

"嗯，"我说，"这样解释真好懂。"

高大男子毫不在意，他继续说："然而，看到一个世界之后，想去看下一个就需要连接点，或者——"

"虫洞？"约翰说，想催促男子讲快一点。

"我没有听过这个词。请告诉我，穿越过来是什么感觉？"

我耸耸肩，说："我没太注意。"

约翰说："对啊，其实不怎么样。"

男子安静了好长一段时间，想等我们补充，但我们什么也没说。最后他说："如你们所见，我们已经期待你们很久了。为了寻找像你们这样的国度，并和你们沟通，我们努力了许多年，也经历了不少惨痛的失败。有人认为不可能在两个世界之间穿梭,然而你们却成功了。你们的世界就像我们的双胞胎,是同样物质产生的星球。"

男子转身指向墙壁,墙上出现黑色的"Y"字。我突然看见墙面的纹理在蠕动,才发现墙上涂的不是灰泥或石膏,而是一群小虫,它们紧紧靠在一起,覆盖住整个房间表面。每只虫的大小跟硬币差不多,而且它们似乎跟变色龙一样,可以任意变换甲壳的颜色。

"一直到这个时候为止,"男子指向"Y"直线分叉的地方,"我们两边的历史才完全一样,而这个点是你们所说的一八六四年,或者我们这里的负六十二年。在你们和我们的世界中,都有一名来自田纳西州的男子,名叫亚当·鲁尼。在你们世界的美国内战期间,他试图让公牛和克莱兹代尔马杂交,结果受了重伤,十七岁就过世了;但在我们的世界,他活了下来。"

墙上的虫子换了颜色,变成不同深浅的咖啡色、黄褐色和黑色,组成一张老人的粗略画像,他抽着烟斗,隔着厚重的眼镜看着观画者,还留了一脸肯德基爷爷的胡子。"鲁尼先生,"男子继续说,"是个天才。长大之后,他开始进行所谓的人兽配对实验。"

"哦,"约翰说,"我们这边的南方人也挺爱搞这套的。"

高大男子顿了一下,才又继续说道:"我指的是改变自然产生的生命,提供人类使用,来改善世界。等到一八八一年,鲁尼已经培育出会自己剃毛的羊,还有会收割玉米的蛇;一九〇二年,或者说我们的负二十四年,他用猪脑创造了第一台会思考的机器。"

男子身后的图案转变成彩图,图中是几个人站在一大桶液体前,桶里漂浮着一团扭曲变形的物质,看来类似脑部组织,跟小狗差不多大。那些人都穿着实验室的白袍。

"我已经观察你们的世界十年了,观察你们的语言、历史。我很惊讶，你们脑中明明就有更具效率的运算器官，却还是花费这么多心力，用钢铁和硅晶开关制造机器计算机。等到你们的一九二二年，我们已经创造出能自行成长、自行修复、自行变更的有机计算机了，比你们现在使用的机器计算机强大至少十倍。"

图案又改变了，这次几十个看来很骄傲的人站在一只怪物前面。怪物站在他们身后，没有被关在水缸里，它看起来像用鲸鱼内脏组成的树，肉块、纤维和经络丑陋地缠在一起，像蜘蛛网一样，偶尔东散一点西掉一块；它有小树那么高，大概比人高了一倍。

我感到头昏脑涨，只好闭上眼睛。我是患脑震荡了吗？我抓住小猫，其中一只叫了起来，没隔多久，我真的觉得好多了。

"一九二六年，或者我们的零年，鲁尼先生过世了。然而，鲁尼先生留下了伟大的作品——一台协助他进行其他工作的计算机。在鲁尼先生过世这一天，奇迹发生了——他创造的计算机有了自我意识。"

高大男子刻意停了一下，我想他早就准备过这段演讲，我们应该要在这里惊呼才对。我出于礼貌点了点头。

"它替自己取了名字，"高大男子说，"并表现出欲望和情绪，让我们感到非常意外。鲁尼先生的计算机承继了他的工作，转变所有生物，以促进人类发展。"

我们眼前突然涌现出一片开阔的泥泞地，整个房间的墙面变成了会动的影像，四面环绕的画面让我头晕。镜头拉近到一条类似"一战"时的长壕，壕沟往两侧延伸，男人、女人和小孩并肩站在壕沟边缘，有些小孩在哭；每个人都穿着褐白相间的条纹衣，感觉只是用细布条一圈圈缠住身体。我一时以为他们都被包在培根里。

人群仿佛听从我们听不见的指令，一起走下泥泞的长壕，小孩则被大人拖下去。他们赤裸的脚边突然扬起尘土，壕沟瞬间被黑色淹没。画面拉近，我才看出黑色洪流原来是数千只蜘蛛，它们尖锐的身上画着黄色条纹，生来就是为了战斗。

尖叫声四起。蜘蛛冲过人群，钻进他们的皮肤，将肌肉咬出锯齿状的洞。我看到一只蜘蛛穿过一个人的眼睛，旁边五六只从另一个人的背后爬出来——它们穿破男人的肠子，身上还缠着内脏。血喷得到处都是，断肢纷纷掉到地上，人们大腿和胸腔的骨头也被拔起。

接着蜘蛛就消失了，画面继续停在伤痕累累、血迹斑斑的受害者身上，我才发现他们都还活着。蜘蛛留下他们躺成一团，数百人同时在血红中尖叫扭动，现场一片混乱，每个人都少了手脚、缺了棒球大小的肉，有些人甚至又瞎又聋，无法移动，却没有人来帮忙。画面拉远，我们看到壕沟朝左右延伸好几公里，从头到尾都染成了粉红色，像地图上的高速公路。尖叫声愈来愈大——

然后画面消失了。白色房间回到眼前，高大男子站在我们面前，我很肯定他脸上的笑容表示他很骄傲。他说："总是有人抗拒进步。"

我的眼睛在房间里来回扫视，再次感到窒息。没有门，老天，我甚至无法指出门原本在哪里。我看向约翰，他似乎在研究椅子能不能充当武器，但是看上去椅子被固定在地上。

"好，"高大男子说，"我了解你们的世界，接下来这个部分你们可能比较难懂，所以我举个例子好了。在你们的世界，未经他人同意就夺取并使用他人正在使用或依赖的东西，是否跟我们这里一样，是不好的事呢？"

"没错，在我们那儿这叫'偷东西'。"约翰有点不耐烦地说，"不过放杀人蜘蛛对付手无寸铁的老百姓罪名更严重吧，那叫'蜘蛛大屠杀'。"

"但是,如果你偷的东西在未来会伤害或害死那个人呢?那么把东西偷走反而救了他的命。或者如果他打算把那样东西当作武器,攻击无辜的人呢?如果这样的武器会杀死一个孩子,而这个孩子原本长大后将治愈某种严重的疾病呢?"

约翰完全认真起来,他搔搔下巴,耸耸肩,说:"这个嘛,你又不可能知道,你只能尽量——"

"如果你可以知道呢?"高大男子说,"你们的世界已经有机器可以运算、预测结果和情况,你们可以通过观察气温和风向模式来预测未来的天气,如果现在有一台会思考的机器,功能强大到可以预测任何行为的结果呢?这台机器能提出终极的道德标准,确切地指出正确的道路。"

我说:"这个嘛,我们那边有人相信……"

"我说的不只是空想。在我们的世界,这台机器真的存在——看得见,摸得着,闻得到,非常真实。"

他的面具下半部扭了一下。我觉得他在笑。

"跟我来。"

可喜可贺,门终于开了,我有股冲动想打倒那个家伙,从门口逃走,然而我们能逃去哪里?我们现在离家不能再远了,而且事实上,我们的家乡现在根本不存在。高大男子领着我们走回大厅,现在那里一个人都没有。他带我们走向另一扇石门,门滑开后,我们看到一口垂直往下,大概跟大货梯一样宽的深井,一排灯光消失在几十米下方的黑暗中。

门边出现几条纤细的黑腿,每条都跟我的身体一样长。我吓得往后一跳,接着听到一声惨叫,原来我踩到了跟在脚边的一只小猫。

高大男子伸手拍拍我的肩膀安抚我。

那几条腿长在一只蜘蛛身上。

蜘蛛跟小货车一样大。

它爬上深井另一侧的墙壁,身体几乎占满整个空间,仿佛刻意长成这个样子。它将巨大的圆背对着我们,背上出现一条裂缝,它的身体就这么打开了,露出乳白色的干净内舱,里面甚至闪了一下,亮起灯。

高大男子走进蜘蛛体内,里头的空间足够让他站着。他招手要我们进去,当下我就决定我才不要进去,打死都不要。然而约翰率先走进去,接着大狗和小猫都跟了进去,我实在无从选择,只能跟上。内舱关起来,将我们封住。一会儿后,蜘蛛一震,载着我们往下爬。

"你也在想同一件事吗?"约翰问道。

"你是说如果卡夫卡在这儿,他的头会爆掉吗?"

"没错。"

高大男子还想继续介绍,他说:"我们即将迈入新时代的第七十七年,进入指导和启蒙的时代。我们已经进步许多,生命的能量就是宇宙中最强大的力量,而这股能量几乎可以提供我们需要的一切。生命的能量能掌控其他所有能量,现在活着的人可以分裂原子,在星球间穿梭,不久之后,我们就能在不同的现实之间来往,而促使这些活动成真的力量,就是生命。"

我们继续移动了几分钟,然后蜘蛛打开身体,让我们出来,我不禁松了口气。我们来到一间空旷的大房间,圆拱屋顶跟前一个房间一样,和我们穿越世界之前所在的地下建筑体有点类似。约翰用手肘撞了我一下,指向上方的一排窗户。楼上看起来像某些医院手术室的观摩区，窗户后站着一群戴头巾的裸体人，我猜他们需要买票才能进来。许多站在第一排的人被挤得赤裸裸地贴在玻璃上，我看着眼前压扁的一排阴囊，心想这个画面一定会出现在我的噩梦里。窗户下方排着一列透明的大桶，很像与人同高的玻璃瓶，每个桶里都装满深红色的液体。我正想问男子那些是什么，然而他又穿过另一扇门，示意我们跟上。我们走过一间大厅，通过另一扇门，接着臭味突然迎面冲来。

硫黄。这股臭味如此的重，几乎在我肺里凝结成固体。我们穿过门，来到一条悬在空中的走道，周遭的黑暗似乎朝四方无限延伸。我踏上走道，停下来，仰着脖子拼命往上看，然后低头俯视，却怎么也看不到眼前生物的顶端或底端。

哦，我的老天⋯⋯

"两位，"高大男子说，"只有少数获选的人见过它。你们眼前的就是鲁尼先生的终极发明，它代表了所有世界绝对的智慧与力量。约翰，大卫，这就是克洛克。"

故事讲到这里，我不禁迟疑了一下。我试着在脑海中想起克洛克的样子，却只想到卡在厨房排水沟里的脏东西：泡在肮脏的洗碗水中好几年且揪成一团的油渍和头发。克洛克就像有人把全世界的排水沟脏污粘在一起，弄得跟自由女神像一样高，然后靠私刑狂热分子的疯癫精力让脏污活了过来。克洛克长得非常复杂，全身集合了各式外露的器官、纤维和悬在半空的四肢；它身上有无数流着体液的洞口，外表满是黏腻的突疣和深色球状物，球面的颜色不断变换，就像漏油表面反射的虹彩。它身体的每一寸都在动，让人不可能把它看清楚。我睁大眼睛看了又看，看了又看，才发现我的头脑无法理解眼睛看到的每样东西。

然后我在脑袋里听到小孩高频的咯咯笑声。

"欢迎光临。"脑中陌生的声音说,它听起来像刚学会走路的小婴儿,"你的老二现场看起来更小。"

说完,它咯咯笑了起来。我心想:这是克洛克的声音吗?

只要稍微改变你脑部的化学成分,我就可以让你变成恋童癖。你要干什么?我在脑海中问它。

我不要又黑又大的老二,跟你不一样。

响亮又持久的笑声震动我全身的骨头。我撇过头,看到约翰和高大男子在讲话,完全没注意到我。

我想道:滚出去,我才懒得跟你讲话。

我是克洛克。乌拉圭的山中,有一只山羊的蹄子卡在地洞里,它的骨头跟树枝一样马上断了,断骨刺破皮肤,鲜血喷到白色羊毛上。它卡在洞里三天,终于有一只母狼经过,嘴里叼着小狼。母狼把山羊当成小狼的食物,让它啃一点皮毛,撕咬一些肌肉。山羊痛得尖叫起来,它只能感受到疼痛、疼痛。山羊、母狼和小狼都不了解它们在世界机器中扮演的角色。我超越一切,视万物为孬种。我是克洛克。

去死吧。你只是他们养出来的东西,史上无敌失败的作品,你看起来就像委员会的产品。我反击。

响亮又持久的孩童笑声。

王大卫,你是疯妓女和安利公司神经病推销员生下的孩子。现实中存着无数的世界,你根本无法理解,你可以在世界之间穿梭,然而我就像横亘夜空的星星,不管到哪儿,你都会看到我。各界的人都欢迎我,让我更壮大,用不了多久,你们世界的人也会为我敞开大门,许多人已经为此拼命努力很久了。大家会欢迎我,因为他们总是想要只有我能给的东西。这个世界上有七十亿人带有我的标志，在无边无际的每个世界中，我也统治了将近一半。

这时我第一次看清楚房内的黑暗是如何移动的：黑色的形体、影子人、那一点点虚无在房里打转，像油井大火的浓烟包住了克洛克；黑影附在它身上，穿过它，在它身上每个洞口和肌肤的皱褶间进进出出。我听到声音，才意识到头脑之外也有人在对我说话。我转头面对高大男子。

"……为最优秀的人带来最大的好处。"他快要讲完了，"这样你们应该懂了。没有人会质疑克洛克的决定，因为就算集合人类史上每个人的智慧，包括所有的思想家、作家、哲学家和老师，都比不上克洛克神经网络上的一节。我们可是经过切身之痛才了解了这一点。"

我低头看着莫莉，随便用脚踢了一下它的肚子，想推动积在里面的大便。

高大男子说："二十年前，克洛克已经预言了你们的到来。它告诉我们如何前往你们的世界，打开了通信的管道。我们无法自行穿越到你们的世界——哦，我们努力试过了，但是将一个人传送到另一个世界时，身体可以顺利穿越，灵魂却不行，于是身体只能像牛一样漫无目的地乱走。也就是说，这个人穿越之后就被……拆解了。尽管如此，我们还是努力在你们的世界建立我们拥有的一切，准备迎接未来璀璨的那一天，届时我们就能跨越障碍，站在你们的土地上，亲眼看看你们的太阳。"

高大男子将手放在我的肩膀上，我颤抖了一下。

"你的朋友，那个女孩埃米·沙利文，她是计划成功的第一步，所以她非常有名。在你们的世界，有人成功把她从甲地直接传送到乙地，途中没有经过别的地方，她也没有受伤。克洛克教你们的人做的，因此我们知道距离成功不远了，我们可以看到微弱的曙光，这象征着崭新清晨的降临。两位，随着你们的到来，崭新的清晨已然降临。"

男子仰起脖子看着黑暗，说："你们无法想象它的智慧——宛如十亿名天才的头脑不断融合。在我们的世界，如果有人天生具有特殊的智慧和学问，他便会与克洛克分享，让克洛克更加强大。你们看——"

我们上方约两层楼的地方，墙上伸出一块细薄的、往下倾斜的物体，物体内似乎没有阶梯，像是一道斜坡。形似鸟喙的孔洞在克洛克那侧张开，一名胖男子沿着斜坡滚落，胡乱挥动着四肢。他身穿褐色条纹衣，跟刚才虫子房间里影片中的那群人一样。克洛克用鸟喙夹起男子，啃咬他的骨头，喷出黏湿的红色血雾。

我脑中听到高频的笑声。

嗯嗯嗯！培根！

在我面前，克洛克身上出现一条裂缝，它撑开电影银幕大小的蓝眼睛盯着我，露出细瘦垂直的黑色瞳孔。

我拔腿就跑。

我快步冲过门口，跑下悬空走道，穿过更多的门，奔过大厅，回到有观景窗的圆形房间。裸体人群还站在窗后，指指点点地引起一阵骚动，古怪的旅人突然发疯显然让他们很兴奋。我才冲到圆形房间的出口，门就在我眼前滑上。我用手掌毫无意义地用力拍了门几下。高大男子从后面叫我，我转过身，费力地喘息着，他伸手做出安抚的动作。

"我跟你保证，我们了解。你应该也知道，我已经观察你很久了，你也看到过一些我们的成果。我们正以惊人的速度入侵你们的世界。我们的手下昼夜不停地准备，你们的世界也已经有支持我们的大军。用不了多久，在克洛克温柔的大手下，你们所有的苦难、不安和困惑都将消失。"

一只小猫将脚掌放在我的脚上。我一脚把它踢过房间。

"请看，"高大男子说，"你们称为奇迹的事，我们都做得到，你看——"

我脚底下的地板消失了，或者说变得跟玻璃一样透明，底下出现十几张上仰的恐慌脸孔，他们没有戴头巾，看起来就像我们世界的人。当下不知道为什么，我马上就知道高大男子用面具遮住的脸绝对跟现在在下面睁大眼睛、没刮胡子的脸长得不一样。我脚下似乎是某种监狱，每个人都被关在不比肩膀宽多少的六角形玻璃格里，就像巨大的透明蜂巢。地板显然不怎么隔音，我隐约可以听到那些人在尖叫。我看到约翰穿过门，然后一脸厌恶地停下来。

高大男子举起手，其中一个六角玻璃格静静地从地面升起，里头关着一名三十多岁的黑卷发男子，他看起来就像装在玻璃箱里的博物馆展品。我听见其他格子升起的摩擦声，没过多久，我们身边就围了六个六角玻璃格。高大男子说："我们可以任意召唤玻璃格；我们可以将肌肉转为骨头，骨头变回肌肉，将肌肤转为外壳，指甲转为爪子，全看我们想怎么做。请看——"

卷发男子惊恐地盯着我们，手掌紧贴着玻璃壁，接着他高声尖叫起来。一开始我还看不出发生了什么事，然而紧接着，我看到他的一边膝盖往后弯、撕裂肌肤，另一边的膝盖也跟着弯起来；他的双脚不断往上增长，直到弯度及肩；他脸上的肌肤融化，凝固成昆虫般的小头，皮肤则变成灰色，出现像鳄鱼皮一样的裂痕。莫莉发出一声哀嚎,小跑着逃到角落里,我不确定它是吓坏了,还是之前吃的墨西哥卷饼终于生效了。

我原地转了一圈,发现现在四周站了六只怪物,长得跟先前在大卖场里把我们赶进来的怪物一模一样,也就是吉姆家地下室的怪物——地下兽。玻璃降下,怪物直接站在房间里,围成圆圈面对我们。

"一旦身体改变,"高大男子说,"头脑也会跟着改变。记忆只是神经链接的排列,只要经过改变,它们就再也无法抗拒我们的命令,就像树枝无法不燃烧一样。"他隔着面具仔细盯着我,然后又说,"你应该很了解。"

我走向高大男子,打算抓住他当人质,想办法胁迫他放我离开。我在口袋里摸枪,这才想起手枪不在我身上,于是我掏出补充的弹匣,丢向高大男子。弹匣撞上他的胸口,弹到地上。男子缩了一下,我马上向前扑去。

它们动得好快,转瞬间无数只爪子已经紧抓住我的脖子、手臂和双脚;两只怪物坐在我身上,把我压得死死的,跟肯尼玩偶一样动弹不得。我觉得高大男子看起来有点气馁,他的面具稍微凹陷了一点。他说:"我们需要你做的事非常重要。克洛克已经预见了结果,不管你反抗还是合作,事情都会发生。唯一的差别只有你个人的福祉。一切都是为了大家好,你不了解吗?"

听起来他几乎快哭了,为了可悲的我无法看清事实而感到绝望。两只怪物把我架出房间,重新拖回大厅,另外四只则扑向约翰。我听到他大骂脏话。高大男子跟着我,门在他身后关上,隔绝了约翰的声音,这时他正尖声叫着他癫痫发作了,要怪物放开他。我大喊:"放火烧狗!约翰!把狗烧了!"但我想门这边的声音也传不过去。怪物将我扛进另一间圆形小房间里，高大男子跟进来，门在我们身后关上，两只怪物这才放开我。我发现屋里不只有我们，还有一道微小的身影蜷缩在远处的墙边，顶着一头红发。

"埃米！"

我跑向她，却一脸撞上空气，倒在地上。我这才发现自己撞上了玻璃，或某种分开房间的透明屏障。

埃米抬起头，茫然惊讶地看着我，她看起来已经受到了过度惊吓。高大男子说："我们的代表遍布你们的世界，我们计划多年，所有程序都已完成，只剩最后的大扫除——把你们的世界一扫而空。想象两个玻璃杯，你们的装了水，我们的装了酒，如果想在你们的杯子里装酒，首先就得把水倒掉。你看不出来酒比较好吗？"

埃米那侧的一扇门被打开，走进两名男子，他们没有赤身裸体，而是穿着看似十五厘米厚的多层皮革，肩膀因为某种硬肩垫而凸起，活像拆弹小组的队员。他们拎着一个容器，跟五十五加仑的汽油桶一样大，红色桶上印着巨大的黄色警示标志，上面写着像精灵文的外国文字。他们把桶放在地上，拉开上面的拉环，然后转身从房里跑了出去。

埃米站起来，紧贴着远处的墙壁。容器上方的盖子弹开，滑到一旁。我屏住气息，视线从埃米身上跳到地上的桶，等着看阴暗的洞口会跑出什么。我跑上前，手掌贴着玻璃，尖声叫着她的名字。这时我注意到她没有左手掌。

一只微小的白色虫子从容器里飞出来。它的身体细小，没有翅膀，却还是能飞。虫子穿过空中朝埃米飞去，她往后退，眼睛盯着在她头上打转的虫子。

"那是一种了不起的生物，"高大男子说，"它拥有人类的心智、直觉和冲动，只是没有四肢、神经或感知器官。它只知道飞行和繁殖，一旦找到宿主，便可以在几分钟内生出两万只幼虫。它们在宿主的柔软组织里快速成长，接着破体而出，再去寻找新的宿主，就这样不断重复同样的过程。"

我早就知道了。虫子嗡嗡叫着，在房里绕来绕去，接着停在埃米的肩膀上。她像打蚊子一样一巴掌挥下去。我又对她尖叫一声，但她听不见。接着换她尖叫起来。她提起手掌，紧盯着手看，仿佛刚被大头针扎到；她用力甩手，拿手掌磨蹭墙壁，用尽各种方法想甩掉虫子，但怎么做都没用，虫子已经钻进她体内了。

我用手捶着玻璃，无助地往里头看。埃米看看手，又困惑地看着我，根本不知道发生了什么事。我立刻转向高大男子，说："快救她！给她吃解药或杀虫剂，只要可以杀掉虫子就行！"

"任何方法都会同时杀了她。现在只剩下一种结果，而克洛克早就预见到了。"

我回过头，看到埃米贴着墙壁滑坐到地上，一脸绝望，好像希望她随时都能醒来，发现自己还躺在床上。

"未来已经注定了，"高大男子说，"你们世界的人盲目地相信不可能的神话，认为一个人能扭转乾坤，英雄能跑着躲开大爆炸，这种事在这里不可能发生。每起事件的结果都已经确定，不可能翻盘。王先生，世上没有英雄。克洛克已经计算到事物的原子，我们不允许机会的存在。"

就在这时候，大门被打开，一股黏腻的褐色液体以高挑的弧线喷过房内。

约翰确实想好了计划。

如果他说的可以相信，在我被拖进关着埃米的房间，并且其他四只地下兽拼命压着他时，他胡乱挥动四肢，宣称自己癫痫发作。

"癫痫！我的癫痫发作了！"

他的动作造成观赏台上的一阵骚动。高大男子不在，眼前的跨界旅客秀又濒临失控，所有观众都不确定该怎么办。这时莫莉开始哀嚎，全身不断发抖，约翰知道那两块瓦尔德斯将军的绝妙微波墨西哥卷饼就快重新现身了。

一扇门被打开，急救小组冲进来，四名戴头巾的女子双手各抓着一只小猫，她们身后涌进了更多的人，约翰猜想他们是从观赏台下来的观众，打算趁机靠近一点。这些人似乎颇有权力，他们手一挥，四只非人类守卫就放开了约翰的手臂。他跌到地上，四个女生马上将小猫堆到他身上，开始东拨西弄。

"我需要我的药！"约翰对一名苍白娇小的女子说。他猜测她是亚洲人。然而似乎没有人听得懂约翰在说什么。"我的癫痫药！"

约翰将手伸进口袋，好几名观众马上往后跳开几步。约翰拿出烟草和烟纸，缓缓举起，让大家看清楚这不是武器。围观群众站在那儿，兴致勃勃地看约翰坐下，把小猫赶到一边。他集中精神，开始卷起能拯救我们世界的完美烟卷。

他在烟纸上铺好烟草，卷起来，结果卷成了锥状的烟喇叭，害他气得骂脏话；他试了第二次，差一点就成功；终于，他在第三次卷出了完美的烟卷。

他瞥向莫莉，点点头。伴随一声尖叫和暴雨落下的声音，莫莉终于解放了——一坨大便从它身后喷出来，约翰马上在里面看到半个没被消化的狗骨头——这根骨头和真正的狗饼干不一样，不是用鹿角和发酵牛毛做的，而是极易燃的不稳定炸药。约翰点燃他的完美烟卷,吐了口烟,朝观众点头示意。

接着他跳起来,举起双手向房里的人类观众以及四只畸形怪物说:"大家退后!"他走到大便旁,皱着眉头挖出那块泡软的狗骨头炸弹,用小指在半截骨头上挖了一个洞,把烟卷没点火的那一端塞进去,再把冒烟的装置放在干燥的地板上。他站起身,看了一下手表,接着看向大狗身后的黄褐色细流。

"莫莉,该说再见喽。"

他抓起还在拉屎的狗,双手将它抱在胸前,四脚悬空。他冲出房间,大声尖叫:"快出去!大家都快出去!炸弹要爆炸了!"

约翰抱着狗冲过大厅,来到眼前第一扇关着的门。他看门上没有门把手、按钮或控制板,就高声尖叫:"去他妈的,打开!"门立刻顺从地滑开。

约翰一穿过门就看到高大男子,看到关埃米的房间,又看到我一脸愤怒的表情,他马上决定把莫莉的屁股对准高大男子,祈祷它拉在他身上。莫莉也照做了。我赶忙伸手挡住脸,温热的粪便在房间四散。大狗发出痛苦的吠叫声。事态的转变吓到了高大男子,他急忙扑倒在地上。约翰放开莫莉,掏出口袋里的打火机,点燃以后丢向其中一只地下兽。打火机带着黄蓝色火焰撞上它的头,怪物号叫出声。接着约翰冲过去,用力踢了高大男子的肋骨一脚,下一秒,两只地下兽就抓住了约翰,不过高大男子跟它们说没事,叫它们不要杀他。

仿佛刻意要推翻高大男子的自信,我注意到地上一块比较硬的大便里面冒出另一块狗饼干炸弹碎片,我便伸手抓住炸弹,助跑扑到地上,抓起约翰旁边的打火机。我看到大厅里的群众从门口挤进来,四只地下兽粗鲁地推开裸体人群,硬闯进房间。我举起狗粪,点燃打火机,火焰在易燃排泄物旁边两厘米处跳跃。

"这坨大便里的炸弹可以把整座洞穴炸垮,你们还不快闪到一边去。"

不管这些人会多少基本英文,显然他们都没听过这个词,因为好一阵子都没有人移动,房间里只听到莫莉的消化系统发出湿湿的放屁声。

"快点!"

高大男子立刻懂了。他挣扎着站起身,朝门口的地下兽点点头。我第一次发现这里的人用某种心电感应沟通,稍后我得花时间来赞叹一下。在高大男子无声的指示下,所有人都离开房间,门也被关了起来,房里只剩下约翰、我、莫莉和高大的男子。我转向埃米,她眯起眼看着我们,露出目睹事故现场后恶心又好奇的表情。

我说:"退后!靠着墙壁!"

约翰和我根本不需要讨论计划。我们蹲在地上,从大便里挖出另一块狗骨头——大概有整块的四分之一——然后用约翰的车钥匙敲下米粒大小的一块。我们用一点狗大便把炸弹碎片粘在玻璃离地五厘米处。约翰点燃打火机,靠近玻璃,让火焰舔着粪便。我们扑向房间的另一头,抱头蹲下。爆炸声非常响亮,像钉子敲破耳膜般尖锐的一声"砰"。我们没听到玻璃碎裂的声音,差点害我以为计划失败了。我站起来,透过逐渐散去的烟雾看到透明玻璃上出现边缘参差不齐的大洞,像在太妃糖上捣出的洞。埃米跑出来,我伸手抱住她。

她说:"我们在哪里?我不知道怎么——"

"等一下再说。"我转向高大男子,"如果你治不好她,那就把我们送走,回到我们的世界,我们自己来想办法。"

"当然好。再过不久她就要……孵化了。"

我说:"让我猜猜看,如果她死了,那些虫子马上就会跑出来?"

他没有回答,但我知道我说对了。

"很好,所以你也非常需要保护她的安全,对吧?现在把我们弄出去。"

约翰说:"你最好动作快一点。"

两个房间外,沾满大便的狗饼干里塞着烟卷。烟头落下两厘米的灰烬,微弱的橘色火光在剩下五厘米的烟卷上缓缓闷烧。

约翰对我说:"我们还有——"他想了一下,"五分十三秒就到吃饼干时间了。"

我开始设时间,但我找不到手表的倒计时功能键,只能先改了日期和时区,这才设好倒计时,结果又得扣掉浪费的时间。

四分四十八秒。

我们冲出门外,我的手臂勾着高大男子的脖子,把打火机贴在他的脸颊上。

"大家统统不准动,不然我就把这他妈的脸给烧了!"我说的是真的。

不知是群众真的听信了我的威胁,还是高大男子指示他们退下,我们推着他走过大厅,他指向一台电梯。

四分十二秒。

我们又爬进另一只大蜘蛛体内,花了长得要命的时间慢慢往下降。埃米吓得半死,根本没办法站稳,只能紧闭眼睛,双臂抱着肚子。

她肚子里长了东西。哦,该死,该死,该死!

往下、往下,继续往下,这些人都倒着建摩天大楼。

一分三十二秒。

电梯终于停下,我们来到一条管状的圆形走道,穿过一道又一道厚重的圆门。

五十八秒。

我们走进一间巨大的房间,房里装满机器、透明管子和卵形大袋子,并发出通电的嗡嗡声。我几乎没注意到它们,而是直接看向蹲在房间中央的庞大生物——它看起来像是大象那么大的蟾蜍,随着高大男子的无声指示,它将巨大的嘴大大地张开。

一片黑暗。怪物嘴里打转的黑暗跟我们在大卖场圆柱里看到的一样。我眯起眼,只要聚精会神就能看到光线、形状、一个房间、一道移动的身影……

三十六秒。

高大男子站到一旁,指向怪物的嘴巴。

"去吧,快点。"

我问:"这会通到哪里?我是说,我们到底会从哪里出来?"

"理论上说吗?应该不会离你们进来的地方太远,但我也很难预测。"

"埃米成功过来,她也能成功回去吗?"

他没有回答。我走向黑暗入口,愈走愈近之后,我发现真的可以勉强看穿黑暗。另一端似乎有个小房间。我屏住呼吸,踏进怪物嘴里,再次感到失去时间的断讯感,仿佛不小心睡着一般。我往前扑,倒在硬木地板上;我抬起头,发现自己趴在一条走廊上。转过身,我看到一扇敞开的门,门上贴着 VNV 国度乐队的海报。

我站起身,这才发现我从沙利文家的爱尔兰电梯门往外看,只是门外的景象不是室外,而是我刚才离开的蟾蜍房间。房门大大地敞开,仿佛是我跌进来的时候被撞开的。

二十二秒。

莫莉跳了过来,小跑着从我身边经过。约翰推了埃米一把,她踉跄地倒在地上,马上像胎儿一样蜷起身,脸痛苦地扭成一团。另一端的房间现在骚动起来,我可以看到十二只地下兽在房里大闹,裸体人塞满房间,显然消息已经传开。事情快要彻底失控了。

高大男子抓住约翰,他们八成改变了主意,或许想把他留下来当作纪念。约翰拼命挣扎,又踢又打,他抓住高大男子的脸,一把抓下一块皮制的东西——男子的面具。

约翰僵住了。男子背对着我,所以我看不到他的脸,然而约翰的眼神突然变得空洞。他没有尖叫、呕吐或做出任何反应,仿佛他的脑袋突然跟微软操作系统一样死机了。

沙利文家的走廊传来脚步声,我转身看到罗伯特·诺思从楼梯口跑过来,他身穿黄褐色的女款长大衣,头戴一顶巨大的羽毛帽。

"嘿!"我尖叫道,"我们成功了!她不舒服,她——快给我那个十字架、圣水或……哦,去拿那张耶稣的画像!我们用画擦她。"

十一秒。

我转过身,看到男子从约翰手中抢过面具,粘回自己脸上。我张开嘴巴想朝约翰大叫,却怀疑声音到底能不能穿过世界之间的裂缝。不过我马上就知道答案了,因为——

零秒。

——音爆般的深沉轰响撼动了门另一边的世界。房间的人群陷入混乱,约翰趁机踢开束缚,站起身,朝我跑过来。他扑过门口,倒在走廊上。我正准备关门，诺思却冷静地走上前，伸手挡住门，直勾勾地看着高大男子。他们两个隔着世界对望，另一端的男子开口，好像恨恨地骂了一句，虽然我听不见，也不太了解这两个人，但他的意思很明显——我早该知道全是你搞的鬼。

埃米的皮肤开始到处突起膨胀，我抓住她的手，用手臂圈住她的脖子，抱紧她，轻声告诉她没事了，我们会治好她，然后——

砰！

温热的血突然溅到我身上，埃米的太阳穴上出现一个粗糙的洞。她瘫倒在我怀里。

诺思站在几十厘米外。

他手里握着一把银色的小手枪。

女用手枪。

枪口冒出一缕烟。

我脑中的一切变得跟外层空间一样黑暗。我呆坐在那儿，上衣和手臂都沾满了鲜红的血。我只是看着她，看她松弛的脸和微张一半的嘴巴。忽然有人将她的尸体从我手中拖走——诺思抓着埃米的脚，好像她是布娃娃。约翰站在一旁，他就他妈的站在一旁，什么也没做。我发现我没力气站起来。

诺思奋力拖动埃米的尸体，把她的脚丢进门口，然后绕过来，抬起她的肩膀并推过去。在另一边蟾蜍房间里的人群看到一具死尸从通道硬挤过来，似乎非常困惑，可是高大男子立刻就明白了，他高声尖叫起来，声音大得我在这边都听得到。很快地，他身边的人也懂了，房子里瞬间陷入恐慌。

然而来不及了，埃米的尸体炸开，喷出一群团团转的白色小虫，飞行寄生虫看到一整个房间的宿主,立刻朝裸体群众冲去,人群惨叫着一哄而散。埃米剩下的尸体也爆开,有一点血迹和骨头飞进这边的走廊。我听见叮叮当当的金属声,像硬币落地的声音。同时诺思用力摔上门,再重新打开,这次门外只露出不具名小镇的夜空和倾盆而下的大雪。

我打算站起来,然而诺思转过身,用枪对着我。

"我知道你在想什么,"他说,"而且你错了。"

他还想继续说,但这时约翰从他身后冒出来,捶了他后腰一拳。诺思弓起腰,我突然看到先前发出声音的金属物体掉到地上,那是一块微弯的闪亮铁片,沾上了一点红色,像外科医生用来支撑受损脊椎的铁块。

我捡起小铁片,戳进诺思握枪的手腕。我感觉到铁片陷进他体内,刺穿肌肤,卡进前臂的两块骨头中间。诺思厉声尖叫,手枪哐啷一声掉到地上。

我拿起手枪,对准诺思的心脏,眼睁睁地看着他融化。我说真的,他化成一摊黏液,接着从中冒出和水母一模一样的生物。

*严格来说是僧帽水母……*

就像几天前那样,我们看着水母飘在半空中,我扣下扳机,对着它开了一枪又一枪。木头碎屑从墙上炸开。水母好像毫无感觉,静静地飘下楼。莫莉叫着追了过去。

我们再也没看到它。

地上留下一摊大理石色的黏液,看来好像在冒烟分解。是诺思的残骸。

我往前踏了一步,跟诺思一样用力拉开门,一阵冷风和几片雪花吹了进来。沙利文家的院子就在门下三米处,我惊讶地发现室外还看得到一点日光。这整趟冒险大概只花了几个小时。我坐在硬木地板上，脸上一点一点黏黏的血滴逐渐干掉，雪花在我膝盖上融化，我实在想不出理由再站起来了。

我们走出屋外，想找我的越野车，才想起我的车不是停在沙利文家，而是停在大概一点五公里外的大卖场那儿；我的车钥匙也不见了，而我想不起来是什么时候弄丢的。我们开始涉雪前进。我不太确定在脚踝高的积雪中走那么远，脚会不会冻伤，然而我们不在乎，只是拼命地往前走，两个人都没作声。下午逐渐转为傍晚，我们不知道等到夜色降临、影子愈扩愈大之后会发生什么事。走了几分钟后，我们几乎没前进多少，二十根脚趾反倒都没感觉了。这时一辆小货车碾着雪从后方开过来，在我们前面靠边停下。驾驶员探出头，是一名戴着红色棒球帽的年轻小伙子。

"喂！"他看着我们外套上的厚雪，说，"怎么了？要搭便车吗？"

当然要。

他的车上只装了两个单人座椅，于是约翰爬上货车车厢，坐在后面。我问小伙子会不会经过旧卖场，他说不会，我又问他会不会往南经过我住的小区，他说会。我四处张望，寻找莫莉，发现它没有跟上来。我爬上车。我们开车前进。

"这雪下得真夸张啊！"他说。他的下唇下方有一小撮三角形的胡子，一般人好像称之为"灵魂补丁"。

我说："对啊。"

"在这种鬼天气开车最危险了，我开得曲里拐弯，又到处加塞，其他司机一定恨死我了。"

我盯着他看。

"你是弗雷德·德斯特吗?软饼干乐队的主唱?"

他轻蔑地一笑,专心看路。

最后他终于说:"我看外头越来越黑了,我想天全黑的时候,你们应该不会想在外面晃来晃去。晚上有东西会乱动,吸来吸去,恨来恨去,不过你早就知道了,对吧?"

我说:"你是说你跟它们不是一伙的?"我从后视镜看了约翰一眼,他迎着强风,瑟缩在货车车厢上。我开始盘算如果这家伙打算把我吃了,我能不能抢过方向盘并把他推下车。

弗雷德·德斯特说:"这个嘛,我不是弗雷德·德斯特,你只是看到了你想看的人而已。换作约翰在这儿,他会看到别人。但重点是,这世上有黑暗没错,但也有光明,一切都会取得平衡,就像太极图——两只鱼永远追着对方的尾巴跑,你应该懂吧?"

我仔细盯着他的蓝眼睛,说:"你先告诉我你到底是谁,不然我要揍人了。"

"喂,我说了啊,是你自己没听见。我跟你是同一国的!我一直在观察你,甚至可以说,我在你旁边'狗'视眈眈很久了。"

"我完全不知道你在说什么,也没心情陪你玩。你要是不认真讲就闭嘴。你是好女巫吗?还是某种天使?你是耶稣吗,弗雷德·德斯特?"

"我是谁不重要。你有一项任务,而你也完成了,虽然你不知道这项任务,也不知道自己在执行。切除结肠癌的手术刀真的很倒霉,对吧?我想刀头切进血里跟骨头撞来撞去的时候,手术刀只能相信医生最后会成功地把它拔出来。"

"我跟你说,你去死吧。这整件事从头到尾都是屁!我根本不知道现在该相信什么了,但我知道我们在那个世界杀了不少邪恶的家伙。现在埃米死了,她从来没伤害过任何人,从出生起就挨了二十年的衰运,现在还莫名其妙地死掉。我反而还活着。好久以前我就该死了。老天,我都想过自杀好几次了,替世界做个功德。"

弗雷德·德斯特说:"嘿,我知道你不好过。你知道九十年代有个拳击手叫伊万德·霍利菲尔德吗?他拿到冠军后却得了心脏病,不但结束了他的拳击生涯,还差点要了他的命。伊万德跑去找一个电视上布道的人,就是那种满头发胶还穿人造纤维衣的家伙,布道师绕着他祷告、跳舞。后来他又回去看医生,医生说他的心脏病治好了。伊万德认为这是奇迹,然而其实是医生一开始就误诊罢了。"

"这和我们谈的事没关系。弗雷德,你知道你们这种人像什么吗?像神灯里的精灵。有人得到一个愿望,他许愿要一百万美元,后来才发现那笔钱是保险赔偿金,因为他最好的朋友过世了。"

"没错。"弗雷德说,仿佛我什么都没说,"他从来就没有得心脏病,很酷吧?据说只是他的 X 光片沾到了污渍。你希望自己代替埃米死吗?如果事情可以重来的话?"

"闭嘴。"

"是我在问问题。你愿意吗?"

"愿意。"

"真的?"

"当然是真的。"

"你愿意用你的命换她的?那从明天起,王大卫死了,埃米·沙利文则活着?"

"弗雷德,不要再问了,你害得我头好痛。"

"好。"

"你想怎样,开枪杀了我吗?杀了我,然后让埃米复活?还是你想说我早就死了,就像布鲁斯·威利斯演的那部烂片一样?"

"老兄,你每天还去上班,怎么可能已经——"

"弗雷德,闭嘴。我们到了。"

车子缓缓停下,我看到我的小房子,每个边角都被包在积雪中。弗雷德说:"我跟你说,不用怕黑,现在有人罩着你了,知道吗?"

我没话想对他说,于是我跳下车,踩着雪走到人行道上。我听见货车开走,约翰跟在我身后。我朝大门走去,然而在半路停了下来。脚印,新的脚印从正门延伸向后院,而工具间就在后院。

我居然完全忘了工具间和尸体的事,真是不可思议。我跟着脚印绕过屋子,发现自己愈走愈慢,拖着脚,好像是个要上刑场的人。

等我绕过转角,一切都会改变,一切。

不过我已经拖得够久了,早在两天前我就该面对现实。我绕过转角,看到工具间,对大门整个敞开毫不讶异。锁头挂在门上,没有上锁。这也没什么好奇怪的,钥匙就挂在厨房门旁的钉子上,有搜查令的警察都可以拿到钥匙。我走到门边,拉开门,却看见两样我一时无法理解的东西。

第一样是埃米。

她活生生地站在工具间里,双手抱着大衣外套,低头看着地上的尸体,显得非常困惑,好像她真的搞不清楚状况——我完全可以理解。她听到我的声音,抬起头,露出几乎搞笑的惊恐表情。她看着我,又看看地板,再看向我。

我说:"埃米,是我。"

她没有反应。我走过去,想要抱紧她,将她带进屋里,永远不要让她离开我的视线。但她向后退,撞上摆满玻璃瓶的柜子,看起来好像想逃走——我也可以理解，这全是因为第二样我无法理解的东西——

地上躺着的是我自己的尸体。

尸体躺在埃米拉开的发皱帆布上，即使那张脸已经跟冻肉一样冰冻发青，我还是认得出那是自己的脸。我的胸口有个血淋淋的大洞。约翰靠到我背后，低头看着尸体，然后看向埃米，显然跟我刚才一样，正经历混乱的思考过程。

约翰对埃米说："我可以看你的脚吗？"

埃米没有回答。

约翰说："我知道你觉得这要求很奇怪，但是不到二十分钟前，阿卫和我才看着你被杀。我们得搞清楚这到底是怎么回事。"

埃米点点头，在我们重逢后第一次开口，说道："好。"

她走出工具间，坐在后门的阶梯上，脱掉小小的皮靴和袜子。雪花仍不停地落在她身上。我看约翰抬起她的一只脚，仔细检查，然后要她自己检查另一只。

他转向我说："没东西。"

他这么一说，每件事突然都串起来了，就像拼好了最后一块拼图。如果你早就搞懂了，那你可以得诺贝尔奖了，天才先生。

我说："它们用复制品取代我们世界的人，把它们的人不断地送进我们的世界。这些人可以联结物质和精神的世界，让克洛克把它的黑暗魔爪伸进我们的世界，控制这些肉身人偶。它们就是这么做的，把怪物弄得像人一样，而那些怪物都受它们的控制，只受它的控制，就像德雷克那样。那真的德雷克怎么了？死了吗？"

埃米抬起头，瞪大了眼睛，她知道我要说什么了。

约翰说："天知道。或许它们把德雷克跟其他人都关在某个地方，但我觉得不太可能，因为这些替代品、复制品都需要正版的记忆，谁知道它们对正版的人做了什么。"

我说："那么脚上的符号就是它们的记号了，如果我们检查另一个埃米——"

"我们就会看到像圆周率的符号。大概是它们的品牌标志。"

"所以它们做了一个埃米，"我说，"应该是之前把她绑走的时候做的。它们做了新的埃米，让虫子在她体内下蛋——"

"因为它们知道，如果我们把她当成真的埃米，我们就会想办法把她带回来。"我们同时说。

约翰说："那样我们的世界就完了。她孵化的时候会感染我们，然后我们孵化的时候……又会感染附近的人……"

"所以诺思早就明白了，"我说，"他知道一定要杀了她，因为那不是真的埃米。"

我站起来，朝工具间走了一步，却没办法继续前进。一颗红发脑袋贴在我身上，埃米用尽全身力气抱着我，双臂环住我的肋骨，将她的脸埋在我的衣服里。她一直哭，说她很抱歉，但我听不出来她在为什么道歉。我用手梳过她的头发，悄声在她耳边说快结束了，这次真的一切都会没事，我只需要处理好最后一件事。

约翰拍拍她的肩膀，将她拉了过去。这个动作很怪，几乎像在保护她。她因此不再抓着我，于是我往工具间走去。

我听到埃米在我身后一边哽咽地哭着，一边说她把枪弄丢了，她说她在大卖场杀了那只怪物，然后就一直跑一直跑，还在雪地里弄丢了枪。后来她叫了出租车——

约翰嘘了她一声，她就闭嘴了。我走向工具间，心扑通扑通地跳，突然觉得自己比空气还轻，仿佛卸下了肩膀上的重担。我抬头看着雪花从夜空落下，霎时间仿佛一切都恢复了正常。我说："诺思开枪的时候，他知道自己该做什么。前几天晚上，我杀了工具间的这个家伙，我也知道我在做什么。"

我走到工具间前，约翰没有跟过来，不过他显然早就知道我会看到什么了。我掀开包住尸体双脚的帆布，解开黑色皮制登山靴冻结的鞋带。这双鞋跟我的一模一样，就连拇指旁边的擦痕都有，复制身体的那群人未免也太讲究细节了——非这么讲究不可。

我说："那天我回到家，在院子里看到这个家伙，长得跟我一模一样，于是我跑进屋里拿了枪，把他给杀了，不然他搞不好会杀掉我——"

我停下来。我已经拔掉尸体的一只鞋子，脱掉冰冻的袜子，却没有在脚上看到任何符号。我莫名地发出几声轻笑，放下这只脚，抓起另一只，开始解鞋带。然而我冻僵的手指抓不住脚，干脆将脚一把推开，终于意识到我在自欺欺人。

我站在原地，轻轻笑着，在黑暗中吐气，然后终于做了我一开始就该做的事。我走到后门，坐在埃米之前坐的阶梯上。经过他们两个的时候，约翰将埃米拉到身后，倒退着走开，跟我保持好长一段距离。我开始脱自己右脚的鞋，想了一下，又改脱左脚。我用力拔掉靴子并且脱下袜子，看着我的大拇指，然后开始大笑，笑得差点无法呼吸。

约翰面无表情地看着我。他已经知道了，看来他好像已经知道了一阵子。埃米站在他身后，紧张地看着我们两个。我抱起脚，揉揉拇指上的圆周率符号，仿佛这样就能把记号抹掉。当然我知道这个记号永远、永远不会消失了。

## 尾声

"所以,呃,这就是我的故事。"我说,"我知道听起来很……脑残,不好意思。"

当有人突然发现他旁边的人是假扮成人类的邪恶怪物时,现有的文字根本无法形容他的感受——或许可以叫作"发现怪物"。不过我想没关系,因为采访我的记者现在并没有表现出这种感受。

《美国生活方式》杂志(还是《美国生活》杂志?这本杂志的名称实在太普通,根本记不起来)的记者阿尼·金石手中既没有拿着录音机,也没有笔记本,我们一边走过不具名小镇大卖场发霉的走廊,我一边向他重述我的故事。

我停在一道关着的维修室小门前,转身对他说:"到了。这扇门……就是这扇门。"

他瞄了一眼,然后夸张地说:"通往另一个世界的门!"

"这个嘛,之前是这样没错。穿过这扇门,再进入后面的小房间。但我说过了,里面那扇不是真的门,是幽灵门。"我本来还想说，我和约翰把另一个世界命名为"狗屁纳尼亚"，但我觉得还是不要继续破坏我们在他心中的形象好了。

"嗯，"阿尼说，兴奋地搓着双手，"我们进去吧。"

"你没听我说吗？就算我们能去到另一边，你真以为它们会让我们再逃走一次？况且我不确定那个世界还能不能住人。"

"来嘛，我们就试试看啊，让我探头过去看一下就好。你别误会，我完全相信你的故事，我只是想要确认一项细节，看看这扇幽灵门是不是真的通往养虫人住的世界。"

我怀疑他根本在取笑我，于是摇摇头，说："就算我们想过去，也没办法试，因为门不见了，我是说里面那扇门。我和约翰来过好几次，但是之前幽灵门所在的那面墙已经变成普通的墙壁了。我知道你会说你想试试看，不是因为你相信那扇门真的存在，而是因为你觉得我疯了。"

不过不完全是这样吧？如果他觉得我很危险，他真的会和我单独来到这个废弃的大卖场吗？要是我在这里藏了一整箱的枪怎么办？如果他觉得我在哄骗他，他早就有很多机会可以找借口离开了吧？所以他是怎么回事，病态的好奇心吗？阿尼，你到底在打什么算盘？

阿尼伸手转动维修室小门生锈的银色握把。门发出吃力的嘎吱声，缓缓打开。他瞄了房中一眼，然后看着我，又指向房门，仿佛在说："你看到了吗？"

我说："怎么了？"

"你说怪物从门口冲进来的时候，把整扇门从门框上撞了下来？"

唔。这个问题挺有趣。我走到维修室的门前，伸手摸了摸。

"我猜他们后来修过了。不过你看对面的墙壁，隐约可以看到门撞上灰泥留下的痕迹。你看到上面那边的擦痕了吗?"

阿尼耸耸肩,一脸不以为然。我试着想象他的报道被刊登在《美国生活方式》杂志上,旁边附上这面墙的全彩大照片,下面附注写着:"这些擦痕证明恶魔制造的一只邪恶怪物从旁边的门口冲进来,阻止王大卫穿越隐形门以及进入庞大的神秘空间。那儿有一条通往平行宇宙的通道,另一个宇宙住着半人类的怪物驯兽师。"我想我会看这篇文章,但读者大概也只有我一个。

可是他为什么还在这儿?老天,当初他为什么同意跟我过来?不管他怎么说,我还是觉得他透露出想相信我的感觉,但我让他失望了。他已经很有耐心地听我连讲了六个小时,换作我绝对办不到,我大概会很有礼貌地说:"嗯,我想这样就够了!"然后朝反方向飞奔而去,同时一边疯狂大笑。

然而,阿尼看来好像期待着能在这里找到答案,现在却可能要空手而归。在达拉斯的教科书储藏大楼,也就是李·哈维·奥斯瓦尔德开枪射杀总统肯尼迪的地方,我也曾在参观游客的脸上见过同样的表情。那时我参加导览,碰到一些阴谋论者,我们站在杀手站的窗前,往下看车队经过的地方。马路就在窗户底下,要对缓慢移动的车子开枪非常容易,一点也不悬疑,只是一个拿来复枪的孩子造成的悲剧。那些人来的时候,一心想揭发黑暗恐怖的事实,结果却发现更恐怖、更黑暗的事——他们的人生既平凡又无趣。

我想到一件事,于是对阿尼说:"那个警察,约翰的叔叔德雷克,他真的失踪了,你查其他事情的时候可以一起查。目前已经有两名警察失踪,他们消失前最后碰到的人都是我。警察已经盘问过我,我也请了律师。"

"你告诉警察他被吸进另一个空间杀掉,然后一只怪物取代了他?"

"差不多,只是没有用'另一个空间'、'取代'或'怪物'这些说法。我们告诉警察他像个疯子一样把我们拦下。记得他的黑人搭档,那个在胯下堆雪的家伙吗?他隔天回去上班,好像什么事都没发生似的。埃米开枪射的就是他。"

"我可以去跟他谈谈吗?因为他其实也是怪物吧?"

"我不确定。我想他叫墨菲。不过我保证他不记得那天的事。"

阿尼仔细盯着我。他没办法问那个最重要的问题,无法指出大家避而不谈的事——王先生,我怎么知道你其实没有杀了这些人,没有杀了那两名警察、弗雷德以及大吉姆?我怎么知道现在跟我讲话的人,不是货真价实的连续杀人魔?

他反而说:"王先生,你站在我的角度想想——"

"不,等一下,别再玩记者这一套了。不要为了套出更多的信息,随便改变你的态度,一下装成怀疑论者,下一秒又变成我的朋友,接着又对我严刑拷问,只为了挖出我'真正'的故事。我从头到尾都没有骗你,阿尼。"——几乎如此。"现在你也诚实一点吧,可以吗?你真的有真实的人格吗?还是全都是装出来的采访技巧?"

他将双手往两边一摊,摆出"你想要我怎样"的动作,但没有回话。

"我想知道你来这里做什么,阿尼。你亲自挑了这个故事,对吧?每天都有人向你提想法,但是你负责决定哪些可以报道,对吧?你开车到这个鸟不生蛋的地方,从……呃——"

"芝加哥。"

"——从芝加哥远道而来,花了一整天听我的故事。而且你行前还做好了准备,不但做了笔记,还看了跟我们有关的所有网站。

所以除了今天之外,你还花了一整天的时间准备。阿尼,告诉我,你以为你会找到什么?"

他又耸耸肩,顿了一下。"我不知道。"

我想到另一件事,又开口说:"现在不是你的上班时间吧?"

他没有回答,但看他的表情就知道了。

我将双手插进口袋,摸到小小的铁药罐,罐子非常冰冷。我长叹一口气,朝地板点点头。地面从来没有铺上瓷砖,只有一层粗糙的夹板,随着岁月发灰。

"阿尼,你看到那边的地板了吗?墙壁旁边的夹板?有没有看到夹板边缘有一些刮痕,好像被撬起来过?"

他没有回答,但眼睛盯着夹板。

"帮我把夹板抬起来。你一定得看看。"

怀疑爬上阿尼的脸庞,或许还掺杂了一点恐惧,他可能害怕地板下的东西,或者只是不想弄脏他的西装。

我跪在地上,不等他就开始动手。地板已经翘了起来,很轻易就可以挪开。几个月前,约翰和我把夹板撬开后,并没有把钉子钉回去,因为那时候我们都醉得差不多了。我拉起这块大约宽九十厘米、长一百五十厘米的夹板,把板子靠在墙上,洞口露出支撑地板的铁架,更下面则躺着一具尸体。严格来说,现在应该更像一具骷髅了。

我从地面上方形的洞口退后,示意阿尼自己过去看。他疑惑地看我一眼,往前走去,然后僵在原地,脸上露出——

"发现怪物"的表情?

——认清事实的冷漠表情。他不清楚我到底是谁,但现在他确切地知道我杀过人。

他试着让声音保持轻松。"那是谁?"

"我。"

阿尼后退了两步。就是现在,最重要的一刻,阿尼要么转身逃走,要么纵身跳入疯狂黑暗的王大卫世界。

阿尼看起来确实想要逃跑。我转身冷静地坐在地上,背靠着墙壁,抬头望向他。如果他要跑,我不会阻止他。

你不会吗?

他迟疑了一下,抹了抹嘴。底下那具骷髅早就没了肌肉和皮肤,只剩下灰色的干枯骨架包在发皱的衣服里。我想到蠕动的甲虫、蚯蚓、蜘蛛和蛆,在下面吃我的尸体,在我的嘴里筑起扭动的巢。我不禁打了个冷战。

我说:"我们本来要把尸体塞到通道的另一边,可是等我们回去,通道已经消失,幽灵门也不见了。于是我们讨论了快半小时,喝了十几瓶啤酒,终于决定把尸体藏在地板下,然后回家。"

阿尼静静站了很久,然后说:"你们都不担心被别人发现吗?譬如说警察。"

"他们能控告我犯了什么罪?自杀吗?"

阿尼居然干笑了一声。他转身背对地板下方的尸体,显然希望能把时间倒转到他看见尸体之前。他走到房间的另一端,坐了下来。

他说:"这不能证明什么。没错,地底下有一具尸体,但是不代表你的故事就是真的。"

我叹了口气,说:"阿尼,你就认了吧。我懂你的意思,但是说实在话,你以为你能在这儿找到什么?老兄,告诉我。"

他摇摇头。"我不知道,我不——这是我的兴趣,就这样而已,我对超现实的事情一直很好奇。"

他停下来，我等他开口。他接着说："我想你在故事里提到的影子人有点吸引我的注意。现在网络上跟其他地方都有许多有关影子人的故事，我想迪安·孔茨还写了一本有关影子人的小说，只是我在想，究竟是他的小说先出版的，还是这些故事先出现的？总之，每个人突然都在谈影子人，每个人都在讲，表面上却完全没有人在说，你懂我的意思吗？"

哦，阿尼，我当然懂。相信我，我懂。

他继续说："我想起那天在我家地下室看到的东西，那道会动的影子，然后想到在那天之后，或许我也曾经不时看到影子人，或者没有，你懂吗？就像你在厨房见过老鼠之后，你就会开始在屋里到处看到老鼠。可是还有另一件事，有的时候，通常是我真的很困的时候——天哪，你一定会觉得我疯了，不过听完你刚讲的故事，我想我干脆也讲一讲好了——这些时候我觉得我会看到了一只猫，可能只是从眼角瞥见猫绕过转角或经过我的椅子。我会想，哦，那是毛毛，我的猫——毛毛。但是我从来没养过猫，然后我又觉得印象中我似乎养过猫，又好像没有；我发誓我有两种记忆，其中一段我养了猫，另一段则没有。然后我听说了你的故事——"

"托德的故事？"我说，"你听了托德发生的事，觉得可能就是这样？或许是影子人带走了你的猫？"

他摇摇头，不是反对，而是放弃的意思。他说："我绝对不会亲口说'影子人带走了我的猫'，你说了我也不会承认，毕竟我还有正常的人生要过。可是，对啊，我很醉的时候，我觉得自己应该养了一只猫，但有人把这只猫从我的现在和过去偷走了。然后我听到一些关于你的传闻，心想这个人和我碰到过同样的事，或许他和我有同样的精神病，或者大学嗑过同样的药。只要找到他，搞不好我也能把事情弄清楚。所以我来了。简单版的解释就是这样。"

你说得没错，阿尼，我相信你。但事实不只是这样吧？为什么你一直不肯坦白一切呢？

我说："你还没说完吧？"

他看着地上敞开的墓穴，说："你说约翰帮你搬的尸体？"

"当然啦，我一个人又搬不动，光抬我自己的胖屁股走来走去就够累了，现在加倍岂不是更重？"

"所以他知道……事实之后，居然还留下来？"

我耸耸肩说："这个嘛——"

"你们发现那个警察是怪物的时候，你们可是开枪杀了他。你跟那个警察有什么不同？"

"嗯，不过他是真的变成怪物，我们才——"

"还有埃米呢？我可以找她谈吗？"

"呃，不行。"

"她还——"

活着吗？

"——住在附近吗？"

我没有回答。阿尼坐直身子，打起精神，重新回到记者模式，准备继续挖我的故事。"你还没说完吧？后来发生了什么事？跟那个女孩有关吗？和埃米有关吗？她发生了什么事？"

我揉揉眼睛，说……

我坐在我家后院冰冷的雪地里。如果当时有人问我，我会说那是我一生中感觉最糟的时候。但这话说得非常荒谬，因为严格来讲，这时我的"一生"才只有几天而已。

我不知道在那里坐了多久,看着自己的赤脚和拇指上的符号。埃米站在几步外,惊恐得动弹不得。我看约翰坐到树桩上,拿出他的卷烟盒。他小心翼翼地卷好烟,然后翻口袋找打火机,这才发现自己把打火机忘在另一个世界了。他咒骂一声,把烟丢到一旁。这时埃米哭了起来。好像打开开关一样,一开始她哭得很小声,脸埋在手里,手指抓着一大把红铜色的头发;她靠着工具间,接着开始放声大哭,发出咳嗽般的可怜声音,身体随着啜泣而抽搐。她哭得像小孩一样毫无保留,好可怕,好可怕,好可怕。

"我们都进去吧……"约翰虚弱地说,"埃米,来吧。"

她没有听见,全身因为啜泣而颤抖着,哭声听起来像两个肺在互殴,真的非常糟糕。我闭起眼睛,甚至想堵住耳朵,但这样还不够,因为情况已经糟糕到从空气的味道都闻得出来了。

约翰看了埃米好久,然后转向我,他自顾自地点点头,好像得出了什么结论。他说:"好吧。"他戳戳埃米。

"埃米,"他用突兀的强硬语调说,"站直。"她没有照做。

"嘿,埃米。"他大步走过去,抓住她的肩膀,用力摇晃她的身体,"勇敢一点,今天的冒险还没结束,你准备好了吗?"

她擦擦脸,看着他。

"好,"约翰说,"那条十字架金项链还在你这儿吗?阿卫给你的那一条。"

她点点头。我注意到一片雪花落在她一边眼睛的睫毛上。

"好,"约翰说,"拿十字架去碰怪物阿卫。如果他是坏人,他就会爆炸。"

我穿上袜子和鞋子,用小到几乎听不见的声音说:"约翰,不要烦她了。"

"人类阿卫绝对不会说这种话!"约翰大叫,连我的邻居大概都听见了,"你给我坐好,让她拿十字架碰你。"

他转向埃米,拉拉她的手臂。"快去,勇敢一点。"

他把她拉起来——我觉得他有点粗鲁,她对他喃喃说了什么,我听不见,而约翰回答:"别担心,我会处理。"她甩开手臂。他说:"埃米,我不是在拜托你,你非这么做不可。"

她伸手从衣服里拿出十字架项链,将细链缠在拳头上。她有点怀疑地瞥了约翰一眼,他举手示意她上前。

她用拇指和食指捏住十字架,像拿钥匙一样,小心地朝我走了几步,脸上警惕的神情显示她正处于濒临崩溃的边缘。我听到自己说:"埃米……"

"闭嘴!"约翰大吼,"不要听他的谎话,埃米,那家伙很狡猾。"

她伸直手臂拿着十字架,愈靠愈近。我低头看着积在裤子上的雪,然后突然抬头——十字架距离我的脸只剩两厘米——我的动作似乎吓到了埃米,她拿着项链往前一推,十字架直接刺中了我的眼睛。

"哦,去你妈的!"我扑到地上,捂着发疼的眼睛,"你戳到了我的——"

"我就知道!"约翰大叫,露出愤慨的"发现怪物"的表情,"埃米,退后。"

约翰把外套脱掉,一把丢到雪地上,然后把上衣从头上脱掉,就这样裸着上身站在那儿,雪花像头皮屑般落在他裸露的肩上。我眨眨受伤的眼睛,发现自己没有瞎,不禁松了口气。我说:"约翰,不要要——"

"闭嘴！怪物阿卫，我希望你喜欢中国菜，"约翰举起拳头，"因为今天的主菜是功夫鸡，而且我要让你吃到饱，宝贝。"

约翰一跳，摆出类似空手道的姿势，一手在身前，一手在身后，看起来像一棵卡通仙人掌。有那么古怪的一瞬间，我以为他摆动四肢的速度太快，居然划破空气发出咻的一声，但接着我发现其实是约翰在用嘴巴在做音效。

"等一下！"埃米跑到我们之间，"我戳到他眼睛了！不要这样，约翰，拜托你冷静一点。"

约翰当然乖乖让她阻止自己。他绕过埃米，用手指戳了我一下。

"老兄，她救了你一命，不然我早就把你剥皮当裤子穿了。"

我叹了口气，说："我要进去了。"

我转身走向后门。一会儿之后，约翰也放下双手，说："好吧。"他从雪地上捡起外套和上衣，卷起来捧在手中，我们悠闲地走进屋里，仿佛刚打完疲倦的篮球赛回家。埃米没有跟上来，独自站在狂暴的大雪当中。约翰转向她，说："埃米，屋子里比较温暖，我们一边喝啤酒，一边解决这件事吧。"

她看看他，又看看我，不确定刚才发生了什么事。约翰走回她身边，倾身严厉地低声说了几句话，我听不见，但感觉是他在骂她；她回了句什么，还不时紧张地偷瞄我。他们就这样秘密地争执了好几分钟，我在屋里从厨房往外看，不太确定他们在谈什么，后来也一直没搞清楚。终于约翰转身大步走向屋子，他最后一次回头，用我听得见的音量说："你他妈的知道我的意思。你根本不认识他，我们第一次一起去你家的时候，他就已经是怪物阿卫了，之后也一直是怪物阿卫。我告诉你，不管你怎么说，他以前的个性可比现在差多了，但是你当然不知道。"

他大步走开,看起来真的很生气。他走进厨房,从我身边挤过去。我对着他的背影说:"约翰,我们得把尸体运走。"

"晚点再弄也没关系,反正你明天也不会活过来。"

我看了屋外的埃米最后一眼,雪积在她身上,仿佛她是草地上的装饰品。我说:"你要进来吗?"

她没有动,我在门边等了一下,然后转身走进屋里。我走进客厅,坐在皮躺椅上,盯着远程墙上冰冷的空火炉。这个瓦斯火炉可以烧真的木材,让外观看起来更像真的火炉。明明是一台现代暖炉,却要做成传统样式,我一直觉得这个概念很蠢,我在想未来会不会发明一台激光火炉,外观却伪装成一般的瓦斯火炉,还接上假的瓦斯管线。

我听见厨房门打开的声音,埃米终于决定进来了。我不该感到惊讶,毕竟她还能去哪儿?我想了一下,瞥向电话旁边的记事本,我通常会把待办事项写在上面(我潦草的字迹写着"买牛奶")。我心想,如果现在我草拟一份遗嘱,不知道有没有法律效用?约翰可以当公证人,我只要写几行字,把房子留给埃米,她就有地方可住,等我签完名,就可以开枪轰掉自己的头。可是我拍拍口袋,再次想起好几个小时前我就把枪给弄丢了,只好暂时放弃这个计划。

约翰穿好衣服,从浴室跑出来,转去厨房拦截埃米。他们又用粗哑的低语讨论了好一阵子,才一起走进客厅。埃米僵硬地坐在沙发上,双臂和之前一样环着肚子。我突然发现她这样坐的时候,左手的断腕会藏在右手臂之下,不会有人立刻发现她少了一只手,也就不会露出埃米一直害怕的惊讶表情。大家看她这样坐,只会觉得她可能有点冷。约翰在我们之间的地板上盘腿坐下。"好,"他说,仿佛他是这场谈话的主持人,"怪物阿卫,你记得多少?它们给了你哪些记忆?"

我耸耸肩,说:"我想全部都记得吧,除了我刚到这里的时候忘记的半小时——"

"你是说你来到这个世界,杀掉真阿卫的时候?"

"嗯,我想应该是发生在院子里,因为地上都是脚印。除此之外,都跟以前一样。至少我是这么认为的。"

"但是你没有任何真实的记忆。譬如你从哪里来,或你来做什么?"

我说:"你刚出生的时候,会记得这些事吗?"

"但是你应该记得你——我是说阿卫——小时候的事,像学校、你的爸妈,还有朋友?"

我不耐烦地挥挥手。"是啦,是啦。我们在计算机课上认识,格茨老师的课。你用计算机编码画了阴道,结果被老师赶出去。"

"你也知道你明天要上班吧?你知道在哪里吗?"

"出租店,沃利出租店。烂地方,同事都是智障,我知道。"

"还有你上个月跟我借了五百美元。"

"你去死吧。"

约翰满意地点点头。"好啦,那我要走了。我今天非回家不可,因为明天还要上班。如果现在不走,我就要被大雪困在这儿了。埃米今晚会留在这里。"

他举手制止我的抗议。

"省省吧,"他说,"她要留在这里看着你。我们不知道你到底会变成什么,但是如果你变成我们之前看到过的怪物,我们至少知道它的弱点是怕火。埃米,如果你看到阿卫变成怪物,就拿火烧他。阿卫,告诉埃米哪里有可燃物,然后给她一个打火机。如果有的话,再给她一罐老太太用的大罐发胶，懂吗？"

约翰站起来，埃米眯起眼不可置信地看着他，仿佛他超越了某种应该不可能超越的蠢度标准。约翰对她说："别忘了我们刚刚说的事。"他拉开大门，消失在暴风雪的白色旋涡中。

在王大卫的社交尴尬评分表上，"一分"代表在餐厅直接走到"领餐"柜台，但是没有先点餐；而"十分"代表被全国电视台拍到和死狒狒上床——我认为接下来和埃米独处的时间大概可以得九点六分。我们沉默地坐了一阵子，或许是十分钟，或许有一小时，我也不知道。然后电话响了，我们都吓得跳起来。我拿起话筒，望向窗外，看着一片片冰块从夜空掉到地上。

"喂？"

"是我，我到家了。马路滑死了，我在列克星敦街和主街交会口转弯的时候还打滑了一整圈。你已经变成怪物了吗？"

"还没，约翰。"

"你听我说，莫莉在这儿。"

"在你家？约翰，它怎么可能知道你住哪儿？"

"还不只这样。我到家的时候，它不是站在门外，而是在我的公寓里面。"

"它闯进去了？"

"天晓得。它现在在吃热狗。"

我感到埃米从我身后走过，过了一会儿，我的浴室门关了起来。我说："你把整包都给它吃了？"

"是啊，反正都过期了，它吃饱了就会停下来吧？嘿，你家有没有停电？"

"没有，灯都还亮着。"

我才说完，灯就灭了。

"干，现在我家也停电了，约翰。"

"是啊，我进门的时候就已经没电了。本来我以为是那些坏人搞的把戏，不过后来我打开收音机，才发现镇上很多地方都是这样，我想已经有人在修了。电视上每个台都在播暴风雪，讲得一副世界末日的样子——冰雪把树和电线杆都击倒了；据说州立监狱围栏边的积雪太高，囚犯竟然直接走了出去，而且守卫怕惹火美国公民自由联盟，都不敢对他们开枪。"

我没意识到这场大雪对镇上几乎每个人来说都是件大事，因为我们三个还有更严重的问题。我挂掉电话，眨眨眼以适应黑暗，然后从柜子里摸出蜡烛。埃米从浴室出来，肩膀上挂着包，她用手掌摸着墙壁探路，又戴起眼镜，好像这样就能在黑暗中看清楚。她问道："停电了，你的暖气没问题吧？"

"哦，我保证没问题。"

其实我不确定。这种时候真的会有人在家里被冻死吗？我到处找火柴，厨房里没有，然后我进到浴室拉开储物柜的抽屉，找到火柴，又打开药柜——

有人进来过。通常药柜里有三瓶处方药，现在药全不见了。老天，连阿司匹林都失踪了。上次我们回到家，发现有人搜过房子时，这些药都还在，我当时检查过。

我翻找抽屉，看有没有其他东西被偷，结果发现剪刀也不见了，不过也有可能是我放到别的地方去了。我突然想起埃米带着包走出浴室，这才终于想通——聪明人在约翰叫埃米留下来看着我的时候应该就明白了。

结果暖气的事我真的错了。灯光灭掉之后，屋里开始快速降温。

我想瓦斯还开着，但是吹送热气的风扇没有电也无法运转。一个小时后，埃米和我只能在假火炉前抱在一起，坐在地上裹着毛毯取暖，就像兔宝宝卡通里的印第安人。我点燃火炉，把温度调到最高。炉子里没有放木材，不过那本来就是做效果用的。蓝色火舌舔着空气，径自散发出热气。我们就坐在那儿，四周围绕着闪烁的昏黄灯光，屋里安静无声，只有瓦斯的嘶嘶声，以及狂风扑上外墙发出的嘎吱声响。这种寂静快把我逼疯了。

"我的药是不是在你包里？"我终于问道。

她没有回答。

我说："所以你还要看着我，以防我自杀？我的剪刀也在你那儿吗？"

她说："对不起，刚才我不应该在院子里抓狂的，我们应该接受别人原本的——"

"不，不，埃米，你没错。你刚刚抓狂一点错也没有。你现在这样才有问题。你居然冷静下来，告诉自己没事，怎么可能没事！"

"你今天都很好啊，昨天也是。"

"这不是重点。不管我会发生什么事，不管什么时候发生，我们都知道——我没办法控制。埃米，你得离开这个小镇，离开这个地方。"

"那我们一起走。大家一起走。你同意的话，也可以带上约翰一起。"

她说带上约翰一起，好像他是我的宠物……

我说："埃米，我跟你说过——"

"不要，我们已经试过你的方法了。我们逃得远远的吧，如果坏人追过来，到时候再处理就好了。至少让我们试试。"

"好吧,可是约翰和我没办法说走就走,我们有工作,还有一些事要处理,而且约翰的家人都住在这里。你不一样,你可以马上离开。我看你明天就走吧,你有地方可以去吗?有没有朋友住在外地?有人可以借你睡沙发吗?"

"我不知道,我想应该有。我在网上认识一个女生,她和另一个女生一起住在犹他州,她们是情侣。"

"好,很好。你打电话给她们,或用电脑发消息给她们,问她们能不能收留你。我们替你买张机票,把你送到犹他州去。"

她没有说话,只是贴过来,把头靠在我的肩膀上。一丝丝火光在她的镜片上舞动。她终于说:"然后我就再也见不到你了。"

如果不撒谎,我实在不知道怎么回答,于是咕哝了几句让她安心的话。她说:"要我去可以,但我到了就打电话给你。你一定要接我的电话。如果你不接,我会马上回来;如果你不回我电话,我隔天就搭飞机回来。"

"好啊。呃,没问题。"

她调整姿势,躺在地上,头枕着我的大腿,逐渐进入梦乡,呼吸也渐缓渐柔。她喃喃地说:"好酷哦,外面在下大雪,里面却这么舒服,雪下不到我们头上,太酷了……"

她开始轻声打呼。

我们就这样讨论完毕。我打好如意算盘,如果她离开这里,远离这个地狱小镇,找到工作,和她的同志室友一起上酒吧,很快她就会融入新环境,忘了这一切,也忘了我。到了外面的世界,男生会发现,就算少一只手,她还是很性感;她会认识其他的人,就不会再打电话回来,这样剩下的问题就迎刃而解了。我可以举枪自杀,或者吞一堆药,一劳永逸地结束这一切;我甚至可以找律师替我立一份正式的遗嘱，规定约翰宣读我的讣闻时，要用裸女造型的双颈吉他，表演十七分钟的吉他独奏。至于我的财产，我可以全部留给——

我瞥见左边有光线。我缓缓转头，发现虽然全镇都停电了，我的电视却打开了。

手，我看见一双手，手掌紧贴着屏幕。接着又出现另一双手，手指紧抓着玻璃，仿佛想逃出来。一开始我以为手的后面在下雪，然而我的头脑很快就认出那些虫子，飞行的白色虫子在后方骚动。我觉得我听见了尖叫，或感到有人在尖叫，接着一片血红溅上屏幕上的手。一双手掉了下去，只剩下另一双绝望地抓着玻璃，而其中一只手握起拳头用力敲着屏幕，好像想把玻璃打破。拳头敲了又敲，我甚至觉得可以看到指节裂开、冒出血花；接着拳头往后拉，拼命往前一挥——

砰！

——电视晃了一下，我吓得差点尿裤子。拳头又往后拉，又捶了电视一下，鲜血从指间点点滴落，我的电视又在电视柜上晃动起来，被撞得往前挪了几厘米。拳头最后一次往后拉时，电视屏幕突然关上了，变成一块黑屏。

来自"狗屁纳尼亚"的传输画面再也没有出现过。我躺了四个小时才终于睡着。

我们隔了好几天才替埃米订到机票。虽然暴风雪隔天就停了，但坏天气还是打乱了航班。埃米联系她的同志朋友，一天后才收到回复。她们听说埃米要过去，可能兴奋过度了，三个女生咯咯乱笑着讲了一个小时的电话，最后说好她们会到盐湖城机场接埃米。这两个女生住在米尔克里克，我猜大概就在盐湖城外。

在埃米理应永远离开的前两天，我们一直很忙，因此我成功地避开了和她进行任何真正的交谈。人行道上积了一堆雪要清理，我甚至替莫莉清出一条路，让它可以走到后院。我们带埃米去大采购，她买了行李箱和一堆毛衣，因为我们无法说服她犹他州不是一年四季都像冰冷的高山荒地。我回到沃利出租店，做完拖了好久的工作，替每张DVD贴上防盗贴纸，这项工作真的很累，没人想做，我可不希望自杀以后还把这种苦差事丢给别人。

星期三，埃米整理好行李，我驾着越野车，载她开了三个小时到不具名小镇国际机场。之前我哀求约翰一起来，好缓冲我们两人独处时的尴尬，可是他刚好有工作——暴风雪吹倒的树压垮了镇上一家餐馆的墙壁，他得和队员一起去修。一路上，埃米好几次问我"还好吗"，我都回答"很好啊"，然后调大收音机的音量。

我几乎成功了。我替她把行李箱提进机场，办起似乎永远也办不完的报到手续。她拿到登机牌，将行李托运，然后门口的警卫明白地表示，只有拿登机牌的人可以进去。我跟她说再见，祝她一路顺风。这时埃米终于忍不住扑上来，抱住我的脖子，埋头在我的衣服里哭了起来，说我救了她一命，如果我发生什么事，她不知道该怎么办，后来还说了很多乱七八糟的话。然后她要我发誓会照顾好自己，我还来不及多想就答应了。

她退后一步，擦擦眼睛，说："说好了哦？"

"嗯。"

"不可以忘记，你答应我了。"

我指着她，说："嘿，你要怎么说我都行，但我绝对不食言。"

"你们两个会来犹他州看我吧？我说真的，如果你们不来，我会生气的。"

"当然,埃米,我们可以睡同一个房间,约翰可以跟那两个女同志一起——"

"你会照顾莫莉吧?还有,处理好我的房子?"

她指的"处理"就是"毁掉"的意思。我们已经谈过,决定把那栋房子烧了,只是我想把火灾弄成意外,好领保险理赔金,但埃米不同意。她想让保险放着失效,直接把房子烧了。

我们吻别,互相说了一些肉麻话,如果你不在场,一定会觉得听起来很蠢。我站在那里,等她登机。她通过安检,让警察检查她的鞋子和一堆东西。我看着她走开,又继续从航厦窗口看她的飞机起飞,变成空中的小点。我没有哭,你不信的话就来证明啊,浑蛋。

我开始漫步走回出口,这时我注意到一名小女孩跟着我,看起来不到五岁,脸圆嘟嘟的,留着及腰的金发。我往前走,她也跟上来;我停下脚步,她也停止向前,眼睛始终盯着我。最后我转过身,正想问她是不是迷路了,她却突然四肢着地跪下,整个人趴在地上。

我很困惑,本来打算直接走开,小女孩却开始像蛇一样在地上滑行——她的双脚并在一起,像尾巴一样在身后来回摇摆,就这样滑到最近的墙边,用头顶撞开男厕的门,爬了进去。

我当然跟去了。我走进厕所便看见小女孩融化成一摊黑油,黑色物质飘起来并逐渐成形。我开始觉得好像不该进来。

我倒退准备离开厕所,两个在旁边小便的男子都没有注意到任何异状。刹那间,黑色物体朝我冲来,我只能看见一片黑暗。

空气中弥漫着恶臭,冰冷的液体淹到我的脚踝,走动时跟着溅起来。我眨眨眼,勉强看出我在一个没有门的房间里。我伸手摸到一面铁墙,室内照明只有两盏小小的橘色光点,然后我惊恐地发现那是影子人的眼睛。四周持续传来轰隆隆的声响,我脚下站的地方似乎挪动并倾斜了一下,害我得伸手稳住身体。黑暗影子站在房间尽头盯着我。

"我们在哪里?"我问,想看它会不会有反应。

它并没有用听得见的声音回答,而是给我看画面。短短一瞬间,我脑中就浮现出一架客机,接着看到客舱下的中央油舱——我正站在一架客机的中央油舱里,我脚边的液体是机油。我大概猜到这是埃米搭的飞机,我就站在她的座位下方不远的地方,她可能正在跟隔壁的乘客攀谈。

很奇怪,我脑中浮现的第一个想法——甚至早于"我真的在这儿吗"——居然是它们忘了把油舱加满,接着我知道了答案:航空公司通常会依照航程和载客量,判断要将油舱加到多满。这时我才发现我竟然用心电感应跟那只怪物沟通,感觉好恐怖,于是我赶忙努力地关闭头脑。

影子人动了起来,像微风中的烟雾一样飘动,停在从房间顶端垂到地面上的装置旁,那可能是用来测量剩余油量的。机油的臭气熏得我的眼睛、鼻子和肺痛,让我感到头昏眼花。黑色影子飘到装置旁,伸出黑色手臂,缠上一根导管,管子里大概包的是电线。影子人近乎挑逗地抚过电线,导管冒出火花。

我放声尖叫。


我转向阿尼,说:"四周又是光又是热气,吵得要命,听起来像垃圾场的废物从山上滚下来。"

我集中精神,试着回想这段记忆。当时我真的感到自己的身体像是在一毫秒间挥发成蒸汽,骨头被烧成黑炭;然而现在我却想不起来了,这段记忆既模糊又不真实,就像我五岁时养了一只豚鼠,后来它逃走,被一只会咬人的乌龟给吃掉一样。我不记得豚鼠的样子,但我知道它曾经存在过,还记得它跑不快。

"然后,"我说,"一切又恢复正常。我还是站在那个黑暗的房间中,鞋袜泡在发臭冰冷的液体里。当时我可不只觉得怪怪的,因为我明确有飞机爆炸的记忆,却同时也有没爆炸的记忆。"

阿尼显得有点困惑,不过这也不能怪他。他说:"所以那架飞机到底坠毁了没有?"

"没有,"我顿了一下才说,"没有,至少现在还没有。"

阿尼看起来更困惑了,但他很有耐心地等我解释,直到最后都像个好记者。

我说:"当我站在恶臭和黑暗中,一个完整清晰的想法蹿进我脑中,原来是那个影子人的声音。'这一刻,'它说,'是永恒的。'我马上就知道,对它们来说,每一刻都是永恒的,它们随时可以回到这里,回到这架飞机又湿又臭的油舱里。它们可以回来,让那条电线短路,或弄坏某个阀门,把埃米和其他两百多个人一起炸成碎片。不过这其实没有很怪吧?比方说,你开车去医院看先前照X光的结果,你在车上祷告不要是癌症,不就是希望上帝能出手更改过去吗?希望回到照X光之前,甚至回到你去看医生之前,回到好几个月前,阻止肿瘤长出来吗?"

阿尼点点头。"只不过你碰到的状况刚好相反吧?它们在威胁你,告诉你它们随时可以回到过去,让坏事发生,让你的女朋友从世界上消失。可能有天你醒来,看到身边空荡荡的床,你心想:'老天,埃米在那么多年前就因空难过世了,真可怜。'然后你看看报纸,发现头条新闻都变了，那么多条生命瞬间消失，历史也被窜改，只为了符合它们的需要。"

我说："阿尼，你听得懂嘛，虽然花的时间有点久，但是你真的听得懂。"

"它们想警告你，"他继续说，"要你放手，不然为什么威胁你？它们叫你不要再干涉它们的计划，否则它们就要回到过去，让埃米从时间轴上消失。"

我开口想说话，却发不出声音。我吞了下口水，才终于说："我搞砸了。一开始我做得很好，我只有一个人，没有家庭，没有钱，没有工作，什么都没有，它们能对我怎样？能从我身边夺走什么？但认识埃米之后，一切都变了。现在我有把柄落在它们手上。每次我看着她，她都抬头用那双绿色眼睛看我，我就会想：拯救世界都是好莱坞电影里演的，我只能保护这块小小的世界——我和这个女孩所在的小角落。每次我这样想时，我都会听到一阵笑声——它们的笑声，仿佛游戏结束，我输了。"

阿尼说："你都没有把她吃掉？"

"什么？"

"你没有变成怪物，把她吃掉？"

"没有，我从来没有变成怪物。"我想了一下，然后说，"至少我认为没有。"

"但总有一天你会变成怪物？"

我耸耸肩。阿尼长吁一口气，从地上站起来，拍掉裤子上的灰尘。他说："听完你刚刚说的故事，我不确定我想说的对你有什么意义，但我觉得你应该听听。"

"你终于要把事情全部告诉我了吗，阿尼？你到底来这儿做什么?我得警告你,如果你真的打算把这些故事写成专题报道,一定没人想看。"

"我要继续讲的话,"阿尼开始说,"我们先假设影子人真的存在,好吗?不是说我相信,只是这样我才讲得下去。"

"好啦,好啦。"

"还有,对它们来说,时间的定义跟你我认知的不太一样。就像你刚刚说的,它们可以回到过去,让你从过去、现在、一切当中消失,大家都不会知道。"

"对啦,对啦。"我不耐烦地示意他继续说。

"你觉得它们可以回到多久以前?它们可以回到过去,让治愈小儿麻痹的那个人消失吗?"

"哦,我不——我觉得应该不行。"

"不过假设它们做的事都会造成连锁效应,譬如它们让三十年前在车祸现场把比尔·盖茨救出来的人从来没有出生,也就没办法救盖茨,于是盖茨在小时候就过世了,这样明天我们醒来,全世界的人会都改用苹果电脑吗?"

我抖了一下。"哦,我不知道,阿尼。你认为呢?"

"你之前说你的电视上接了可以玩游戏的盒子,就是那种晃来晃去到处杀人的游戏?"

"哦,那是约翰的电视,如果连放在衣柜里的都算,他总共有六台——一台 Play Station,一台 Xbox,还有市面上卖的各种游戏机。"

阿尼点点头。"这些名字我都没听过。我问你,你们都不觉得这些游戏很诡异吗?你们玩的时候都不会觉得怪怪的吗?"

我耸耸肩,说:"不知道哎,还好吧。"

阿尼说："一个月前我才第一次看到这种游戏机，但现在突然人手一台了。"

他等了一下，但我没有回答。

"我有一个侄子，"阿尼继续说，"十一岁，他最喜欢漫画、遥控车和罗伯·施奈德的喜剧片。可是几个礼拜前，我回到家，就看他身子前倾坐在沙发上，好像被催眠了一样。我从来没见过小孩这么专心，真的。他手里拿着一个有按钮的塑料玩意儿，就这样疯狂地一直按。我转向电视，差点没吐出来——屏幕下方只有一根枪管，枪口不断冒出火花，屏幕上的人被轰成碎片，血喷得到处都是。这时我才发现，是他在控制那把枪。我觉得好像吃了发臭的食物，恶心死了。他就坐在电视机前面玩那台该死的谋杀模拟机，然后他妈妈进来，叫他跟我打招呼，说阿尼叔叔来了；她瞥了电视一眼，一副没什么大不了的样子。以前，新兵刚上战场时杀人都会吐，现在的小孩做同样的事却好像很正常，他们可以看着人形生物——屏幕上那些人看起来跟我们一模一样——然后扣下扳机，看对方倒下，连抖也不抖一下，完全感受不到杀人带来的反射性痛苦……"

阿尼擦掉额头上的汗水。

他接着说："我在战场上和不少冷血王八蛋一起服役过，你也知道那些人，就是从小在街上讨生活的孩子，每天晚上睡觉前都被打。就连这些硬汉拿枪面对活生生的人，在第一次扣下扳机的时候，也会被吓到愣住。"

我说："这些游戏是很暴力啦，但也只是游戏啊——"

"王先生，把耳朵掏干净，听我说。我不是说这些游戏出现很久，只有我这个老古板没注意到；这些游戏和玩游戏用的机器上个月以前都还不存在，现在却到处都是，接在每台电视上。如果你到外头问问,大家会告诉你这些游戏已经普及好多年了。我是记者,常常出差,我家也有小孩,所以我对这个世界很了解,我很肯定以前没有人卖这种游戏,因为这实在太夸张了。可是后来我开始看到影子自己移动,接着有一天我醒来,每个小孩突然都死抓着这台'训练他们杀人'的机器。你没办法否认,整个美国,甚至整个世界,有数百万名小孩,每天花好几个小时练习,他们扣扳机的速度愈来愈快,愈瞄愈准,内心也愈来愈冷酷。这就叫训练,那些孩子摆明了是在学习。在你们的世界,现在这个世界,现在存在的现实中,没有人觉得很怪吗?真的?"

"这个嘛……"

我不知道该如何回答,光想到那些坏人有这么强大的能力,就已经让我不知所措,全身麻木。更糟的是,我没办法直接说阿尼疯了,毕竟他几乎浪费了快一整天陪我,这样说他实在不太公平。

"而且啊,"阿尼说,"随着时间过去,我慢慢就不这么想了。过去就像个梦,我想我渐渐习惯了现实。'啊,没错,这些游戏已经出现很久了,是我有问题,我压力太大,年纪也大了,八成是以前嗑药害的。'但是当我翻报纸时,又发现了一些细微的差异,让我觉得不对劲。譬如教宗若望保禄二世,他现在看起来快一百岁了,居然还在位,可是我明明记得他在九十年代初期就被枪杀了,由利奥不知道几世继位。我只要眯起眼,几乎就可以看到另外一位教宗的脸,他是个比较年轻的黑人,五十几岁,可是现在他根本不存在——又有一件历史事件被窜改了。这些事情规模之大,实在不可思议,光想想就让我觉得自己像只虫,卡在十八轮大卡车的轮胎纹路里。你懂我的意思吗?"

我缓缓点头。"嗯,阿尼,我懂。"

"所以我们该怎么办？如果这些怪事真的发生，我们要怎么办？"

"我的建议是'什么都不做'。"

他转向我。"因为你担心他们会把埃米带走。你听我说，如果我们相信这些事情都是真的，而那个家伙——'克洛克'——真的在乱搞我们的世界，我想它绝对不是为了要让我们的世界变得更好。我们一定有办法——"

"哦，阿尼，我也知道当然有办法，这个办法就叫'愿意为了远大理想而牺牲身边的每一个人'。其实这也没什么不对吧？每个伟人不都是这样吗？数万人为了建造金字塔而死，才完成创世之杰作。这就是你要的解决方法，只有这样才能打败坏人，你必须愿意像花钱一样牺牲你的朋友。刚才你问我有没有反社会人格，这个嘛，现在你会希望我有了，因为成功打造世界的人都有反社会人格，他们愿意将一百万名无辜的孩子送上战场，让他们惨叫着被砍成烂泥，只为了在另一块土地插上自己的旗帜，盖房子、建市场和铺马路。"

我愈讲愈快，只好硬吞下下一句话，要自己冷静下来。我得专心。该死的注意力缺失症。

我说："之前，高中的心理医生要我做人格测试，就是依照反社会人格的特质，替你打零到四十分间的分数，这些特质包括能言善道、狂妄、暴力、有少年犯罪记录等，跟评估连环杀手的标准差不多，只要得到三十分以上，就算有反社会人格。我的分数是二十九分，我还得从档案柜里把档案偷出来才知道分数,够讽刺吧？你觉得这样我可以加一分吗？"

他缓缓摇头。"我不太懂你的意思。"

"阿尼，你觉得我怎么样才算是怪物？为了抗争而牺牲我爱的人？还是放弃抗争，保护我爱的人？"

阿尼显然不想和我争论这个问题，他说："你先听我说。假设我们公开你的故事，还有我的经历——"

"为什么，阿尼？这有什么用？"

"那些跟我们一样觉得不对劲的人才会出面啊，人多就是力量嘛。拜托，大家连天使、不明飞行物和一堆怪事都相信了，他们绝对会听我们说的。坏人总不能让我们全部消失吧？他们的能力一定有限，一定有的。"

"为什么？"

阿尼再次摊开双手，像因裁判判决而气炸的美国职篮球员。

"王先生，我只能做到这样了。我没有信仰，也没什么技能，但我相信事实，相信人拥有知识能产生的力量，相信这些新闻系教我的东西，我只相信这些。除此之外，我一无所有。我没有别的抵抗方式，可是我知道，你那天不是随便接了我的电话，我觉得你跟我想的其实一样。"

我说："跟你见面其实是埃米的主意。"

阿尼问道："她还在犹他州吗？"

"谁？"

"埃米。"

"只是确认一下。是啊，她还和那对女同志住在一起。她走之后发生了几件事：一个恐怖的巨人追杀我，我只好杀了它，而且杀了两次，最后还得把它的头砍掉；我在厨房发现一只大蚰蜒；我和约翰还碰到一只肉块组成的怪物。这些怪物总是乱来，我不希望埃米过这样的人生，我希望她过得更好，所以我试着和她切断联系，要她开始新的人生——她自己的人生。可是她总打电话给我,自从她离开之后,她一直打电话来,有个月还害我接到四百美元的电话账单。我跟她说你想见我,她告诉我应该答应,她说她有预感。"

"你看,她早就知道了。她知道,你也明白,我们得让那些蟑螂见光死。阴影最怕阳光了,我们就用我的光照死这群王八蛋吧!让大家知道我们的世界到底怎么了。"

我说:"公开我们的故事一点用也没有。只靠两个疯子的说辞,大家都会以为我们跟看到罗斯威尔飞碟的人一样,只是几个宅男在发疯搞笑,写电子邮件来鼓励我们的也都是同样疯狂孤独的人。"

"不然你打算怎么——"

"我们拿这个给他们看。"

我从口袋里拿出银色药罐。

"这是真的,阿尼,实际存在的物证。这是埃米的点子,她说你可以把药罐交给某个人,譬如实验室之类的。外面一定有更多的'酱油',我们手边就已经有两个药罐了,搞不好药丸会跟之前一样,又出现在罐子里;或许罐子会自己产生'酱油'也说不定。但是你得找在大学教书的人,他最好有电子显微镜,因为我认为不管是谁第一个仔细研究'酱油',他的白袍下摆一定马上会沾上咖啡色的脏东西。"我想了一下,又说:"你只要确保他会冷冻药罐就行了。"

阿尼点点头。"好啊,好啊,我们就主打'酱油'吧。干脆让大家直接看药效算了——把药丸喂给实验室的老鼠,然后等着看老鼠飘在空中说法语。"

他这么一说,我突然感到一种让人上瘾的希望,我试着压抑这份感受,逼自己面对现实,扼杀新生的可能,但我做不到。希望就像日出,像平日早晨小孩起床后发现下雪了。希望。或许一切都会没事，如此黑暗磅礴的洪流终究可以逆转。希望就像野火，像圣诞树下的礼物，像厨房飘来的饼干香气，像女孩眼中的某个表情，让你的心雀跃不已。希望正是噩梦和白昼之间美丽的界限，你发现所有困扰你的怪物都像烟一样消失，只留下温暖的被窝，还有周六清晨苍白的阳光。

埃米·沙利文，她的名字叫埃米·沙利文。她搭的飞机安全降落在盐湖城，她两天前打电话给我，我们聊了四个小时。她刚买了一张新专辑，还逼我在电话上从头听到尾。埃米·沙利文，她还存在，埃米——

我说："你确定你要赌上一切？包括你的生命，你的家人？就算一切都很顺利，你的记者生涯也毁了，因为从今以后，大家讲到你都只会记得这件事。而且别忘了，搞不好我们的世界还有人不希望这件事公开，譬如到我家翻箱倒柜的人、那间工厂的人，还有中情局、国安局、"星际战警"之类的人——他们都不希望这件事传出去。阿尼，你真的准备好了吗？"

"去死啦，王大卫，我可是见过世面的人。一九六四年的时候，我刚从新闻系毕业，就在种族隔离抗争游行的时候被打晕。醒来后，我看到我的相机在人行道上摔碎，血流得衣服上到处都是，一个胖子踩住我，说：'死黑鬼，你给我躺着。'我想那时候我还知道为什么要干这一行，但后来过了几年——"

阿尼看到我脸上的表情，停了下来。

"怎么了？"

我没有回答。我无法回答。

"怎么了，王大卫？"

"他们……他们叫你'黑鬼'？可你明明是白人。"

"你在开玩笑吗?你在……嘿!你在笑什么?"

我无法回答,这次是因为笑声害我吸不到空气。阿尼气得要命。

"什么?浑蛋,快回答!"

我实在没办法,我笑得太用力,连声音都发不出来,只剩肺部和脑袋在不停抽动。我笑弯了腰。阿尼大步冲过来,抓住我的上衣,把我推到墙上。

"干什么?"

我勉强开口说:"阿尼,描述一下你的长相吧,告诉我你长什么样子。"

阿尼往后退,恐慌取代了他脸上的表情。他完全知道我的意思。

他喃喃说:"不,不……你是在整我吧。"

"快点,阿尼,我等一下还有事呢。"

"不……"

"在我看来,阿尼,你不是黑人,而是胖胖的白人,留着灰色胡须,系了条宽宽的胖领带,打成宽松的温莎结。"

阿尼双眼瞪得很大,然后嫌恶地眯起来。他又把我推到墙上,然后退开。

"阿尼,我第一眼看到你的时候,就觉得你长得跟我想的一模一样,我还这样告诉自己呢。那时候我就该知道了,结果现在我浪费了一整天的时间。"

他的鼻子喷出了某种恶心的东西,然后他转身快步冲出房间。我坐在地上,一阵阵压抑的笑声回荡在肠子里。我得停下来了,大家都知道异常狂笑是发疯的第一征兆。我深吸几口气。我的整个下午就这样毁了,眼前荒谬的情况愈来愈不好笑,甚至开始让我有点不爽。如果阿尼把车开走,就没人载我回镇上了。我站起身,跟随阿尼脚步的回音穿过大卖场。

我在黑暗的停车场追上阿尼，他手里拿着钥匙走向租来的车，却突然停下来，盯着车尾的后车厢。

我缓缓靠过去，不确定他接下来要做什么。你永远不知道人在这种情况下会怎么反应。从他看着后车厢的眼神来看，他一定知道了什么。等他发现事实后，他会怎么做？如果是你，你会怎么做？

我走到他身后三米处，开口说："你觉得后车厢里有东西吗，阿尼？"

他没有回答，只是盯着车钥匙。

"快点吧，阿尼，把后车厢打开。你越快打开，我们就能越快离开。"

阿尼伸出颤抖的手，用钥匙打开锁。他抬起后车盖，看着眼前的东西，无言地站了大概整整一分钟。他的钥匙从手中掉落，叮的一声落在碎石地上。我一度以为阿尼会昏倒。不过死人还会昏倒吗？这个问题真有趣。

我慢慢走到阿尼身后。后车厢里躺着一名细瘦的黑人男子，大概六十出头，发白的大卷发绕着头长成马蹄形，头上都是血。

头并没有接在身体上，而是整齐地断开了，凶手的手法既迅速又有效率，连绑在断颈上的染血领结都没有松开，依然绑得好好的。后车厢里的男子和我认识的阿尼·金石长得完全不一样，但显然他才是本尊。

我说："阿尼，我很抱歉。我说真的。我想世界上没有多少人能像我这样真心同情你。"

阿尼猛然转向我，仿佛我是恶魔，他用手比出手枪的手势，指着我说："都是你干的好事！狗娘养的浑蛋，你杀了我！"

"阿尼，看看你的身体，我是说后车厢里面的那具尸体，血迹都干了，你好几天前就已经死了。我猜有人听说你和我联络，就把你杀了。我真的很抱歉，这有点算是我的错。"

"他妈的我才不是鬼！你在乱讲！乱讲！我开车把你从镇上载来的！我还可以摸你！"

他伸手抓住我的衣服来证明。"浑蛋，你在搞什么把戏？这又是你的花招吗？就像你让我看见你车上的怪物那样？你给我下药了？"

我举起手，轻易地拨开阿尼抓住我的手，然后伸手撑住他的腋下，把他举到空中。他大概跟百货公司的模特一样轻。我想你大概没举过模特，但应该猜得到模特不怎么重。

阿尼的双眼再次瞪大，我轻轻将他放回到地上。

我说："你现在是灵体。你知道什么是灵体吗，阿尼？"

阿尼没有听我说话，他抓着胸口，张望周遭的世界，仿佛每块石头和每株草都突然间带来了新的恐惧。我说："灵体就是介于物质界和灵魂界的状态，只存在一半的身体。"

阿尼拔腿就跑。他冲到小车的驾驶座，拉开车门跳进去，伸手想拿车钥匙，才发现钥匙不在手上。他双手捂着脸，靠在方向盘上，闭起眼睛。

我走到车门旁，隔着窗户对他说："阿尼，你就怪我好了，我不只害死你，还害你变成这副半生半死的德行。我创造了你的样子，这是'酱油'带给我的能力。我猜我们讲过电话后，你马上就被杀了。你知道有的时候跟别人讲过话，你会依照他的声音想象他的长相。这个嘛，你被杀了之后，马上就变成我想——"

"不可能，这不会是真的，我不相信！我……我还有孙子，六月的时候我还打算去大西洋城旅行，机票都买好了。"

"嗯，你现在正处在否认事实的阶段，阿尼，这很正常。我要走了，好吗？我得打电话给埃米，跟她说她欠我五美元。"

"王大卫，你给我闭嘴，现在就闭嘴！我不相信我会出现在这里，只是因为我从你的想象中跑——"

阿尼消失了。我对着空车说："对不起，阿尼，真的对不起。"

我绕到车尾，正打算关上后车厢，才想到我大概不应该把指纹留在有尸体的车上，所以我也不能开车回餐厅了。我抬头看向万里无云的阴暗天空，希望在走回我的越野车之前雨不要掉下来。

我走进夜色中，经过杂草丛生的空地、汉堡王店，还有建在旧保龄球馆里的教堂。我和一位瘦得像电线杆一样的男子擦肩而过，他看起来像个流浪汉。我扭头多看了他一眼，因为他脏兮兮的白衣服上好像写着我的名字。衣服正面画了龅牙亚洲人的黄色卡通图案，下方写着"王先生"。我觉得好像以前在哪儿看到过这个图案，但没有多想。

再走了半条街，我遇到两个看起来像十三岁的小孩，一边抽烟一边用怀疑的眼神盯着我。左边的小孩身穿黑色演唱会T恤，衣服上印着某个华丽摇滚乐队的图案，下面的文字写着"黑暗"；另一个小孩套着法兰绒衬衫，没有扣扣子，衬衫内的上衣几乎看不见，但法兰绒布之间露出"很饿"这两个字。

我觉得这些字好像可以连成一个句子，而且依我的经验来看，句子的意思还挺正常的。我经过一位从路边工艺品店出来的老太太，她的衬衫上并没有写字；我又看到一个波霸女穿着橄榄色上衣，上头写着"滚出伊拉克"，我觉得这也可以放进句子里。

我走进"他家中国菜!"的沥青路停车场，看见一件白色上衣靠过来。我眯起眼，看到衣服上巨大的黑字写着"晚餐主菜：蛋蛋"。我往上看，发现衣服就穿在约翰身上。

"你去哪儿了？"他问道，"我看到了你的越野车。柜台小姐都准备关店了，还说你离开了很久。你见到那个记者了吗？"

我问道："服务生记得我和另一个人在一起吗？"

"她说她不记得了。她好像有点听不懂我的问题。他来过吗？我还想让他给我拍照片呢。"

我朝天空轻蔑地挥挥手。"呃，结果还是不成。我后来发现他一开始就死了，连他自己都不知道，我只是看到半存在的灵体。"

"我最讨厌这样了。"

"是啊，我还得告诉他这个坏消息。他的尸体就在出租车的后车厢里，他还开着那辆车跑来跑去。我看到长得像推销员的白人老头，结果他根本就不是长那个样子。"

"因为他是黑人嘛。阿卫，我印了那么多篇文章给你，他的照片就在最上面啊——戴领结，有点秃头。你都没看吗？"

"不知道，我太忙了。"

"所以我想他不会报道喽？"

我朝约翰皱起眉头，表示我不屑回答这个问题。我说："我得回趟大卖场。我忘了把地板放回去。我刚刚把尸体给阿尼看了。"

"我去弄就好，反正我本来就打算过去。"

"你要自己去那儿？为什么？"

他耸耸肩。"嘿，埃米打电话找你。"

"真意外。"

"她要你一回家就打她手机。嘿，你不是跟她赌五美元，说见完记者你一定会觉得这是史上超级无敌蠢的见面吗？"

我走进家门，把银药罐跟我的车钥匙和零钱一起丢到茶几上。我在沙发垫间找到遥控器，打开电视，现在正在播一家人一边互相怒吼，一边做客制摩托车的节目。大约半小时后，电话响了，我瞄了来电显示一眼，接起电话，说："你欠我五块钱。"

埃米说："嗨，是我！你刚刚说什么？"

"没事。我觉得那个记者大概不会报道了。"

"你听得见吗？快去门口。"

"你说什么？埃米？喂？"

如果有人发明一部真正能用的手机，一定可以大赚一笔。

"快去门口。"

事情听起来很诡异，我开始紧张并且起身走到大门口，从门上小小的窗户往外瞧，但什么也没看到。我小心翼翼地打开门，走到门廊上往右看，看到埃米就坐在我的一张塑料椅上，手里拿着手机。她穿着白黄相间的背心裙和凉鞋，头发比我上次见到她的时候长了一点，已经有点碰到肩膀——她的头发大概也只能长这么长了。她用羞怯的声音说："吓到你了吧！"

"你……你真的回来了？"

"没错！我下午飞来的，想替你庆生。约翰知道，你要怪就怪他吧，他今天为了来接我其实没去工作，他也希望能给你一个惊喜。"

我真的很惊讶，不只是因为他们的计划，还因为我突然发现两天后就是我的生日了。

"所以你真的在这儿？现在？"

"对啊！嘿，你看，这个超酷的。"

埃米跳起来，抬起一只脚，把脚掌架在门廊的栏杆上，她的裙摆因此滑到大腿上。我的心漏跳了一拍，就像我从来没见过女生身上那块裸露的肌肤似的。埃米指着脚踝上的某样东西，我还来不及把眼睛从她的大腿移开，去仔细看她的脚，她就把腿放下了。她在脚踝上刺了小小的中文刺青。

"刺得……呃，很不错。"我说，"那个字是什么意思？"

"脚踝。"

她笑了起来，然后靠过来紧紧抱住我，害我差点不能呼吸。她说："你喜欢吗？我跟克丽丝特尔说你不会喜欢。"

"有什么关系？你喜欢就好，我不喜欢是我自己的问题。"

"所以你的意思是你不喜欢。"

"很好看，埃米。你……只刺了这一个吧？"

她往后退，露出她能装出的最淘气狡猾的表情。

"可能吧，你要检查过我的身体才知道哦。"

我笑出声，她也咯咯笑了起来。我们的衣服从大门口一路散落到沙发旁。

好一会儿后，埃米和我躺在沙发上，盖着美国国旗图案的毛毯，这是好几年前约翰在跳蚤市场替我买的。电视还开着，我们都心不在焉地看。我问道："你打算待多久？"

埃米一开始没有回答，后来才说："这些家伙做摩托车真的很动肝火。"

"你还在那家工艺品店工作吧？你要什么时候回去上班？"

她耸耸肩。

"埃米？"

"我辞职了。"

"哦。所以你什么时候回去？"

"我正想跟你谈这件事。"

"埃米，不行，不行，你不可以留下来。"

"为什么？你交了新的女朋友吗？"

"你明明知道我的意思。"

"大卫，我不能回去，那边好可怕，克丽丝特尔和托尼娅每天都在玩裸体枕头仗什么的，我实在待不下去了。"

"真的吗？"

"没有，她们要我这样跟你说。"她笑着说。

"埃米，不要逼我再解释为什么你在这里不安全，我应该不用再提醒你才对。"

她转身面对我。"不对。你看，我都想过了。我觉得你刚刚这样说就证明你一点也不邪恶，你非常关心我的安全，我不在的时候，你无时无刻不孤单沮丧。如果你真的是坏人，你只会想到自己，尽管你明知道我留下来很危险，你还是会希望我留下。"

我想了一下，然后说："你错了。"

"哪里错了？"

"我当然希望你留下。"

"好呀，"她开朗地说，"那我就留下吧。"

她亲亲我的脸颊，又躺了回去。我心想在什么时候我丧失了这次讨论的主导权。她说："我在镇上真的没有地方住……"

"这个嘛……"

"不过约翰说，在我找到房子之前，可以先跟他住。"

"先杀了我再说。"

她笑着说:"他要我这样跟你说的。他还要我告诉你,他有一张特大号的双人床,我睡在上面绰绰有余。还有,他都是裸睡的。"

"你可以暂时住我家。不过埃米,你不是跟我同居,懂吗?我是说,你住在我家没错,但不表示'我们接下来就要结婚了',只是'你没有其他的地方可住',好吗?"

"当然,那就这么说定喽。我跟你说,回到这里真好,我保证(不具名小镇)一定比犹他州有趣多了。"

接下来的四个月什么有趣的事都没发生。

八月底酷热的某天,约翰和我载着埃米和十几箱她的东西,开下高速公路出口,经过写着(校名省略)大学所在地的绿色指标。

这所大学离不具名小镇大概两个多小时的车程,我觉得这样的距离够安全,如果哪天小镇底下开了个洞,把整个镇吸进地狱里,她也不会有事,而且这个距离又不算太远,埃米才愿意去。我们大概争执了十二次,加上她大哭大闹一次,才达成协议,我终于说服她应该回学校好好念书,继续过她的人生,看看这个世界,拓展一下视野,不要再赖在我家的沙发上,玩那台该死的电脑。她一直过着与世隔绝的生活,不但高中时过得很惨,后来几乎也没有离开过这个小镇。不难想象,对她来说这个世界有多可怕,所以她宁可待在熟悉的小洞里,也不要住进不熟悉的豪宅。

*你也是因为这样才不急着搬出去吧……*

不过我们终于研究起大学,才发现她的水平考试成绩其实不错,居然可以申请到一小笔奖学金,再加上一辈子还不完的学生贷款,我们就把她送进大学了。入学前有一堆数据要填,害埃米在搬进宿舍前三个礼拜紧张得不成样子,不过我们终于抵达学校了。

然后,我心想:一切就结束了。要她搬去犹他州的计划很烂,但这次她会上课,认识很多有趣的人,她一定会很开心。一开始她会每天打电话,然后变成每周,接着她会提到她认识一个男生,还说他们只是朋友。之后她一个月才会打来一次,每个学期只回来两趟,最后她会打电话来说她很抱歉,她喜欢上另一个男生了,他是英文系的学生,会打长曲棍球什么的。再然后她就长大了,毕业后马上会在别的城市找到工作,永远永远不会再回来。

事情就应该这样,她会离开我的生活圈,不再需要我担心,任何想伤害我的人和事物都不会对她下手。这次她终于安全了。

但女人总是笑看男人的努力。

我们把纸箱从车上扛下来,缓缓走过宿舍大厅。我们和一大群人一起等电梯,四周站着纤瘦的女孩,衣装笔挺的父母,看起来年龄小到不应该念大学的胖小鬼,以及有点多的亚洲学生。一个男生走过来,发了一堆表格、宿舍规范和其他文件,然后他和埃米聊起来,她非常放松,很容易就和他聊得热络起来。虽然今天热到三十四度,她的手臂上却挂着一件薄外套,刚好遮住她消失的手掌。他们聊了一下,她咯咯笑着,然后他就继续去发东西了。

我说:"那家伙看起来人不错。"

她说:"嗯哼。"

"他叫什么名字?"

"詹姆斯还是杰克之类的。"

我说:"他很会穿衣服,以后搞不好会当医生。"

约翰看看我,又看看埃米,然后转回来看我。他说:"他的屁股也挺翘的。"

埃米转过身，翻了个白眼。我们一起挤进电梯上楼，把她的东西搬进小小的宿舍房间。于是我第二次向埃米道别，并第二次在心底认为我再也不会见到她了。我们拥抱着，我大概说了十几次祝她好运。最后我放开她，转身踏进走廊，非常确定这次我成功了。我想如果我真的爱她，就要放她自由。为了大家好，我这就放她走了。就在我快走出她伸手可及的范围时，埃米揪住我背后的衣服，把我转了过来。她说："呃，谢谢你们帮我搬家。"

"你已经说过了，不客气。"她看起来还有其他话想说。应该还有很多话想说。

约翰说："是啊，要我抬重的东西根本不算什么，我早就习惯了，你们应该懂我的意思吧？"

我举起手叫他闭嘴。"约翰——"

"我当然是指我的老二啦。"

我对埃米说："不要管他，他的老二跟其他人的没什么差别。"

埃米说："我只是想问你——"

"你又没看过我的老二！"约翰大吼，"我现在就可以给你看，大家一起看，只是我们时间不够。"

我转向他。"'只是我们时间不够'？什么鬼啊？"

"因为如果你想看我的老二，你最好把整个下午都空下来，老兄！你最好准备五六个小时，免得漏看了我的老二有多雄伟！"

我还来不及阻止她，埃米说："你在乱讲吧？"

"你看过就知道我没乱讲！"约翰很激动地说，"亲爱的，我的老二长到可不是乱讲的！"

"约翰，冷静点，好吗？"我指向走廊，"到电梯那边等我。"

他没有动。我听见埃米在我身后说："你想订婚吗？"

来了。我感到自己在往下沉，看见飞蛾扑向火炬。我试着想出最温柔、最适当的说辞来拒绝她，于是我说："好啊。"

约翰看看手表。"嗯，恭喜啊。我们得走了。如果现在走，我们还有时间去打篮球。"

今天热到空气都发臭，脚下的沥青路发烫，我们的身体互相摩擦，随着篮球撞击地面的不规则砰砰砰声起舞。我往篮筐退去，假如我们不是在这片龟裂的沙地运动场，而是在正规的篮球场上，我差不多是退到了罚球线的位置，接着我转身跳投，球一离手我就知道不会进了。约翰抓住篮板球，转身跳起来灌篮，他炫耀般挥舞着拳头，"快记下来！两百七十四分比一百三十七分！"依照约翰的规则，每进一球可以得一百三十七分。"就算今天我每进一球只跟你要一角钱，你还是会亏死！"

我找回弹走的球，交给约翰。这场比赛跟人生一样，得分的人可以继续发球。他运了两次球，抬头瞄向我的肩膀后方，然后停在原地。我看到他脸上的表情，也转过头去。约翰眯起眼睛，问道："之前有这个东西吗？"

一个黑球飘浮在场边的杂草上方，球体圆亮，约莫九十厘米宽，看起来像浮在空中的巨大撞球。约翰大步走过去，我听到他说："勉强可以看到里面。我觉得我看到人了。"

他弯腰捡起一块破水泥，缓缓扔进圆球内，球体无声地吞食了水泥块。约翰扭过头看着我，说："我打赌这是通往另一个世界的洞口，要过去看看吗？"

"先打完这一球。"

约翰抓起球，运球跑过我们指定为三分线的裂缝和一丛丛杂草。

我看到他的眼神，就知道他要投篮了，球才刚离手，我就冲向篮筐，脑袋深处的潜意识告诉我，球会撞上篮板弹开。球真的打中篮板，我跳起来，在半空中单手抄过篮板球，约翰还来不及过来防守，我就转身投篮，球完美地穿过篮网。

"哈哈，跟丢进水桶一样简单！"我说，"咻！"

"可恶。"约翰说。他双手撑在屁股上，喘得胸口起伏。"你今天走狗屎运啦。"他说得"狗屎运"和"今天"这两个词押韵似的。"两百七十四分平手，怪物阿卫。"

他从草地里捡起球，用胸口把球顶给我，结果差得十万八千里。我转身看球滚过去，果然不出所料，篮球撞上黑色球体，跟之前的水泥块一样消失了。

"哎呀，"约翰说，"我把球丢到另一个世界去了。"

"差不多该回家了吧？"

"嗯，但我要先把球拿回来。"

他走到黑球旁，眯着眼睛往里看。他抬腿踩进去，钻进球内，不久之后，只剩下他的左脚露在飘浮的球外。

最后他把脚也抬进去，整个人消失了。我叹了口气，看看我的表，然后缓步走向圆球入口。我知道要是我不探头过去看看，约翰绝对不会回来，于是我也弯下身挤了过去。

另一个世界的空气至少凉了十五摄氏度。我踏出球外，发现我走出的是一个白色球体，白得就像阳光照亮的积雪一般。我踏上篮球场，球场本身和我们那边的那座差不多，但整个世界却完全变了。空中看不见太阳，阴郁的天空像柏油口味棉花糖拼凑成的不自然天花板，空气中隐约弥漫着屁的臭味。

我四下看了一圈，注意到其他微小的差异：在不具名小镇，这块空地位于高档小区，周遭都是维多利亚式的房子和平如地毯的草坪；这边的房子看上去都是没人住的空屋，窗户破了，院子里杂草丛生，信箱也生锈了，离我们最近的泛黄的白房子正门被人喷上一个毫无意义的词——

血虫。

一阵干燥的风吹来，又带来那股轻微的硫黄臭味。我看到约翰站在附近，抬头看着环绕球场的五六个球架。他盯着其中一个篮筐。

他说："你到哪儿去了？我已经晃了两个小时了。"

"这里的时间流动速度一定不一样，我明明就跟在你后面进来的。"

"你的借口每次都一样。"

我说："至少这里比较凉。"

"不过这边没有篮网。"他说得没错。空荡荡的篮筐静静地悬在我们头上，像高瘦又极度没用的卫兵。他接着说："这个还算正常，其他好几个篮球架的篮筐都弯了。这里的人一定经常灌篮。"

我们身后传来哐啷一声，听起来像是玻璃碎了。我们转过身，看到一名骨瘦如柴、穿着破烂的女子跌跌撞撞地跑过来。她刚才没力气地朝我们丢了一个玻璃罐，罐子落在距离我们六米远的马路上。她惊讶地睁大眼睛，举起细瘦的手指指着我们。

"你——你——你——你们！"她尖叫道，"没被感染！没被感染！怎么可能？"她没有左前臂，手臂参差不齐地断在手肘以上的地方，好像腐烂断掉一样。她的尖叫声戛然而止，四只长得像飞行狒狒的东西落在她身上，用棍子野蛮地揍她，然后抬着她昏迷的身体飞向空中。我们看着它们飞走，发现它们没有要回来抓我们。我们互看一眼，接着各罚一球，来决定谁开球。

约翰先发。我们打了一会儿,但是觉得不太好玩。应该是风有问题,带腐臭味的风稳定地从南方吹来,隐约带来尖叫和某种昆虫的嘶叫声,害每个从远方出手的球都会偏离篮筐好几厘米。没多久我们就都放弃了三分球,转战篮筐下。这里是约翰的地盘,他仗着比我高八厘米,连续抢下好几个篮板球,又轻轻松松地带球上篮,很快就以五百四十八分领先。汗水刺痛了我的眼睛,我再次冲到篮下,想在底线试试行进中勾射,但约翰的手动得很快,把我的球拍掉,球蹦蹦跳跳地滚出场外。

"嘿!"约翰朝球滚走的方向喊道,"把球丢回来!"

我转身看他在对谁说话。飘在篮球旁边的东西长得有点像量贩店卖的干湿两用吸尘器,它没有发出声音,我只能推测那是这个世界常见的机器人。它没有眼睛,也没有电影里替机器人增添个性而添加的脸部特征。它的正面只有一堆探针,大概是某种侦测器;这些探针全都对着我们。

我说:"它又没有手臂拿球,你得自己过去捡。"

约翰愤慨地转向我,说:"上次它就拿给我了。"

我们整整争执了五分钟,才决定一起过去捡。我们走到篮球旁,发现机器人还在那儿,静静地测量着。然后出乎我们的意料,它开口说话了。

"请表明身份。"

约翰笑着说:"屁屁·大屌皇。"

机器人转向我,重复了同样的问题。

"费利佩·特大王。"

"数据库查无此身份。请告知您的居住区域。"

约翰说:"你的屁股。"

我说:"你屁股的西边郊外。"

"数据库查无此区域。请前往最近的隔离机构报到,若未于三十分钟内报到,将会——"

我们拿起球走开,留下机器人在那里喃喃自语。这次换我开球,我成功地快速投进两球,挽回颓势。

突然空中传来不稳定的机械撞击声,听起来像汽车爆胎,我抬头一看,约翰趁机从我汗湿的手中把球抢走。他往前一步跳起来,再次利用基因上的优势把球灌进篮内。

"哦耶!"他说,双手高举在空中,"铁篮筐也能灌!我在两个世界都打败你了,笨蛋!"

我讨厌死篮球了,我的分数已经跟无所不在的臭味空气一样没救了,我也怀念我们那边的球场,而且头上恼人的搏动声愈来愈吵。我抓起篮球坐在上面,把球当成小凳子。

约翰说:"不要这样,我们再打一局,再回到热世界。我打赌这里连二十摄氏度都不到。"

"不要。"我说。我注意到地上有一张泛黄的旧报纸,头条以八厘米高的字体写着:南极持续出现异象,总统呼吁民众冷静。

头上的敲击搏动声愈来愈吵,突然传来巨大的爆破声,我们马上转过身去——原本吸尘器机器人站的地方现在只剩烧焦的地面和几块扭曲的碎片。五个人搭着类似诵经台的小台子,从那个位置上方和后方缓缓朝我们飞来。他们在我们前方降落,波动的亮蓝色等离子体云在下方护着台子稳稳着地。他们都是成年男性,外表干净,穿着类似军服的时髦黑色制服,我在想他们可能早就在附近了,只是一直躲在某种未来的遮蔽装置后面,就像《星际迷航》里面的战舰。他们从飞行器下来,走向我们。带头的是一名三十多岁的帅气军官，胡子修得很整齐。

"午安，"他说，"我是人类解放军的万斯·麦克尔罗伊中士。你们来到这里肯定很惊讶吧？但我们已经等候你们很久了。自从大感染那天以来，预言就预示将有另一个世界的陌生人会到来，很荣幸能见到你们。我必须承认，我不知道你们从哪里来，但从你们的外表来看，我知道你们没有受到感……"

他就这样讲了好久。风再次吹起，我开始想这里有没有室内篮球场，可是男子的演说中完全没有足够的停顿，没有机会问他。我侧过头，看见约翰装出一副"我很认真在听"的样子不断点头。

"……如果你们无法取胜，人类将失去最后的希望。两位，命运之风将我们带到一起，这个失落破碎的世界将迎来光明的早晨。"

我们尴尬地沉默了一会儿，不过我马上想到一个主意。"请问一下，"我说，"刚才那个会飞的吸尘器提到隔离区，我猜他们的隔离机构应该是用旧公家建筑改建的，像是医院或学校吧？请问这些改装后的隔离区内有体育馆吗？或者至少有室内篮球架？"

"我很抱歉，在大规模的焚书活动后，所有教育机构都在第一次围城时被夷为平地。人类的无知一直是黯黑人最大的优势，但他们还做了更多坏事，通常……"

他又滔滔不绝地说起来，我马上就后悔问了这个问题。我看了一眼手表，发现时间显示六十六点六十九分。我开始列起这个世界很烂的各个理由。

"……因此，只有你们另一个世界的独特基因组成，才能保护你们不受感——"

"嗯，听起来很有趣，"约翰说，"不过为了帮助你们，我们需要一些我们那边的装备，你们必须先让我们回去，再回来和你们并肩作战。"

男子点点头。"没有问题,我们会在此等候你们回来。"

我们捡起球,从时空裂缝钻了回去。我们走出黑色球体,很开心看到太阳和有篮网的篮筐,虽然闷热的高温有点令人讨厌,不过我们宁可忍耐一下,也不要回到另一个失控的糟糕世界。

我们决定再比一局。不过,在我们开球之前,四名看起来健康迷人的二十多岁年轻人走了过来,其中的两位男生,一个是白人,一个是黑人;两位女生,一个是亚洲人,一个是金发靓妹。他们一看到圆球入口就表现得非常好奇,我们站在远处,听他们好像聪明地评论了几句。白人男孩和女孩似乎处得不太好,两人一边开心地拌嘴,一边跟着踏进入口,四个人都笼罩在冒险的氛围当中。

约翰翻了个白眼。我们争论起刚才轮到谁开球,最后约翰终于承认他错了,把球交给我。我们玩了一阵子,但很快就累了,各自都丢歪了两球。

突然间,那四名二十出头的年轻人从黑色球体弹了出来,全身上下都是尘土、瘀青和微小的伤口。

"你们看!"亚洲女孩马上说,"这里还是我们离开的时候!这边时间完全没有流逝哎!"

"她说得对!"黑人男孩说,"哦,看到太阳真开心!我们拯救了一个世界,老兄!"

白人男孩和女孩拥吻,显然在冒险途中坠入了爱河。男孩放开女孩,用兴奋的眼神看着我们。"老兄,你们绝对不会相信我们刚刚碰到了什么事!"

约翰转向他。

"你拿你愚蠢的故事去烦不认识的人,不怕他掏出老二,像挥马鞭一样打你吗?"

男孩目瞪口呆地闭上嘴。约翰捡起球,丢向地上传给我。

"换你开球。"

三百七十五页　　　科技的彼方　　　艾伯特·马尔科尼博士

是瘟疫的最后一名幸存者。

我们一行人走过废弃的村落,祭司在路上向我描述瘟疫如何暴发。那场噩梦夺走全村人的性命,只剩下他一个人。瘟疫害人剧烈疼痛、眼盲、发疯,四肢在几分钟内腐烂,像坏掉的水果一样裂开,净是老人不应该在人生晚年看到的事(祭司活到三十七岁高龄)。

祭司认为克达克饶过他,只是为了让他告诉我这个故事,来警告我。他和我道别,告诉我他打算进入丛林,一直往西走,直到他摸到太阳或回归尘土。我没有告诉他,如果他往那个方向去,可能会碰上离开伊基托斯的旅游团。我和他握手,终于离开了秘鲁。

一星期后,我回到纽约,参加哈莱纳博士的追悼会。会后,我和莎伦一起休息,享用佐上大量白兰地的一杯杯咖啡。

我们站在阳台上,透过我的烟斗吐出的云雾,俯瞰这座城市。

莎伦说:"那些人真可怜,他们为什么要死?"

我叼着烟斗哼笑一声:"亲爱的,我们都会死。"

她没有笑。"你懂我的意思。他们不应该那样死,又病又盲,尖叫着要神拯救他们,却得不到响应。"

她的眼睛盯着我。

"小艾啊,诸神都很残酷,对吧?"

我深吸一口气,回答道:"所有生物都只有一项需求——力量,超越其他生物的力量。你需要力量才能成长、进食、繁衍。残酷的行为代表拥有终极的力量,可以对他人施以不必要的高度苦难和耻辱,这是展现力量最纯粹的方法,小孩在幼儿园就会了。

"因此,从微生物开始的所有物种都把残酷当作勋章,好展现自己向上进步的成就,大家都必须压制猎物、消弭竞争,彻底除去敌人。因此,我们当然可以假设神也跟我们一样,甚至更过分,随着天堂内的阶级愈高,我们会看到更进阶的贪婪、暴力和冷酷的恶意,不然他们怎么会成为神呢?"

虽然阳台上并不冷,莎伦却打了个寒战。

她用几乎听不见的声音问道:"可是事实真是这样吗?以你的工作——你应该比大家更清楚吧。"

我放下烟斗,转过身,好让她看着我的双眼。我说:

# 后记

如果你想知道约翰与大卫系列的下一本书什么时候出版,或电影版什么时候上映,可以关注我网络上的永久据点:JohnDiesattheEnd.com。你可以在网站上追踪最新的消息,并深入研究《最后约翰死了》书中的世界。

写到这里,我想这部小说背后的故事,也就是《最后约翰死了》如何出版成书的过程,应该能够激励朝九晚五的上班族,以及很容易被激励的人。

二〇〇一年的时候,我过着双面人的生活:白天我负责在律师事务所输入数据,领取每小时个位数美元的薪水;然而到了晚上,我就会脱掉卡其裤,变成另一个人——在保险公司输入数据的家伙。幸好每周我得花七十五小时在计算机上填入一行行的数据,忙得让我没什么时间忧郁。

大约在二〇〇一年万圣节前后,我利用工作之间几小时的空当,上网分享了我、我的朋友以及一只肉怪的故事。第一天只有六个人读,隔天增加到八个人,接着变成十个人。我显然误打误撞碰上口耳相传的奇迹了。

一年后,已经将近有十七个人读过我的故事。

趁着这股"风潮",我又坐在计算机前,上传了更多的故事,来年也继续创作;等到二〇〇五年,我们的冒险故事已经长达十五万字,读者的电子邮件如雪片般发来,粉丝告诉我他们熬夜读我的故事,隔天早上还打电话到公司请病假,好把故事看完,甚至有人把整个故事印出来,用掉一大沓纸和三个墨盒,然后用橡皮筋捆起来借给朋友。

我终于相信,我发掘了这个社会不为人知的一面——很多人都是疯子,而且时间多到杀不完。

这时,专门出版恐怖小说的排列出版社和我联络,问我要不要试着将故事出版,正式在书店出售。我说不要,因为绝对不可能有人花钱买这种书;不过后来我车子的变速箱坏了,于是我决定不要和可能进账的微薄获利过不去。这本书的作者只是输入数据的小职员,没有出版经验,甚至没有英文系学位,结果只靠口耳相传的力量,就卖了将近五千本书;等到预售期结束,这些限量的书在拍卖网站上甚至可以卖到一本一百二十美元。

接着我接到恐怖小说作家、电影导演、制片人唐·柯斯卡莱利(他拍了我最喜欢的两部恐怖片——《鬼追人》和《打鬼王》)发来的电子邮件。我认为这一定是诈骗,马上就把邮件删了,不过他很坚持,还打电话来向我保证,他没有计划什么天大的恶作剧,想把我骗上台,然后在我头上倒一整桶猪血。于是我们达成协议,决定把《最后约翰死了》翻拍成电影,等这份合约签好,我一定又会接到六七份电影版权的邀约。

走到这一步,很明显整个世界根本是在耍我。别忘了,这时候我还在那家保险公司工作,每天还是坐在办公桌前,吃贩卖机卖的难吃的斜切三明治,读公司关于穿着规定的便条。

口耳相传的力量就是这样,没有人"发掘"我,我也没有突然爆红。从头到尾都是靠来自世界各地、慢慢增加的一群陌生人,他们把文章网址传给别人,把自制的粗糙复印件借给别人,这些狂热的粉丝后来也买了我的书并借给朋友,然后发现借出的书再也没回来时,又去买了更多本书。我依然没见过这些热情的陌生人——正是因为他们,你才能拿到手上的这本书。希望我能一一点出他们的姓名,向他们道谢。